Oscar classici

Dello stesso autore

nella collezione Oscar

Ballate delle baracche e altre poesie
Capitani coraggiosi

Rudyard Kipling

KIM

Introduzione di Alan Sandison

Traduzione di C. Egidi Mattei

con un saggio di Harold Bloom

OSCAR MONDADORI

Titolo originale dell'opera: *Kim*

I edizione Oscar i grandi romanzi marzo 1986
I edizione Oscar narrativa marzo 1990
I edizione Oscar classici gennaio 1997

ISBN 978-88-04-50659-1

Questo volume è stato stampato
presso Mondadori Printing S.p.A.
Stabilimento NSM - Cles (TN)
Stampato in Italia. Printed in Italy

Anno 2009 - Ristampa 11 12 13 14

L'Editore ha cercato con ogni mezzo i titolari dei diritti della traduzione senza riuscire a reperirli; è ovviamente a piena disposizione per l'assolvimento di quanto occorra nei loro confronti.

Introduzione*

di Alan Sandison

La visione della vita di Kipling è profondamente pessimistica. Non solo, come lui stesso scrisse, l'uomo è in guerra con ciò che lo circonda in un mondo che lo ignora,[1] ma quel mondo stesso è privo di un intrinseco ordine: il caos e l'anarchia costituiscono la sua effettiva condizione morale. Ne risulta che, secondo lui (come per il suo contemporaneo Joseph Conrad), l'esistenza rappresenta il duello senza fine fra l'individuo stesso che si batte per mantenere la sua integrità e un universo molto ostile dove l'uomo è privo di un alleato naturale (o ultraterreno). Il meglio che si possa fare è di incoraggiare qualsiasi cosa si offra di imporre un modello o un ordine a questa natura sregolata, per quanto tali strutture originariamente possano essere artificiali.

Gran parte delle storie di Kipling trae la propria ispirazione e la propria forza da questa percezione della realtà, da questa consapevolezza del disordine che dipende dal convenzionale e solido mondo nel quale i suoi personaggi vivono e i fatti prendono forma:[2]

* Lo scritto qui riportato è tratto da: Alan Sandison, *Introduction*, in Rudyard Kipling, *Kim*, Oxford University Press, Oxford 1987 (trad. it. di Emanuele Braga).

[1] Vedi *Independence*, in *A Book of Words*, 1928.

[2] Discussi un numero di queste storie in *Rudyard Kipling*, pubblicato da Scriber's nella loro serie sugli Autori Inglesi (1983). *Kim* è trattato anche in questo volume, e alcune parti di quella critica sono incorporate in questa introduzione.

Un lancio di pietra su ogni mano
Da ciascuna delle strade ben ordinate che percorriamo,
E tutto il mondo è selvaggio e sconosciuto.[3]

La stessa India nella sua vastità, nel suo clima oppressivo, nelle sue piaghe e nella sua diversità («non puoi mettere a fuoco nulla in India» dice un personaggio in *The Education of Otis Yeere*, "L'educazione di Otis Yeere"), viene a rappresentare, nelle storie indiane di Kipling, un simbolo molto forte della natura intrinsecamente ostile all'uomo.

Nel suo battersi contro ciò, l'anglo-indiano (come gli inglesi erano chiamati allora in India) rappresenta un paradigma dell'eterna lotta per costruirsi un'identità e un'integrità in un mondo avverso alla propria sopravvivenza fisica e morale.[4]

Il risultato è che le storie indiane riguardano quasi tutte un conflitto, sebbene il conflitto abbia ben poco a che fare con l'uomo imperialista vittoriano, ma piuttosto con l'uomo moderno che ha appena scoperto la dimensione vera della sua alienazione.

L'identificazione di Kipling con questa condizione è così stretta da diventare quasi patologica.

Il bisogno di costruire una paratia «fra la disperazione e il baratro sul nulla»[5] lo conduce a descrivere le idee e il comportamento di chi sembra minacciare quelle strutture volte al mantenimento dell'identità dell'uomo. Tali persone sono, per lui, sovversive, agenti del disordine universale, e molte delle sue storie sono sfigurate dal suo calunniarle.

Fra le storie indiane, comunque, c'è una grande e scottante eccezione; e l'esposizione seguente può aiutare a dimostrare proprio in che modo *Kim* possa rappresentarla.

In *Kim* non c'è né conflitto né nevrotica polarizzazione fra «strutturalistico» e sovversivo. C'è invece l'inequivocabile evidenza di una generosa magnanimità; cosa che Kipling, fin troppo timoroso del proprio animo, normalmente si concede.

[3] Dal verso iniziale di *The House of Suddhoo*, in *Plain Tales from the Hills* (*Racconti semplici delle colline*), 1888.
[4] Vedi Alan Sandison, *The Wheel of Empire*, 1967, per un'esauriente discussione sulla «metafora dell'impero».
[5] Da *The Supports*, in *Debits and Credits*, 1926.

Kim era descritto dal suo stesso autore come privo di trama, ed è vero che il racconto è per lo più un succedersi di episodi. Non c'è un'azione centrale dominante le cui conseguenze logiche dettano la caratterizzazione dei personaggi e il dispiegarsi di tutte le azioni subordinate.

Tuttavia, il risultato non è sconnesso, la narrazione non è sconclusionata, poiché una potente unità è stabilita da altre modalità estremamente sofisticate.

Queste ultime vanno da una delicata ma potente orchestrazione di immagini e simboli a un'abile manipolazione di raffronti e punti di vista. Ma potremmo cominciare riconoscendo la sufficientemente chiara unità del precetto morale che si presenta fin dal principio.

Proprio il capoverso del primo capitolo non è solo un appello alla tolleranza ecumenica, ma una presa di coscienza di fronte all'insufficienza della morale umana. Tutti noi abbiamo bisogno in un certo grado di precetti, nel momento in cui percorriamo lo stretto cammino che va dal «bagliore di Tophet al giorno del giudizio», e solo chi fra noi è fariseo verserebbe sdegno su altre sette e religioni al fine di cercare conforto e aiuto nelle proprie divinità. Ma ci sono stati eserciti di farisei fra i simpatizzanti dell'imperialismo vittoriano, ragione per cui l'istanza di Kipling per la tolleranza e per il rispetto fu tempestiva e inevitabilmente popolare.

E nemmeno si abbandona semplicemente al sentimentalismo, come è esattamente confermato e rinforzato dalla strofa *Kabir*, epigrafe del penultimo capitolo:

Il mio fratello (così dice Kabir)
Adora ottone e pietra come un infedele,
Ma nella voce del fratello mio
Sento la stessa angoscia del mio cuore.
Il suo Dio è quello che gli diedero i Fati...
La sua preghiera è quella di ogni altro uomo... e mia.

Dopo questa epigrafe d'apertura, troviamo che l'autore procede nel tradurre in pratica questo precetto, parlandone con un'accurata attenzione per la coerenza d'insieme.

In questo modo il romanzo si apre con Kim a cavalcioni del cannone Zam-Zammah fuori dal museo di Lahore, e si conclude con il lama seduto nella posizione del Buddha, alla fine della sua ricerca.

Tale bilanciamento del principio d'azione e di quiete è un buon esempio di quello strutturale andamento che rappresenta uno dei principali sistemi su cui si basa l'unità e la stabilità del libro.

Allo stesso modo, nel corso del romanzo, la giovinezza fa da contrappeso alla vecchiaia, il mondano allo spirituale, l'individuale al comunitario. Riferimenti incrociati sono continui, e, nel loro complesso, forniscono una salda morale e un'impronta intellettuale all'opera insieme a una stringente simmetria estetica.

La densità dell'organizzazione che ne deriva è tale da costringerci a prestare un'accurata attenzione al testo. In tal modo, notiamo che Kim è seduto a cavalcioni del cannone che ognuna delle ondate di invasori che si sono succedute ha preso in custodia come simbolo della propria conquista del Punjab.

Gli ultimi a essersi impadroniti del cannone sono gli inglesi, di cui Kim stesso fa parte. Nel contempo abbiamo un'ampia prospettiva storica (rafforzata dalla vicinanza del museo) nella quale vediamo lo scorrere di masse di persone impegnate nella ricerca, secolo dopo secolo, delle loro particolari ambizioni e desideri. Dopo gli inglesi arriveranno altri, così come la prospettiva ci suggerisce, forse gli afgani, forse i russi, di cui hanno paura Hurree Chunder Mookerjee e i suoi colleghi dell'Ispettorato Indiano. Come direbbe il lama (dal *suo* punto di vista), il genere umano è ancora legato alla sua ruota: gli individui tirano avanti come sempre, «di vita in vita... di dolore in dolore... ardenti, irrequieti, insaziabili».

A chiunque, alle prime prese con il romanzo, la figura di un ragazzo su un'enorme cannone potrebbe far nascere l'aspettativa di un racconto su scaramucce di confine ed eroiche gesta temerarie.

A ogni modo, l'immagine della guerra immediatamente si dissolve nell'affresco della vita del mercato in cui Kim, inglese, anche se solo di nascita, viene totalmente assorbito. In realtà, grazie al suo soprannome, «Piccolo Amico di Tutto il Mondo», si identifica non solo con la vita comune della sua città, ma anche con l'idea della comunità umana, e il suo comandare sicuro nella parlata dialettale, la saggezza proverbiale, il non dire nulla della sua conoscenza intima dei costumi d'origine oltre che dei segreti nativi lo conferma nel suo ruolo. L'obiettivo di Kipling è di presentarci la descrizione di una terra piuttosto unita nella sua immensa diversità di persone, che ancora vivono insieme, senza alcuna seria contesa, a partire da una riconoscibile anche se multiforme società.

Naturalmente al governo imperiale di Delhi è dato un po' di credito: la *rêl*, così come viene chiamata la ferrovia nella parlata locale, è altra cosa rispetto alla Grande Via Carovaniera, sulla quale tanto affannosamente scorre un così pregevole assortimento di milioni di indiani. «Non aver paura,» dice l'artigiano sikh al lama, mentre quest'ultimo nervosamente esita prima di imbarcarsi, «quest'arnese è opera del governo.» Ma la varietà di razza, credo, e professione è il prodotto tipico del subcontinente, tanto vasto da poter facilmente equivalere al mondo intero.

Solitamente è Kim a provocare la caleidoscopica mostra della vita e dei costumi indiani: in modo prevedibile, poiché questa è proprio la sua funzione. Completamente immerso nel «turbine vasto e rombante», quale è l'India, non ne è mai soffocato. Gettandosi nel bel mezzo di questa confusione, la sua presenza aiuta effettivamente a distinguerne gli elementi. Così, nella vettura di terza classe del treno ci mette a confronto con la molteplicità di opinioni e pregiudizi che distinguono il contadino jat dall'usuraio, la moglie del contadino dalla cortigiana di Amritzar, il soldato dogra dall'artigiano sikh.

Come corpo fisico, Kim rimane una figura un po' in ombra, nonostante ci troviamo particolarmente attenti alle sue sensazioni. Il paesaggio dell'India (il secondo patrimonio più spettacolare), assieme al suo popolo, sotto lo sguardo ammirato di Kim si caricano di vitalità e di chiarezza tanto quanto di ricchezza di colori, come se l'intero mondo antico fosse rinnovato. Ancora una volta, Kipling sta abilmente manipolando il punto di vista, mostrandoci un'India di antichissima tradizione, depositaria di una lunga storia che ridimensiona la recente ed effimera vittoria del conquistatore (e il suo bottino di guerra) alla sua reale portata. In questo modo, guardiamo attraverso gli occhi di Kim e vediamo una sorta di splendore mattutino tutt'intorno; non c'è contraddizione perché è Kim stesso, non il mondo, a essere giovane; e il mistero dell'India antica è contrastato da quell'altro mistero del rinnovarsi senza fine della vita umana, gli ultimi rappresentanti della quale, nonostante tutta l'esperienza dei loro progenitori, insisteranno nel vedere il mondo come nuovo. Potremmo ricordare che il cadere di Kim nelle mani dei soldati è dovuto al fatto che egli è determinato a scoprire cosa sta succedendo nell'accampamento: «Desidero sempre vedere cose nuove» lui dice al lama. Il mondo è il suo guscio e tutto ciò che accade in esso alimenta la sua insaziabile curiosità.

Nel suo giocare con i punti di vista del tempo, Kipling, non alla maniera di E.M. Forster in *Passage to India* (*Passaggio in India*), crea una serie di arcate attraverso cui noi possiamo osservare. C'è l'affollata comunità concentrata attorno a Kim; in secondo piano c'è la vastità dell'India, dal punto di vista geografico e storico, ma ancora più sullo sfondo c'è l'infinità del tempo prevista dal lama, la quale riesce a rimpicciolire perfino l'India stessa.

Non è un'esagerazione, poi, vedere Kim come l'espressione sintetica di questa esilarante diversità e unità: c'è un modo di vivere in questo turbinio e lui lo ha trovato, dominando il suo sviluppo attraverso l'amore che prova per esso: «L'India era desta, e Kim vi si trovava in mezzo, più sveglio e più infervorato di ogni altra persona, mordicchiando un ramoscello, di cui si sarebbe poi servito come stuzzicadenti; poiché egli prendeva i suoi costumi dappertutto, nei paesi che conosceva e amava». I rimandi all'eclettismo di Kim sono ovunque, ma spesso esposti in modo casuale, per sottolineare in esso l'urgenza della realtà. In tal senso, ci viene raccontato che Kim osservava un ultimo polveroso raggio di sole scivolare via dal cortile, e giocherellava con il rosario e il fantasma del suo pugnale. La valenza popolare di questi due oggetti è considerevole, dal momento che il pugnale-fantasma un tempo era previsto per la difesa contro i demoni. Quanto è distante tutto ciò dal resto dei racconti indiani, dove la maestria è cercata – ma mai raggiunta – attraverso il battagliare senza fine, può essere adesso meglio valutato.

Un'altra modalità mediante la quale Kipling mantiene l'unità del libro è l'utilizzo del tema della ricerca, e il modo nel quale Kim e il lama portano avanti le loro del tutto differenti ricerche, non sempre insieme, ma con profonda devozione reciproca, cosa che chiarisce quanto sia centrale il tema ecumenico nel disegno dell'opera.

Ciò che cerca Kim è una qualsiasi occupazione saltuaria, ma subito incline a dimenticarla non appena si accende di stupore per la campagna con il suo lama. È un bel colpo per Kipling aver investito nella ricerca di un'identità *in modo inconsapevole*, considerando poi quanto Kim sia ricco di *identità* e noncurante della mancanza di tale coscienza, sebbene essa possa arrivare nel futuro.

Ciò che cerca il lama è un misterioso Fiume che sgorga dalla terra nel preciso punto in cui è atterrata la freccia lanciata dall'ancor giovane Gautama Buddha. È un Fiume di quelli che purificano misteriosamente: laverà dai peccati e innalzerà redenti sopra la considerazione terrena. Accanto al Fiume del lama, comunque, c'è qualcos'altro: ovunque cada lo sguardo di Kim, e la cosa non è troppo fantasiosa, sorge un fiume di vita. In realtà, è precisamente la frase a cui lui ha pensato la prima volta che mise piede sulla Grande Via Carovaniera: «Il lama, come al solito, era immerso in meditazione, ma gli occhi vivaci di Kim erano bene aperti. Quel largo, ridente fiume di vita era, a suo giudizio, molto più interessante delle anguste e affollate vie di Lahore. C'erano tipi nuovi e nuovi spettacoli a ogni passo; caste che egli conosceva e caste a lui ignote».

Il Fiume è uno dei due simboli che ricorrono lungo tutta l'opera, in grado di darle unità grazie alla loro capacità di esprimere entrambi una risposta attivista e una meditativa. L'altro è quello della Ruota.

Quando il lama parla della Ruota della Vita si riferisce alla successione di vita, morte e rinascita alla quale gli uomini sono condannati a causa della loro schiavitù alle ambizioni e al desiderio terreno. Se solo si potessero liberare, sarebbero in grado di interrompere il ciclo delle continue reincarnazioni e di raggiungere il Nirvana, quell'unione beata con la Grande Anima che li libera da tutti i coinvolgimenti terreni.

La Ruota delle Cose, come la descrive il lama al custode del museo, è un'astrazione, ma nel momento in cui lascia il museo passa attraverso il giro del cancelletto rotante. In questo modo, Kipling giustappone definitivamente la ruota nella sua funzione spirituale e utilitaria e lega fermamente assieme le due dimensioni dell'esistenza umana, allorché, nell'accezione simbolica, tutte le ruote – o cerchi – uniscono tutti e tutto nella infinità della forma. Qui la ruota presta enfasi simbolica al precetto morale posto fin dal principio: che tutti gli uomini sono in fin dei conti uguali, allevando le stesse speranze e ambizioni, sopportando la stessa sorte, chiusi nel ciclo della nascita, riproduzione e morte. Tuttavia, grazie a questa doppia funzione, si riunisce la vita spirituale dell'uomo a quella fisica, facendo giustizia a entrambe.

Alle volte, l'intero paesaggio indiano, così come si apre di fronte a Kim, sembra essere saturo del suono di ruote cigolanti: ruote dei pozzi, ruote delle vetture, ruote dei treni. Tutto si accumula nell'affaccendarsi di attività la cui visione eccitata e affettuosa del ragazzo, che tanto ci persuade, ha un grande valore umano. Anche la salute di Kim viene descritta nei termini della ruota. Quando cade malato, nell'ultima parte del romanzo, viene detto che la sua anima è «distaccata dall'ambiente... simile a una ruota dentata sconnessa dal macchinario». Il suo ritornare sano è segnato dal fatto che lui sente «le ruote dell'essere suo ingranarsi nuovamente, con uno scatto quasi percettibile, al mondo esterno», e la sua visione disordinata si rimette a fuoco: «Le strade erano fatte per camminarci sopra, le case per viverci dentro, il bestiame per essere pascolato, i campi per essere arati, gli uomini e le donne per parlarci insieme».

Il mondo dove la Ruota di Kim gira è il mondo di tutti i giorni in cui vive l'uomo e dove l'azione ha un intrinseco valore, degna di considerazione e rispetto tanto quanto il sacrificio del lama. Il misticismo trascendentale di quest'ultimo è sfidato da un'allegra e pragmatica umanità, e la visione di Kim di un «grande e meraviglioso Paese» fa da antidoto di fronte all'ascetica percezione del lama della vita terrena come pellegrinaggio attraverso un «mondo grande e terribile». I credo contrastanti sono amabilmente giustapposti con solo un tocco di ironia quando, in risposta alla proposta del lama, «ti spiegherò il significato della Ruota», Kim replica astutamente: «Riprendiamo la Strada, allora?». Ciò ritorna, anche più chiaramente, poco dopo, quando il lama sta spiegando a Kim l'icona-parabola della Ruota che lui stesso ha dipinto, indicando i differenti cicli degli dei e dei semidei, del paradiso e dei vari gironi dell'inferno:

> Obbediente, a capo chino e con il dito bruno pronto a seguire l'indicazione della pagliuzza, il *chela* studiava; ma quando arrivavano al Mondo Umano, affaticato e vuoto, costruito proprio sopra gli inferni, la sua mente si distraeva: perché proprio a fianco della strada girava la Ruota, quella vera dell'appetito e della sete, dei traffici, dell'amore e dei litigi... in un penetrante calore umano.

E nel marcare la R maiuscola, qui Kipling sta innalzando la ruota mondana sino al piano dell'eternità, tanto da asserire che essa custodisce una verità ben più che effimera.

In questo modo bilancia amorevolmente il riconoscimento della vanità delle ambizioni e dei traffici terreni con la sensibilità per la vita piena di risorse, senza porre limiti, rendendoli entrambi simboli mediante la Ruota. Quasi alla fine del libro, i due mondi sono di nuovo riuniti assieme con una forza veramente immaginativa, nel momento in cui Kim riemergendo dal suo profondo sonno purificatore volge lo sguardo al lama che lo sta osservando:

> Kim scrutava a gambe incrociate la pianura, che si profilava scura come ambra nera contro la luce color limone. Proprio così sta seduto il Bodhisat di pietra, che guarda dall'alto il cancelletto del museo di Lahore.

Attraverso confronti come quello tra la ruota e la Ruota, tra il fiume e il Fiume, la strada e la Via, la realtà si bilancia con l'astrazione, la natura con la metafisica, il particolare con l'universale. E in ciò *sta* il bilanciamento: poiché il concetto è da entrambe le parti rappresentato in modo libero e solidale, tanto da risultare non un conflitto ma un equilibrio; e le risorse dello spirito, anch'esse sottostanti alle leggi dello spazio e del tempo, sono fuse nell'esperienza della vita quotidiana.

Il valore morale della visione di Kim sta saldamente nel suo del tutto persuaso, appassionato e crescente amore per il lama (ovviamente ricambiato da un ancor più alto livello di sacrificio, dal momento che il lama, avendo raggiunto la sua via di unione con il Grande Spirito, rinuncia a essa, la più grande conquista del suo credo, e ritorna alla Ruota delle Cose: «Ritornerò al mio *chela*, affinché non smarrisca la Via»). È l'amore che Kim emana e che il lama ricambia che in definitiva stronca l'argomentazione che per tanti anni venne utilizzata per discreditare il libro. Kipling, come sostiene quell'interpretazione, vuole che consideriamo Kim, dall'inizio alla fine, come un sahib (la parola è alterata per indicare un membro della classe imperiale dominante), e il libro starebbe a significare «il graduale ridimensionamento della consapevolezza [di Kim] del fatto di essere realmente un sahib».[6] Una conclusione del genere ignora quasi totalmente la caratterizzazione che abbiamo presentato fino a questo momento, e, in realtà, contraddice fatalmente il messaggio del romanzo.

Kim accetta il fatto di essere un sahib, ma solo a condizioni molto strette: sarà un sahib finché starà a scuola; in qualsiasi altra occasione, insiste, «voglio essere libero» e mischiarsi alla sua «gente». Lui accetta questa identità solo per dimostrare che è una sfaccettatura fra le infinite altre della sua esistenza: sfaccettatura che non lo allontanerà, tanto meno lo renderà differente, dai suoi compagni. «*Non* voglio essere un sahib» dice energico a Mahbub Ali, e si accalora su questo argomento quando il lama si meraviglia che il suo *chela* sia un sahib (e potremmo sottolineare il suo umile e riverente impegno quando succede ciò):

> Tu mi hai detto che non esistono né bianchi né neri. Perché mi tormenti con questi discorsi, Santo? Lasciami strofinare l'altro piede. Questi discorsi mi infastidiscono. Io *non* sono un sahib. Io sono il tuo *chela*.

Tutta l'arte di vivere di Kim proviene originariamente dalla sua conoscenza dell'India: esperienza di cui, ora dovrebbe essere chiaro, lui ha enorme appetito. È un'arte popolare ricavata direttamente dai costumi delle persone comuni, la vita delle quali lui condivide intimamente e inconsciamente. Non c'è nemmeno la pretesa che la sua grande approvazione per tutto ciò che la sua società gli offre non possa comprendere elementi dell'Inghilterra vittoriana, assunti per essere infranti. La madre adottiva di Kim esercita un mestiere molto sospetto – «aveva la

[6] Edmund Wilson, *The Kipling that Nobody Read*, in *Kipling's Mind and Art*, ed. Andrew Rutherford, Edinburgh and London 1964, p. 29.

pretesa di tenere un negozio di mobili di seconda mano sulla piazza dove sostavano le vetture a buon mercato» –, e quando l'ufficiale del reggimento arriva a interrogarlo, dopo che lo avevano detenuto, «gli fecero un'infinità di domande, specialmente a proposito della donna che lo custodiva; e Kim rispose sempre con precisione»; in modo secco il narratore aggiunge: «Quella gente non giudicava la meticcia una buona tutrice». In effetti, Kim è completamente a proprio agio in compagnia di prostitute, e in realtà si rivela esperto del loro modo di vivere ed è pronto a cercare aiuto da questa corporazione femminile di ampie vedute non appena ne abbia bisogno. Quando vuole travestirsi per sgattaiolare via dal collegio, per esempio, si reca in «una certa casa di cui qualche tempo prima aveva osservato l'esterno...». È piuttosto impassibile di fronte ai favori ricevuti – «Non sai che genere di donne siamo, noi del quartiere?» – e recupera il loro aiuto con grande sicurezza. La sua preparazione finale per il Grande Gioco, travestimento, esorcismo, e tutto il resto, è realizzata da Huneefa, nella sua casa, anch'essa collocata nel distretto delle prostitute. Così come accade quando, accompagnato a scuola a San Saverio, scandalizza il conducente per aver «attaccato discorso con un paio di frivole signore che stavano affacciate alle finestre di un ultimo piano in una certa via». Forse, grazie al fatto di conoscere così bene il loro mondo, si relaziona molto facilmente con l'audace tentativo di seduzione della donna di Shamlegh.

Tutta l'India – incluse le parti meno salubri – è la casa di Kim, il cui gusto è tanto eclettico quanto l'ampiezza e la diversità delle risorse della regione. E se l'India si accolla la generosa funzione di «grande e meraviglioso Paese», Kim è veramente il figlio di questa magnifica terra. C'è uno scambio interessante verso la fine del libro che esprime il commovente relazionarsi di Kim a tutti gli altri personaggi e all'India stessa. Accade quando sta lentamente riacquistando la propria salute grazie alle amorevoli cure della sahiba. Il legame madre-figlio stabilito nel dialogo fra di loro arriva a coinvolgere la terra stessa: Kim, ancora molto debole, cerca un piccolo poggio e si corica a terra sul «buon terriccio pulito ... terriccio promettente, colmo di germi di ogni vita». E lì cade in un sonno profondo:

> E la Madre Terra si mostrò benigna come la sahiba ... Egli abbandonò la testa sul suo seno, e offrì le mani aperte arrese al suo potere.

Amore umano, quasi ipostatizzato nel rapporto madre-figlio, lega Kim alla sahiba – ma anche, attraverso di lei, alla terra e ai suoi flussi benevoli. Unità e armonia possono essere portate avanti ed espresse con maggior speranza.

Kim *ha* già affrontato un momento di crisi nei confronti del suo mondo, momento caratterizzato completamente dall'inquietudine di Kipling per l'autocoscienza individuale. Infatti, ciò che la sahiba e la buona terra guariscono con amore concreto, è una crisi d'identità. Ciò che può aver trovato posto in un libro di questo genere è proprio qualcosa di psicologico ed estetico allo stesso tempo. Kim, per tutta la durata della storia, passa dalla fanciullezza alla prima maturità, e il tentativo della donna di Shamlegh di sedurlo marca qualcosa proprio rispetto a ciò. Da una gioia incosciente e fanciullesca e dall'immersione nel vortice tumultuoso dell'India, fa progressi nel processo naturale della crescita verso una consapevolezza della sua diversità, e della sua identità individuale – assieme al rischio della sua alienazione. È un processo che Kipling aveva capito molto bene:

> Quel primordiale istinto di indipendenza... proviene da quella sorda e terrificante epoca in cui tutto ciò che l'uomo sapeva era di essere se stesso, e non un altro, e dunque il più solo degli esseri creati.[7]

Sebbene questo brano sia estratto da un saggio contenuto in *A Book of Words* (Un libro di parole), esprime una consapevolezza che giace nel cuore dell'impulso creativo. Coscienza dell'individualità significa immediatamente coscienza dell'alienazione – dell'orrore per la desolazione, dell'abbandono, e della realizzata assenza di valore, che è uno dei demoni più reali con il quale siamo costretti a vivere.[8]

Questa è la natura della crisi di Kim, sebbene lui non ne faccia esperienza proprio in questi termini estremi.

[7] Da *Independence*, in *A Book of Words*,1928.
[8] Da *Values in Life*, in *A Book of Words*, 1928.

Nella sua finale «promozione» a membro del Grande Gioco, Kim sperimenta una reazione: «Ora sono solo... completamente solo. Non c'è nessuno in tutta l'India, che sia solo come me» pensa, «lasciando vagare la mente in speculazioni sull'identità personale», e si chiede: «Chi è Kim... Kim... Kim?». Nelle montagne, nel villaggio di Shamlegh, c'e un altro punto in cui è quasi sopraffatto dalla responsabilità e dall'essere «del tutto solo», ma più di ogni altro è nel momento in cui collassa che si disconnette con ciò che lo circonda: «Io sono Kim. Io sono Kim. E che cosa è Kim?».

A ogni modo, non è semplicemente il normale processo di crescita a far nascere i dubbi esistenziali di Kim: essi coincidono col suo essere coinvolto pienamente nel Grande Gioco, l'intrusione del quale, nella ben tratteggiata armonia pastorale di Kim, non può che lasciare il lettore a disagio, oltre che costernato.

Al contrario di una visione di insieme, Kipling non si inventa il termine (Grande Gioco), avendolo apparentemente anticipato di settantacinque anni un ufficiale di cavalleria mentre giocava a scacchi. Alla prima lettura (per molte persone alla seconda o alla terza), il Grande Gioco potrebbe sembrare minare nel libro il trionfo della fantasia. Kipling, come abbiamo visto, è stato molto fortunato nel creare un senso di unità e di universalità. A legare tutto assieme, sia moralmente sia esteticamente, è la sovrastante ricerca del lama per l'unione con il Grande Spirito; e il destino materiale e spirituale dell'uomo è riunito e reso universale attraverso i pervasivi simboli del Fiume e della Ruota. La principale fonte del senso di unità, tuttavia, sta nella capacità di Kipling di diffondere nel libro un palpabile calore per la comprensione umana, di modo che il tutto si possa concludere con la parola «amore».

La nostra inclinazione a considerare questo quadro ottimistico come una benevolente immagine di tutto il mondo è messa duramente alla prova dall'apparizione del Grande Gioco. Da qualche parte «nel Nord» c'è una Frontiera che pone un limite a questo sviluppo della reciproca convivenza; e da dietro di essa si annuncia una minaccia. Ci sono dei barbari, sembra, che si aggirano oltre i confini di questo «grande e meraviglioso Paese». Improvvisamente l'India sembra indietreggiare entro precisi perimetri e l'antico interesse di Kipling per i sovversivi e la necessità di una guerra contro di essi ritorna in superficie. Il bell'abbandono all'impressione dei sensi, così prezioso nella rivelazione dell'uomo, diviene meno rilassato, e ci domandiamo, in una specie di scoraggiamento, se tutta la varietà di persone che vivono amichevolmente fianco a fianco lo sono in virtù della Pax Britannica, che allora rappresenterebbe l'unica fonte di tutta questa fratellanza. A ragione, io penso, sospendiamo il giudizio nella misura in cui questi interrogativi sono forzature delle nostre menti, lasciandoci ancora stimolare dai più illuminanti effetti della visione del lama, secondo cui l'idea dell'impero è assurda, e dell'umanità di Kim, che fa sembrare questi dubbi sterili.

Qualcosa d'altro soffre a causa del Grande Gioco. Finora, la conoscenza è qualcosa che Kim ha cercato puramente per soddisfare la sua curiosità riguardo la sua terra e il suo popolo: è, in altre parole, un'espressione del suo amore per la sua comunità, identificandosi con essa. Il genere di conoscenza perseguito dai partecipanti al Gioco, ad ogni modo, è di carattere del tutto differente. Per loro ha specificatamente una funzione utilitaria o politica; con il risultato di renderci più coscienti che mai che le simpatie per l'umano tanto sostenute dal romanzo sono, dopo tutto, meno universali di quello che sembrano. La flessibile arte di vivere, praticata così finemente da Kim, è ridotta non solo a tecnica, ma a una tecnica britannica al servizio dell'Impero. Il «foglio di carta cinese dall'odore strano» sul quale il lama aveva disegnato la sua icona – parabola della Ruota della Vita –, è letteralmente trasformato in una mappa per la Sopravvivenza, e il Santo rosario diviene un mezzo per misurare le distanze. In tal modo l'India sembra dipendere nella sua unità non da un universale *élan vital*, ma dall'abilità del Servizio Segreto; e quest'ultimo, nella prima linea di una guerra sotterranea, fa esperienza della solitudine e dell'isolamento, non certo della fratellanza universale.

Importanti fattori sussistono, comunque, nel limitare il danno che infligge il Grande Gioco. Il primo di questi sta nel riconoscere che Kim non è più che adolescente quando si imbarca nell'avventura del Gioco, ed è facile credere che non abbia dimenticato del tutto la fanciullezza. Quando scopriamo, comunque, che anche gli adulti non hanno dimenticato la fanciullezza, e allo stesso tempo prendono il Gioco con una serietà micidiale, è letteralmente un'altra storia.

Un'altra ragione per cui il Grande Gioco è meno dannoso di quello che sembra nasce dal fatto che le sue forze sono dirette a respingere un pericolo dall'*esterno*. Nonostante il complotto fra certi principi di confine, il pericolo arriva da oltre le frontiere, cosicché non abbiamo a che fare con l'immagine di un'imminente scoppio di anarchia all'interno del mondo pastorale di Kim, cosa che contraddirebbe del tutto la forza unificante della sua visione.

Una terza, più complessa ragione sta nella depoliticizzazione del Gioco, al punto di essere legato all'emancipazione dalla fanciullezza di Kim e al suo affacciarsi al gioco della vita. La metafora usata ripetutamente da Mahbub Ali e dal Colonnello Creighton nell'osservare e incoraggiare lo sviluppo delle abilità di Kim è quella del cavallo domato (il commercio di Mahbub Ali è la tratta di cavalli). Kim è un pony o un puledro e si discute sull'insegnargli a tenere le briglia, essere messo al passo e assoggettato ad altre forme di disciplina equina. Allo stesso tempo, siamo messi al corrente della maturazione sessuale, e della sua crescente consapevolezza di ciò che viene definito «identità personale» – nonché dei problemi che ne derivano.

C'è, in questo modo, una specie di significato soprannumerario al Gioco, non precisamente politico, per il quale possiamo accettarlo come un concetto che descrive una condizione e un antidoto, che ha ampiamente a che fare con la mentalità occidentale – non meno con la mentalità vittoriana –, dove i problemi della persona (e della nazione) sono integralmente affrontati attraverso gli indispensabili sussidi del Lavoro e del Dovere.

Concludendo quest'introduzione, conviene ritornare alla fine del libro, perché permette di parlare ancora un po' della tecnica narrativa che Kipling ha sviluppato. Sorprendentemente, il finale è stato più di una volta criticato poiché non viene risolto nulla: Kim non sceglie formalmente fra il lama e il Servizio per il Governo.

La natura del libro non deve essere fraintesa come un'aspettativa, come si dice nel *Tom Jones*: «Niente di più di ciò che conduce progressivamente allo scioglimento finale del romanzo». Ciò sottovaluterebbe anche il significato e l'assoluta proprietà del presente finale. Sebbene il romanzo possa, in teoria, essere debitore in certa misura a Cervantes, non è di grande aiuto concepirlo «picaresco». Kim e il suo lama, d'altra parte, *non* saltano da un'avventura all'altra: c'è anche, lungo il romanzo, una sorta di anticlimax dell'avventura nel suo insieme, quando, dopo un'assai breve scaramuccia, i due escono molto velocemente dalla scena, entrambi oscurati dal volo del lama dalle deludenti montagne in seguito al suo esame di coscienza a Shamlegh.

Ciò che troviamo, infatti, non è tanto un susseguirsi di avventure quanto una serie di quadri – e di certo non proprio bei quadretti, poiché ognuno di loro ha un significato morale che rimane fino all'ultimo saldamente ancorato a quella antitesi creativa stabilita dalle visioni contrastanti di Kim e del suo lama.

Se noi ripercorriamo il libro, una volta chiuso, nell'occhio della nostra mente, scopriamo di richiamare qualcosa di molto visivo. Scene vivide che si susseguono una dopo l'altra tanto da farci ritrovare in una superba galleria di quadri, nel centro della quale c'è un magnifico ritratto del paesaggio indiano. Nel dipingerlo, Kipling sembra aver adottato qualcosa della tecnica di J.M.W. Turner, per il fatto che quando pensiamo a questa terra, la pensiamo ricca di luminosità. Luci piovono sopra di essa, nel mattino brillante, quando tutto il ricco Punjab si stende nello splendore del sole intenso; e all'imbrunire, quando fra l'ombreggiare degli alberi di mango scorre il saggio sguardo del lama, nella «sera odorante di fumo, che stese un velo color rame e turchese sui campi...». Neppure di notte la luce è assente, quando con grande abilità l'autore riunirà la luce del fuoco con quella del sole, come possiamo vedere nella brillante descrizione del lama nella scena del *ruth*. Questa luce – di solito d'oro – che continuamente si diffonde per il paesaggio porta tutto in un unico fuoco. Si potrebbe anche dire che, in una prospettiva molto ampia, ferma il tempo, rendendo eterni la gioventù e l'innocenza di Kim, la ricerca del lama, il flusso della vita umana; mentre vagamente si propaga da una fonte che non appartiene del tutto a questo mondo.

Ciò che abbiamo in *Kim* è essenzialmente una composizione pastorale. C'è, certamente, un paesaggio pervaso da uno spirito benefico la cui dimora è la luce del tramonto. Quella luce liberata in un'ampia gamma di gradazioni, differenti dalla rispettiva visione morale di Kim e del lama, purifica e santifica. Nella migliore tradizione pastorale ciò indica una comprensione universale: l'amore umanistico di Kim si fonde con quello trascendentale e spirituale del lama, tanto da collegare la terra al cielo.

In rilievo, sopra questo ampio quadro dell'India, ci sono tutte le figure e vicende sussidiarie, tracciate così finemente: quella del *sera*; quella di Kim a cavallo nella storia del Punjab, circondato da giovani che si contendono un premio ambiguo; quella del vecchio Rissaldar e del lama sotto l'albero con il giovane Kim e l'ancora più giovane intruso; quella della Grande Via Carovaniera; quella composita della sahiba; quella dell'esame di coscienza del lama a Shamlegh; quella della discesa dalle montagne; quella del lama seduto come il Buddha di contro a «una luce color limone».

Il pastorale indiano di Kipling è, comunque, modificato in un modo interessante e molto vittoriano: poiché queste figure sussidiarie sono notevolmente simili alle figure narrative e alle figure-parabola preferite di molti pittori del tempo, inclusi due zii acquisiti di Kipling, Sir Edward Burne-Jones e Sir Edward Poynter. Le figure-parabola sono davvero qualcosa in cui Kipling eccelle, e la loro apparizione in *Kim* collegano questo romanzo ad altri due, *The Jungle Book* (*Il libro della giungla*) e *Just So Stories* (*Storie proprio così*), in una triade che parecchi considerano il meglio del suo lavoro.

Ciò che questo rende chiaro è che non c'è motivo che la narrazione di *Kim* conduca a un grande climax che raccolga assieme tutti i fili e risolva tutte le differenze. John Lockwood Kipling, curatore del museo di Lahore, e così benevolo e influente sul lavoro del figlio, aveva abbastanza ragione nello scrivere a un amico, riguardo le recensioni critiche del libro di suo figlio:

> Dovresti pompare di sorpresa acqua (bollente) sopra il grazioso pubblico con i nervi a fior di pelle – e *Kim* è in qualche misura da considerare una piacevole doccia, così come l'Indiano in sé, tanto lontano, e apparentemente tanto trascurato, dal lettore comune. È piuttosto inutile il tipo di recensore che trova il difetto, dal momento che [*Kim*] dichiara di non essere un dramma costruito accuratamente con tanto di trama e finale, come l'uomo del «Daily Chronicle» vorrebbe.[9]

[9] A.W. Baldwin, *John Lockwood Kipling*, in *Rudyard Kipling: the Man, His Work and His World*, ed. John Gross, London 1972, pp. 23-24.

Ciò che il giornalista del «Daily Chronicle» preferisce è, dopo tutto, solo una sorta di unità romanzesca, ed è quello che pacatamente qui non ritroviamo. Gli elementi che servono a Kim per poter decidere fra il Servizio per il Governo e il lama sono totalmente traviati: perché il libro non ha mai mostrato alcun segno di questa sorta di sviluppo in cui i personaggi e gli eventi interagiscono tanto da determinare una stabile progressione verso qualche tipo di soluzione. Al contrario, stiamo presentando Kim e il lama come due stili di vita fondamentalmente contrapposti: uno attivista e uno contemplativo. Naturalmente noi, i lettori, sappiamo in base alla nostra esperienza che queste attitudini sono la fonte di un conflitto, anche se Kipling non si avvia a mostrarci il dramma di tale conflitto in azione nella psicologia di Kim o del lama. È sufficiente per il suo proposito comunicare a noi la loro peculiare realtà e potere come fondamentali tendenze nella condizione umana.

Una delle composizioni pittoriche più eloquenti e risonanti di tutte giunge verso la fine del libro e rafforza con vigore la tesi secondo la quale *Kim* si basa su una struttura narrativa a figure, anche se discorsiva e lineare. Si tratta della scena dove Mahbub Ali e il lama siedono al fianco della figura inerte di Kim, immerso «in una inconsapevolezza più profonda del sonno», e parlano tranquillamente del futuro (o forse del Futuro, poiché l'episodio è imbevuto di un significato che ci invita a considerare il *tableau* a un livello superiore al particolare soggetto individuale). Mahbub Ali è ansioso di riscattarlo per il mondo comune, che dal suo punto di vista significa il Servizio per il Governo, mentre il lama, giudicando tutto ciò irrilevante, per quel che gli riguarda, lo reclama fiducioso per quell'Altro Mondo a cui egli stesso si è votato. Sono seduti lì, come due (in qualche modo imperiali) somme divinità, stabilendo con calma il destino dell'inconsapevole e innocente Giovane. Ma in questo quadro-parabola non si fa che ripetere in forma concentrata la proposizione morale avanzata in quella solenne diade entro cui il romanzo è compreso: il quadro dell'inizio, di un ancor più giovane Kim a cavalcioni del cannone, e quello finale, del lama seduto, come il Buddha, sotto l'albero. Né potrebbe essere altrimenti, poiché è completamente al di là della natura e del fine di tale composizione l'affermare il grado in cui la vita stessa di Kim si indirizzerà verso uno o l'altro di questi poli.

Cronologia

1865
Joseph Rudyard Kipling nasce il 30 dicembre a Bombay, da John Lockwood Kipling, artista e docente di scultura architettonica presso un istituto d'arte di Bombay, e da Alice MacDonald; entrambi i genitori provengono da famiglie metodiste. Al piccolo viene dato il nome di Rudyard in ricordo dell'omonimo lago, nella contea dello Staffordshire, dove i genitori si erano conosciuti.

1868
Primo soggiorno in Inghilterra, dove l'11 giugno viene alla luce la sorellina Alice, detta Trix.

1871
Il 15 aprile la famiglia lascia Bombay per far rientro in patria e nel mese di dicembre i bambini vengono affidati alle cure degli Holloway, una famiglia calvinista di Southsea. Per Rudyard ha così inizio un periodo di grande infelicità che segnerà il resto della sua vita, a seguito delle angherie subite e della solitudine sofferta. Gli occasionali periodi di vacanza trascorsi a Londra presso la zia materna Georgina e suo marito, l'artista Edward Burne-Jones, verranno ricordati come paradisiaci.

1877-1878
A marzo la madre Alice torna dall'India e riprende in custodia il figlio, mentre Trix rimane presso la famiglia Holloway. A gennaio dell'anno seguente Rudyard è convittore nello United Services College, a Bideford, nel Devon, un collegio diretto da Cormell Price, un amico di famiglia.

1880
Mentre si reca a Southsea per prendere con sé la sorellina Trix, incontra, a casa degli Holloway, Florence Garrard, una giovane di cui si innamora.

1881
A giugno viene invitato da Cormell Price a svolgere il compito di redattore della rivista scolastica «The United Services College Chronicle». Sotto la sua direzione escono, tra il 30 giugno 1881 e il 24 luglio 1882, sette numeri. In India viene pubblicata dai genitori, all'insaputa di Rudyard, una raccolta di ventitrè poesie, in edizione fuori commercio, intitolata *Schoolboy Lyrics*.

1882
Le condizioni economiche della famiglia non permettono a Kipling di continuare gli studi, e in autunno il giovane parte per l'India per raggiungere i genitori a Lahore, nel Punjab. Il padre, che è nel frattempo diventato curatore del museo di Lahore e preside dell'istituto d'arte Mayo, riesce a trovargli un impiego come assistente redattore alla «Civil and Military Gazette», un quotidiano inglese diretto da Stephen Wheeler.

1883-1884
L'«Englishman of Calcutta» e la «Civil and Military Gazette» pubblicano alcune poesie di Kipling, mentre l'anno seguente vede l'uscita di *Echoes by Two Writers*, trentanove poesie firmate da Kipling e dalla sorella e composte imitando lo stile di alcuni famosi poeti, tra i quali Swinburne e Dobson.

1886
Trascorre un periodo a Simla come corrispondente di «The Pioneer», un giornale appartenente al gruppo della «Civil and Military Gazette». Compare *Departmental Ditties*, una raccolta di versi fortemente influenzata dai lavori di W.M. Praed, W.S. Gilbert e J.E. Fitzgerald, che viene accolta in modo favorevole.

1887
Il lavoro di giornalista lo porta ad Allahabad, nell'Uttar Pradesh, dove conosce e stabilisce un rapporto cordiale con il professor Aleck Hill e la consorte Edmonia, la quale eserciterà su Rudyard una forte influenza. Nel frattempo viene inviato come corrispondente speciale nel Rajputana, la regione nordoccidentale dell'India. Gli articoli lì scritti rifluiranno in gran parte nel libro *Letters of Marque* (1891).

1888
Alloggia in una camera d'affitto presso gli Hill. Ottiene l'incarico di caporedattore del supplemento settimanale «The Week's News». Vengono editi, in sei volumi, a cura della Indian Railway Library, i racconti di viaggio: *Soldiers Three*, *The Story of the Gadsbys*, *In*

Black and White, *Under the Deodars*, *The Phantom Rickshaw* e *Wee Willie Winkie*; il quinto volume contiene il racconto *The Man Who Would Be King*, definito da alcuni critici un vero capolavoro. Esce presso l'editore Thacker, Spink & Co. di Calcutta *Plain Tales from the Hills*, un volume contenente quaranta racconti, di cui ventinove precedentemente apparsi nella «Civil and Military Gazette».

1889
Il giornale «The Pioneer» gli affida l'incarico di corrispondente dall'estero. Il 9 marzo Kipling lascia Calcutta e si mette in viaggio con gli Hill; il gruppo soggiorna a Singapore, a Hong Kong, in Giappone e infine negli Stati Uniti. Si ferma a Beaver, nel Colorado, presso i familiari della signora Hill, dove conosce la sorella di quest'ultima, Caroline Taylor, con la quale instaura un legame intimo. A settembre giunge a Londra e si stabilisce a Villier Street, nel centrale quartiere dello Strand. In dicembre pubblica sul «Macmillan's Magazine» la composizione poetica *The Ballad of East and West*.

1890
Rompe il legame sentimentale con Caroline Taylor. Incontra la sua vecchia fiamma Florence Garrard e tenta di riallacciare con lei la relazione interrotta. A causa di un estenuante periodo di lavoro, soffre di un esaurimento nervoso. Conosce e stabilisce un rapporto d'amicizia con l'agente letterario e scrittore americano Wolcott Balestier, il quale lo presenta alla madre e alla sorella. Ad Allahabad esce in edizione pirata una raccolta di articoli precedentemente scritti per «The Pioneer» intitolata *The City of Dreadful Night*. Pubblica *The Light that Failed* e *The Courting of Dinah Shadd and Other Stories*, con una nota biografica del poeta e critico letterario Andrew Lang.

1891
Riunisce sotto il titolo *Life's Handicap* una scelta di racconti, tra cui alcuni inediti, concernenti il suo soggiorno in India. Collabora con Balestier alla stesura di *The Naulahka*. A seguito delle precarie condizioni di salute, lo scrittore ha una ricaduta che lo costringe ad abbandonare temporaneamente il lavoro. Decide quindi di intraprendere un viaggio della durata di sei mesi che lo porta in Sudafrica, Australia, Nuova Zelanda e in India, dove trascorre le festività natalizie in compagnia della famiglia; tuttavia, appena apprende della scomparsa dell'amico Balestier, venuto meno a causa di una febbre tifoidea, lascia Lahore e rientra immediatamente a Londra. Esce in edizione pirata di 3000 esemplari, presso Wheeler & Co. di Allahabad, *The Smith Administration*, una raccolta di venti racconti; dà alle stampe *Letters of Marque*.

1892

Il rapporto affettivo che lo lega da qualche tempo a Caroline Starr Balestier, detta Carrie, sorella dello scomparso Balestier, si conclude con le nozze il 18 gennaio. A febbraio la coppia parte per un viaggio di nozze intorno al mondo; le prime soste prevedono un soggiorno a Brattleboro, nel Vermont, dove risiede la famiglia di Caroline. Il fratello di quest'ultima, Beatty, vende alla giovane coppia, per una somma nominale, un appezzamento di terreno. I coniugi si rimettono in viaggio, ma giunti a Yokahoma apprendono che la Oriental Banking Company, presso la quale Kipling ha depositato i suoi averi, ha fatto bancarotta. La coppia non ha altra scelta se non quella di vendere i biglietti di viaggio per poter far ritorno a Brattleboro, dove si stabilisce. Il 29 dicembre viene alla luce la figlia Josephine. Vengono pubblicati *The Naulahka*, scritto in collaborazione con Balestier, e *Barrack-Room Ballads and Other Verses*, dedicato all'amico scomparso.

1893

I Kipling si trasferiscono a Naulahka, l'abitazione fatta edificare sul loro appezzamento terriero. Compare il volume *Many Inventions*, che accoglie quattordici racconti e due poesie; nella raccolta appare per la prima volta Mowgli, il personaggio centrale di *The Jungle Book*.

1894-1895

La famiglia parte per una crociera nell'Atlantico; più tardi compie un viaggio in Inghilterra per visitare i genitori dello scrittore. Viene pubblicato *The Jungle Book*, il libro che fa di Kipling uno scrittore di fama mondiale, e, a distanza di un anno, esce il seguito *The Second Jungle Book*. L'editore Dillingham di New York pubblica *Out of India*, una collezione di articoli che Kipling cerca di far ritirare immediatamente dal mercato.

1896

Viene alla luce Elsie, la seconda figlia. Un violento contrasto avuto con Beatty Balestier finisce nelle aule del tribunale, e i Kipling decidono di lasciare il Vermont: il 29 agosto partono infatti alla volta dell'Inghilterra. Vengono licenziati il volume di poesie *The Seven Seas*, che accoglie il ciclo patriottico *A Song of the English*, e *Soldier Tales*.

1897

Per i cinque anni a seguire, la famiglia si stabilisce a Rottingdean, nel Sussex, dove risiedono sia alcuni amici sia gli zii materni dello scrittore, i Burne-Jones. Il 17 agosto nasce il terzogenito John. Appare

Captains Courageous, il romanzo incentrato su una flotta di pescatori del New England, e in America esce un'edizione antologica di racconti. Per il giubileo della regina Vittoria compone l'ode *Recessional*, che viene pubblicata sul «Times» del 17 luglio.

1898
Trascorre in compagnia della famiglia la prima di una serie di vacanze invernali nel Sudafrica. Si reca in Rhodesia, l'attuale Zimbabwe, dove stringe un'amicizia con l'uomo politico Cecil Rhodes. Firma *The Day's Work*, una raccolta di racconti contenente *The Maltese Cat*, una delle sue storie più famose. Pubblica una serie di articoli sulla marina intitolata *A Fleet in Being* e *An Almanac of Twelve Sports*, un testo nato dalla collaborazione tra Kipling e l'artista William Nicholson.

1899
In febbraio con la famiglia compie l'ultimo viaggio in America. Durante la traversata tutti e tre i figli si ammalano gravemente; una volta in America, le condizioni di salute dei bambini migliorano; fa eccezione però la secondogenita Josephine, che rimane costretta a letto con una gravissima forma di polmonite, a seguito della quale si spegne il 6 marzo. A giugno la famiglia rientra in Inghilterra dove giunge a metà del mese. Allo scoppio della guerra anglo-boera, Kipling si impegna in una campagna di beneficenza a favore delle famiglie dei soldati inglesi; per l'occasione compone la poesia *The Absent-Minded Beggar*, che vende al quotidiano «Daily Mail», il quale la pubblica il 31 ottobre, versando i proventi ricavati dalle vendite direttamente alla causa in questione. Esce in due volumi la versione autorizzata di *From Sea to Sea*, che accoglie una serie di lettere, storie e scritti editi e inediti concernenti i suoi viaggi. È anche l'anno della comparsa di *Stalky & Co*, un'innovativa raccolta di storie dal contenuto fortemente autobiografico. Pubblica *The White Man's Burden*, un'opera poetica, in cui lo scrittore canta la superiorità della razza bianca sulla quale incombe il fardello di portare la civiltà alle popolazioni arretrate.

1900-1901
Parte per il Sudafrica come corrispondente di guerra; per i successivi otto anni vi passerà tre mesi all'anno, da gennaio a marzo. Scrive *Kim*, la storia di Kimball O'Hara e delle sue avventure nell'Himalaya, che viene pubblicata l'anno seguente. L'opera, che è l'ultima a trattare dei temi dell'India, è accolta favorevolmente e giudicata da molti critici come il suo lavoro più riuscito.

1902-1903

La casa nel Vermont viene messa in vendita e a settembre i Kipling si trasferiscono a Bateman's, Burwash, nel Sussex, la loro ultima residenza. Esce *Just So Stories for Little Children*, una raccolta di dodici favole che assieme a *The Jungle Book* figura tra i lavori di massimo successo dello scrittore. L'anno seguente fa la comparsa *The Five Nations*, una raccolta lirica di 54 poesie.

1904

Esce *Traffics and Discoveries*, una miscellanea di racconti che accoglie alcuni tra i lavori più controversi e psicologicamente interessanti firmati da Kipling. Tra questi si ricordano *They*, uno studio di un padre che piange la morte del proprio figlio, e *Mrs Bathurst*.

1906-1907

Nel 1906 esce *Puck of Pook's Hill*, un'antologia di poesie e prose dedicata ai bambini. L'anno seguente gli viene assegnato il Nobel per la letteratura. Trascorre un periodo di vacanza in Canada. Esce *Collected Verse*.

1909-1910

Entra in politica e milita nel partito conservatore. Pubblica *Actions and Reactions*, un volume di racconti che accoglie anche la storia di fantascienza *With the Night Mail*. All'edizione pirata americana di *Abaft the Funnel* segue immediatamente quella autorizzata. Il 1910 è l'anno della comparsa di *Rewards and Fairies*, il seguito di *Puck of Pook's Hill*, contenente la celebre poesia *If-*.

1911-1912

Collabora con lo storico di destra C.R.L. Fletcher alla stesura di *A History of England*. L'anno seguente pubblica *Songs from Books*, una raccolta di versi precedentemente pubblicati come introduzione o postfazione alle prose.

1913

In primavera, compie in compagnia della moglie un viaggio in Egitto. L'atto unico intitolato *The Harbour Watch*, scritto in collaborazione con la figlia Elsie, viene messo in scena il 15 settembre a Londra al Royalty Theatre ma con scarso successo.

1915

Il 2 ottobre un telegramma lo informa della sorte di John, l'unico figlio maschio: viene dato per disperso in battaglia, probabilmente ucciso durante il primo scontro sul fronte occidentale; apparentemente Kipling, che proprio in questo periodo inizia a soffrire di ulcera gastrica, sembra accettare la perdita, ma in realtà si tratta di un immenso dolore che lo lascia fortemente segnato. Raccoglie alcuni pezzi giornalistici sulla guerra nel libro *The New Army in Training*. Esce *France at War*.

1916-1917
Continua a scrivere articoli giornalistici concernenti la Prima guerra mondiale. Viene pubblicato *Sea Warfare* e l'anno seguente *A Diversity of Creatures*, una raccolta di quattordici storie e altrettante poesie. Esce *The War in the Mountains*, una raccolta di scritti relativi agli scontri bellici sul fronte italo-austriaco.

1919
Firma *The Years Between*, un volume di 45 poesie con una raccolta di epitaffi. Pubblica *The Graves of the Fallen*. A un anno di distanza esce *Letters of Travel (1892-1913)*, una serie di lettere e articoli sul Giappone, gli Stati Uniti, il Canada e l'Egitto.

1923-1924
Cura *The Irish Guards in The Great War*, un testo nato dalle lettere e dai diari dei soldati e dai ricordi dei sopravvissuti. Escono la raccolta *Land and Sea Tales* e *Songs for Youth*. In ottobre viene nominato rettore all'università scozzese di St Andrews. Nel 1924 la figlia Elsie si unisce in matrimonio con il capitano George Bambridge.

1926
Escono *Sea and Sussex* e *Debits and Credits*, un libro di quattordici racconti e ventuno poesie. Riceve la medaglia d'oro della Royal Society of Literature, in precedenza conferita solamente a Walter Scott, George Meredith e Thomas Hardy.

1927-1928
Compie un viaggio in Brasile durante il quale scrive *Brazilian Sketches*; esce *Songs of the Sea*; l'anno seguente viene data alle stampe una raccolta di trentuno discorsi, scritti tra il 1906 e il 1927, intitolata *A Book of Words*.

1929-1930
Esce *Poems, 1886-1929*. A distanza di un anno viene pubblicato *Thy Servant a Dog*, tre storie narrate dai cani, protagonisti dei racconti. Visita le Indie occidentali e si ferma per tre mesi nelle Bermuda, a seguito di un attacco di appendicite accusato dalla moglie.

1932
Viene nominato Fellow onorario del Magdalene College a Cambridge. Pubblica *Limits and Renewals*, una serie di racconti che raccoglie tra

gli altri *Dayspring Mishandled*, una storia di falsi letterari incentrata sul difficile rapporto tra scrittori e critici letterari.

1933-1934
Viene eletto socio corrispondente dell'Académie des Sciences Morales et Politiques. Esce *Souvenirs of France*, un insieme di scritti concernenti la Francia e il rapporto dello scrittore con questa nazione. L'anno seguente dà alle stampe *Collected Dog Stories*. Gli viene diagnosticata un'ulcera duodenale.

1936
A seguito di un'emorragia, causata dalla perforazione del duodeno, Kipling si spegne a Londra il 18 gennaio; la salma viene tumulata a Londra nell'abbazia di Westminster. Postumi escono l'autobiografia *Something of Myself* (1937) e l'edizione completa Sussex delle sue opere (1937-1939).

(a cura di Valentina Olivastri)

Bibliografia

Opere di Rudyard Kipling

Si elencano di seguito le opere in lingua originale seguendo l'ordine cronologico.

Schoolboy Lirycs, Civil and Military Gazette Press, Lahore 1881.

Echoes by Two Writers, in collaborazione con Alice Kipling, Civil and Military Gazette Press, Lahore 1884.

Departmental Ditties and Other Verses, Civil and Military Gazette Press, Lahore 1886.

In Black and White, Wheeler & Co., Allahabad 1888.

Plain Tales from the Hills, Thacker, Spink & Co., Calcutta 1888.

Soldiers Three, Pioneer Press, Allahabad 1888.

The Story of the Gadsbys, Wheeler & Co., Allahabad 1888.

The Phantom Rickshaw, Wheeler & Co., Allahabad 1888.

Under the Deodars, Wheeler & Co., Allahabad 1888.

Wee Willie Winkie, Wheeler & Co., Allahabad 1888.

The Courting of Dinah Shadd and Other Stories, Harper & Brothers, New York 1890.

The Light that Failed, Lippincott Company, London 1890.

The City of Dreadful Night, Wheeler & Co., Allahabad 1891.

His Private Honour, Macmillan & Co., London, New York 1891

Letters of Marque, Wheeler & Co., Allahabad 1891.

Life's Handicap, Macmillan & Co., London, New York 1891.

Mine Own People, United States Book Company, New York 1891.

Barrack-Room Ballads, Methuen & Co., London 1892.

The Naulahka, Heinemann, London, New York 1892.

Many Inventions, Appleton & Co., New York 1893.

The Jungle Book, Macmillan & Co., New York, London 1894.

The Second Jungle Book, Macmillan & Co., New York, London 1895.

The Seven Seas, Appleton & Co., New York 1896.

Soldier Tales, Macmillan & Co., London 1896.
The Kipling Birthday Book, Macmillan & Co., New York 1896.
Captains Courageous, Macmillan & Co., London 1897.
A Fleet in Being, Macmillan & Co., New York 1898.
An Almanac of Twelve Sports, illustrazioni di W. Nicholson, Heinemann, London 1898.
The Day's Work, Doubleday & McClure, New York 1898.
A Kipling Note Book, Mansfield & Wessels, New York 1899.
From Sea to Sea, Doubleday & McClure, New York 1899.
Recessional and Other Poems, [s.t.], London 1899.
Stalky & Co., Macmillan & Co., London 1899.
The Brushwood Boy, Doubleday & McClure, New York 1899.
The White Man's Burden, Doubleday & McClure, s.l. 1899.
Kim, Doubleday, Page & Co., New York 1901.
Just So Stories for Little Children, Macmillan & Co., London 1902.
The Five Nations, Methuen & Co., London 1903.
Traffics and Discoveries, Macmillan, London 1904.
Puck of Pook's Hill, Macmillan, London 1906.
Collected Verse, Doubleday, Page & Co., New York 1907.
Letters to the Family, Macmillan Company of Canada, Toronto 1908.
Abaft the Funnel, Doubleday, Page & Co., New York 1909.
Actions and Reactions, Macmillan, London 1909.
Rewards and Fairies, Macmillan & Co., London 1910.
A History of England, in collaborazione con C.R.L. Fletcher, Clarendon Press, London 1911.
Songs from Books, Doubleday, Page & Co., New York 1912.
France at War, Macmillan & Co., London 1915.
The New Army in Training, Macmillan, London 1915.
Sea Warfare, Macmillan & Co., London 1916.
A Diversity of Creatures, Macmillan & Co., London 1917.
The War in the Mountains, Doubleday, Page & Co., New York 1917.
The Eyes of Asia, Doubleday, Page & Co., New York 1918.
The Graves of the Fallen, Imperial War Graves Commission, [London] 1919.
The Years Between, Methuen & Co., London 1919.
Letters of Travel (1892-1913), Macmillan & Co., London 1920.
Land and Sea Tales, Macmillan & Co., London 1923.
The Irish Guards in The Great War, Macmillan & Co., London 1923.
Songs for Youth, Hodder & Stoughton, London 1924.
Debits and Credits, Macmillan & Co., London 1926.
Sea and Sussex, Macmillan & Co., London 1926.
Songs of the Sea, Doubleday, Page & Co., New York 1927.
A Book of Words, Macmillan & Co., London 1928.

Poems, 1886-1929, Macmillan & Co., London 1929.
Thy Servant a Dog, Macmillan & Co., London 1930.
Humorous Tales, Macmillan & Co., London 1931.
Animal Stories, Macmillan & Co., London 1932.
Limits and Renewals, Macmillan & Co., London 1932.
All the Mowgli Stories, Macmillan & Co., London 1933.
Souvenirs of France, Macmillan & Co., London 1933.
Collected Dog Stories, Macmillan & Co., London 1934.
A Kipling Pageant, Doubleday, Doran & Co., New York 1935.
All the Puck Stories, Macmillan & Co., London 1935.

EPISTOLARI E DIARI

Rudyard Kipling to Rider Haggard: the Record of a Friendship, Hutchinson, London 1965.
«O Beloved Kids»: Rudyard Kipling's Letters to His Children, a cura di E.L. Gilbert, Weidenfeld & Nicolson, London 1983.
The Letters of Rudyard Kipling, a cura di T. Pinney, Macmillan, London 1990.

TRADUZIONI IN ITALIANO

Racconti angloindiani del mistero e dell'orrore, trad. it. di O. Fatica, Theoria, Roma 1985.
L'ammutinamento dei Mavericks, trad. it. di O. Fatica, Theoria, Roma 1986.
Qualcosa di me: per i miei amici noti e ignoti, trad. it. di M. Vinciguerra, a cura di A. Cane, Einaudi, Torino 1986.
Oltre il limite e altri racconti, trad. it. di B. Rivadossi, L'Obliquo, Brescia 1987.
Il libro della giungla, trad. it. di U. Pittola, Mursia, Milano 1989.
Poesie, trad. it. di P. Bottalla e S. Miliani, a cura di O. De Zordo, Mursia, Milano 1989.
Puck delle colline, trad. it. di U. Pittola, Mursia, Milano 1991.
L'Egitto dei maghi, trad. it. di O. Fatica, Theoria, Roma 1992.
La guerra sulle montagne: impressioni del fronte italiano, a cura di F. Pagano, Pagano, Napoli 1992.
Storie proprio così, trad. it. di A.M. Clerici Bagozzi, Mursia, Milano 1993.
La corsa di primavera e altri racconti indiani, trad. it. di S. Colangelo, Ripostes, Salerno 1993.
Racconti, trad. it. di G. Krätli, Garzanti, Milano 1993.
Il risciò fantasma e altre storie fantastiche, a cura di G. Pilo e S. Fusco, Newton & Compton, Roma 1994.

L'avventura di Mowgli, trad. it. di G.L. Guernerei, Guaraldi, Rimini 1995.
Racconti semplici delle colline: racconti indiani, trad. it. e a cura di A. Gibellini e G. Francesio, Guaraldi, Rimini 1995.
La foca bianca, trad. it. di U. Pittola, Mursia, Milano 1996.
Il secondo libro della giungla, trad. it. di U. Pittola, Mursia, Milano 1996.
Oltre la porta d'oro. Un viaggio negli Stati Uniti da costa a costa, trad. it. di V. Bellazzi, a cura di I. Pizzetti, Muzzio, Padova 1996.
Confini e conflitti. I racconti fantastici, trad. it. di O. Fatica, Theoria, Roma 1997.
Il risciò fantasma e altri racconti dell'arcano, a cura di O. Fatica, Adelphi, Milano 2000.
Ballate delle baracche e altre poesie, a cura di F. Buffoni, Mondadori, Milano 2001.
Capitani coraggiosi: una storia dei grandi banchi, trad. it. di A.M. Speckel e O. Palusci, Mondadori, Milano 2001.
Kim, trad. it. di C. Egidi Mattei, Mondadori, Milano 2001.
L'uomo che volle farsi re, trad. it. di A. Monti e L. Conetti, Mondadori, Milano 2001.
Racconti dell'India, della vendetta, della memoria, a cura di A. Monti, Mondadori, Milano 2001.
Romanzi, a cura di L. Conetti, Mondadori, Milano 2001.

Bibliografia critica

Ci limitiamo ai titoli più importanti e noti di studi sulla vita e l'opera dello scrittore. Per comodità i testi sono organizzati in ordine alfabetico per autore.

SAGGI CRITICI

H.P. Bauer, *Rudyard Kipling: a Study of the Short Fiction*, Maxwell Macmillan, New York, Toronto 1994.
H. Bloom, a cura di, *Rudyard Kipling*, Chelsea House, New York 1987.
J.S. Bratton, *Kipling's Magic Art*, Oxford University Press, Oxford, London 1980.
M. Burri Rossi – C. Conoscitore, *Fanciulli e adolescenti in Kipling*, La Nuova Italia, Firenze 1969.
J.D. Coates, *The Day's Work: Kipling and the Idea of Sacrifice*, Fairleigh Dickinson University Press, Associated University Presses, Madison, London 1997.
L. Conetti, *Introduzione a Kipling*, Laterza, Roma 1996.

L.L. Cornell, *Kipling in India*, Macmillan, St Martin's Press, London, New York 1966.

N. Crook, *Kipling's Myths of Love and Death*, Macmillan, Basingstoke 1989.

R. Durbach, *Kipling's South Africa*, Chameleon Press, Diep River 1988.

R. Fraser, *Victorian Quest Romance: Stevenson, Haggard, Kipling, and Conan Doyle*, Northcote House, in Association with the British Council, Plymouth 1998.

G. Freddi, *Kipling*, La Scuola, Brescia 1964.

W. Gauger, *Wandlungsmotive in Rudyard Kipling*, W. Fink, München 1975.

E.L. Gilbert, *The Good Kipling: Studies in the Short Story*, Manchester University Press, Manchester 1972.

R.L. Green, *Kipling: the Critical Heritage*, Routledge, London 1971.

J.J. Gross, *Rudyard Kipling: the Man, His Work and His World*, Weidenfeld & Nicolson, London 1972.

S.S.I. Husein, *The Indianness of Rudyard Kipling: a Study in Stylistics*, Cosmic Press, London 1983.

F.V. Jarvis, *The Rainbow Shell: English Poetry from Rossetti to Kipling*, Book Guild Ltd., Sussex 1996.

M. Lascelles, *The Story-Teller Retrieves the Past: Historical Fiction and Fictitious History in the Art of Scott, Stevenson, Kipling, and Some Others*, Clarendon Press, Oxford University Press, Oxford, New York 1980.

M. Laski, *From Palm to Pine: Rudyard Kipling Abroad and at Home*, Sidgwick & Jackson, London 1987.

J. Harrison, *Rudyard Kipling*, Twayne Publishers, Boston 1982.

T.R. Henn, *Kipling*, Oliver & Boyd, Edinburgh, London 1967.

S. Kemp, *Kipling's Hidden Narratives*, Blackwell, Oxford 1988.

J.K. Lyon, *Bertolt Brecht und Rudyard Kipling*, Suhrkamp, Frankfurt am Main 1976.

M. MacDonald, *The Long Trail: Kipling Round the World*, Tideway House, Bristol 1999.

P. Mason, *Kipling: the Glass, the Shadow, and the Fire*, J. Cape, London 1975.

J.A. McClure, *Kipling & Conrad, the Colonial Fiction*, Harvard University Press, Cambridge (Mass.) 1981.

E. Mertner, *Rudyard Kipling und seine Kritiker: Bewunderung und Irritation*, Wissenschaftliche Buchgesellschaft, Darmstadt 1983.

A. Monti, *La legge e l'abominio: l'India di Rudyard Kipling*, Solfanelli, Chieti 1988.

K. Moore, *Kipling and the White Man's Burden*, Faber, London 1968.

R.F. Moss, *Rudyard Kipling and the Fiction of Adolescence*, Macmillan Press, London 1982.
H. Orel, *A Kipling Chronology*, Macmillan, Basingstoke 1989.
M. Paffard, *Kipling's Indian Fiction*, Macmillan, Basingstoke 1989.
N. Page, *A Kipling Companion*, Macmillan Press, London 1984.
G. Persico, *Il fantastico, la natura e la legge nella narrativa di R. Kipling: da* The Light that Failed *a* Kim, Edigraf, Catania 1979.
T. Pinney, *In Praise of Kipling*, Harry Ransom Humanities Research Center, The University of Texas, Austin (Tex.) 1996.
D. Randall, *Kipling's Imperial Boy: Adolescence and Cultural Hybridity*, Macmillan, Basingstoke 2000.
L. Sacchetti, *Rudyard Kipling*, Le Monnier, Firenze 1959.
I. Shamsul, *Kipling's «Law»: a Study of His Philosophy of Life*, Macmillan, London 1975.
Z.T. Sullivan, *Narratives of Empire: the Fictions of Rudyard Kipling*, Cambridge University Press, Cambridge 1993.
J.M.S. Tompkins, *The Art of Rudyard Kipling*, Methuen, London 1959.
L.D. Wurgart, *The Imperial Imagination: Magic and Myth in Kipling's India*, Wesleyan University Press, Middletown (Conn.) 1983.

BIOGRAFIE

K. Amis, *Rudyard Kipling and His World*, Thames & Hudson, London 1975.
F.W. Birkenhead, *Rudyard Kipling*, Random House, New York 1978.
C. Carrington, *Rudyard Kipling: His Life and Work*, Penguin in Association with Macmillan, Harmondsworth 1986.
M. Fido, *Rudyard Kipling*, Hamlyn, Twickenham 1974.
A. Lycett, *Rudyard Kipling*, Weidenfeld & Nicolson, London 1999.
H. Orel, a cura di, *Kipling: Interviews and Recollections*, Macmillan, London 1983.
H. Ricketts, *The Unforgiving Minute: a Life of Rudyard Kipling*, Chatto & Windus, London 1999.
M. Seymour-Smith, *Rudyard Kipling: the Controversial New Biography*, Papermac, London 1990.
A. Wilson, *The Strange Ride of Rudyard Kipling: His Life and Works*, Secker & Warburg, London 1977.

BIBLIOGRAFIE

E.A. Ballard, *The Renowned Collection of First Editions, Autograph Letters and Manuscripts of Rudyard Kipling*, Parke-Bernet Galleries, New York 1942.

L.H. Chandler, *A Summary of the Works of Rudyard Kipling, Including Items Ascribed to Him*, The Grolier Club, New York 1930.

W.J. Clarke, *The Less Familiar Kipling, and Kiplingiana*, Jarrolds, London 1936.

H.E. Gerber - E. Lauterbach, a cura di, *Rudyard Kipling: an Annotated Bibliography of Writings About Him*, Purdue University, West Lafayette (Ind.) [1960].

F.L. Livingston, *Bibliography of the Works of Rudyard Kipling*, E.H. Wells & Co., New York 1927.

F.L. Livingston, *Bibliography of the Works of Rudyard Kipling. Supplement to Bibliography of the Works of Rudyard Kipling*, Harvard University Press, Cambridge (Mass.) 1938.

E.W. Martindell, *A Bibliography of the Works of Rudyard Kipling (1881-1923)*, Lane, London 1923.

J. Stewart, *Rudyard Kipling: a Bibliographical Catalogue*, a cura di A.W. Yeats, Dalhousie University Press, Toronto 1959.

RIVISTE LETTERARIE SPECIALIZZATE

«The Kipling Journal», London 1927-.

(a cura di Valentina Olivastri)

BIBLIOGRAFIE

F.A. Ballard, *The Kipling Collection of Carl T. Keller: A Kipling Bibliography ... Rudyard Kipling*, Dodd, Mead Gal-leries, New York 1942.

W.M. Clarke, *The Lions Pending Catalog and Kipling*, ... London 1936.

[illegible]

Kim

I

Voi che battete la Via Stretta,
Fra bagliori d'inferno, verso il giorno del giudizio,
Siate gentili quando l'infedele prega
Il Buddha a Kamakura.

Buddha at Kamakura

Infischiandosene delle ordinanze municipali, sedeva a cavalcioni sul cannone Zam-Zammah, collocato sulla sua piattaforma di mattoni davanti al vecchio Ajaib-Gher, la Casa delle Meraviglie, come gli indigeni chiamano il museo di Lahore. Chi possiede Zam-Zammah, questo "dragone che sputa fuoco", è padrone del Punjab, poiché quel grosso pezzo di bronzo ormai verde è sempre stato il primo bottino di ogni conquistatore.

Kim poteva essere soddisfatto... era riuscito a impossessarsene dopo aver cacciato a calci il figlio di Lala Dinanath; inoltre, gli inglesi erano padroni del Punjab e Kim era inglese. Anche se era nero bruciato come un indigeno qualsiasi, anche se parlava di preferenza il vernacolo e la lingua materna in una cantilena incerta e zoppicante, anche se si sentiva perfettamente a suo agio con tutti i ragazzini del bazar, Kim era bianco... un povero fra i più poveri bianchi. La donna di mezza casta che si prendeva cura di lui (una donna che fumava oppio e aveva la pretesa di tenere un negozio di mobili di seconda mano sulla piazza dove sostavano le vetture a buon mercato) raccontava ai missionari che era la sorella della mamma di Kim; ma sua madre, invece, era stata bambinaia presso la famiglia di un colonnello e aveva sposato Kimball O'Hara, un giovane sergente portabandiera dei Mavericks, un reggimento irlandese. Questi aveva poi trovato un posto nella ferrovia Sind-Punjab-Delhi, e il suo reggimento era tornato in patria senza di lui. La moglie morì di colera a Ferozepore, e O'Hara cominciò a bere e a bighellonare su e giù lungo la linea ferroviaria con quel suo bambino di tre anni dagli occhi vivaci. Missionari e cappellani, preoccupati per il bimbo, cercarono di portarglielo via, ma O'Hara riuscì sempre a farla franca finché incontrò la fumatrice d'oppio, imparò il gusto della droga e morì come muoiono in India i poveri bianchi. I suoi beni, alla sua morte, consistevano in tre pezzi di carta... Uno lo chiamava il suo *ne varietur*, perché proprio queste erano le parole scritte sotto la sua firma; il secondo era il foglio di congedo; il terzo l'atto di nascita di Kim. Questi documenti – era solito dire durante l'estasi delle sue ore d'oppio – avrebbero fatto un uomo del piccolo Kimball. Per nessun motivo Kim avrebbe dovuto separarsene, perché facevano parte di una grande operazione di magia... quella magia che gli uomini praticano dietro il museo, nella grande Jadoo-Gher bianca e azzurra... la Casa Magica, come noi chiamiamo la Loggia massonica. Diceva che un giorno le cose sarebbero andate finalmente bene, e il corpo di Kim sarebbe stato esaltato fra colonne prodigiose di bellezza e di forza... Il colonnello in persona, cavalcando in testa al più bel reggimento del mondo, si sarebbe preso cura di Kim... al piccolo Kim le cose sarebbero andate molto meglio che a suo padre. Novecento diavoli di prima classe, il cui Dio è un Toro Rosso in campo verde, si sarebbero messi agli ordini di Kim, sempre ammettendo che non si fossero dimenticati di O'Hara... del povero O'Hara che faceva il caposquadra sulla linea di Ferozepore. E a questo punto, mentre diceva queste cose nella sua poltrona di vimini mezza rotta sulla veranda, piangeva lacrime amare. Dopo la sua morte, la donna cucì pergamena, documento e certificato di nascita in un portamuleti di cuoio, che appese al collo di Kim.

«Un giorno o l'altro» diceva, ricordando confusamente le profezie di O'Hara «verrà un Toro Rosso in campo verde, il colonnello sul suo grande cavallo, e» scivolando nell'inglese «novecento diavoli.»

«Me ne ricorderò» rispondeva Kim. «Verranno un Toro

Rosso e un colonnello a cavallo, ma prima due uomini prepareranno il terreno, raccontava mio padre. Diceva che si fa sempre così; ed è sempre così quando si tratta di magia.»

Se la donna avesse mandato Kim alla Jadoo-Gher del luogo con quelle carte, sarebbe stato naturalmente accolto dalla Loggia provinciale e spedito all'orfanotrofio massonico sulle montagne; ma la donna non si era mai fidata della magia, stando a quello che aveva sentito. Anche Kim aveva il proprio modo di pensare. Appena cominciò a ragionare, imparò a evitare i missionari e i bianchi dall'aria seria che gli chiedevano chi fosse e cosa facesse. Kim, da parte sua, non faceva nulla, con immenso successo. È vero che conosceva la meravigliosa città murata di Lahore dalla Porta di Delhi fino a Fort Ditch; che se l'intendeva a meraviglia con gli uomini che conducevano una vita più strana di quanto sia riuscito a sognare Haroun al Raschid; e che viveva in un mondo non meno fantastico delle *Mille e una notte*; ma i missionari e le segretarie delle società filantropiche non sarebbero mai riusciti a capirne la bellezza. Per le strade, lo conoscevano come il "Piccolo Amico di Tutto il Mondo"; e molto spesso, poiché era svelto e non destava sospetto, eseguiva missioni notturne sulle altane piene di gente per conto di brillanti giovanotti alla moda. Si trattava di intrighi amorosi, naturalmente… lo sapeva bene, così come conosceva tutto il male di questo mondo da quando aveva cominciato a parlare… Ma Kim amava il gioco per il gioco… lo sgusciare furtivo attraverso vicoli e sentieri oscuri, l'arrampicarsi sulle grondaie, i sospiri e i bisbigli delle donne sulle terrazze, le fughe di tetto in tetto sotto la protezione delle notti oscure e calde. E c'erano anche i santoni, i fachiri cosparsi di cenere e seduti accanto agli altari di coccio sotto gli alberi della riva del fiume, con i quali trattava a tu per tu… li salutava quando tornavano dalla questua e, se non c'era nessuno intorno, mangiava al loro stesso piatto. La donna che si era presa cura di lui insisteva invano, con le lacrime agli occhi, che si vestisse con abiti europei… calzoni, giacca e cappello. Kim, per sbrigare i suoi affari, trovava più comodo indossare un costume indù o maomettano. Un giovanotto elegante – proprio quello che fu trovato morto, in fondo a un pozzo, la notte del terremoto – gli aveva regalato un costume completo di foggia indù, da ragazzo di bassa casta, e Kim lo custodiva segretamente sotto una catasta di legname nel deposito di Nila Ram, al di là dell'Alta Corte del Punjab, dove i tronchi profumati dei deodar erano lasciati a stagionare dopo aver percorso il Ravee. Quando era occupato con i suoi affari o doveva far bisboccia, Kim usava questo costume e rincasava soltanto all'alba, stanco morto per aver gridato al seguito di un corteo nuziale o essersi sgolato a una festa indù. In casa, qualche volta c'era qualcosa da mangiare, e Kim tornava fuori a dividere il cibo con i suoi amici indigeni.

Tamburellando con i calcagni su Zam-Zammah, interrompeva di tanto in tanto la partita al *Re del Castello* con il piccolo Chota Lal e con Abdullah, figlio del mercante di dolciumi, per lanciare qualche frase all'indirizzo del poliziotto indigeno, di guardia alle file di scarpe sulla porta del museo. Il grosso punjabi sorrideva con indulgenza: conosceva Kim da lungo tempo. E sorrideva anche l'acquaiolo, mentre spruzzava l'acqua del suo otre di pelle di capra sulla strada riarsa. E sorrideva così Jawahir Singh, il falegname del museo, curvo sulle nuovissime casse d'imballaggio. E così faceva chiunque passasse di là, a eccezione della gente della campagna, impaziente di poter vedere nella Casa delle Meraviglie le cose che gli uomini costruiscono nella provincia e altrove. Il museo era infatti dedicato alle arti e all'artigianato indiano, e tutti potevano chiedere spiegazioni e fare domande al direttore.

«Largo! Largo! Fammi salire!» gridava Abdullah, arrampicandosi sulle ruote di Zam-Zammah.

«Tuo padre era un pasticciere, tua madre rubava il *ghi*[1]» cantava Kim. «È un pezzo che i mussulmani sono stati cacciati da Zam-Zammah!»

«Fammi salire!» strillava il piccolo Chota Lal, con il suo berretto trapunto d'oro. Suo padre valeva forse mezzo milione di sterline, ma l'India è il solo Paese democratico del mondo.

«Anche gli indù sono caduti da Zam-Zammah. Li hanno cacciati via i mussulmani. Tuo padre era un pasticciere... »

S'interruppe; in quel momento voltava l'angolo del rumoroso Motee Bazar un tipo di uomo che neanche Kim, che pretendeva di conoscere tutte le caste, aveva mai visto. Era alto quasi sei piedi, vestito con una stoffa sudicia dalle mille pieghe del tipo di quelle che coprono la groppa dei cavalli; non era nessuno di quei drappeggi che Kim avrebbe saputo riferire a un mestiere o a una professione conosciuta. Dalla cintura dell'uomo pendevano un portapenne di ferro lavorato e un rosario di legno di quelli che usano i santoni. Sulla testa portava una specie di gigantesco *tam-o'-shanter*. Il suo viso era giallo e grinzoso come quello di Fook Shing, il calzolaio cinese del bazar. I suoi occhi, con gli angoli rivolti in alto, sembravano intagliati nell'onice.

«Chi è quello?» chiese Kim ai suoi compagni.

«Forse è un uomo» rispose Abdullah, con un dito in bocca e gli occhi spalancati.

«Naturalmente» ribatté Kim «ma non il genere d'uomo che si possa vedere in India.»

«Un prete, forse» disse Chota Lal, esaminando il rosario. «Guardate, entra nella Casa delle Meraviglie!»

«No, proprio non capisco quello che dici» fece scrollando il capo il poliziotto, che parlava punjabi. «Amico di Tutto il Mondo, cosa sta dicendo questo individuo?»

«Mandalo qui» disse Kim, saltando giù da Zam-Zammah e disegnando nell'aria un arabesco con i suoi piedi nudi. «È uno straniero, e tu sei un bufalo.»

L'uomo si voltò confuso e si avvicinò ai ragazzi. Era vecchio, e il suo mantello di lana odorava ancora dell'artemisia dei passi di montagna.

«Ragazzi, cos'è quella gran casa?» chiese in perfetto urdù.

«L'Ajaib-Gher, la Casa delle Meraviglie!» Kim non gli appioppò nessun titolo, come se fosse Lala o Mian... Non era riuscito a indovinare di che religione fosse.

«La Casa delle Meraviglie! Vi può entrare chiunque?»

«Sulla porta c'è scritto... ingresso libero.»

«Bisogna pagare?»

«Io non faccio che entrare e uscire. Non sono certo un banchiere» rispose Kim scoppiando a ridere.

«Ahimè, io sono vecchio! Non lo sapevo.» Sgranò il rosario e si volse di nuovo verso il museo.

«Di che casta sei? Dove sta la tua casa? Sei venuto da lontano?» domandò Kim.

«Vengo da Kulu... oltre i Kailas... ma che ne sai tu? Vengo dalle montagne» proseguì sospirando «dove l'aria e l'acqua sono fresche e limpide.»

«*Khitai* [cinese]» disse fiero di sé Abdullah. Fook Shing una volta l'aveva messo alla porta per aver sputato sugli idoli al di sopra delle scarpe.

«*Pahari* [uomo delle montagne]?» chiese il piccolo Chota Lal.

«Sì, bambino... un uomo delle montagne, di montagne come non ne vedrai mai. Hai sentito parlare del Bhotiyal [il Tibet]? Non sono un *khitai*, ma un *bhotiya* [un tibetano], è bene che lo sappiate... Sono un lama, o, come dite voi nella vostra lingua, un guru.»

«Un guru tibetano» replicò Kim. «Mai visto un uomo simile. Ci sono indù, nel Tibet?»

«Noi siamo seguaci della Via di Mezzo, e viviamo in pace nelle nostre lamasserie; prima di morire, io vado a visitare i quattro Luoghi Santi. E ora, voi che siete ragazzi ne sapete più di me che sono vecchio.» Sorrise con dolcezza ai fanciulli.

«Hai mangiato?»

Si frugò nel petto e tirò fuori una vecchia ciotola di legno per la questua. I ragazzi annuirono. Tutti i preti di loro conoscenza chiedevano l'elemosina.

«Non desidero mangiare, per ora» girò la testa come una vecchia tartaruga al sole. «È vero che nella Casa delle Meraviglie di Lahore ci sono molte immagini?» E ripeté le ultime parole, come chi voglia essere sicuro di un indirizzo.

«È vero» rispose Abdullah. «È piena di idoli pagani. Ma tu, allora, sei un idolatra.»

«Non farci caso» disse Kim. «Quello è il palazzo del governo e non ci sono idoli, salvo un sahib dalla barba bianca. Vieni con me, e te lo farò vedere.»

«I preti stranieri mangiano i bambini» sussurrò Chota Lal.

«È uno straniero e un *būt-parast* [idolatra]» aggiunse Abdullah il maomettano.

Kim rise.

«È un tipo diverso dagli altri. Ma correte pure a nascondervi in braccio a mamma, starete al sicuro. E tu, vieni!»

Kim fece scattare il cancelletto girevole; il vecchio lo seguì e si fermò stupefatto. Nell'atrio c'erano le grandi statue degli scultori greco-buddhisti, fatte, solo i saggi sanno quanto tempo fa, da artisti dimenticati le cui mani cercarono, non senza una certa bravura, di imitare lo stile misteriosamente trasmesso dai Greci. C'erano centinaia di pezzi, fregi in rilievo, frammenti di statue e lastre affollate di figure, che già avevano ricoperto le pareti di mattone degli *stupa* e dei *vihara* buddhisti nel Nord del Paese e che ora, riemersi dagli scavi e arricchiti di un cartellino, costituivano il vanto del museo. A bocca aperta per la sorpresa, il lama guardava ora una cosa ora un'altra, per arrestarsi finalmente in estasi davanti a un grande altorilievo raffigurante un'incoronazione o l'apoteosi del dio Buddha. Il Maestro era rappresentato seduto sopra un loto, i cui petali erano talmente delineati da sembrare quasi staccati. Intorno a lui c'era una gerarchia adorante di re, di anziani e di Buddha di altri tempi. Sotto, c'erano acque coperte di foglie di loto, ricche di pesci e di uccelli acquatici. Due *dewas* dalle ali di farfalla reggevano una ghirlanda sopra la sua testa; più in alto, un'altra coppia sorreggeva un ombrello sormontato dalla calotta ingemmata del Bodhisat.

«Il Signore! Il Signore! Sakya Muni in persona!» esclamò

il lama, quasi singhiozzando; e a voce bassissima cominciò la meravigliosa invocazione buddhista:

A Lui la Via… la Legge… la Pienezza
a Lui che Maya tenne sul cuore
il Signore di Ananda… il Bodhisat.

«Egli è qui! Ed è qui anche la Legge Eccellentissima! Il mio pellegrinaggio è iniziato bene. E che opera! Che opera!»

«Il sahib è là» disse Kim, passando fra le vetrine della sala Arti e mestieri. Un inglese dalla barba bianca stava osservando il lama, che si volse verso di lui con gravità, lo salutò e tirò fuori un taccuino e un pezzo di carta dopo essersi frugato addosso.

«Sì, questo è il mio nome» disse sorridendo della scrittura ingenua e infantile.

«Me l'ha dato uno dei nostri, che è stato in pellegrinaggio nei Luoghi Sacri… e che ora è abate del monastero di Lung-Cho» balbettò il lama. «Parlava proprio di queste cose» aggiunse, muovendo nell'aria, in cerchio, la sua mano scarna e tremante.

«Benvenuto, allora, o lama del Tibet. Qui sono le immagini e qui sono io» guardò fisso il lama «a raccogliere la saggezza. Vieni un momento nel mio ufficio.»

Il vecchio tremava dall'eccitazione.

L'ufficio era soltanto uno stanzino di legno ricavato nella galleria delle sculture. Kim si sdraiò a terra, con l'orecchio contro la porta di cedro rovinata dal caldo, e seguendo il suo istinto si allungò ad ascoltare e a osservare.

In gran parte, la conversazione era però troppo al di sopra della sua intelligenza. Il lama, dapprima confuso, parlò al direttore del museo della sua lamasseria, il Suchzen, di fronte alle Rocce Dipinte, distanti quattro mesi di strada a piedi. Il direttore aprì un grosso album di fotografie e gli mostrò proprio la sua lamasseria, appollaiata sulla rupe, davanti alla vallata gigantesca e variopinta.

«Sì, sì!» Il lama infilò un paio di occhiali cinesi, montati in corno. «Ecco la piccola porta dalla quale portiamo dentro la legna, prima che giunga l'inverno. E tu... gli inglesi sanno queste cose? Colui che ora è abate di Lung-Cho me l'aveva detto, ma io non gli avevo creduto. Il Signore... l'Eccelso... è onorato anche qui? E la sua vita è conosciuta?»

«È tutta incisa sulla pietra. Vieni a vedere, se ti sei riposato.»

Il lama attraversò la galleria principale, con il direttore accanto, ed esaminò tutta la collezione con la reverenza di un fedele e il giudizio istintivo di un artista.

Nella pietra lavorata, riconobbe gli episodi della leggenda, a volte sconcertato dal non familiare convenzionalismo greco, ma felice come un bambino a ogni nuova scoperta. Quando la continuità della storia si spezzava, come nella scena dell'Annunciazione, il direttore ricorreva alle fotografie e alle riproduzioni dei suoi libri... francesi e tedeschi.

C'era il devoto Asita, il corrispondente del Simeone della storia cristiana, che teneva sulle sue ginocchia il Sacro Bambino mentre padre e madre lo ascoltavano; c'erano alcuni episodi della leggenda del cugino Devadatta. C'era, tutta confusa, la donna malvagia che accusò il Maestro di impurità; c'era la predica nel Parco dei Cervi; il miracolo che sbalordì gli adoratori del fuoco; c'era il Bodhisat nella veste regale da principe; la nascita miracolosa; la morte a Kusinagara, dove svenne il discepolo debole; c'erano, infine, scene della meditazione sotto l'albero della Bodhi e, dappertutto, l'adorazione della ciotola della questua. Al direttore bastarono pochi minuti per rendersi conto che il suo ospite non era un semplice mendicante con la bocca piena di litanie, ma un vero studioso. Cominciarono a riguardare tutto di nuovo; il lama, da parte sua, fiutava tabacco, ripuliva gli occhiali e parlava in uno strano miscuglio di urdù e di tibetano con la velocità di un treno. Aveva sentito parlare dei viaggi dei pellegrini cinesi, Fo-Hian e Hwen-Thiang, ed era ansioso di sapere se esistevano traduzioni delle loro memorie. Quando sfogliò le pagine di Beal e Stanislas Julien, trattenne il respiro, e disse con tristezza:

«Qui dentro c'è tutto. Un tesoro sotto chiave.»

Poi si adattò con reverenza ad ascoltarne dei frammenti, tradotti piuttosto sommariamente in urdù. Per la prima volta sentì parlare delle fatiche di studiosi europei, che con l'aiuto di quello e di cento altri documenti avevano identificato i Luoghi Sacri del buddhismo. Gli fu quindi mostrata una grossa mappa, punteggiata e tratteggiata in giallo. Il suo dito bruno seguì da un punto all'altro la matita del direttore. Ecco Kapilavastu, ecco il Regno di Mezzo, ecco Mahabodhi, la Mecca del buddhismo; ecco Kusinagara, il triste luogo della morte del Santo. Silenziosamente, il vecchio piegò per un po' la testa sulle pagine e il direttore riaccese la pipa. Kim si era addormentato. Quando si risvegliò, la conversazione era più comprensibile per lui.

«Fu così, o Fonte di Saggezza, che decisi di visitare i Luoghi Sacri che il suo piede ha calcato... il luogo di nascita, Kapila; poi Mahabodhi, che è ora Buddh Gaya... il monastero... il Parco dei Cervi... e infine, il luogo della sua morte.»

Il lama abbassò la voce. «Sono venuto da solo. Da cinque... sette... diciotto... quarant'anni, mi sono convinto che l'Antica Legge non è più seguita rettamente; come sai, è ormai sovraccarica di diavolerie e di idolatria. Lo diceva perfino quel ragazzo là fuori. Sì, proprio come diceva quel ragazzo.»

«È successo così di tutte le religioni.»

«Credi? Io ho letto tutti i libri della mia lamasseria ed erano senza spina dorsale; anche il tardo rituale di cui ci siamo arricchiti noi, della Legge Riformata... perfino quello non ha più valore ai miei vecchi occhi. Anche i seguaci dell'Eccelso si sbranano l'un l'altro. Tutto è illusione. Sì, *maya*, illusione. Ma io ho un altro desiderio...» E la sua faccia gialla e grinzosa si avvicinò a quella del direttore, mentre la lunga unghia appuntita dell'indice batteva sulla tavola. «I vostri studiosi, grazie a questi libri, hanno seguito i Piedi Benedettini in tutte le loro peregrinazioni; ma ci sono cose che non hanno scoperto. Io non so nulla... non conosco nulla... ma vado a liberare me stesso dalla Ruota delle Cose attraverso una strada ampia e aperta.» Sorrise con aria di candido trionfo. «Come pellegrino ai Luoghi Sacri, acquisto merito. Ma c'è di più. Ascolta questa verità. Quando nostro Signore, ancor giovane, cercava una compagna, alla corte di suo padre la gente affermò che era troppo tenero per il matrimonio. Lo sapevi?»

Il direttore annuì, chiedendosi cosa sarebbe seguito.

«Lo sottoposero allora a una triplice prova di forza contro tutti. Alla prova dell'Arco, nostro Signore spezzò quello che gli avevano dato e ne chiese uno che nessuno riuscisse a curvare. Lo sapevi?»

«Sta scritto. L'ho letto.»

«Andando al di là di tutti i segni, la freccia volò lontanissimo a perdita d'occhio. Alla fine cadde; dove toccò terra, scaturì un ruscello che divenne immediatamente un fiume, e la cui prerogativa, grazie alla benevolenza del nostro Signore e al merito che acquistò prima di liberarsi, è quella di lavare di dosso ogni macchia e colore di peccato a chiunque vi si bagni.»

«Così sta scritto» disse malinconicamente il direttore.

Il lama tirò un lungo sospiro. «Dov'è questo Fiume? Fontana di Saggezza, dove cadde la freccia?»

«Ahimè, fratello mio, non lo so» rispose il direttore.

«No, sicuramente te lo sei dimenticato... è la sola cosa che tu non mi abbia detto. Possibile che non lo sappia? Guardami, sono ormai vecchio! Te lo chiedo con la testa fra i tuoi piedi, Fontana di Saggezza. *Sappiamo* che ha teso l'arco! *Sappiamo* che la freccia è caduta! *Sappiamo* che è scaturito il ruscello! Dov'è, dunque, il Fiume? Il mio sogno mi ha comandato di trovarlo. Sono venuto per questo. Eccomi qui. Ma dov'è il Fiume?»

«Non credi che lo direi a tutti, ad alta voce, se lo sapessi?»

«Grazie a quel Fiume, si ottiene la liberazione dalla Ruota delle Cose» continuò il lama, imperturbabile. «Il Fiume della Freccia! Pensaci bene! Forse un piccolo torrente... asciutto durante l'estate? Il Santo non può prendersi gioco di un vecchio.»

«Non lo so. Non lo so.»

Il lama avvicinò ancora di più il volto dalle mille rughe a quello dell'inglese. «Vedo proprio che non lo sai. La cosa ti è nascosta, poiché non sei un seguace della Legge.»

«Sì... nascosta... nascosta.»

«Siamo tutti e due incatenati, tu e io, fratello mio. Ma io» si alzò facendo muovere nell'aria il suo soffice manto «io vado a cercare la mia libertà. Vieni anche tu!»

«Sono incatenato» replicò il direttore. «Ma tu dove andrai?»

«Prima a Kashi [Benares]: dove altrimenti? In un tempio jainista di questa città, incontrerò un uomo di pura fede. Anche lui, in segreto, è un Cercatore, e potrò sapere qualcosa. Forse verrà con me a Buddh Gaya. Di qui, andrò a nord e a ovest fino a Kapilavastu, dove potrò cercare il Fiume. Sì, li cercherò dovunque potrò andare... perché il posto dove è caduta la freccia deve pure esistere.»

«E come ci andrai? È un viaggio molto lungo, fino a Delhi e di qui a Benares.»

«A piedi e in treno. Da Pathânkot, dopo aver lasciato le montagne, sono venuto fin qui in treno. Si viaggia in fretta. Dapprima sono rimasto meravigliato alla vista di quei lunghi pali ai margini della strada, che acchiappano e riacchiappano i loro fili... » E illustrò con la mano il movimento precipitoso dei pali telegrafici lungo il treno. «Ma poi ho cominciato a sentirmi tutto incordato e mi è tornata la voglia di camminare, come sono abituato a fare.»

«Conosci la strada?» chiese il direttore

«Per questo, è sufficiente chiedere e pagare, e le persone incaricate mandano tutti al posto giusto. Ho saputo tutto questo nella mia lamasseria, da una fonte sicura» disse orgogliosamente il lama.

«E quando hai intenzione di partire?» il direttore non poté

fare a meno di sorridere del misto di pietà antica e di progresso moderno che è la nota dominante dell'India di oggi.

«Appena mi sarà possibile, seguirò le stazioni della sua vita e raggiungerò il Fiume della Freccia. Mi regolerò con la carta scritta sulla quale c'è segnato l'orario dei treni che vanno a Sud.»

«E per il cibo?» I lama, di regola, portano sempre con loro un bel po' di denaro, ma il direttore voleva evidentemente sincerarsene.

«Per il viaggio, ho con me la ciotola del Maestro. Sì: così come andava lui andrò io, dimenticando gli agi del mio monastero. Quando ho lasciato le montagne avevo con me un *chela* [discepolo] che chiedeva la carità per conto mio, come vuole la Regola; ma durante la sosta a Kulu si prese una febbre e morì. Ora non ho più *chela*, ma potrò usare la ciotola e permettere agli uomini caritatevoli di acquistare merito.» Così dicendo, mosse la testa con forza.

I dottori delle lamasserie non chiedono la carità, ma il lama era un entusiasta della questua.

«Così sia» disse il direttore con un sorriso. «Lascia che acquisti merito anch'io. Facciamo lo stesso mestiere, tu e io. Eccoti un blocco nuovo di carta bianca inglese; eccoti due o tre matite appuntate... grosse e sottili... tutta roba che serve a uno scrivano. Ora fammi vedere i tuoi occhiali.»

Il direttore li guardò attentamente. Erano pieni di scalfitture ma quasi della stessa forza dei suoi, che fece scivolare nella mano del lama dicendo: «Prova questi».

«Sono leggeri come una piuma! Proprio come una piuma!»

Il vecchio scrollò la testa felice e arricciò il naso. «Quasi non li sento! E come ci vedo bene!»

«Sono *bilaur*, cristalli... non si rovineranno mai. Sono tuoi, ti aiuteranno a raggiungere il Fiume.»

«Li accetto, e accetto anche le matite e il blocco di carta» disse il lama «in segno di amicizia fra prete e prete... E ora... » frugò nella cintura, ne staccò il portapenne di ferro lavorato e lo posò sul tavolo del direttore. «Ecco il mio portapenne… per ricordo. È molto vecchio… proprio come me.»

Era un pezzo cinese, antico, disegnato, di un ferro che oggi non si lavora più; al direttore era piaciuto fin dal primo momento. Non riuscì a convincere il lama a riprenderselo.

«Quando tornerò dopo aver trovato il Fiume, ti porterò un'immagine del Padma Samthora, con tanto di scritte… sul tipo di quelle che nella mia lamasseria usavo fare sulla seta. Sì… e anche un'immagine della Ruota della Vita» aggiunse sorridendo «perché facciamo lo stesso lavoro, tu e io.»

Il direttore avrebbe voluto trattenerlo: sono in pochissimi, al mondo, a conoscere il segreto delle tradizionali pitture a pennello buddhiste, metà scritte e metà disegnate.

Ma il lama uscì a grandi passi, con la testa alta nell'aria, e dopo essersi fermato un istante davanti a un'enorme statua di un Bodhisat in meditazione, sgusciò fuori dal museo attraverso il cancelletto girevole.

Kim lo seguì come un'ombra. Quello che aveva udito lo aveva riempito di eccitazione. Per lui, nonostante tutta la sua esperienza, quell'uomo costituiva una novità assoluta e voleva continuare a studiarlo: così come si studia una nuova costruzione o una festa insolita nella città di Lahore. Il lama era una sua scoperta, ed era deciso a prenderne possesso. In fondo, la mamma di Kim era irlandese.

Il vecchio si fermò accanto a Zam-Zammah e si guardò intorno, finché i suoi occhi caddero su Kim. L'ispirazione del pellegrinaggio sembrava averlo abbandonato, sia pure per pochi istanti, e si sentiva vecchio, solo e disperato.

«Non ti sedere sotto quel cannone» disse con astio il poliziotto.

«Cornacchia!» fu la risposta di Kim in difesa del lama. «Siediti pure sotto quel cannone, se ne hai voglia. Quando hai rubato le scarpe alla lattaia, Dunnoo?»

Si trattava di un'accusa infondata, nata sotto l'impulso del momento, ma riuscì ugualmente a chiudere la bocca a Dunnoo, il quale sapeva bene che le grida stridule di Kim avrebbero potuto chiamare a raccolta, in caso di necessità, tutti i ragazzacci da bazar.

«Chi hai adorato là dentro?» domandò affabilmente Kim, sedendosi nell'ombra accanto al lama.

«Non ho adorato nessuno, bambino. Mi sono inchinato davanti alla Legge Eccellentissima.»

Kim accettò questo nuovo dio senza emozione. Ne conosceva già almeno una ventina.

«E che farai, adesso?»

«Mendicherò. Proprio ora mi sono ricordato che non mangio e non bevo da un pezzo. Come si chiede la carità in questa città? In silenzio, come facciamo noi del Tibet, o ad alta voce?»

«Quelli che chiedono l'elemosina in silenzio muoiono di fame in silenzio» rispose Kim, citando un proverbio indigeno. Il lama tentò di alzarsi ma ricadde a terra, pensando con un sospiro al discepolo morto tanto lontano, a Kulu. Kim continuò a osservarlo... la testa reclinata da un lato, attento e pieno di interesse.

«Dammi la ciotola. Conosco la gente di questa città... tutti quelli che sono generosi. Dammela e te la riporterò piena.»

Con la semplicità di un bambino, il vecchio gli tese la ciotola.

«Tu riposati. La conosco io, la gente.»

Si diresse di corsa verso la bottega ancora aperta di una *kunjri*, un'erbivendola di bassa casta, dirimpetto alla linea del tram, giù verso il Motee Bazar. Kim era una vecchia conoscenza dell'erbivendola.

«Ti sei fatto per caso *yogi*, con tanto di ciotola?» esclamò la donna.

«No» rispose Kim con orgoglio. «C'è un nuovo prete in città, un uomo come non ne ho visti mai.»

«Vecchi preti, tigri giovani» proruppe la donna con rabbia. «Sono stufa di nuovi preti! Si avventano sulla nostra merce come mosche. Il padre di mio figlio è forse un pozzo di carità, per dover dare a tutti quelli che chiedono?»

«No» disse Kim «il tuo nome è piuttosto uno *yagi* [uomo irascibile] che uno *yogi* [brav'uomo]. Ma questo prete è veramente diverso. Il sahib della Casa delle Meraviglie ha parlato con lui come un fratello. Madre mia, riempi questa ciotola. Ha fame.»

«Davvero, quella ciotola! È un cesto grande come la pancia di una vacca! Ma tu ti comporti con lo stesso garbo del toro sacro di Shiva, che ha già preso il meglio d'una cesta di cipolle, stamani; e per di più, ora dovrei riempire la tua ciotola. Eccolo che torna!»

L'enorme toro brahma color grigio topo si apriva un varco tra la folla multicolore, con una banana rubata penzoloni dalla bocca. Consapevole dei suoi privilegi di bestia sacra, andò difilato verso il negozio, abbassò il capo, e annusò rumorosamente la fila delle ceste prima di fare la sua scelta. Il piccolo ma duro calcagno di Kim scattò colpendolo sull'umido naso azzurro. L'animale sbuffò indignato, e trottò via fra le rotaie del tram, con la gobba fremente di rabbia.

«Guarda! Ti ho salvato più di tre volte quello che potrà contenere la ciotola. Su, madre, un po' di riso con qualche pesce secco sopra... sì, e con un po' di curry.»

Si udì un grugnito dal retro della bottega, dove giaceva un uomo.

«Ha cacciato via il toro» disse la donna sottovoce. «E inoltre bisogna dare qualcosa ai poveri.» Prese la ciotola e la restituì piena di riso caldo.

«Ma il mio *yogi* non è una vacca» osservò Kim serio serio, facendo un buco con le dita in mezzo al riso. «Ci sta bene un po' di curry e una frittella, e credo che gli piacerà anche un po' di conserva.»

«È un buco grande come la tua testa» disse la donna contrariata. Ciò nonostante lo riempì, con un buon curry fumante; poi ci sbatté sopra una frittella secca, ci mise un po' di burro e spiaccicò una mescolata di conserva aspra di tamarindo da una parte.

Kim guardò il cibo con tenerezza.

«Così va bene. Finché sarò da queste parti, il toro non verrà più da te. È un accattone sfrontato.»

«E tu?» disse ridendo la donna. «Ma parla bene dei tori. Non mi hai raccontato, un giorno, di un Toro Rosso che verrà fuori da un campo per aiutarti? Adesso spicciati, e di' al sant'uomo di benedirmi. Forse, conosce anche una ricetta per curare gli occhi malati di mia figlia. Chiedigli anche questo, Piccolo Amico di Tutto il Mondo.»

Ma Kim, prima ancora che la donna finisse di parlare, era andato via saltellando, schivando cani randagi e conoscenti affamati.

«Così mendichiamo noi che ci sappiamo fare» disse con orgoglio al lama, che spalancava gli occhi sul contenuto della ciotola. «Mangia ora… e io mangerò con te. Ehi, *bhisti*!» gridò all'acquaiolo, che innaffiava le euforbie del museo. «Porta qui l'acqua. Noi uomini abbiamo sete.»

«Noi uomini!» ripeté il *bhisti*, ridendo. «Basterà un otre per una coppia così importante? Bevete dunque, in nome del Compassionevole.»

Egli lasciò scorrere un rivoletto nelle mani di Kim, che bevve all'uso indigeno; ma il lama dovette tirar fuori una tazza dagli inesauribili drappeggi della sua veste e bere cerimoniosamente.

«È un *pardesi* [forestiero]» spiegò Kim, mentre il vecchio pronunciava, in una lingua ignota, parole che erano evidentemente una benedizione.

Mangiarono insieme con soddisfazione, vuotando la ciotola. Poi il lama prese un po' di tabacco da una portentosa tabacchiera di legno e, sgranando il suo rosario, cadde nel sonno facile della vecchiaia, mentre l'ombra di Zam-Zammah si allungava sempre più.

Kim corse dalla più vicina tabaccaia, una giovane e vivace maomettana, e chiese un sigaro forte, della marca ricercata dagli studenti dell'università del Punjab, i quali copiavano le abitudini degli inglesi. Poi fumò, e rifletté con il mento sulle ginocchia, sedendo sotto la pancia del cannone, e il risultato dei suoi pensieri fu una improvvisa e furtiva corsa in direzione del deposito di legname di Nila Ram.

Il lama non si destò, fino a quando non cominciò la vita serale della città, con l'accensione dei fanali e l'uscita degli impiegatucci e dei fattorini vestiti di bianco dagli uffici governativi. Guardò sbigottito in tutte le direzioni, ma nessuno badò a lui, tranne un ragazzo indù dal turbante sporco e dalle vesti color isabella. Improvvisamente il vecchio reclinò il capo tra le ginocchia e gemette.

«Che c'è?» gli chiese il ragazzo ritto davanti a lui. «Ti hanno rubato qualcosa?»

«Il mio nuovo *chela* si è allontanato da me e non so dove sia.»

«E che specie d'uomo è il tuo discepolo?»

«È un ragazzo che ha preso il posto di quello che è morto, per il merito che avevo acquistato là dentro, inchinandomi alla Legge.» Il vecchio accennò al museo. «È venuto da me per indicarmi la strada che avevo smarrita. Mi ha condotto nella Casa delle Meraviglie, e con le sue parole mi ha incoraggiato a parlare al Custode delle Immagini, confortandomi e incoraggiandomi. E quando stavo morendo di fame ha mendicato per me, come fa un *chela* per il suo maestro. Mi è stato mandato all'improvviso. All'improvviso è andato via. Mi proponevo di insegnargli la Legge, lungo la strada per Benares.»

Kim ascoltava stupito queste parole, perché da quanto aveva udito nel museo sapeva che il vecchio diceva la verità: qualcosa che un indigeno raramente fa con uno straniero.

«Ma mi accorgo ora che mi è stato mandato con un fine. Ne arguisco che troverò un certo Fiume di cui vado in cerca.»

«Il Fiume della Freccia?» domandò Kim con un sorriso di superiorità.

«È questo un nuovo messaggio?» esclamò il lama. «Non ho mai parlato con nessuno della mia ricerca, tranne che con il Sacerdote delle Immagini. Tu chi sei?»

«Il tuo *chela*» disse Kim con semplicità, sedendosi sui calcagni. «Non ho mai visto nessuno come te in vita mia. Verrò a

Benares. Credo che un uomo vecchio come te, il quale dice la verità al primo che gli capita sull'imbrunire, deve aver molto bisogno di un discepolo.»

«Ma il Fiume… il Fiume della Freccia?»

«Oh, ho sentito quando parlavi con l'inglese. Stavo dietro la porta.»

Il lama sospirò: «Credevo che tu fossi una guida concessa dal cielo. Cose del genere avvengono, a volte, ma io non ne sono degno. Tu, dunque, non conosci il Fiume?».

«No.» Kim rideva imbarazzato. «Io vado in cerca di… di un Toro… un Toro Rosso in campo verde che deve aiutarmi.» Ragazzo com'era, se un suo conoscente aveva un piano, Kim ne tirava subito fuori uno per conto proprio; e, ragazzo com'era, aveva davvero pensato, almeno per venti minuti di seguito, alla profezia di suo padre.

«In che cosa ti deve aiutare il Toro, piccolo?» domandò il lama.

«Lo sa Dio, ma mio padre diceva così. Nella Casa delle Meraviglie ti ho sentito parlare di tutti quegli strani luoghi sulle montagne, e se un uomo così esile e così vecchio… uno abituato a dire la verità… può mettersi in cammino per una sciocchezza di Fiume, anch'io posso mettermi in viaggio. Se il nostro destino è di trovare quelle cose, le troveremo… Tu, il tuo Fiume, e io il mio Toro, le forti Colonne e qualcos'altro che ho dimenticato.»

«Io non mi vorrei liberare dalle Colonne, ma da una Ruota» disse il lama.

«Fa lo stesso. Forse mi faranno re» soggiunse Kim, inconsciamente preparato a tutto.

«Cammin facendo, ti insegnerò aspirazioni diverse e migliori» replicò il lama con tono autorevole. «Andiamo a Benares.»

«Non di notte. Ci sono ladri in giro. Aspettiamo fino a giorno.»

«Ma qui non c'è posto per dormire.» Il vecchio era abituato all'ordine del suo monastero, e sebbene dormisse in terra, come vuole la Regola, preferiva conservare pur sempre un certo decoro.

«Troveremo una buona sistemazione al Serraglio di Kashmir» disse Kim, ridendo della sua perplessità. «Ho un amico là. Vieni!»

I bazar caldi e affollati risplendevano di luci mentre i due si facevano strada nella calca di tutte le razze dell'India superiore, e il lama procedeva lento lento, come un uomo che sogni. Era la sua prima esperienza di una grande città manifatturiera, e il tram affollato lo spaventava con il continuo stridore dei freni. Un po' spinto, un po' rimorchiato, arrivò all'alto portale del Serraglio di Kashmir: quell'enorme piazzale porticato davanti alla stazione, dove sostano le carovane di cammelli e di cavalli di ritorno dall'Asia Centrale. C'era ogni sorta di gente del Nord: chi custodiva cavallini impastoiati e cammelli accosciati; chi caricava e scaricava balle e ceste; chi attingeva acqua per il pasto della sera, facendo squittire le carrucole dei pozzi; chi ammucchiava l'erba davanti a stalloni ombrosi dagli occhi selvaggi; chi batteva i ringhiosi cani di carovana; chi liquidava i cammellieri; chi prendeva nuovi garzoni; chi bestemmiava, urlava, discuteva e contrattava nella piazza gremita. I portici, innalzati su tre o quattro gradini di mattone, rappresentavano un rifugio da questa marea turbolenta. In gran parte, erano affittati a mercanti, come noi affittiamo gli archi di un viadotto; e gli spazi fra pilastro e pilastro erano chiusi con mattoni o assiti, in modo da formare stanze munite di massicce porte di legno e di grossi chiavistelli indigeni. Le porte chiuse indicavano che il proprietario era assente, e qualche rozzo... a volte molto rozzo... scarabocchio di gesso o di vernice diceva dove era andato. Così: "Lutuf Ullah è andato nel Kurdistan". E sotto, in versi triviali: "O Allah, tu che permetti ai pidocchi di vivere sulla giacca di un *kabuli*, perché lasci vivere tanto a lungo questo pidocchio di un Lutuf?".

Kim, proteggendo il lama da uomini e bestie sovreccitati, strisciò lungo i porticati fino alla loro estremità, dalla parte più vicina alla stazione ferroviaria, dove viveva Mahbub Ali, il mercante di cavalli, quando tornava da quel paese misterioso che è al di là dei passi del Nord.

Kim aveva avuto molto a che fare con Mahbub, nella sua breve esistenza... soprattutto dai dieci ai tredici anni... e il grande e grosso afgano, che si tingeva la barba in scarlatto (perché era attempato e non voleva mostrare i suoi peli grigi), sapeva il valore del ragazzo come portaordini. A volte chiedeva a Kim di sorvegliare un uomo che non aveva nulla a che fare con i cavalli: di seguirlo per un giorno intero e di riferirgli minutamente con chi avesse parlato. Kim, la sera, gli dava il suo rendiconto, e Mahbub, muto e assorto, non ne perdeva una parola. Si trattava di intrighi, Kim lo sapeva; ma l'importante era di non farne parola ad altri che Mahbub, il quale gli passava ottime pietanze, uscite calde calde dalla trattoria del Serraglio, e che qualche volta gli aveva dato perfino otto anne in contanti.

«Eccolo» disse Kim, dando una botta sul naso a un cammello bizzoso. «Ehi, Mahbub Ali!» Si fermò davanti a una arcata buia e si nascose dietro al povero lama disorientato.

Con la sua pesante cintura ricamata di Buchara sciolta sul ventre, il mercante di cavalli se ne stava sdraiato su un paio di borse da sella di seta, e aspirava voluttuosamente un'immensa *hookah*[2] d'argento. Al richiamo volse appena la testa; e vedendo soltanto l'alta figura silenziosa, ridacchiò dal profondo del petto.

«Allah! Un lama! Un lama rosso! Ce n'è di strada, da Lahore ai passi! Che fai da queste parti?»

Il lama tese meccanicamente la ciotola dell'elemosina.

«Dio maledica tutti gli infedeli!» disse Mahbub. «Io, a un pidocchioso tibetano, non do nulla; chiedi piuttosto ai miei balti, laggiù fra i cammelli. Forse apprezzeranno le tue benedizioni. Ehi, voi, eccovi un compatriota! Vedete se ha fame!»

Un balti completamente rasato, calato giù dai monti con i suoi cavalli e che passava per una specie di buddhista degenere, si inchinò davanti al Santo e lo invitò, con voce gutturale, a sedere presso il fuoco dei cavallanti.

«Va'!» disse Kim, spingendolo con dolcezza; e il lama si allontanò a grandi passi, lasciando Kim ai margini del porticato.

«Va'!» ripeté Mahbub Ali, tornando alla sua *hookah*. «E tu, piccolo indù, gira al largo. Che Dio maledica tutti gli infedeli! Vai a chiedere l'elemosina a quelli del mio seguito, che appartengono alla tua fede.»

«*Maharaj*» piagnucolò Kim, usando l'appellativo indù e gustando in pieno la situazione «mio padre è morto... mia madre è morta... il mio stomaco è vuoto.»

«Vai a chiedere ai miei uomini, laggiù tra i cavalli, ti ho detto. Ci sarà pure qualche indù, nel mio seguito.»

«Mahbub Ali, sono forse un indù, io?» disse Kim in inglese.

Il mercante non diede segno di sorpresa, ma continuò a guardarlo da sotto le sue ispide sopracciglia.

«Piccolo Amico di Tutto il Mondo» disse «che succede?»

«Nulla. Ora sono il discepolo di quel sant'uomo; andiamo insieme in pellegrinaggio a... a Benares, dice lui. È tutto matto, ma io sono stanco della città di Lahore. Voglio cambiare aria e acqua.»

«Ma per chi lavori? Perché vieni da me?» La voce era aspra di sospetto.

«Da chi altri dovrei andare? Non ho soldi. E non è bene andare in giro senza quattrini. Tu venderai certamente molti cavalli, agli ufficiali. Questi nuovi cavalli sono splendidi: li ho osservati. Dammi una rupia, Mahbub Ali, e non appena sarò diventato ricco farò onore al mio debito.»

«*Uhm*» borbottò Mahbub Ali, riflettendo rapidamente. «Prima d'ora non mi hai mai mentito. Chiama quel lama... e tu tirati indietro nel buio.»

«Oh, i nostri racconti coincideranno» disse Kim ridendo.

«Noi andiamo a Benares» spiegò il lama, appena capì il senso delle domande di Mahbub Ali. «Il ragazzo e io. Vado in cerca di un Fiume.»

«D'accordo... ma il ragazzo che c'entra?»

«È mio discepolo. Mi è stato mandato, credo, per guidarmi

fino al Fiume. Stavo seduto sotto un cannone quando improvvisamente me lo son visto davanti. Cose simili succedono al fortunato cui è stata concessa una guida. Ma ora ricordo, diceva di essere di questo Paese… un indù.»

«E il suo nome?»

«Non gliel'ho chiesto. Non è forse mio discepolo?»

«Di che Paese è? Di che razza… di che villaggio? Mussulmano… sikh… indù… jainista… di alta o di bassa casta?»

«Perché avrei dovuto chiederglielo? Nella Via di Mezzo non c'è né alto né basso. Se è il mio *chela*… chi vorrebbe o potrebbe portarmelo via? Perché, bada bene, senza di lui non troverò il mio Fiume» e scrollò la testa solennemente.

«Nessuno te lo porterà via. Vatti a sedere fra i miei balti» rispose Mahbub Ali; il lama si allontanò, soddisfatto della promessa.

«Non è matto?» disse Kim, uscendo dall'ombra. «Perché dovrei mentire con te, Hajji?»

Mahbub Ali aspirava la sua *hookah* in silenzio. Poi cominciò, quasi bisbigliando: «Umballa è sulla strada di Benares… se davvero voi due andate là».

«Zitto! Ti dico che lui non sa dire bugie… come sappiamo fare noi due.»

«E se tu vuoi portare un messaggio per me fino a Umballa, ti darò il denaro. Si tratta di un cavallo… uno stallone bianco che ho venduto a un ufficiale l'ultima volta che sono tornato dai passi. Ma allora… avvicinati e tendi la mano come se stessi mendicando… il pedigree dello stallone bianco non era ancora ben stabilito, e quell'ufficiale, che ora abita a Umballa, mi ha pregato di chiarirlo.» Mahbub, a questo punto, descrisse il cavallo e l'ufficiale. «L'ambasciata a quell'ufficiale sarà: "Il pedigree dello stallone bianco è completo". Da queste parole capirà che ti mando io. Dirà allora: "Che prova porti?" e tu risponderai: "Mahbub Ali me ne ha dato la prova".»

«E tutto questo per uno stallone bianco» disse Kim ridacchiando, con un lampo negli occhi.

«Ora ti darò il pedigree… a modo mio… con l'aggiunta di

qualche parolaccia.» Un'ombra passò dietro a Kim, con un cammello che ruminava. Mahbub Ali alzò la voce:

«Allah, sei forse il solo accattone della città? Tua madre è morta. Tuo padre è morto. Dite sempre le stesse cose. Bene, bene... » si volse come per frugare per terra e lanciò al ragazzo un tozzo di pane mussulmano, morbido e grasso. «Andate a coricarvi fra i miei cavallanti per stanotte... Tu e il lama. Domani, forse, ti darò da lavorare.»

Kim sgattaiolò via, affondando i denti nel pane; come supponeva, ci trovò una pallottolina di carta velina avvolta in tela cerata, con tre rupie d'argento... generosità fantastica! Sorrise e infilò denaro e carta nel suo portamuleti di pelle. Il lama, che i balti di Mahbub avevano nutrito abbondantemente, si era già addormentato. Kim gli si coricò accanto e rise. Sapeva di aver reso un servizio a Mahbub Ali, e neppure per un istante aveva prestato fede alla storiella del pedigree dello stallone.

Ma Kim non sospettava che Mahbub Ali, conosciuto come uno dei migliori mercanti di cavalli del Punjab, un ricco e intraprendente commerciante le cui carovane arrivavano in capo al mondo, era registrato in un catalogo segreto dell'Indian Survey Department come C251B.

Due o tre volte l'anno, C25 trasmetteva un piccolo rapporto, mal scritto ma interessantissimo, e di solito (veniva controllato con le dichiarazioni di R17 e di L4) perfettamente esatto. Il rapporto riguardava piccoli principati sperduti sulle montagne, esploratori di nazionalità non inglese, e il commercio delle armi... Era, in altre parole, una piccola porzione di quella vasta massa di informazioni riservate in base alle quali agisce il governo indiano. Ma recentemente, cinque re confederati, che non avevano necessità alcuna di confederarsi, erano stati informati da una cortese potenza del Nord che, dalle loro terre, c'era uno stillicidio di notizie nell'India britannica. I primi ministri di quei re, piuttosto seccati, avevano preso le loro misure all'orientale. Sospettavano, fra molti altri, il grosso mercante di cavalli dalla barba rossa, le cui carovane attraversavano le loro fortificazioni, affondando nella neve fino alla pancia. Quella stagione, nel viaggio di ritorno, la carovana era stata oggetto di due imboscate e fatta bersaglio di colpi d'arma da fuoco; e gli uomini di Mahbub erano convinti di avere individuato tre stranieri che potevano essere stati pagati o meno per fare il colpo. Perciò Mahbub aveva evitato di far tappa nella insalubre città di Peshawar ed era venuto direttamente a Lahore, dove, conoscendo i suoi uomini, prevedeva curiosi sviluppi della situazione.

Inoltre, Mahbub Ali aveva addosso qualcosa che non desiderava vedere un'ora più del necessario... una pallottolina di carta velina, piegata e ripiegata, avvolta in tela cerata... una comunicazione anonima, senza indirizzo e con cinque microscopici fori di spillo in un angolo, che tradiva scandalosamente i cinque re confederati, la potenza nordica che li proteggeva, un banchiere indù di Peshawar, una fabbrica d'armi belga e un importante, semindipendente sovrano maomettano del Sud. Questo documento, opera di R17, era stato raccolto da Mahbub oltre il Valico Dora, e il mercante di cavalli era incaricato di portarlo a destinazione per conto di R17, il quale, per circostanze indipendenti dalla sua volontà, non poteva lasciare il proprio posto d'osservazione. La dinamite era blanda e innocua al confronto di questo rapporto di C25; e perfino un orientale, con criteri orientali sul valore del tempo, poteva capire l'importanza di farlo arrivare al più presto a destinazione. Mahbub non aveva nessun particolare desiderio di morire di morte violenta, sia perché aveva ancora due o tre vendette familiari da sbrigare al di là della frontiera sia perché contava di sistemarsi, non appena soddisfatti questi debiti, come un qualsiasi cittadino più o meno virtuoso. Da quando, due giorni prima, era arrivato a Lahore, non era mai uscito dalle porte del Serraglio, ma aveva ostentato l'invio di telegrammi a Bombay, dove aveva depositato parte del suo denaro in una banca; a Delhi, dove un subagente della sua stessa tribù vendeva cavalli alla gente di uno Stato del Rajputana; e a Umballa, dove un inglese continuava a chiedergli ansiosamente il pedigree di uno stallone bianco. Lo scrivano pubblico, che sapeva l'inglese, gli aveva composto splendidi telegrammi, come:

> Creighton, Laurel Bank, Umballa – Cavallo è arabo come già comunicato. Dolente ritardo pedigree che sto traducendo.

E più tardi, allo stesso indirizzo:

> Molto dolente ritardo. Spedirò pedigree.

Al suo subagente di Delhi telegrafò:

> Lutuf Ullah – Inviato mandato telegrafico duemila rupie tuo credito Banca Luchman Narain.

Erano formule prettamente commerciali; ma ciascuno di quei telegrammi era stato discusso e ridiscusso dalle parti interessate, prima di venire recapitati alla stazione ferroviaria da uno sciocco balti, che permetteva a ogni sorta di gente di leggerli lungo la strada.

Una volta finito – per usare il pittoresco linguaggio di Mahbub – di intorbidire il pozzo della curiosità con il bastone della cautela, si era trovato fra i piedi Kim, come un messo celeste; ed essendo tanto risoluto quanto privo di scrupoli, e pronto ad approfittare di qualsiasi opportunità, l'aveva requisito immediatamente.

Un lama vagabondo con un servitore d'infima casta potevano destare una curiosità momentanea mentre vagavano attraverso l'India, Paese di pellegrini; ma nessuno li avrebbe sospettati, né, ciò che più contava, derubati.

Ordinò un po' di brace per riaccendere la sua pipa, e rifletté sulla situazione. Anche se tutto fosse andato a rotoli, e al ragazzo fosse capitato un incidente, il foglio non avrebbe incriminato nessuno. E lui sarebbe andato tranquillamente a Umballa dove, sia pure con il rischio di eccitare nuovi sospetti, avrebbe ripetuto a voce la sua storia alle persone interessate.

Il rapporto di R17 era però la chiave dell'intero affare, e sarebbe stato un guaio serio se non fosse pervenuto a destinazione. Ma Dio era grande, e Mahbub Ali sentiva di aver fatto, per il momento, quanto poteva. Kim era l'unica persona al mondo che non gli avesse mai detto una bugia. E sarebbe stata una macchia indelebile, per la reputazione di Kim, se Mahbub non avesse saputo che con gli altri, per fini propri o per conto suo, il ragazzo sapeva mentire come un orientale. Mahbub Ali attraversò traballando il Serraglio fino al Portone delle Arpie, che si dipingono gli occhi per accalappiare gli stranieri, e decise di andare a trovare una ragazza che, come aveva ragione di credere, era intima amica di un pundit del Kashmir dalla faccia glabra, il quale aveva fatto la posta al suo ingenuo balti, quando questi aveva portato i dispacci al telegrafo. Per il mercante fu una sciocchezza andar là; perché si finì per bere acquavite aromatica, contro la Legge del Profeta, e Mahbub, ubriaco, spalancò le porte della sua bocca e inseguì Fior di Delizia con i piedi dell'ebrietà, finché cascò lungo disteso fra i cuscini, dove Fior di Delizia, aiutata dal pundit del Kashmir dalla faccia glabra, lo perquisì con cura dalla testa ai piedi.

Quasi alla stessa ora, Kim udì dei passi leggeri nello scomparto vuoto di Mahbub. Cosa piuttosto strana, il mercante di cavalli non aveva chiuso la porta, e i suoi uomini erano tutti affaccendati a celebrare il loro ritorno in India con un'intera pecora donata da Mahbub. Un giovane distinto e impomatato di Delhi, munito di un mazzo di chiavi che Fior di Delizia aveva sfilato dalla cintura dell'ubriaco, rovistò in ogni scatola, fagotto, stuoia e borsa da sella appartenente a Mahbub, con cura ancor più sistematica di quella usata da Fior di Delizia e dal pundit nel perquisire il proprietario.

«Io credo» disse Fiore un'ora dopo, in tono sprezzante, appoggiando un gomito ben tornito alla carcassa russante «che costui sia soltanto un porco mercante afgano, con in testa donne e cavalli. Per di più, se avesse avuto quella cosa, a quest'ora l'avrebbe già spedita.»

«No... trattandosi di un affare che riguarda i cinque re, avrebbe dovuto tenere il documento sul suo nero cuore» disse il pundit. «C'era niente laggiù?»

Entrando, il giovane di Delhi scoppiò a ridere e si riassettò il turbante. «Ho cercato tra le suole delle sue pantofole come Fiore nei suoi vestiti. Il nostro uomo non è questo, ma un altro. Di rado mi sfugge qualcosa.»

«Non hanno detto che fosse proprio lui» mormorò pensieroso il pundit. «Hanno detto: "Guardate se è lui, perché i nostri governi sono turbati".»

«I mercanti di cavalli brulicano nel Nord come i pidocchi in una giacca vecchia. Ci sono Sikander Khan, Nur Ali Beg e Farrukh Shah – tutti i capi di *kafila*[3] – che trafficano da quelle parti» disse Fiore.

«Non sono ancora ritornati» precisò il pundit. «Tu li dovrai prendere al laccio.»

«*Puah*!» esclamò Fiore con profondo disgusto, scostando dal suo grembo la testa di Mahbub. «Me lo guadagno, il mio denaro! Farrukh Shah è un orso, Ali Beg un fanfarone e il vecchio Sikander Khan… meglio non parlarne! Ma andate via! Ora voglio dormire. Questo porco non si muoverà fino all'alba.»

Quando Mahbub si destò, Fiore gli parlò severamente del peccato dell'ubriachezza. Gli asiatici non battono ciglio, quando sono stati raggirati da un nemico; però Mahbub, mentre si schiariva la gola, si stringeva la cintura e usciva barcollando sotto le prime stelle dell'alba, fu sul punto di perdere la calma.

"Che trucco da principiante" disse fra sé. "Come se ogni ragazza di Peshawar non fosse in grado di farlo! Ma è stato condotto bene, comunque. Ora lo sa Dio quanti ce ne saranno sulla mia strada con l'ordine di frugarmi, magari con il coltello. Adesso più che mai a Umballa ci dovrà andare quel ragazzo… e con il treno… perché il messaggio è piuttosto urgente. Io resto qui, a corteggiare Fiore e a ubriacarmi come ogni afgano che si rispetti."

Si fermò al penultimo scomparto prima del suo, dove c'erano i suoi uomini, immersi in un sonno profondo. Non c'era traccia né di Kim né del lama.

«Su!» E scrollò un dormiente. «Dove sono andati quei due che si erano coricati qui ieri sera... Il lama e il ragazzo? Manca nulla?»

«No» grugnì l'uomo «il vecchio matto si è alzato al secondo canto del gallo, dicendo che voleva andare a Benares, e il ragazzino l'ha condotto via.»

«Allah maledica tutti gli infedeli!» esclamò Mahbub con forza e si infilò nel suo scomparto, grattandosi la barba.

Era stato Kim a svegliare il lama... Kim che, con un occhio al buco di un nodo dell'assito, aveva visto l'uomo di Delhi frugare dappertutto.

Non era un ladro comune quello che aveva buttato all'aria lettere, conti e selle... non era uno scassinatore quello che aveva infilato una lama di coltello fra le suole delle pantofole di Mahbub e aperto con tanta destrezza le cuciture delle sacche. In un primo momento Kim aveva pensato di dare l'allarme... il prolungato *cho... or... choor...* [al ladro! al ladro!] che di notte è sufficiente a mettere il serraglio in subbuglio; ma poi aveva guardato più attentamente e, con la mano sull'amuleto, aveva tirato le sue conclusioni.

"Dev'essere il pedigree di quel cosiddetto stallone" aveva detto fra sé "la roba che io devo portare a Umballa. Meglio andar via subito. Chi fruga nelle sacche con i coltelli può anche mettersi a frugare nelle pance con i coltelli. C'è sotto una donna, certamente." «Ehi! Ehi!» aveva bisbigliato al vecchio dal sonno leggero. «Vieni. È tempo... è tempo di partire per Benares.»

Il lama si era alzato docilmente, e tutti e due erano spariti dal Serraglio come ombre.

II

Colui che si è liberato dall'Orgoglio
E non disprezza né credenze né preti,
Può udire l'Anima dell'Oriente
Intorno a sé a Kamakura.

Buddha at Kamakura

I due entrarono nella stazione, simile a un fortilizio nella notte che moriva; i fili del telegrafo sibilavano sopra lo scalo merci, dove si svolge il grosso traffico granario del Nord.

«Questa è opera di demonio!» esclamò sbigottito il lama, arretrando di fronte alle tenebre vuote e rimbombanti, al luccichio delle rotaie tra le banchine in muratura, al labirinto delle sbarre. Sostò in una gigantesca sala di pietra, lastricata di corpi simili a salme nel sudario: passeggeri di terza classe che avevano acquistato il biglietto nel corso della notte e si erano addormentati nelle sale d'aspetto. Le ventiquattr'ore sono tutte uguali per gli orientali, e il movimento dei viaggiatori è regolato di conseguenza.

«Questo è il posto dove vengono le carrozze a vapore. Dietro quel buco» Kim indicò lo sportello della biglietteria «c'è un uomo che ti darà una carta per farti trasportare a Umballa.»

«Ma noi andiamo a Benares» replicò il lama in tono petulante.

«È lo stesso. A Benares, allora. Presto: sta arrivando!»

«Prendi tu il portamonete.»

Il lama, che non era così abituato ai treni come aveva preteso, sussultò quando quello delle tre e venticinque antimeridiane, diretto verso il Sud, arrivò rombando sotto la tettoia. I dormienti ripresero vita all'improvviso, e la stazione si riempì di urla e di clamori: grida di acquaioli e di venditori di dolciumi, voci di poliziotti indigeni e striduli strilli di donne affannate a radunare canestri, figlioli e marito.

«È il treno... solo il treno. Verrà qui. Aspetta!» Stupito dalla estrema semplicità del lama (che gli aveva consegnato un borsellino pieno di rupie), Kim chiese e pagò il biglietto per Umballa. Un impiegato insonnolito borbottò qualcosa e gli gettò un biglietto per la prima stazione, a sei miglia di distanza.

«No» disse Kim, esaminando con un ghigno il biglietto. «Il trucco ti può riuscire con i contadini, ma io abito nella città di Lahore. Lo sai fare bene, babu. E ora dammi il biglietto per Umballa.»

Il babu aggrottò le sopracciglia e consegnò il biglietto giusto.

«Ora un altro per Amritzar» soggiunse Kim, che non aveva nessuna intenzione di spendere scioccamente il denaro di Mahbub per pagarsi la vita a Umballa. «Il prezzo è tanto. Gli spiccioli del resto sono tanto. Io so come si va in treno... Nessuno *yogi* ha mai avuto tanto bisogno di un *chela* come te» disse tornando tutto contento dall'attonito lama. «Se non ero io, ti buttavano fuori a Mian Mir. Da questa parte! Vieni.» E rese il denaro avanzato, trattenendo per sé, su ogni rupia del prezzo del biglietto per Umballa, una sola anna di provvigione... l'eterna provvigione dell'Asia.

Il lama esitò davanti allo sportello aperto di un affollato scompartimento di terza classe. «Non sarebbe meglio andare a piedi?» domandò con voce fievole.

Un robusto artigiano sikh cacciò fuori la testa barbuta. «Hai paura? Non aver paura. Mi rammento di quando avevo paura io del treno. Entra! Quest'arnese è opera del governo.»

«Io non ho paura» disse il lama. «C'è posto per due, qui dentro?»

«Non c'è posto nemmeno per un sorcio» strillò la moglie di un coltivatore benestante... un Jat indù del ricco distretto di Jullundur. «I nostri treni notturni non sono ben tenuti come quelli diurni, dove gli uomini e le donne viaggiano scrupolosamente separati, in carrozze distinte.»

«Oh, madre di mio figlio, possiamo fargli posto» disse il

marito che portava un turbante azzurro. «Prendi in braccio il piccolo. E lui è un sant'uomo, non lo vedi?»

«Ma se ho il grembo pieno di settanta volte sette fagotti! Perché non inviti addirittura quel vecchio a sedere sulle mie ginocchia, svergognato? Ma gli uomini sono tutti così!» e guardò in cerca di consensi. Una cortigiana di Amritzar, seduta accanto al finestrino, sbuffò dietro il velo.

«Entra! Entra!» esclamò un grosso usuraio indù, che teneva sotto il braccio il suo libro dei conti, avvolto in un panno. E aggiunse con un sorriso untuoso: «È bene essere cortesi con i poveri».

«Già, al sette per cento il mese, con l'ipoteca sul vitello che deve ancora nascere» disse un giovane soldato dogra che andava nel Sud in licenza; e tutti risero.

«Andrà proprio a Benares questo treno?» domandò il lama.

«Certo. Altrimenti perché saremmo qui? Sali, se no restiamo a terra!» esclamò Kim.

«Guardate un po'!» strillò la ragazza di Amritzar. «Non è mai entrato in un treno. Guardate un po'!»

«Aiutatelo, piuttosto» borbottò l'agricoltore, porgendo una grossa mano bruna, e tirando su il vecchio. «Ecco fatto, padre.»

«Ma... Ma... io mi siedo per terra. È contro la Regola sedere su una panca» disse il lama. «Per giunta, mi vengono i crampi.»

«Credimi» incominciò l'usuraio sporgendo in fuori le labbra «non c'è regola di buon vivere che questi treni non ci obblighino a infrangere. Ci dobbiamo sedere, per esempio, a fianco di persone di qualsiasi casta e razza.»

«Sì, e di donne di una sfacciataggine oltraggiosa» soggiunse la moglie dell'agricoltore, guardando torva la ragazza di Amritzar che faceva l'occhiolino al giovane soldato.

«Ti avevo detto che potevamo far la strada sul carro» disse il marito «e così risparmiare un po' di denaro.»

«Già… e spendere per mangiare più del doppio di quanto abbiamo risparmiato. Se n'è parlato diecimila volte.»

«Sicuro, e con diecimila lingue» ribatté lui.

«Gli dei ci aiutino, povere donne, se ci proibiscono perfino di parlare. Ehi! È di quelli che non possono guardare le donne né parlare con loro!» E in effetti il lama, vincolato dalla sua Regola, non le badava minimamente. «E il suo discepolo è come lui?»

«No, mamma» rispose pronto Kim. «No, davvero, quando la donna è simpatica e soprattutto caritatevole con gli affamati.»

«Una risposta da mendicante» disse il sikh ridendo. «Te la sei meritata, sorella!»

Le mani di Kim si erano unite in supplice attesa.

«E dove vai?» domandò la massaia, porgendogli metà di una focaccia, tirata fuori da un involto unto.

«Fino a Benares.»

«Siete giocolieri forse?» insinuò il giovane soldato. «Sapete nessun gioco per passare il tempo? Perché non risponde quell'uomo giallo?»

«Perché è un Santo» rispose Kim con sussiego «e pensa cose che tu non puoi capire.»

«Può darsi. Noi sikh di Ludhiana» esclamò il soldato con voce sonora «non ci confondiamo la testa con la sapienza. Combattiamo!»

«Il figlio del fratello di mia sorella è *naik* [caporale] in quel reggimento» disse l'artigiano a bassa voce. «Lo sapevo che ci sono anche delle compagnie dogra tra loro.» Il soldato lo guardò bieco, perché un dogra è di razza diversa da quella di un sikh, e il banchiere ridacchiò.

«Per me son tutti uguali» disse la ragazza di Amritzar.

«Ne siamo convinti» sghignazzò maligna la moglie dell'agricoltore.

«Sì, tutti quelli che servono il Sirkar con le armi in pugno formano, per così dire, una sola fratellanza. Ma c'è una fratellanza di casta, al di sopra di quella» la ragazza guardò in giro timidamente… «c'è il legame del *pulton*… del reggimento… non è vero?»

«Mio fratello è in un reggimento Jat» interloquì l'agricoltore. «I dogra sono brava gente.»

«I sikh almeno erano di questa opinione» disse il soldato, dando una guardataccia al placido vecchio seduto nell'angolo. «I sikh dovettero persuadersene meno di tre mesi fa, quando le nostre due compagnie andarono in loro aiuto al Kotal di Pirzai contro otto bandiere afride appostate sulla cresta del monte.»

E raccontò la storia d'una guerriglia di frontiera, in cui le compagnie dogra dei sikh di Ludhiana si erano fatte onore. La ragazza di Amritzar sorrideva; perché aveva capito che quella storia veniva raccontata per far piacere a lei.

«Ahimè» sospirò alla fine la moglie dell'agricoltore. «Sicché i villaggi sono stati bruciati e i bambini sono rimasti senza tetto?»

«Avevano sfregiato i nostri morti. E dopo che noi sikh gli abbiamo dato quella lezione, pagarono anche una grossa taglia. Così andò a finire. Siamo già ad Amritzar?»

«Sì, e qui controllano i biglietti» disse il banchiere, frugandosi nella cintura.

Le lampade impallidivano alla luce dell'alba, quando il controllore meticcio entrò nello scompartimento. Il controllo dei biglietti è una faccenda complicata in Oriente, dove la gente li nasconde nei posti più strani. Quando Kim tirò fuori il suo, gli fu ordinato di scendere.

«Ma io vado a Umballa» protestò. «Vado con questo sant'uomo.»

«Tu puoi anche andare all'inferno per quello che me ne importa. Questo biglietto è solo per Amritzar. Fuori!»

Kim scoppiò in un fiume di lacrime, giurando che il lama era suo padre e sua madre, che lui era il bastone della sua vecchiaia, e che il lama sarebbe morto senza le sue cure. Tutti quelli dello scompartimento implorarono misericordia… e soprattutto il banchiere; ma il controllore spinse Kim giù dalla banchina. Il lama batteva le palpebre, incapace di capire la situazione, e Kim si mise a singhiozzare forte davanti allo sportello.

«Sono tanto povero. Mio padre è morto... mia madre è morta. Oh, gente di cuore, chi avrà cura di quel vecchio, se devo restare qui?»

«Che c'è... che c'è...» ripeteva il lama. «Deve venire a Benares, deve venire a Benares. Deve venire con me. È il mio *chela*. Se bisogna pagare qualcosa...»

«Oh, sta' zitto!» bisbigliò Kim. «Siamo forse rajah da sprecare denaro sonante, quando il mondo è così caritatevole?»

La ragazza di Amritzar, nel frattempo, stava scendendo con i suoi fagotti: Kim teneva d'occhio proprio lei, sapendo che le signore della sua categoria sono generose.

«Un biglietto... un piccolo biglietto per Umballa, donna che spezzi i cuori!» La ragazza rise. «Non hai un po' di pietà?»

«Viene dal Nord quel sant'uomo?»

«Viene da un posto lontanissimo del Nord!» esclamò Kim. «Dai monti.»

«C'è la neve fra i pini, nel Nord... c'è la neve sui monti. Mia madre era di Kulu. Ecco, comprati il biglietto. Chiedi al vecchio una benedizione per me.»

«Diecimila benedizioni» strillò Kim. «O Santo, una donna ci ha fatto la carità, perché io possa venire con te... una donna con un cuore d'oro. Corro a prendere il biglietto.»

La ragazza alzò gli occhi verso il lama che era sceso meccanicamente dietro a Kim, sulla banchina. Egli chinò il capo per non vederla, e mormorò qualcosa in tibetano, mentre lei avanzava tra la folla.

«Chi presto guadagna, presto spende» disse acida la moglie dell'agricoltore.

«Ha acquistato merito» replicò il lama. «Dev'essere una monaca.»

«Ce ne sono diecimila di quelle monache nella sola Amritzar. Ritorna su, vecchio, altrimenti il treno partirà senza di te» gridò il banchiere.

«È bastato non solo per il biglietto, ma anche per un po' di roba da mangiare» disse Kim, riprendendo il suo posto con un salto. «E ora mangia, Santo. Guarda, si fa giorno!»

Le nebbie del mattino color d'oro, di rosa, di zafferano e di porpora, sfumavano verdi e uniformi. Tutto il ricco Punjab si apriva allo splendore del sole smagliante. Il lama si turbò un po' alla vista dei pali telegrafici che saettavano nell'aria.

«La velocità del treno è grande» osservò il banchiere con un sorriso di superiorità. «Abbiamo già fatto, da Lahore a qui, più strada di quella che non avresti percorso a piedi in due giorni; stasera arriveremo a Umballa.»

«Ma saremo ancora lontani da Benares» disse il lama con aria stanca, masticando lentamente i dolciumi che Kim gli offriva. Tutti aprirono i loro fagotti e fecero colazione. Poi il banchiere, l'agricoltore e il soldato prepararono le loro pipe e un fumo acre e soffocante inondò lo scompartimento, mentre i tre uomini sputavano, tossivano e se la godevano. Il sikh e la moglie dell'agricoltore masticavano *pan*[1]; il lama fiutava tabacco e diceva il suo rosario; Kim, sedendo a gambe incrociate, sorrideva di soddisfazione sentendosi lo stomaco pieno.

«Quali fiumi avete dalle parti di Benares?» domandò improvvisamente il lama ai compagni di viaggio.

«Abbiamo il Gange» replicò il banchiere, non appena gli altri smisero di ridacchiare.

«E poi?»

«Non ti basta il Gange?»

«Ecco, pensavo a un certo Fiume miracoloso.»

«È il Gange. Chi ci si bagna si purifica e si congiunge agli dei. Sono stato tre volte in pellegrinaggio al Gange.» E il banchiere si guardò in giro con orgoglio.

«Ce n'era bisogno» disse brusco il giovane sepoy, e i viaggiatori stavolta risero alle spalle del banchiere.

«Purificarsi... per congiungersi agli dei» mormorò il lama. «Poi riprendere di nuovo il Giro delle Vite... sempre vincolato alla Ruota» e scosse il capo deluso. «Ma forse c'è un errore. Chi ha fatto il Gange, in origine?»

«Gli dei! A che religione appartieni?» domandò il banchiere, allibito.

«Io seguo la Legge... l'Eccelsa Legge. Dunque gli dei fecero il Gange. E che specie di dei erano?»

Tutti, nello scompartimento, si volsero stupiti a guardare il vecchio. Era inconcepibile che qualcuno potesse ignorare il Gange.

«Quale... quale Dio è il tuo?» balbettò alla fine l'usuraio.

«Ascolta!» disse il lama, prendendo il rosario tra le mani. «Ascolta, perché io parlo di Lui! O genti dell'India, ascoltate!»

E cominciò a raccontare la storia di Buddha in urdù, finché, trascinato dai suoi pensieri, passò senza accorgersene a esprimersi in tibetano e a salmodiare citazioni di un libro cinese sulla vita di Buddha. L'uditorio mite e tollerante ascoltava con reverenza. Tutta l'India è piena di uomini santi che balbettano vangeli in lingue strane, logorati e consunti dal fuoco del proprio zelo; sognatori, ciarloni e visionari: così è stato fin dalle origini e sarà fino alla fine.

«*Uhm*!» fece il soldato dei sikh di Ludhiana. «Accanto a noi, al Kotal di Pirzai, c'era di stanza un reggimento maomettano, e il loro prete... un *naik*, se ricordo bene... quando gli prendeva l'estro usciva in profezie. Ma tutti i matti sono in grazia di Dio. Gli ufficiali chiudevano tutti e due gli occhi per quell'uomo.»

Il lama riprese a parlare in urdù, ricordandosi di essere in un Paese straniero. «Ascoltate la storia della Freccia che nostro Signore scoccò dall'Arco» disse.

La storia era di loro gusto, e tutti ascoltarono con curiosità. «Adesso, o genti dell'India, io vado alla ricerca di quel Fiume. Sapete nulla che possa guidarmi? Perché tutti, uomini e donne, viviamo nel peccato.»

«C'è il Gange... soltanto il Gange... per lavarsi dai peccati» fu il mormorio che percorse lo scompartimento.

«Ma non si può negare che abbiamo buoni dei anche nel

Jullundur» disse la moglie dell'agricoltore, guardando fuori del finestrino. «Vedete come fanno a prosperare le messi?»

«Cercare tutti i fiumi del Punjab non è cosa da poco» disse suo marito. «Quanto a me, mi contento di un torrente che lasci un buono strato di fango sulle mie terre, e ringrazio Bhumia, il Dio del Villaggio.» E scrollò una spalla nodosa e abbronzata.

«Credi che nostro Signore si sia spinto tanto a nord?» domandò il lama volgendosi a Kim.

«Può darsi» rispose questi in tono conciliante, sputando per terra il succo rosso del *pan*.

«L'ultimo dei Grandi» disse il sikh con autorità «fu Sikander Julkarn [Alessandro il Grande]. Egli fece pavimentare le vie di Jullundur e fabbricare una grande cisterna vicino a Umballa. Quella pavimentazione esiste ancora; e così la cisterna. Non ho mai sentito parlare del tuo Dio.»

«Lasciati crescere i capelli e parla punjabi» disse scherzosamente a Kim il giovane soldato, citando un proverbio settentrionale. «Basta questo per fare un sikh.» Ma non lo disse ad alta voce.

Il lama sospirò e si rinchiuse in se stesso, massa cenciosa e informe. Durante le pause della conversazione si poteva udire il suo salmodiare sommesso... «*Om mane pudme hum*! *Om mane pudme hum*...» e il ticchettio sordo dei grani di legno del rosario.

«Mi irrita» esclamò infine. «Questo fracasso e questa velocità mi irritano. Inoltre, *chela* mio, ho paura di avere già oltrepassato il Fiume.»

«Calma, calma!» disse Kim. «Non era vicino a Benares, il Fiume? C'è ancora parecchia strada.»

«Ma... se nostro Signore venne verso il Nord, il Fiume potrebbe essere uno di quei piccoli corsi d'acqua che abbiamo attraversato.»

«Chissà!»

«Ma tu mi sei stato mandato... non è vero che mi sei stato mandato?... Per il merito che ho acquistato laggiù a Suchzen.

Sei apparso vicino al cannone… mostrando due facce… e due vestiti.»

«Calma. Non bisogna parlare di certe cose qui dentro» bisbigliò Kim. «Ero una sola persona. Ripensaci e te ne ricorderai. Un ragazzo… un ragazzo indù… accanto al grande cannone verde.»

«Ma non c'era anche un inglese dalla barba bianca… un Santo fra le Immagini… il quale rafforzò la mia fede nell'esistenza del Fiume della Freccia?»

«Egli… noi siamo andati all'Ajaib-Gher di Lahore per pregare davanti agli dei» spiegò Kim ai compagni di viaggio che erano tutto orecchi. «E il sahib della Casa delle Meraviglie gli ha parlato… sì, questo è vero… come a un fratello. Il mio maestro è un uomo molto santo, che viene di lontano, di là dai monti. Riposati. Fra poco arriveremo a Umballa.»

«Ma il mio Fiume… il Fiume della mia salute?»

«Se vuoi, andremo a piedi in cerca di quel Fiume. Così non ci sfuggirà nulla… neppure un ruscelletto al limitare di un campo.»

«Ma non hai anche tu una ricerca da fare?» Il lama, contento di aver così buona memoria, si raddrizzò.

«Sicuro» disse Kim prestandosi al gioco. Egli era pienamente felice di essere in viaggio, masticando *pan* e vedendo gente nuova nel vasto e benevolo mondo.

«È un Toro… un Toro Rosso che verrà ad aiutarti… e a portarti… dove? L'ho dimenticato. Un Toro Rosso su un campo verde, non è vero?»

«No, non mi porterà in nessun luogo» disse Kim. «Ti ho raccontato una storiella.»

«Ma che state dicendo?» domandò la moglie dell'agricoltore, protendendosi in avanti e facendo tintinnare i suoi braccialetti. «Fate tutti e due dei sogni? Un Toro Rosso su un campo verde, che ti porterà in cielo… o che cosa? È una visione? Una profezia? Noi abbiamo un Toro Rosso nel nostro villaggio, dietro la città di Jullundur, e pascola di preferenza nel più verde dei nostri campi!»

«Date una favola a una donna, o una foglia e un filo a un uccello tessitore, e vi tesseranno cose meravigliose» disse il sikh «Tutti i sant'uomini fanno dei sogni, e i loro discepoli, a forza di star con loro, acquistano lo stesso potere.»

«Era un Toro Rosso in un campo verde?» ripeté il lama. «Forse hai acquistato merito in una vita anteriore, e il Toro verrà a compensarti.»

«No... no... era una storiella che m'hanno raccontato... per burla, forse. Ma io cercherò il Toro, nei dintorni di Umballa... e tu cercherai il Fiume e ti riposerai dal fracasso del treno.»

«Può darsi che il Toro sappia... che venga mandato per guidarci tutti e due» disse il lama, pieno di ingenua speranza come un bambino. Poi, rivolto alla compagnia e indicando Kim, soggiunse: «Costui mi è stato inviato soltanto ieri. Non è una creatura di questo mondo, credo».

«Ho incontrato chissà quanti accattoni e sant'uomini ma mai uno *yogi* e un discepolo così» disse la donna.

Suo marito si toccò lievemente la fronte con un dito e sorrise. Ma quando il lama volle mangiare di nuovo, tutti nello scompartimento si affrettarono a dargli quanto di meglio avevano.

E finalmente, stanchi, assonnati e polverosi, i viaggiatori arrivarono alla stazione di Umballa.

«Ci fermiamo qui per una lite» disse la moglie dell'agricoltore a Kim. «Alloggeremo dal fratello minore del cugino di mio marito. Nel cortile c'è posto anche per il tuo *yogi* e per te. Mi darà... mi darà una benedizione?»

«O sant'uomo! Una donna con il cuore d'oro ci dà alloggio per la notte. È gentile, questa gente del Sud. Vedi quanti ci hanno aiutato oggi!»

Il lama inchinò il capo in atto di benedizione.

«Riempire di vagabondi la casa del fratello minore di mio cugino... » cominciò l'agricoltore, mettendosi in spalla la sua pesante canna di bambù.

«Il fratello minore di tuo cugino deve ancora qualcosa al cugino di mio padre per la festa nuziale di sua figlia» rimbeccò la donna. «Metta pure in conto i pasti di questi due. E poi, lo *yogi* andrà certamente a mendicare.»

«Mendicherò io per lui» disse Kim, che aveva soltanto fretta di trovare un ricovero al lama per la notte, in modo da potersi mettere alla ricerca dell'inglese di Mahbub Ali e consegnargli così il pedigree dello stallone bianco.

«Ora» disse, quando il lama ebbe gettato l'ancora nel cortile di una decorosa casa indù, situata dietro le caserme «ora vado un momento... a comprare qualcosa da mangiare qui al bazar. Non andare in giro prima che torni.»

«Tornerai? Tornerai davvero?» il vecchio gli afferrò il polso. «E tornerai nella stessa forma di adesso? È troppo tardi per mettersi stanotte alla ricerca del Fiume?»

«Troppo tardi e troppo buio. Riposati. Pensa quanta strada hai già fatto... da Lahore a qui saranno un centinaio di *kos*[2].»

«Sì... e il mio monastero è ancora più lontano. Ahimè! Il mondo è grande e terribile.»

Kim sgusciò fuori, con passo furtivo, e mai uomo che portasse al collo il destino suo e di centinaia di migliaia di altre persone diede meno nell'occhio. Le indicazioni di Mahbub Ali permisero al ragazzo di rintracciare subito la casa dove viveva l'inglese; e la vista di un cocchiere, che tornava con il suo calesse da un club, scacciò i suoi ultimi dubbi. Restava soltanto da identificare la persona, e Kim si insinuò nel giardino attraverso la siepe e si nascose vicino alla veranda, in mezzo all'erba alta. La casa sfolgorava di luci, e i servitori giravano intorno a tavoli colmi di fiori, bicchieri, argenteria. D'un tratto, si fece avanti un inglese vestito in bianco e nero, canticchiando un'arietta. Era troppo buio per vederlo in faccia: Kim, da esperto accattone, ricorse a un vecchio stratagemma:

«Protettore dei Poveri!» esclamò.

L'uomo si volse in direzione della voce.

«Mahbub Ali dice... »

«Ah! Che dice Mahbub Ali?» Non cercò di discernere il suo interlocutore, e Kim ne dedusse che doveva essere lui.

«Il pedigree dello stallone bianco è completo.»

«Che prova ne hai?» L'inglese fustigò con la mazza la siepe di rose al margine del viale.

«Mahbub Ali mi ha dato questa prova.» Kim lanciò in aria la pallottolina di carta, che andò a cadere sul sentiero accanto all'uomo; questi ci mise un piede sopra, mentre un giardiniere svoltava l'angolo.

Quando il domestico fu passato, raccolse il foglio, lasciò cadere una rupia... Kim ne udì il tintinnio... e a gran passi rientrò in casa, senza mai voltarsi indietro. Kim raccolse in fretta la moneta; ma nonostante l'educazione ricevuta, era rimasto abbastanza irlandese nel sangue per reputare il denaro l'ultima cosa che conta in qualsiasi gioco. Quello che lo attirava era l'effetto visibile della sua impresa; perciò, invece di svignarsela, si distese bocconi fra l'erba e strisciò verso la casa.

Vide l'inglese rientrare – i bungalow indiani sono aperti da tutte le parti – in una piccola stanza presso un'estremità della veranda, stracolma come un ufficio di documenti e di cartelle, e sedersi a studiare il messaggio di Mahbub Ali. La sua faccia, sotto la luce diretta di una lampada a petrolio, si alterò e si oscurò, e Kim, abituato come tutti i mendicanti a scrutare le fisionomie, se ne avvide benissimo.

«Will! Will caro!» chiamò una voce di donna. «Dovresti andare in salotto. Saranno qui tra poco.»

L'uomo continuò a leggere con profonda attenzione.

«Will!» ripeté la voce, cinque minuti dopo. «Viene. Sento i cavalli nel viale.»

L'uomo uscì fuori a capo scoperto, mentre un grande landò seguito da quattro indigeni a cavallo si fermava davanti alla veranda, e un uomo alto, coi capelli neri e dritti come una lancia, ne balzava giù, preceduto da un giovane ufficiale che rideva allegramente.

Kim, sempre con il ventre a terra, si trovò quasi a contatto delle alte ruote. Il suo uomo e il bruno visitatore si scambiarono poche parole.

«Certamente, signore» disse in fretta il giovane ufficiale.

«Quando si parla di un cavallo, tutto il resto passa in second'ordine.»

«Ce la sbrigheremo in meno di venti minuti» soggiunse l'uomo di Kim. «Intanto voi potrete fare gli onori di casa e tener allegri gli ospiti… »

«Dite a uno dei soldati di aspettare» ordinò l'uomo alto, e, insieme con il padrone di casa, entrò nell'ufficio, mentre la carrozza si allontanava. Kim vide le teste dei due chine sul messaggio di Mahbub Ali, e udì le voci… una bassa e deferente, l'altra aspra e risoluta.

«Non è questione di settimane. È questione di giorni… di ore, forse» disse il più anziano. «Me l'aspettavo da qualche tempo, ma questa… » e batté con la mano il foglio di Mahbub Ali «… è la conferma. Grogan pranza qui stasera, non è vero?»

«Sì, signore, e anche Macklin.»

«Benissimo. Parlerò con loro io stesso. L'affare sarà deferito al Consiglio, naturalmente, ma questo caso giustifica un'azione immediata. Avvisate le brigate di Pindi e di Peshawar. Manderemo all'aria tutte le licenze estive, ma non possiamo comportarci diversamente. Questo succede perché non abbiamo fatto piazza pulita la prima volta. Ottomila basteranno.»

«E l'Artiglieria, signore?»

«Devo consultare Macklin.»

«È la guerra, dunque?»

«No. Una spedizione punitiva. Quando un uomo è vincolato dalle azioni del suo predecessore… »

«Ma C25 può aver mentito.»

«Non fa che confermare le informazioni dell'altro. Del resto, le intenzioni di quella gente erano già chiare sei mesi fa. Ma Devenish si ostinò a credere che fosse possibile mantenere la pace. Naturalmente ne hanno approfittato per rafforzarsi. Mandate subito questi telegrammi… col nuovo cifrario, non con il vecchio… con quello preparato da me e da Wharton. Non è il caso di farci aspettare ancora dalle signore. Possiamo sistemare il resto all'ora dei sigari. Lo prevedevo. È una spedizione punitiva... non una guerra.»

Mentre la staffetta partiva al galoppo, Kim si trascinò carponi verso il retro della casa, dove, secondo le esperienze di Lahore, sperava di trovar cibo... e informazioni. La cucina era piena di sguatteri eccitati, uno dei quali lo prese a calci.

«Ahi» gemette Kim, fingendo di piangere. «Ero venuto soltanto per lavare i piatti in compenso di una buona scorpacciata.»

«Tutta Umballa è venuta con la stessa intenzione. Vattene. Portano ora il brodo in tavola. Credi forse che i domestici del sahib Creighton abbiano bisogno di sguatteri forestieri per sbrigarsela con un gran pranzo?»

«È proprio un gran pranzo» disse Kim, guardando i vassoi.

«C'è poco da meravigliarsi. L'ospite d'onore è nientemeno che il sahib Jang-i-Lat [il comandante supremo].»

«Oh» fece Kim, dando alla voce l'accento gutturale di meraviglia. Aveva saputo ciò che gli interessava, e quando lo sguattero si voltò, era già andato via.

"E tutto questo traffico" si disse, pensando come al solito in indostano, "per il pedigree di un cavallo! Mahbub Ali dovrebbe venire da me per imparare a dire le bugie. Prima, ogni volta che facevo una commissione, si trattava di una donna. Ora si tratta di uomini. Meglio. L'uomo alto ha detto che spedirà un grande esercito a punire qualcuno... in qualche posto... e ha mandato ordini a Pindi e a Peshawar. Ci saranno anche i cannoni. Peccato che non mi sia avvicinato di più. Sono notizie importanti!"

Al suo ritorno, trovò il fratello minore del cugino dell'agricoltore che discuteva in tutti i suoi aspetti la lite di famiglia con l'agricoltore stesso, sua moglie e qualche amico, mentre il lama sonnecchiava. Dopo cena, qualcuno diede a Kim una pipa ad acqua; ed egli si sentì proprio un uomo mentre, seduto a gambe larghe nella luce lunare, aspirava il liscio cannello di cocco, schioccando ogni tanto la lingua per fare le sue osservazioni. Gli ospiti erano molto cortesi con lui, perché la moglie dell'agricoltore aveva raccontato la sua visione del Toro Rosso, e la sua probabile discesa da un altro mondo. Il lama, poi, era un oggetto di curiosità insigne e venerabile. Più tardi capitò il prete di famiglia, un vecchio e tollerante bramino sarsut, e naturalmente, per far colpo, sollevò una discussione teologica. Per confessione, tutta la famiglia parteggiava per il prete, ma il lama era un ospite e una novità. Le sue maniere affabili e benigne, e le sue strane citazioni cinesi, che suonavano come formule magiche, erano per tutti un divertimento enorme; in quell'atmosfera di semplicità e di simpatia, egli si apriva come il loto del Bodhisat, parlando della vita che aveva condotto sulle montagne di Suchzen, prima di essersi, come diceva lui, "levato a cercare la luce".

Così venne fuori che, nei giorni della sua mondanità, egli era stato maestro nell'arte di fare oroscopi e di predire nascite. Il prete di casa lo convinse a descrivere il suo metodo; e dal momento che ciascuno dei due dava ai pianeti nomi che l'altro non poteva capire, entrambi erano costretti a puntare l'indice verso il cielo, dove grandi stelle vagavano nell'oscurità. I ragazzi della famiglia giocherellavano indisturbati con il rosario del lama; e parlando delle nevi perenni, delle frane, dei valichi bloccati, delle rocce remote dove si trovano zaffiri e turchesi, e di quella splendida strada di montagna che conduce fino alla Grande Cina, egli si infervorò al punto da dimenticare la Regola che vieta di guardare le donne.

«Che ne pensi di quest'uomo?» domandò a bassa voce l'agricoltore al prete.

«Un sant'uomo... un sant'uomo davvero. I suoi dei non sono i veri dei, ma i suoi piedi sono sulla Via» fu la risposta. «E i suoi metodi nel predire le nascite (questo tu non lo puoi capire) sono saggi e sicuri.»

«Vorrei sapere» disse Kim con indolenza «se troverò il mio Toro Rosso su un campo verde, come mi fu promesso.»

«Sai qualcosa dell'ora della tua nascita?» chiese il prete con aria d'importanza.

«Sono nato tra il primo e il secondo canto del gallo della prima notte di maggio.»

«Di che anno?»

«Non lo so; ma nell'ora in cui emisi il primo vagito, ci fu il gran terremoto di Srinagar nel Kashmir.» Questo, Kim lo aveva saputo dalla donna che lo teneva in custodia, e lei, a sua volta, l'aveva saputo da Kimball O'Hara. Il terremoto si era sentito in tutta l'India e per molto tempo quella data era stata memorabile nel Punjab.

«Ah!» esclamò concitata una donna. Questo fatto sembrava rendere ancora più certa l'origine soprannaturale di Kim. «Non è forse nata allora anche la figlia di uno che… »

«E sua madre diede al marito quattro figli in quattro anni… tutti maschi» strillò la moglie dell'agricoltore, che sedeva appartata nell'ombra.

«Nessuno che sia istruito nella scienza degli astri» disse il prete di famiglia «può dimenticare come i pianeti erano situati nelle loro Case, quella notte.» E cominciò a tracciare disegni nella polvere del cortile. «Tu hai diritto almeno a una metà della Casa del Toro. Come dice la tua profezia?»

«Un giorno» rispose Kim, felice della profonda impressione che producevano le sue parole «io diventerò grande per mezzo d'un Toro Rosso in campo verde; ma prima verranno due uomini a preparare il terreno.»

«Già: è sempre così il principio di una visione. Una densa oscurità si dirada lentamente, finché viene qualcuno con una scopa a preparare l'ambiente. Poi comincia la visione. Due uomini, hai detto? Sicuro, sicuro. Il Sole, lasciando la Casa del Toro, entra in quella dei Gemelli. Ecco i due uomini della profezia. Vediamo un po'. Dammi un bastoncino, ma piccolo.»

Corrugò le ciglia, tracciò nella polvere segni misteriosi, li cancellò e quindi li scarabocchiò di nuovo… con meraviglia di tutti, tranne del lama, il quale, per delicatezza, si asteneva dall'interloquire.

Dopo una mezz'ora, gettò via il bastoncino con un grugnito.

«*Uhm*! Così dicono le stelle. Fra tre giorni verranno due uomini a preparare il terreno. Dopo di loro verrà il Toro; ma il segno opposto al suo è segno di Guerra e di uomini armati.»

«C'era davvero un soldato dei sikh di Ludhiana, nel treno con cui siamo venuti da Lahore» disse, piena di speranza, la moglie dell'agricoltore.

«Silenzio! Uomini armati... a centinaia! Ma che rapporto c'è fra te e la guerra?» domandò il prete a Kim. «Il tuo è un segno rosso e crudele di Guerra, di una guerra che si scatenerà presto.»

«Nessun rapporto, proprio nessuno... » protestò il lama serio serio. «Noi cerchiamo soltanto la pace e il nostro Fiume.»

Kim sorrise, ricordando ciò che aveva udito origliando alla porta del bungalow. Certamente, egli era un favorito delle stelle.

Il prete strofinò il piede sul suo rozzo oroscopo. «Non posso vedere altro. Il Toro verrà da te fra tre giorni, ragazzo.»

«E il mio Fiume, il mio Fiume?» implorò il lama. «Speravo che il suo Toro ci guidasse tutti e due al Fiume.»

«Mi dispiace per il Fiume miracoloso, fratello» rispose il prete «ma cose simili non capitano tanto spesso.»

La mattina dopo, sebbene tutti insistessero per trattenerlo, il lama volle partire. La gente di casa diede a Kim un grosso involto contenente buoni cibi e quasi tre anne in monete di rame per i bisogni della strada, e con molte benedizioni assistette, sul far del giorno, alla partenza dei due verso il Sud.

«È un peccato che né loro né gente a loro simile possa svincolarsi dalla Ruota delle Cose» sospirò il lama.

«Se sparissero, nel mondo, ci resterebbe soltanto la gente cattiva, e allora chi ci darebbe da mangiare e da dormire?» osservò Kim, camminando allegramente sotto il suo carico.

«Laggiù c'è un fiumiciattolo. Diamogli un'occhiata» disse il lama, e deviò dalla strada bianca attraverso i campi, per finire in un autentico vespaio di cani randagi.

III

Voci di Anime legate a una Vita
Che roteava da una sfera all'altra,
Quando la legge di Devadatta era ancora giovane,
Giungevano a Kamakura con il vento caldo.
Buddha at Kamakura

Alle loro spalle, un contadino inviperito brandì una canna di bambù. Era un ortolano di casta Arain, che coltivava verdure e fiori per la città di Umballa, e Kim ne conosceva bene la razza.

«Quest'uomo» disse il lama, senza badare ai cani «è scortese con gli stranieri, intemperante nel linguaggio e senza cuore. Guardati dal seguire il suo esempio, mio discepolo.»

«Ehi, mendicanti svergognati!» sbraitava il contadino. «Fuori! Via di qua!»

«Ce ne andiamo» replicò il lama con calma dignitosa. «Ce ne andiamo da questi campi malaugurati.»

«Oh!» fece Kim, gonfiando il petto. «Se il raccolto ti andrà male, dovrai ringraziare soltanto la tua lingua.»

L'uomo agitò con imbarazzo i piedi. «La regione è piena di accattoni» cominciò, quasi volesse scusarsi.

«E come hai capito che volevamo chiederti qualcosa, Mali?» disse Kim bruscamente, chiamandolo con il nome che meno piace agli ortolani. «Non cercavamo che di vedere quel fiume laggiù, dietro quel campo.»

«Un fiume, davvero!» sghignazzò l'uomo. «Da che città venite voi due, per non conoscere un canale? Corre dritto come una freccia, e io pago quell'acqua come fosse argento fuso. Un braccio di fiume c'è più avanti. Ma se avete bisogno d'acqua, posso darvene… e anche latte.»

«No, noi vogliamo andare al fiume» disse il lama allungando il passo.

«Latte e qualcosa da mangiare» balbettò l'uomo, squadrando la strana, alta figura del vecchio. «Io... io non vorrei attirare del male su di me... o sul mio raccolto; ma in questi tempi grami, gli accattoni sono troppi!»

«Prendi nota» disse il lama rivolto a Kim. «Costui è stato spinto a parlarci aspramente dalla Rossa Nebbia dell'ira. Ma appena questa si è diradata dai suoi occhi, è ridiventato cortese e di animo affabile. I suoi campi siano benedetti. Guardati dal giudicare la gente con troppa fretta, contadino.»

«Ho conosciuto dei religiosi che avrebbero maledetto il tuo fondo dalla pietra del focolare alla stalla» disse Kim al contadino allibito. «Vedi come è saggio e santo quest'uomo? Io sono il suo discepolo.»

Levò il naso in aria con sussiego, e con gran degnazione si avviò fra le strette prode del campo.

«Non c'è orgoglio» disse il lama dopo una breve pausa «non c'è orgoglio fra coloro che seguono la Via di Mezzo.»

«Ma avevi detto che l'ortolano era di bassa casta e scortese.»

«Non ho detto che era di bassa casta, dal momento che non potrebbe essere ciò che per me non esiste. Quanto alla sua scortesia, ne ha fatto ammenda, e io gli ho perdonato l'offesa. Inoltre, è legato come noi alla Ruota delle Cose; con la differenza che non procede sulla Via della Liberazione.» Si fermò davanti a un ruscelletto che scorreva in mezzo ai campi, e ne osservò attentamente le sponde battute dagli zoccoli.

«E ora, come riconoscerai il Fiume?» chiese Kim, accovacciandosi all'ombra di un fascio di canne da zucchero.

«Quando lo troverò, mi sarà certamente concessa una illuminazione. Questo, lo sento, non è il posto giusto. O la più piccola delle acque, potessi solamente dirmi dove scorre il mio Fiume! Ma che tu sia benedetta ugualmente perché fecondi i campi!»

«Attento! Attento!» urlò Kim, balzandogli al fianco e tirandolo indietro. Un serpente giallo e marrone era uscito strisciando da sotto gli steli purpurei e, giunto alla riva, stava allungando il collo verso l'acqua; bevve e rimase immobile… era un grosso cobra dagli occhi fissi senza ciglia.

«Non ho un bastone… non ho un bastone» disse Kim. «Vado a cercarne uno e gli spacco la schiena.»

«Perché? È legato come noi alla Ruota… una vita che sale o che scende… molto lontana dalla Liberazione. Grande deve essere il male compiuto dall'anima che è stata imprigionata in quella forma.»

«Odio tutti i serpenti!» esclamò Kim. Non c'è educazione indigena che basti a vincere l'orrore dell'uomo bianco per i rettili.

«Lasciagli vivere la sua vita.» La bestia attorcigliata sibilò sollevando a metà la cuffia. «Che tu possa esser presto liberato, fratello» continuò il lama placidamente. «Conosci tu, per caso, il mio Fiume?»

«Non ho mai visto un uomo come te» bisbigliò Kim stupefatto. «Anche i serpenti, dunque, capiscono quello che dici?»

«Chissà?» E passò a un piede di distanza dalla testa eretta del cobra; quella s'appiattì tra le spire polverose.

«Vieni!» disse il vecchio senza voltarsi.

«No davvero» rispose Kim. «Io giro al largo.»

«Vieni. Non fa male.»

Kim esitò un istante. Il lama rafforzò l'ordine con alcune sonanti citazioni cinesi e il ragazzo, che le prese per formule magiche, obbedì, saltando al di là del rivoletto; il serpente non si mosse.

«Non ho mai visto un uomo come te» mormorò di nuovo Kim, tergendosi la fronte madida di sudore. «E ora, dove andiamo?»

«Devi dirlo tu. Io sono vecchio e straniero… lontano dalla mia patria. Se i carrozzoni della ferrovia non mi intronassero il capo con uno strepito da tamburi diabolici, prenderei il treno, ora, per Benares… quantunque, andando a quel modo, si rischierebbe di smarrire il Fiume. Cerchiamo un altro fiume.»

Per tutto il giorno maestro e discepolo vagarono per il terreno faticosamente lavorato che dà tre, e perfino quattro, raccolti l'anno... vagarono attraverso campi di canne da zucchero, di tabacco, di lunghi ravanelli bianchi e di navoni, allungando il collo a ogni luccichio d'acqua. Al loro passaggio si destavano i cani e i villaggi addormentati nella calura meridiana; e il lama rispondeva con semplicità ineffabile alle salve di domande che gli venivano rivolte. Cercavano un Fiume... un Fiume miracoloso. Sapeva nessuno di quel Fiume? A volte le persone ridevano, ma più spesso stavano a sentire la storia fino all'ultimo e offrivano a entrambi un posto all'ombra, un sorso di latte e qualcosa da mangiare. Le donne erano sempre gentili, e i bambini, come i bambini di tutto il mondo, ora timidi e ora arditi. La sera li colse sotto l'albero della piazzetta di un villaggio di casupole di fango, seduti a riposare e a parlare con il capo del luogo mentre il bestiame tornava dal pascolo e le donne preparavano l'ultimo pasto della giornata. Avevano oltrepassato la cintura di orti intorno alla affamata Umballa, ed erano in mezzo al verde dei campi che si stendevano a perdita d'occhio.

Il capo del villaggio era un vecchio affabile dalla barba bianca, abituato a ospitare gli stranieri. Tirò fuori un lettino di corda per il lama, gli mise davanti cibi caldi, gli preparò la pipa e, terminate le funzioni serali nel tempio del villaggio, mandò a chiamare il prete.

Kim parlò ai ragazzi più grandicelli della bellezza e della grandezza di Lahore, del viaggio in ferrovia e di altre cose cittadine, mentre gli uomini discorrevano con la lentezza con cui il loro bestiame ruminava.

«Non arrivo a capir bene» disse alla fine il capo del villaggio al suo prete. «Come interpreti questi discorsi, tu?» Il lama, finito il suo racconto, taceva, dicendo il rosario.

«È un Cercatore» rispose il prete. «Il Paese è pieno di gente come lui. Ti rammenti di quello che venne un mese fa... il fachiro con la tartaruga?»

«Sì, ma quell'uomo aveva le sue brave ragioni, perché Kṛṣṇa stesso gli era apparso in una visione e gli aveva promesso il paradiso senza le fiamme del rogo, se avesse fatto un viaggio fino a Prayag. Quest'uomo, invece, non cerca nessuno degli dei che io conosco.»

«Non ti confondere, è vecchio: viene di lontano ed è matto» rispose il prete dalla faccia rasata. «Ascoltami» e si volse al lama «a tre *kos* di qui [sei miglia], dalla parte di occidente, passa la grande strada per Calcutta.»

«Ma io voglio andare a Benares… a Benares.»

«E quella strada va anche a Benares. Attraversa tutti i fiumi di questa parte dell'India. Ora, Santo, il mio consiglio è questo: riposati qui fino a domani. Poi prendi quella strada» voleva dire la Grand Trunk Road «e prova ogni corso d'acqua che attraversa; perché se ho ben capito, la virtù del tuo Fiume non è in un punto o in un altro, ma in tutta la sua lunghezza. E così, se gli dei vorranno, troverai certamente la tua Liberazione.»

«Dici benissimo.» Il lama era molto contento di questo suggerimento. «Ci metteremo in cammino domani; e sii benedetto, tu che hai insegnato a questi miei vecchi piedi una strada così facile.» Una cupa cantilena cinese concluse il discorso. Perfino il prete ne fu impressionato, e il capo del villaggio temette un malaugurio: ma nessuno, guardando il semplice e appassionato viso del lama, poteva dubitare a lungo di lui.

«Vedi il mio *chela*?» disse questi, frugando nella sua tabacchiera e fiutando con sussiego. Era suo dovere ricambiare cortesia con cortesia.

«Vedo… e ascolto.» Il capo del villaggio girò l'occhio verso il luogo dove Kim stava chiacchierando con una ragazza vestita di turchino, intenta a gettare sul fuoco fasci di rovi.

«Anche il ragazzo ha una Ricerca da fare per conto proprio. Non cerca un fiume, ma un Toro. Sì, un Toro Rosso su un campo verde, un giorno o l'altro, lo solleverà a grandi onori. Egli non è di questo mondo, a quel che credo. Mi fu mandato all'improvviso, per aiutarmi in questa Ricerca, e il suo nome è Amico di Tutto il Mondo.»

Il prete sorrise. «Oh, vieni qua, Amico di Tutto il Mondo» gridò fra una nuvola di fumo acre. «Chi sei, tu?»

«Il discepolo di questo Santo» rispose Kim.

«Dice che sei un *būt* [uno spirito].»

«Possono mangiare, gli spiriti?» ribatté Kim ammiccando. «Perché io ho fame.»

«Dico davvero» esclamò il lama. «Un certo astrologo di quella città di cui ho dimenticato il nome... »

«È la città di Umballa, dove abbiamo dormito la notte scorsa» bisbigliò Kim al prete.

«Ah, era Umballa? Quell'uomo fece un oroscopo, e dichiarò che il mio *chela* avrebbe trovato fra due giorni quel che cerca. Ma che disse del significato delle stelle, Amico di Tutto il Mondo?»

Kim si schiarì la gola e guardò verso gli anziani del villaggio.

«Il significato della stella è Guerra» rispose pomposamente.

Qualcuno rise della piccola figura cenciosa che si pavoneggiava sullo zoccolo di mattoni sotto il grande albero. Dove un indigeno si sarebbe accovacciato, Kim, per impulso del suo sangue di bianco, si ergeva in piedi.

«Sì, Guerra» ripeté.

«Questa è una profezia sicura» rombò una voce di basso. «Perché la guerra c'è sempre lungo la frontiera... per quel che ne so.»

Chi aveva parlato era un uomo vecchio e rinsecchito il quale, all'epoca dell'ammutinamento, aveva servito il governo come ufficiale indigeno in un reggimento di Cavalleria di nuova formazione. Il governo gli aveva dato un buon podere in quelle campagne ed egli, sebbene impoverito dagli sperperi dei suoi figli, ufficiali anch'essi e ormai con la barba grigia, era tuttavia considerato persona di riguardo. I rappresentanti del governo inglese... perfino i commissari... quando passavano da quelle parti, allungavano la strada per andarlo a trovare, e in quelle occasioni egli vestiva l'antica uniforme e stava rigido come una bacchetta.»

«Ma questa sarà una grande guerra... una guerra di ottomila uomini» squillò la voce di Kim attraverso la folla che si andava rapidamente radunando, ed egli stesso ne fu sorpreso.

«Giubbe rosse o reggimenti nostri?» interloquì il vecchio con la gravità con cui si parla a un uguale. Il suo tono destò rispetto per Kim anche negli altri.

«Giubbe rosse» rispose Kim a caso. «Giubbe rosse e fucili.»

«Ma.. ma di questo l'astrologo non ha fatto parola... » esclamò il lama annusando, nella sua sovreccitazione, una enorme quantità di tabacco.

«Ma io lo so. La voce è giunta a me, perché io sono il discepolo di questo Santo. Scoppierà una guerra... una guerra di ottomila giubbe rosse. Verranno da Pindi e Peshawar. Questo è certo.»

«Il ragazzo ha sentito qualche chiacchiera di bazar» disse il prete.

«È sempre stato vicino a me» protestò il lama. «Come poteva saperlo? Io non lo sapevo.»

«Diventerà un abile ciarlatano, quando il vecchio sarà morto» disse il prete al capo del villaggio. «Che razza di trucco è questo?»

«Una prova. Dammi una prova» tuonò a un tratto il vecchio soldato. «Se ci fosse la guerra, i miei figli me lo avrebbero detto.»

«Quando tutto sarà pronto, i tuoi figli lo sapranno, non dubitare. Ma c'è molta strada fra i tuoi figli e l'uomo che ha nelle mani questa faccenda.» Kim, ormai, si accalorava nella discussione, ricordando i casi in cui, nella sua pratica di portalettere segreto, per poche monete di rame aveva preteso di saperne di più di quanto realmente era a sua conoscenza. Ma ora erano in gioco interessi più grandi... il gusto di fare impressione e il senso del potere. Riprese fiato e continuò:

«Vecchio, spiegami tu una cosa. Può un subalterno mobilitare ottomila giubbe rosse... e dei cannoni?»

«No.» Il vecchio continuava a rispondere a Kim come a un uguale.

«Conosci quello che dà gli ordini?»

«L'ho veduto.»

«Lo riconosceresti?»

«Lo conosco da quando ero sottotenente nella *top-khana* [Artiglieria].»

«Un uomo alto... un uomo alto con i capelli neri, che cammina così?» Kim fece pochi passi con andatura rigida, legnosa.

«Già. Ma chiunque può averlo visto.» La folla ascoltava trattenendo il fiato.

«Hai ragione. Ma io ti dirò di più. Sta' attento. Prima di tutto quel grand'uomo cammina così. Quando pensa poi fa così» Kim si passò l'indice sulla fronte e lo calò giù, fermandolo all'angolo con la mascella. «E poi fa schioccare le dita così. E poi si caccia il cappello sotto il braccio sinistro.» Kim rifaceva quei movimenti, impalato come una cicogna.

Il vecchio mugolava, ammutolito dallo stupore; e la folla fremeva.

«Proprio così... proprio così. Ma come fa quando sta per dare un ordine?»

«Si frega la nuca... in questo modo. Poi batte un dito sulla tavola e caccia dal naso un lieve sibilo. Poi parla e dice: "Mobilitate i tali e tali reggimenti. Mettete in campo i tali cannoni".»

Il vecchio si alzò in atteggiamento rigido e fece il saluto.

«"Perché..."» Kim traduceva nel vernacolo locale le frasi perentorie che aveva udito a Umballa «"... perché" dice "dovevamo farlo molto tempo fa. Non è la guerra... è una spedizione punitiva".»

«Basta. Ti credo. L'ho sentito far così, nel fumo delle battaglie. Veduto e sentito. È lui!»

«Io non vidi fumo... » la voce di Kim prese il ritmo di cantilena ispirata degli indovini di strada. «Vidi queste cose nel buio. Prima venne un uomo a preparare il terreno. Poi arrivarono i cavalieri. Poi venne lui, in un cerchio di luce. Il resto l'ho già raccontato. Vecchio, ho detto la verità?»

«È lui. Non c'è dubbio: è lui.»

La folla trasse un lungo, tremulo sospiro, guardando attonita ora il vecchio, ora il cencioso Kim, eretto contro il crepuscolo purpureo.

«Non avevo detto… non avevo detto che è di un altro mondo?» esclamò il lama con orgoglio. «È l'Amico di Tutto il Mondo! È l'Amico delle Stelle!»

«A ogni modo la guerra non riguarda noi» esclamò un uomo. «Di' piuttosto, piccolo indovino, se il dono della profezia abita in te in tutte le stagioni… Io ho una vacca macchiata di rosso. Può esser anche sorella del tuo Toro, per quel che ne so… »

«O per quel che importa a me» disse Kim. «Le mie stelle non si curano del tuo bestiame.»

«Però è molto malata» interloquì una donna. «Mio marito è un bufalo, altrimenti avrebbe scelto meglio le parole. Vuoi dirmi se guarirà?»

Se Kim fosse stato un ragazzo come tutti gli altri, avrebbe continuato il gioco; ma uno non può conoscere da tredici anni la città di Lahore, o almeno tutti i fachiri della Porta di Taksali, senza conoscere anche l'umana natura.

Il prete lo guardava con la coda dell'occhio, con ostilità… e aveva sulle labbra un risolino sarcastico.

«Non c'è dunque nessun prete nel villaggio? Credevo di averne visto uno molto saggio poco fa» esclamò Kim.

«Sì… ma… » cominciò la donna.

«Ma tu e tuo marito speravate di ottenere la guarigione della vacca con un semplice grazie!» La stoccata toccò il segno; quei due erano notoriamente la coppia più taccagna del villaggio. «Non sta bene defraudare i templi. Offri un vitellino al tuo prete e, a meno che i tuoi dei siano irrimediabilmente adirati, la vacca darà latte entro un mese.»

«Sei maestro nell'arte di mendicare» esclamò il prete in tono di approvazione. «Un uomo di quarant'anni non avrebbe potuto mostrare più astuzia di te. Immagino che lo avrai arricchito, il tuo vecchio.»

«Un po' di farina, un po' di burro e una manciata di cardamomi» Kim replicò, rosso d'orgoglio, ma sempre prudente «... sono ricchezze queste? E poi, come vedi, è matto. Ma mi serve, almeno per imparare la strada.»

Egli sapeva in qual modo parlano fra loro i fachiri della Porta di Taksali, e imitava, perfino nell'inflessione della voce, i loro impudenti discepoli.

«La sua Ricerca, allora, è sincera o è un paravento ad altri scopi? Potrebbe anche trattarsi di un tesoro.»

«È matto... mille volte matto. Tutto qui.»

A questo punto il vecchio soldato si avvicinò zoppicando e offrì a Kim la sua ospitalità per la notte. Il prete raccomandò al ragazzo di accettare, ma sostenne che l'onore di dare asilo al lama spettava al tempio... al che il lama sorrise ingenuamente. Kim, dopo aver guardato bene in faccia l'uno e l'altro, tirò le sue conclusioni.

«Dov'è il tuo denaro?» bisbigliò, tirando nell'ombra il vecchio lama.

«In seno. Dove vuoi che l'abbia?»

«Dammelo. Svelto e senza farti vedere: dallo a me.»

«Ma perché? Non ci sono biglietti da comprare, qui.»

«Sono o non sono il tuo *chela*? Non guido forse i tuoi vecchi piedi lungo il cammino? Dammi il denaro e all'alba te lo renderò.» Insinuò la mano nelle vesti del lama e ne tirò via il borsellino.

«Sia come vuoi... sia come vuoi.» Il vecchio assentiva col capo. «Questo mondo è grande e terribile. Non avrei mai creduto che ci fossero tanti uomini vivi.»

Il mattino seguente il prete era di cattivo umore, ma il lama era proprio felice; e Kim aveva trascorso una serata piacevole e interessantissima con il vecchio soldato, il quale aveva tirato fuori la sua sciabola di quando era in Cavalleria e, reggendola sulle ginocchia rinsecchite, aveva raccontato storie dell'ammutinamento e di giovani capitani, ormai da trent'anni nella tomba, finché Kim era stato preso dal sonno.

«Certo, l'aria di questo Paese è buona» disse il lama. «Io

dormo leggero, come tutti i vecchi; ma stanotte ho fatto una tirata sola fino a giorno. E ho ancora la testa pesante.»

«Bevi un sorso di latte caldo» suggerì Kim, che aveva portato rimedi simili a fumatori d'oppio di sua conoscenza. «È tempo di rimettersi in cammino.»

«La lunga strada che attraversa tutti i fiumi dell'India» disse allegramente il lama. «Andiamo. Ma come pensi, *chela,* di ricompensare queste persone, e specialmente il prete, per la loro grande gentilezza? Senza dubbio sono dei *but-parast*, ma forse in altre esistenze saranno illuminati. Una rupia per il tempio? La cosa che c'è dentro non è che pietra e vernice rossa, ma dobbiamo rendere omaggio al cuore dell'uomo, quando e dove è buono.»

«Dimmi, Santo: hai mai fatto la strada da solo?» Kim lo guardò con occhi acuti, come quelli delle cornacchie indiane, tutte affaccendate nei campi.

«Certo bambino: da Kulu a Pathânkot... da Kulu, dove il mio primo *chela* morì. Quando la gente era cortese con noi, lasciavamo delle offerte: e tutti si mostrarono benevoli su nelle montagne.»

«È diverso in India» affermò Kim in tono reciso. «Gli dei qui sono maligni e provvisti di molte braccia. Lasciamoli stare.»

«Vorrei fare un pezzo di strada con te, Piccolo Amico di Tutto il Mondo... venire un po' con te e il tuo uomo giallo» disse il vecchio soldato, arrancando per la via del villaggio, ancora semibuia nell'alba, sopra un cavallino smunto e sbilenco. «Ieri sera la fontana dei ricordi si è aperta nel mio cuore inaridito, e per me è stata una benedizione. È vero, c'è la guerra nell'aria. Ne sento l'odore. Guarda! Ho portato la mia spada.»

Il vecchio cavalcava il piccolo animale a gambe tese, cingendo al fianco la sua grossa spada... e, abbandonate le mani sul pomo dell'arcione, guardava fieramente a nord, oltre i campi. «Raccontami un'altra volta come egli apparve nella tua visione. Vieni a sedere dietro a me. La bestia può reggere due persone.»

«Io sono discepolo di questo Santo» disse Kim, mentre varcavano la porta del villaggio. I contadini sembravano quasi dolenti di essersi sbarazzati di quei due, ma l'addio del prete fu freddo e distaccato. Egli aveva sprecato dell'oppio per un uomo che non aveva denari addosso.

«Dici bene» rispose il vecchio soldato. «Io non sono molto pratico di sant'uomini, ma il rispetto è sempre lodevole. Non c'è più rispetto, al giorno d'oggi... neppure quando un sahib commissario viene a farmi visita. Ma perché tu che sei nato sotto una Stella di Guerra segui un religioso?»

«Ma è un vero sant'uomo» rispose Kim seriamente. «È santo, nelle parole e negli atti. Non è come gli altri. Non ho mai visto nessuno così. Noi non siamo indovini, né ciarlatani, né accattoni.»

«Tu no, lo vedo bene: ma quest'altro non lo conosco. È un buon camminatore, però.»

Rinvigorito dalla prima frescura del giorno, il lama avanzava a lunghi, agevoli passi, ondeggianti come quelli di un cammello. Era immerso in profonda meditazione e sgranava macchinalmente il rosario.

Seguirono la strada campestre, tutta buche e carraie, che serpeggiava fra grandi macchie verdi scure di manghi attraverso la vasta pianura, limitata, a oriente, dal profilo evanescente dell'Himalaya incappucciato di neve. Tutta l'India era già al lavoro nei campi, tra il cigolio delle carrucole dei pozzi, le grida degli aratori dietro i buoi e il clamore delle cornacchie. Perfino il cavallo sentiva l'influsso benefico dell'ora, e prese quasi il trotto, quando Kim posò una mano sulla cinghia della staffa.

«Mi pento di non aver dato una rupia per il tempio» disse il lama all'ottantunesimo e ultimo brano del suo rosario.

Il vecchio soldato brontolò qualcosa, e soltanto allora il lama si accorse della sua presenza.

«Anche tu cerchi il Fiume?» chiese voltandosi.

«Il giorno è appena spuntato» fu la risposta. «Che bisogno c'è di un fiume, tranne che per abbeverarvi le bestie prima del tramonto? Io vengo a insegnarti una scorciatoia che conduce alla Grande Strada.»

«Questa è una cortesia da non dimenticare, o uomo di buona volontà; ma perché porti la spada?»

Il vecchio soldato restò confuso come un bambino interrotto in un gioco.

«La spada?» disse toccandola. «Oh, solo un capriccio... un capriccio da vecchio. È vero che gli ordini della polizia vietano a chiunque di portare armi in India, ma... » così dicendo si illuminò in viso e batté la mano sull'elsa «... tutte le guardie nei dintorni mi conoscono.»

«Non è un capriccio lodevole» disse il lama. «A che serve uccidere la gente?»

«A poco... per quel che ne so; ma se ogni tanto non si uccidessero i cattivi, il mondo non sarebbe affatto bello per i sognatori disarmati. E non parlo senza esperienza, io che ho visto tutto il Paese, da Delhi in giù, inondato di sangue.»

«Che pazzia fu quella?»

«Lo sanno soltanto gli dei che ci hanno mandato quel flagello. Un vento di follia pervase tutto l'esercito, e le truppe si rivoltarono contro gli ufficiali. Questo fu il primo malanno, ma non sarebbe stato irrimediabile se si fosse arrestato là. Ma i ribelli vollero uccidere le mogli dei sahib e i loro figli. Allora vennero i sahib d'oltremare e gliela fecero pagare cara.»

«Ne ho avuto sentore, credo, molto tempo fa. Quella fu chiamata l'Annata Nera, se ben ricordo.»

«Che razza di vita hai fatto, per non conoscere gli avvenimenti di quell'anno? Altro che sentore! Lo seppe tutta la terra, e ne tremò.»

«La nostra terra non tremò che una volta... il giorno in cui l'Eccelso ricevette l'Illuminazione.»

«*Uhm*! Almeno Delhi l'ho vista tremare; e Delhi è l'ombelico del mondo.»

«Così i ribelli assalirono le donne e i bambini? Fu una cattiva azione, che non poteva restare senza castigo.»

«Molti tentarono di scamparla, ma con poco profitto. Ero allora in un reggimento di Cavalleria. Si sbandò. Di seicentottanta sciabole, quante credi che restassero fedeli al sale che avevano mangiato? Tre. Una delle quali ero io.»

«Tanto più grande è il tuo merito.»

«Merito? Non fu considerato un merito in quei giorni. La mia gente, i miei amici, i miei fratelli mi abbandonarono. Dicevano: "Il tempo degli inglesi è finito. Ciascuno cerchi di arraffare un po' di terra". Ma io avevo parlato con gli uomini di Sobraon, di Chillianwallah, di Moodkee e di Ferozeshah. Dissi: "Aspettate un po' e il vento cambierà. Non è nata sotto buona stella, questa faccenda". In quei giorni feci a cavallo settanta miglia, con una signora inglese e con il suo bambino sull'arcione. (Quello sì che era un cavallo degno di un uomo!) Portai l'uno e l'altro in un luogo sicuro, e tornai dal mio ufficiale... l'unico dei nostri cinque che non fosse stato ammazzato. "Dammi lavoro" gli dissi "perché sono un reietto fra la mia gente, e il sangue di mio cugino è ancora fresco sulla mia sciabola." "Fatti animo" mi rispose. "Ci saranno grandi cose da fare. Quando questa pazzia sarà passata, ci sarà una ricompensa."»

«C'è davvero una ricompensa, passata la follia?» mormorò il lama quasi fra sé.

«A quei tempi non si davano medaglie a chiunque avesse sentito per caso un colpo di fucile, oh no! Io presi parte a diciannove battaglie infernali, a quarantasei scaramucce di Cavalleria e a una quantità innumerevole di piccoli fatti d'armi. Riportai nove ferite, una medaglia, quattro distintivi e le insegne di un ordine cavalleresco: perché i miei capitani, che ora sono generali, si ricordarono di me quando la Kaisar-i-Hind compì cinquant'anni di regno, e tutto il Paese se ne rallegrò. Dissero: "Dategli l'ordine dell'India britannica". E ora io lo porto al collo. Ricevetti anche dallo Stato il mio *jaghir*...[1] un dono gratuito per me e per i miei discendenti. Gli uomini di quei tempi… ora sono commissari… vengono a cavallo attraverso i campi per farmi visita… dritti in arcione, perché tutto il villaggio li veda… e parliamo insieme delle antiche scaramucce, e ogni nome di morto ne richiama un altro.»

«E poi?» domandò il lama.

«Oh, poi vanno via, ma non prima che il mio villaggio li abbia veduti.»

«E alla fine che farai?»

«Alla fine morirò.»

«E poi?»

«Questo lo stabiliranno gli dei. Io non li ho mai importunati con le mie preghiere, e non credo che vorranno importunare me. Vedi, nel corso della mia lunga vita, ho notato che Quelli di Lassù richiamano in fretta chi li infastidisce con sospiri, pianti e recriminazioni, proprio come il nostro colonnello usava richiamare i contadini che parlavano troppo. No, io non ho mai annoiato gli dei. Se ne ricorderanno e mi daranno un posticino tranquillo, dove scagliare all'ombra la mia lancia e attendere il momento di dare il benvenuto ai miei figli: ne ho tre… tutti *rissaldar-majors*[2]… in tre reggimenti.»

«E anch'essi, vincolati alla Ruota, continueranno di vita in vita… di dolore in dolore… » disse il lama sottovoce «ardenti, irrequieti, insaziabili.»

«Già» ridacchiò il vecchio soldato «tre *rissaldar-majors* in tre reggimenti. Un po' giocatori, ma anch'io sono così. E devono essere bene equipaggiati; ma al giorno d'oggi non si può prendere un cavallo come nei tempi antichi si prendevano le donne. Bene, bene, il mio podere può pagare per tutto. Che credi? È un pezzo di terra ben irrigato! Però i miei contadini mi truffano. E io non ho che una punta di lancia, per farmi valere! Mi arrabbio, li maledico, si fingono pentiti, ma dietro le spalle mi chiamano vecchia scimmia sdentata.»

«Non hai mai desiderato altro?»

«Sì, sì… mille volte! Riavere una schiena diritta e due ginocchia salde, il polso agile, gli occhi aguzzi e il midollo vigoroso. Oh, i bei tempi passati… i bei giorni della mia forza.»

«Quella forza è debolezza.»

«Ora sono debole; ma cinquant'anni fa avrei potuto dimostrare il contrario» replicò il vecchio soldato, premendo la punta della staffa nel fianco ossuto del pony.

«Ma io conosco un Fiume che guarisce.»

«Ho bevuto l'acqua del Gange fino al punto da diventare idropico. Ne ho ricavato una dissenteria e niente forza.»

«Non parlo del Gange. Il Fiume che conosco io monda da ogni traccia di peccato. Risalendone le sponde lontane, l'uomo si assicura la libertà. Non conosco la tua vita, ma la tua faccia è di persona cortese e onesta. Hai tirato diritto per la tua strada, fedele anche quando era difficile esserlo, in quell'Annata Nera di cui ora mi tornano a mente altre storie. Prendi la Via di Mezzo, che conduce alla libertà! Ascolta la voce della Legge Eccellentissima, e non inseguire chimere!»

«Parla dunque, o vecchio» sorrise il soldato, abbozzando un mezzo saluto. «Alla nostra età, si è tutti ciarlieri.»

Il lama si accovacciò al riparo di un mango, le cui ombre giocavano a scacchiera sul suo volto; il soldato rimase in sella e Kim, dopo essersi assicurato che non c'erano serpi, si sdraiò fra due radici contorte.

Nell'atmosfera calda del meriggio c'era un brusio lento, di piccole vite, un tubare di colombe e, fra i campi, lo stridio delle carrucole dei pozzi che conciliavano il sonno. Lentamente, scandendo le parole, il lama cominciò a parlare. Dieci minuti dopo il vecchio soldato scendeva di cavallo per sentire meglio, e si sedeva a terra con le redini attorcigliate al polso. La voce del lama si affievolì… i periodi si allungarono. Kim seguiva con occhi attenti le mosse di uno scoiattolo grigio. Quando quel piccolo batuffolo sparì strisciando sotto il ramo, predicatore e pubblico erano ormai quasi assopiti: il vecchio soldato aveva abbandonato la sua testa massiccia sul braccio, come su un cuscino, e il lama aveva rovesciato la sua contro il ceppo dell'albero, sul quale risaltava come avorio giallo. Un bambino nudo trotterellò verso la macchia, si fermò stupito e poi, mosso da un impulso improvviso di venerazione, fece una piccola e solenne riverenza davanti al lama… ma era tanto basso e rotondo che nell'inchinarsi fece un capitombolo e Kim, vedendo volteggiare in aria le sue gambette paffute, non riuscì a trattenere una risata. Il bimbo, spaventato e offeso, si mise a strillare.

«Ohi! Ohi!» esclamò il soldato balzando in piedi. «Che succede? Che ordini? Ma è un bimbo… sognavo che era un allarme. Piccolo… piccolo… non piangere. Mi sono addormentato? Che indecenza!»

«Ho paura! Ho tanta paura» singhiozzava il bambino.

«Di che cosa hai paura? Di due vecchi e di un ragazzo? Come potrai fare il soldato, principino?»

Anche il lama si era svegliato: non si era accorto del bambino e sgranava il suo rosario.

«Che cos'è?» domandò il bambino, soffocando a metà un singhiozzo. «Non ho mai visto roba simile. Dammela!»

«Ah!» esclamò il lama sorridendo; poi, arabescando con il rosario sull'erba, cantò:

Eccoti un po' di cardamomi,
eccoti un po' di *ghi*,
eccoti miglio, riso e pepe,
questa è la cena per me e per te.

Il bimbo strillò di gioia e tese le manine per afferrare i lucidi grani neri.

«Dove hai imparato quella canzone, spregiatore del mondo?» chiese il vecchio soldato.

«L'ho imparata a Pathânkot… seduto sulla soglia di una casa» rispose il lama impacciato. «È bene essere gentili con i bambini.»

«Se ricordo bene, prima che il sonno ci cogliesse, mi hai detto che il matrimonio e mettere al mondo dei figli oscurano la vera luce, sono ostacoli sulla via. Nel tuo Paese, i bimbi piovono forse dal cielo? E sulla retta via bisogna cantare per loro?»

«Nessun uomo è perfetto» rispose gravemente il lama, sollevando da terra il rosario. «Ora corri da tua madre, piccolo.»

«Sentilo!» disse il vecchio soldato a Kim. «Si vergogna di aver dato la felicità a un bimbo! Fratello mio, in te c'era la stoffa di un ottimo padre di famiglia. Ehi, bimbo!» E gli gettò una moneta. «Ti piacciono i dolci?» E mentre la piccola creatura si allontanava, sgambettando nella luce del sole, soggiunse: «Crescono e diventano uomini. Sant'uomo, mi dispiace proprio di essermi addormentato a metà della tua predica. Perdonami».

«Siamo vecchi tutti e due» disse il lama. «La colpa è mia. Io ti ho ascoltato mentre parlavi del mondo e delle sue follie, e un errore ha tirato l'altro.»

«Ma sentilo! Che male può fare, ai tuoi dei, l'aver giocato con un bambino! E quella canzone, del resto, l'hai cantata proprio bene. Ma continuiamo a camminare e io ti canterò la canzone di Nikal Seyn davanti a Delhi... l'antica canzone.»

Uscirono dall'ombra del boschetto di manghi, e la voce stridula e acuta del vecchio soldato risuonò attraverso i campi, narrando di lamento in lamento la storia di Nikal Seyn [Nicholson] la canzone che si canta ancora oggi nel Punjab. Kim era raggiante, e il lama ascoltava con profonda attenzione.

Ahi! È morto Nikal Seyn...
è morto davanti a Delhi!
Venite, o Lance del Nord,
e vendicate Nikal Seyn!

Il vecchio gorgheggiò fino alle ultime note, accompagnando i trilli con colpi di spada sul dorso della bestia.

«Ed eccoci arrivati alla Grande Strada» disse dopo aver ricevuto i complimenti di Kim, poiché il lama si era chiuso in un ostinato mutismo. «Da molto tempo non cavalcavo più da queste parti, ma i discorsi del tuo ragazzo mi hanno fatto da sprone. Guarda, Santo... guarda la Grande Strada che è la spina dorsale dell'India. È quasi tutta ombreggiata, come qui, da quattro file d'alberi; la parte centrale è riservata al traffico veloce... prima delle ferrovie i sahib ci passavano su e giù a centinaia. Ora si incontrano soltanto carri da contadini e roba del genere. A destra e a sinistra, dove il fondo è più accidentato, passano i carri pesanti... quelli che portano grano, cotone, legname, fieno, calce e pelli. Qui si viaggia al sicuro... perché a ogni *kos* c'è una stazione di polizia. È vero che anche i poliziotti sono ladri e grassatori (io, per me, farei pattugliare la strada dalla Cavalleria... giovani reclute sotto un capitano energico), ma almeno non tollerano rivali. Di qua passa gente di ogni casta e di ogni categoria. Guarda! Bramini e facchini, banchieri e calderai, barbieri e mercanti, pellegrini e vasai... il mondo intero va e viene. A me sembra un fiume che mi abbia lasciato indietro come un ceppo, dopo la piena.»

La Grand Trunk Road è veramente uno spettacolo meraviglioso. Si allunga in linea retta, guidando senza inciampi il traffico dell'India per mille e cinquecento miglia... un fiume di vita come non esiste in nessun'altra parte del mondo. I tre contemplarono la bianca distesa sormontata da arcate verdi, chiazzata d'ombre, punteggiata qua e là di lenti pedoni; e videro di fronte le due stanze della stazione di polizia.

«Chi va armato in contravvenzione alla legge?» gridò ridendo una guardia, appena vide la spada del soldato. «Non basta la polizia per sterminare i malfattori?»

«L'ho comprata apposta per la polizia» fu la risposta. «Va tutto bene nell'India?»

«Va tutto bene, sahib *rissaldar*.»

«Vedete? Sono come una vecchia tartaruga, che caccia fuori la testa e subito la ritira indietro. Sì, questa è la strada dell'Indostan. Tutti passano di qui... »

«Figlio di un porco, la parte migliore della strada è forse fatta per strofinarci sopra la schiena? Padre di tutte le figlie della vergogna e marito di diecimila donne del vizio, tua madre si diede al diavolo, e sua madre ce la spinse; le tue zie sono senza naso da sette generazioni! Tua sorella... Ma chi è stato quell'imbecille che ti ha insegnato a piantare i tuoi carri attraverso la strada? Una ruota rotta? Bene, allora ti rompo anche la testa, e a tuo comodo le rimetterai insieme tutt'e due!»

La voce e il sibilo rabbioso di una frusta uscivano da una colonna di polvere, una cinquantina di metri più in là, dove un carro si era sfasciato. Una magra e alta giumenta del Kathiawar, con gli occhi e le narici ardenti, schizzò come un razzo fuori dai rottami, sbuffando e scalciando, mentre il suo cavaliere la spronava a inseguire un uomo che sbraitava. Il cavaliere, un uomo alto, dalla barba grigia, stava in groppa alla bestia infuriata quasi facesse tutt'uno con lei, e, tra un balzo e l'altro, frustava scientificamente la sua vittima.

La faccia del vecchio soldato si illuminò d'orgoglio. «Mio figlio!» disse brevemente, e diede una stretta alle redini per inarcare il collo del suo pony.

«Devo dunque essere picchiato sotto gli occhi della polizia?» gridava il carrettiere. «Giustizia! Voglio giustizia!»

«E io devo essere bloccato da una scimmia urlante che rovescia diecimila sacchi sotto il naso della mia cavalla? Questo si chiama rovinare una giumenta!»

«Ha ragione, ha ragione. Ma la cavalla sa tener dietro al suo uomo» disse il vecchio. Il carrettiere si rifugiò sotto le ruote del carro, minacciando ogni sorta di vendette.

«Sono uomini in gamba, i tuoi figli» disse con calma il poliziotto, mentre si stuzzicava i denti.

Il cavaliere lasciò andare un'ultima frustata e ruppe in un piccolo galoppo.

«Mio padre!» esclamò a un tratto; fece indietreggiare la sua bestia di una decina di metri e balzò di sella.

In un baleno anche il vecchio era a terra, e i due s'abbracciarono come padre e figlio si abbracciano in Oriente.

IV

La Buona Sorte non è mai una dama,
Ma la più turpe delle sgualdrine.
È piena d'ombre, di raggiri, di furberie…
Rischiosa da guidare o da condurre.
Tu la saluti e lei si volge a un altro!
Tu le vai incontro e ti volta le spalle!
Se sei stufo di lei e vuoi piantarla,
La bisbetica ti tira per la manica!
Fa' come vuoi, o Fortuna!
Prendi o lascia secondo la tua volontà;
Se non mi curo di te, o Fortuna,
Tu certamente mi seguirai.

The Wishing Caps

Abbassando la voce, i due si misero a parlare tra loro. Kim andò a riposarsi sotto un albero, ma il lama lo tirò con impazienza per il gomito.

«Andiamo avanti. Il Fiume non è qui.»

«Non abbiamo camminato abbastanza, per ora? Il nostro Fiume non scapperà. Abbi pazienza, e quel tipo ci farà l'elemosina.»

«Ecco l'Amico delle Stelle» disse a un tratto il vecchio soldato. «Mi ha portato la notizia ieri. Ha visto, in una visione, proprio colui che dava gli ordini per la guerra.»

«*Uhm*!» fece suo figlio dal profondo del petto. «Avrà sentito delle chiacchiere di bazar e se ne è fatto bello.»

Suo padre rise. «Comunque, non è venuto a chiedermi un nuovo cavallo da guerra e chi sa quante rupie. Anche i reggimenti dei tuoi fratelli sono mobilitati?»

«Non lo so. Ho chiesto una licenza e sono venuto in fretta da te per… »

«Per arrivare a chiedere prima di loro. Oh, giocatori e spreconi che non siete altro! Ma tu non hai ancora condotto un assalto. Ti ci vorrà davvero un buon cavallo. E anche un buon attendente e un buon pony per la merce. Vediamo… vediamo.» E tamburellava sull'arcione.

«Non è il posto adatto per far conti, padre. Andiamo a casa.»

«Paga il ragazzo, almeno: non ho spiccioli addosso, e mi ha portato buone notizie. Ohi! Amico di Tutto il Mondo, si prepara una guerra, come hai detto tu.»

«Per quanto so io, è *la* guerra» Kim replicò senza scomporsi.

«Eh?» fece il lama, sgranando il suo rosario, e tutto ansioso di riprendere la strada.

«Il mio maestro non disturba le Stelle per denaro. Noi abbiamo portato la notizia… siate testimoni che l'abbiamo portata noi… e ora ce ne andiamo.» Kim puntò la mano sul fianco.

Il figlio lanciò una moneta d'argento attraverso l'aria assolata e brontolò qualcosa contro i mendicanti e i ciarlatani. Era un pezzo di quattro anne, e sarebbe bastato a sfamare maestro e discepolo per qualche giorno. Il lama, vedendo il bagliore del metallo, mormorò una benedizione.

«Va' per la tua via, Amico di Tutto il Mondo» gridò il vecchio soldato, girando la sua povera bestia. «Una volta tanto, nella mia vita, ho incontrato un vero profeta… che non faceva parte dell'esercito.»

Padre e figlio si rigirarono insieme; e il vecchio stava in sella eretto come il giovane.

Un poliziotto punjabi, in pantaloni di tela gialla, attraversò la strada a passi pesanti. Aveva veduto volare la moneta.

«Alt!» esclamò in un inglese solenne. «Non sapete che c'è un pedaggio di due anne a testa, che fa quattro anne, per quelli che entrano nella strada maestra da quel viottolo? Ordine del Sirkar: e il denaro va speso per piantare alberi e abbellire le strade.»

«E per il ventre dei poliziotti» disse Kim ritraendosi con un salto. «Rifletti bene, testa di fango. Credi che usciamo dal primo stagno come tuo suocero il ranocchio? Hai mai sentito il nome di tuo fratello?»

«Chi era, di'? Lascia stare quel ragazzo» gridò un poliziotto anziano, divertendosi un mondo a quella scena e accovacciandosi sulla veranda per fumare la sua pipa.

«Era uno che tolse l'etichetta a una bottiglia di *belaitee-pani* [l'acqua di seltz] l'affisse a un ponte e fece pagar tassa per un mese a tutti quelli che passavano, dicendo che era ordine del Sirkar. Poi venne un inglese e gli ruppe la testa. Eh, fratello, sono una cornacchia di città, non di campagna!»

Il poliziotto si tirò indietro mortificato e Kim trottò via lanciandogli una fila di improperi.

«C'è mai stato un discepolo come me?» esclamò allegramente rivolto al lama. «Se non c'ero io a proteggerti, ti avrebbero spolpato fino all'osso nel giro di dieci miglia da Lahore.»

«Mi domando, a volte, se sei uno spirito o un demonietto malizioso» rispose il lama con un lento sorriso.

«Io sono il tuo *chela*» replicò Kim, mettendosi al passo: l'indescrivibile andatura dei vagabondi in ogni Paese della terra.

«E ora andiamo» borbottò il lama, e al ticchettio del rosario tutti e due camminarono in silenzio per miglia e miglia. Il lama, come al solito, era immerso in meditazione, ma gli occhi vivaci di Kim erano bene aperti. Quel largo, ridente fiume di vita era, a suo giudizio, molto più interessante delle anguste e affollate vie di Lahore. C'erano tipi nuovi e nuovi spettacoli a ogni passo; caste che egli conosceva e caste a lui ignote.

Incontrarono una combriccola di sansis dalle lunghe chiome e dall'odore acuto, i quali portavano sulle spalle panieri di lucertole e di altri sozzi cibi ed erano seguiti da cani smunti che annusavano alle loro calcagna. Si tenevano sempre dallo stesso lato della strada, trotterellando con aria circospetta, e tutte le altre caste facevano largo al loro passaggio, perché i sansis sono gente immonda. Dietro di loro, camminando a gambe larghe e irrigidite, portandosi dietro il ricordo dei ferri, procedeva a grandi passi un reduce dalla galera; il suo ventre pieno e la sua carnagione lucida dimostravano che il governo nutre i prigionieri meglio di quanto la maggior parte dei galantuomini riescano a fare. Quel passo Kim lo conosceva bene, e non esitò a farsene beffe. Come se camminasse sui trampoli, si fece poi avanti un akali, un devoto sikh dagli occhi e dai capelli sconvolti, vestito dei panni blu a scacchi della sua religione, e con un luccichio di borchie d'acciaio sull'alto cono del suo turbante azzurro. Tornava da uno degli Stati sikh indipendenti, dove era andato a cantare le antiche glorie del Khalsa a principini appena usciti di collegio, in stivali alti e pantaloni bianchi di cotone. Kim si guardò bene dall'irritare quell'uomo, poiché gli akali sono di temperamento irascibile e di mano pronta. Qua e là maestro e discepolo incontravano o erano sorpassati dalla folla variopinta di interi villaggi, di ritorno da qualche fiera; le donne, con i loro marmocchi sull'anca, camminavano dietro agli uomini, e i ragazzi più grandi, indaffarati a succhiare canne da zucchero, trascinavano rozzi modelli di locomotive d'ottone da pochi soldi o facevano battere il sole negli occhi dei grandi con lucidi specchietti a buon mercato. Si poteva vedere alla prima occhiata che genere di cose quella gente avesse comprato; a togliere ogni dubbio, bastava osservare le comari nell'atto di confrontare, braccio bruno contro braccio bruno, i loro nuovi braccialetti di vetro opaco, fabbricati nelle province del Nord-ovest. Gli allegri compari camminavano pian piano, chiamandosi l'un l'altro e sostando a cavillare con i venditori di dolciumi, o a pregare davanti ai tabernacoli – indù o mussulmani – che le caste inferiori dell'una o dell'altra confessione onorano lungo la strada con simpatica imparzialità. Una compatta linea azzurra, alzandosi e abbassandosi come il dorso di un bruco frettoloso, ondeggiava attraverso la polvere vibrante e trottava via in un cicaleccio rapido e confuso. Era una torma di *changars* – donne adibite alla manutenzione di tutti i terrapieni delle ferrovie settentrionali... tribù di scaricatrici di terra dai piedi piatti, dal petto robusto e dalle sottane azzurre – che si precipitavano verso il Nord in cerca di lavoro e non perdevano tempo per la strada. Appartenevano a una casta dove gli uomini non contano nulla, e camminavano con i gomiti in fuori, le anche dondolanti e la testa eretta, come si addice a donne abituate a reggere grossi pesi. Poco dopo, irruppe sulla Grand Trunk un corteo nuziale, accompagnato da musiche, da acclamazioni e da un profumo di calendule e gelsomini più penetrante dell'acre odore della polvere. Il baldacchino della sposa apparve attraverso la caligine come una tentennante chiazza di porpora e di orpello, mentre il pony inghirlandato dello sposo si voltava a strappare una boccata di fieno da un carro di foraggio. Kim si unì al fuoco di fila degli auguri e delle frasi salaci, predicendo alla coppia, secondo il vecchio proverbio, cento figli maschi e nessuna femmina. Si divertì ancora di più quando un giocoliere girovago con alcune scimmie semiammaestrate, o un orso estenuato e ansimante, o una donna che si era legata ai piedi delle corna di capra e ballava su una corda, fecero adombrare i cavalli e trillare le donne in prolungati e squillanti gorgheggi di ammirazione.

Il lama non alzò mai gli occhi. Non vide l'usuraio che, sul suo cavallo a schiena d'oca, correva a riscuotere i suoi spietati interessi; né il drappello – ancora militarmente inquadrato – dei soldati indigeni in licenza, i quali, contenti di essersi liberati dei pantaloni lunghi e delle ghette, vociavano clamorosamente, apostrofando con le frasi più oltraggiose le più rispettabili donne che incontravano. Il lama non vide nemmeno il venditore d'acqua del Gange, sebbene Kim si fosse aspettato che comprasse almeno una bottiglia di quel prezioso tesoro. Il vecchio guardava fisso a terra, e risolutamente procedette a grandi passi per ore e ore, con lo spirito rivolto altrove. Ma Kim era al settimo cielo dalla gioia. Per un certo tratto la Grand Trunk correva su un terrapieno che la proteggeva dalle inondazioni invernali dei torrenti alpestri, sicché vi si camminava un po' sopra il livello dei campi, in una specie di ballatoio dal quale si poteva contemplare, a destra e a sinistra, tutta la distesa dell'India. Era bello vedere i carri di grano e di cotone trainati per le strade campestri da coppie di buoi: il cigolio dei mozzi delle ruote s'incominciava a udire a un miglio di distanza, e si avvicinava lentamente, finché i carri, accompagnati da urli, grida e maleparole, si inerpicavano sul ripido pendio del terrapieno, per fermarsi poi sulla strada maestra, mentre i carrettieri si insultavano a vicenda. Era ugualmente bello osservare le persone: pennellate di rosso, azzurro, bianco, rosa, croceo, che svoltavano nei sentieri diretti ai loro villaggi e si disperdevano a gruppi di due o di tre per i campi piatti, rimpicciolendo via via nella distanza. Kim sentiva l'incanto di questo spettacolo; ma non sapendo esprimere con parole le proprie emozioni, si contentava di comprare canna da zucchero sbucciata e di sputarne generosamente il succo lungo il cammino. Ogni tanto il lama fiutava una presa di tabacco. A un certo punto Kim non poté più sopportare il suo silenzio.

«Gran bella terra... la terra del Sud!» esclamò. «L'aria è buona, l'acqua è buona, non è vero?»

«E tutti sono vincolati alla Ruota» disse il lama. «Vincolati di vita in vita. A nessuno di loro è stata mostrata la Via.» E si scosse, tornando su questo mondo.

«Abbiamo fatto un cammino faticoso» riprese Kim. «Fra poco arriveremo a un *parao* [luogo di sosta]. Ci riposeremo là? Guarda, il sole sta tramontando.»

«Chi ci ospiterà stasera?»

«Per noi è indifferente. Il Paese è pieno di buona gente. E poi» Kim abbassò la voce in un bisbiglio «noi abbiamo denaro... »

La folla si infittiva man mano che si avvicinavano alla sosta, che segnava il termine della loro giornata di viaggio. Una fila di banchi dove si vendevano cibi molto semplici e tabacco, una catasta di legna da ardere, una stazione di polizia, un pozzo, un abbeveratoio da cavalli, alcuni alberi e, sotto, del terreno battuto e segnato qua e là da ceneri nere di vecchi fuochi – tutto quello che restava di un *parao* lungo la Grand Trunk – per non parlare di mendicanti e di cornacchie, gli uni e le altre affamati.

Il sole ormai insinuava larghe strisce dorate attraverso i rami inferiori dei manghi; parrocchetti e colombe tornavano a centinaia ai loro nidi; le Sette Sorelle ciarliere dal dorso grigio[1] raccontavano intorno le avventure della giornata, andando avanti e indietro, a gruppi di due o di tre, quasi sotto i piedi dei viaggiatori; e un fruscio, un tramestio tra i rami annunciava che i pipistrelli si disponevano a uscire per la ronda notturna. Rapidamente la luce si concentrò, tinse per un istante di un rosso sanguigno le facce, le ruote dei carri e le corna dei buoi. Poi la notte calò, in un subitaneo mutamento dell'aria, stendendo sulla pianura un'ombra vaporosa, uniforme, simile a una ragnatela azzurra, e diffondendo, distinto e acuto, l'afrore dei fuochi, il tanfo del bestiame e l'aroma delle focacce di frumento cotte sulle ceneri. La pattuglia serale uscì dalla stazione di polizia, fra solenni colpi di tosse e ordini ripetuti; e un globetto di brace, accesa nella coppa dell'*hookah* di un carrettiere, rosseggiò sul margine della strada, mentre gli occhi di Kim osservavano macchinalmente l'ultimo guizzo del sole sulle pinze d'ottone.

La vita del *parao* somigliava molto, su scala ridotta, a quella del Serraglio del Kashmir. Kim si tuffò nel beato disordine asiatico, dove, purché si lasci tempo al tempo, si trova tutto ciò che occorre a una persona di gusti semplici.

I desideri di Kim erano modesti, dal momento che il lama non aveva scrupoli di casta, il cibo già cotto del banco più vicino sarebbe andato bene per tutti e due; ma il ragazzo volle concedersi il lusso di comprare una manciata di zollette di letame secco per accendere il fuoco. Tutt'intorno, tra i fuochi accesi, c'era un andirivieni di uomini che chiedevano a gran voce olio, grano, dolciumi, tabacco, o si davano urtoni aspettando il loro turno davanti al pozzo; e, tra il clamore delle voci maschili, si udivano provenire da carrozzoni chiusi, per la sosta notturna, gli squittii e le risatine di donne che non potevano mostrare la faccia in pubblico.

Oggi, gli indigeni colti sono del parere che quando le loro donne viaggiano... e viaggiano molto... è meglio infilarle nello scompartimento riservato di un treno; e questa abitudine si va diffondendo. Ma sulle strade carrozzabili s'incontrano persone all'antica, che rimangono ligie ai costumi degli antenati, e soprattutto vecchie donne... più conservatrici degli uomini... le quali, verso la fine della loro vita, vanno in pellegrinaggio. Ormai avvizzite e non più desiderabili, costoro, in date circostanze, non hanno difficoltà a togliersi il velo. Dopo la loro lunga clausura, durante la quale hanno avuto soltanto rapporto d'affari con il mondo esterno, esse amano il chiasso e il trambusto della strada, i crocchi davanti ai tabernacoli e le infinite occasioni di pettegolezzo con vecchie viaggiatrici anziane dagli stessi gusti. Molto spesso, a una famiglia che ha subito gravi traversie, conviene che una vecchia signora, lesta di lingua e tenace di volontà, vada in questo modo su e giù per l'India; poiché i pellegrinaggi sono graditi agli dei. Perciò, in ogni parte dell'India, sia nei posti più remoti, sia nei più frequentati, si incontrano frotte di servitori dai capelli grigi, addetti al servizio onorario di una vecchia signora, la quale se ne sta nascosta, dietro cortine più o meno pesanti, in un carrozzone tirato da buoi. Sono uomini avveduti e prudenti, e quando si avvicina un europeo o un indigeno di casta superiore, circondano l'oggetto delle loro cure delle più raffinate precauzioni; ma nelle vicende ordinarie, comuni del pellegrinaggio, non guardano per il sottile. La vecchia signora è, in fondo, intensamente umana, e ama contemplare la vita.

Improvvisamente l'attenzione di Kim fu attratta da un *ruth*, un carrozzone per famiglia, che era entrato proprio in quel momento nel *parao*. Il veicolo, vistosamente addobbato, aveva un baldacchino ricamato, a due gobbe come la schiena di un cammello. Il suo seguito era formato di otto uomini, due dei quali armati di sciabole rugginose... sicuro segno, questo, che essi accompagnavano una persona d'alto grado, poiché la gente comune non può andare armata. Un crescente schiamazzo di recriminazioni, di ordini, di facezie e di ciò che a un europeo sarebbe sembrato un linguaggio sconveniente, proveniva di dietro le cortine. Esse proteggevano evidentemente una donna avvezza al comando.

Kim esaminò il corteo con occhio critico. Metà degli uomini che lo costituivano erano oorya della pianura, dalle gambe magre e dalla barba grigia. Gli altri erano montanari del Nord, in abiti di lana pesante e con cappelli di feltro in capo. Questa mistura avrebbe parlato chiaro a Kim anche se non avesse teso l'orecchio all'incessante battibecco tra le due parti. La vecchia signora andava nel Sud per fare una visita... probabilmente a un ricco parente, ancor più probabilmente a un genero, che le aveva mandato incontro una scorta in segno di rispetto. I montanari erano famigli della signora... gente di Kulu o di Kangra. Era anche chiaro che non conduceva una figlia a nozze, perché in tal caso le cortine sarebbero state tirate con cura e la guardia non avrebbe permesso a nessuno di avvicinarsi al carro. Una signora allegra e di spirito, pensò Kim, tenendo in equilibrio la zolla di letame su una mano, il cibo cotto sull'altra, e pilotando il lama con piccoli colpi di spalla. Da questo incontro si poteva ricavare qualcosa. Il lama non avrebbe dato nessun aiuto, ma Kim, da *chela* coscienzioso, era lieto di mendicare per due.

Egli preparò il suo fuoco vicino al carrozzone, e aspettò che qualcuno della scorta gli ordinasse di allontanarsi. Il lama, estenuato, si lasciò cadere al suolo, proprio come un grosso pipistrello, e tornò al suo rosario.

«Vai più in là, accattone!» L'ordine fu urlato in cattivo indostano da uno dei montanari.

«Non è che un *pahari* [montanaro]» disse Kim senza voltarsi. «Da quando in qua gli asini di montagna sono padroni di tutto l'Indostan?»

La replica fu un rapido e brillante riassunto della discendenza di Kim per tre generazioni.

«Ah!» La voce di Kim era più soave che mai, mentre sbriciolava la zolla di letame. «Nel *mio* Paese, questo lo chiamano il preludio di una dichiarazione d'amore.»

Una risata soffocata dietro le cortine spinse il montanaro a un secondo attacco.

«Non c'è male... non c'è male» gli rispose Kim senza

scomporsi. «Ma bada a te, fratello caro, perché a noi… a noi, dico… potrebbe venire in mente di ricambiarti con qualche maledizione. E le nostre maledizioni hanno il vizio di arrivare a segno.»

Gli oorya scoppiarono a ridere; il montanaro si slanciò in avanti con aria minacciosa; il lama alzò la testa, portando il suo berrettone nella piena luce del fuoco appena acceso da Kim.

«Che c'è?» domandò.

L'uomo si arrestò, come impietrito. «Io… io stavo per commettere un gran peccato» balbettò.

«Ha trovato finalmente uno dei suoi preti» bisbigliò un oorya.

«Ehi! Perché non lo picchiate perbene quel ragazzaccio?» gridò improvvisamente la vecchia.

Il montanaro tornò verso il carro e bisbigliò qualcosa in direzione della tendina. Seguì un profondo silenzio e poi un borbottio.

"Così va bene" pensò Kim, fingendo di non vedere e di non sentire.

«Si chiede… si chiede se il Santo… dopo aver mangiato» disse umilmente il montanaro a Kim «vorrà concedere l'onore della sua conversazione a una persona che desidera intrattenersi con lui.»

«Dopo aver mangiato dormirà» replicò altezzosamente Kim. Non poteva capir bene quale nuova piega avesse preso la faccenda, ma era deciso ad approfittarne. «Ora gli darò da mangiare.» L'ultima frase, detta ad alta voce, terminò con un sospiro, come di languore.

«Io… io stesso e i miei compagni ce ne occuperemo… se ci è permesso.»

«È permesso» disse Kim più altezzosamente che mai. «Sant'uomo, questa gente ci porterà da mangiare.»

«Questo Paese è buono. Tutta la terra del Sud è buona… ma il mondo è grande e terribile» mormorò il lama assonnato.

«Lasciatelo dormire» disse Kim. «Ma fate in modo che abbia di che saziarsi, quando si sveglia. È proprio un sant'uomo.»

Uno degli oorya lanciò una nuova frase ingiuriosa.

«Non è un fachiro. Non è un accattone delle terre di laggiù» continuò Kim seriamente, parlando alle stelle. «È il più santo dei santi. È al di sopra di tutte le caste. E io sono il suo *chela*.»

«Vieni qui!» esclamò la voce stridula da dietro la tenda; Kim obbedì, conscio che occhi da lui non visti lo guardavano. Un dito bruno e ossuto, carico di anelli, si posò sulla sponda del carro, e il dialogo si svolse così:

«Chi è quello?»

«Un uomo straordinariamente santo. Viene da molto lontano. Viene dal Tibet.»

«Dal Tibet?»

«Da oltre le nevi... da un posto lontanissimo. Conosce le stelle, fa oroscopi, predice le nascite. Ma non lo fa per denaro. Lo fa per bontà d'animo e spirito di carità. Io sono il suo discepolo. Mi chiamano anche l'Amico delle Stelle.»

«Tu non vieni dalle montagne.»

«Chiedi a lui. Ti risponderà che gli sono stato inviato dalle stelle per guidarlo fino al termine del suo pellegrinaggio.»

«*Uhm*! Bada, ragazzo, che sono vecchia e non del tutto svanita. Conosco i lama e rendo loro onore, ma tu sei un *chela* come questo dito è la stanga del mio carro. Tu sei un indù senza casta... un mendicante furbo e senza scrupoli che si è messo alle costole del Santo solo per denaro.»

«Forse che non lavoriamo tutti per denaro?» Kim cambiò rapidamente tono per far fronte a quella voce alterata. «Ho sentito... » e il suo fu un colpo menato alla cieca «ho sentito dire... »

«Cosa hai sentito dire?» scattò la donna, battendo forte il dito.

«Niente che ricordi bene, ma una certa chiacchiera da bazar, una bugia senza dubbio: che anche i rajah... i piccoli rajah di montagna... »

«Ciononostante, di buon sangue rajput… »

«Certamente, di buon sangue. Ho sentito dire, dunque, che anche questi piccoli rajah vendono per denaro le loro donne più graziose. Le vendono nel Sud… agli zemindar e simile genia dell'Oudh.»

Se c'è una cosa al mondo che i piccoli rajah di montagna neghino è proprio questa; ma ciò non toglie che nei bazar ci si creda, quando si parla del misterioso traffico di schiave che si svolge in India. In un linguaggio concitato e sdegnoso, la vecchia signora spiegò a Kim che razza di bugiardo e di maligno egli fosse. Aggiunse anche che se mai avesse fatto una simile allusione quando lei era ragazza, la sera stessa sarebbe stato massacrato da un elefante. Verità sacrosanta.

«Ahimè! Non sono che un figlio di mendicante, come ha detto Occhio di Bellezza» mormorò Kim, in un finto terrore.

«Occhio di Bellezza! Chi sono io, da farmi simili sviolinate da accattone?» Al tempo stesso, rideva del titolo da tanti anni dimenticato. «Quarant'anni fa mi potevano chiamare anche così, e non senza ragione. Certo, anche trent'anni fa. Il guaio di questo peregrinare su e giù per l'India è che una vedova di un re sia costretta a immergersi nella schiuma della terra, e a farsi sbeffeggiare dai mendicanti.»

«Grande Regina!» disse Kim con prontezza, sentendola tremare di sdegno. «Io sono certamente quello che la Grande Regina dice; ciononostante, il mio maestro è un Santo. E non sa ancora che la Grande Regina ha ordinato… »

«Ordinato? Io ordinare a un Santo… a un Maestro della Legge… di venire a parlare con una donna? Mai!»

«Perdona la mia ignoranza. Credevo che si trattasse di un ordine… »

«Non lo era. Era soltanto una supplica. È chiaro, adesso?»

Una moneta d'argento risuonò sull'orlo della sponda del carro. Kim l'afferrò e si profuse in inchini. La vecchia aveva capito che le conveniva propiziarsi quel ragazzo, occhio e orecchio del lama.

«Io sono soltanto il discepolo del Santo. Forse verrà, quando avrà mangiato.»

«Canaglia senza scrupoli!» L'indice ingioiellato si agitò in segno di biasimo, anche se la donna non poté fare a meno di ridacchiare.

«Di che si tratta?» disse con il suo tono carezzevole e confidenziale – quello a cui pochi resistevano, lo sapeva bene. «C'è... c'è forse bisogno di un maschio nella tua famiglia? Parla pure liberamente, perché noi preti... » quest'ultima frase era un plagio al vocabolario dei fachiri alla Porta di Taksali.

«Noi preti? Non sei ancora abbastanza vecchio per... » e troncò la battuta in una risata. «Credimi, o prete, una volta per tutte: noi donne abbiamo altro per la testa che i figli. E inoltre, mia figlia il suo l'ha già messo al mondo.»

«Meglio due frecce nella faretra che una sola; e tre meglio ancora.» Kim citò il proverbio tossendo con aria d'importanza e abbassando pudicamente gli occhi a terra.

«È vero, è vero... ma non è detto che non debbano venire. È certo però che quei bramini di laggiù non servono proprio a niente. Ho mandato doni e denaro, ancora doni, e alla fine hanno profetizzato... »

«Ah!» esclamò Kim affrettatamente, con espressione di infinito disprezzo «hanno profetizzato!» Un professionista non si sarebbe comportato meglio.

«Soltanto quando mi ricordai dei miei dei, le mie preghiere furono esaudite. Ho scelto un'ora propizia e... il tuo Santo ha forse sentito parlare dell'abate della lamasseria di Lung-Cho. È a lui che sottoposi la questione, e al momento giusto tutto andò come desideravo. Da allora, il bramino in casa del padre del figlio di mia figlia sostiene che è stato grazie alle sue preghiere... un piccolo errore che gli spiegherò quando saremo giunti al termine del nostro viaggio. Dopo andrò a Buddh Gaya a fare *shraddah* per il padre dei miei figli.»

«Anche noi ci andiamo.»

«Buon segno!» esultò la vecchia. «Almeno un secondo figlio... »

«Amico di Tutto il Mondo!» Il lama si era svegliato e chiamava Kim con semplicità, come un bambino che si spaventi a ritrovarsi in un letto non suo.

«Vengo! Vengo, o Santo!» E corse al fuoco, dove trovò il lama già circondato di vivande calde, fra l'adorazione evidente dei montanari e gli sguardi cupi degli uomini del Sud.

«Tiratevi indietro! Tiratevi indietro!» gridò Kim. «Mangiamo forse in pubblico come cani?» Terminarono di mangiare in silenzio, ognuno per conto suo, e Kim coronò la cena con una sigaretta indigena.

«Non ti ho detto centinaia di volte che il Sud è una buona terra? C'è qui una donna devota e di sangue nobile, vedova di un rajah di montagna, che dice di essere in pellegrinaggio per Buddh Gaya. È lei che ci ha offerto da mangiare; vorrebbe parlare con te, non appena ti sarai riposato.»

«È opera tua anche questa?» il lama pescò profondamente nella borsa del tabacco.

«Chi altri, se non io, ha vegliato su di te dall'inizio del nostro meraviglioso viaggio?» Gli occhi di Kim sembravano danzare, mentre aspirava dalle narici il fumo acre e si allungava sul terreno polveroso. «Ho forse trascurato qualcosa che ti giovasse, o Santo?»

«Che tu sia benedetto!» Il lama chinò la testa con gravità. «Ho conosciuto moltissima gente, nella mia lunga vita, e non pochi discepoli. Ma per nessun uomo, sempre ammettendo che tu sia nato di donna, il mio cuore ha mai battuto come per te... premuroso, saggio, cortese e un po' sbarazzino.»

«E io non ho mai conosciuto un prete come te.» Kim esaminò ruga per ruga la faccia gialla e mite del lama. «Ci siamo messi in viaggio da meno di tre giorni, ma è come se fossero cent'anni.»

«Forse, in una vita precedente, mi è stato concesso di renderti un servizio. Forse» e qui sorrise «ti ho liberato da una tagliola; o dopo averti preso all'amo nei tempi che ancora non ero illuminato, ti ho restituito al fiume.»

«Forse» replicò Kim tranquillamente. Molte volte aveva sentito considerazioni simili sulle labbra di gente che agli inglesi sarebbe apparsa priva di fantasia. «Ma ora, tornando alla donna nel carro, credo che abbia bisogno di un secondo maschio per la propria figlia.»

«Questo non fa parte della Via» sospirò il lama. «Ma almeno è delle montagne. Oh, le montagne, la neve delle montagne!»

Si alzò e si diresse a passi solenni verso il carro. Kim avrebbe dato le orecchie pur di poterlo accompagnare, ma il lama non lo aveva invitato; le poche parole che riuscì ad afferrare erano in una lingua sconosciuta, poiché parlavano il dialetto delle montagne. A quanto sembrava, la donna faceva delle domande su cui il lama rimuginava a lungo, prima di rispondere. Di tanto in tanto, Kim udiva la cantilena di una citazione cinese. La scena che gli si offriva attraverso le palpebre rese pesanti dal sonno era veramente strana. Il lama, rigido e impettito, con le pieghe profonde della veste gialla delineata in nero dalla luce dei fuochi, così come un tronco nodoso è sbalzato in nero dall'ombra del sole al tramonto, parlava rivolto a un *ruth* tutto lacche e orpelli, lucido come un brillante multicolore nella luce incerta. I disegni delle tende trapunte in oro si alzavano e si abbassavano, ricomponendosi via via che le pieghe vibravano palpitando nel vento della notte; nei momenti in cui le parole si facevano più solenni, l'indice ingioiellato gettava sui ricami piccole scintille. Dietro il carro si alzava un muro di oscurità incerta, punteggiato di fiammelle, animato di forme, di volti e di ombre indistinte. Le voci delle prime ore di sosta si erano ormai attenuate in un dolce brusio, la cui nota più profonda era il ruminare lento e monotono dei buoi, e la più alta il pizzicato del *sitar* di una danzatrice bengalese. La maggior parte degli uomini avevano già finito di mangiare, e succhiavano con forza le *hookah* gorgoglianti, che a tiraggio pieno ricordano il verso delle rane.

Il lama ritornò. Lo seguiva un montanaro con una trapunta, che distese premurosamente accanto al fuoco.

"Merita diecimila nipoti" pensò Kim. "Se non era per me, comunque, questi doni non ci sarebbero stati."

«Una donna virtuosa... e saggia» Il lama si accasciò a terra, lentamente, come un cammello pigro. «Il mondo è pieno di carità per coloro che seguono la Via.» Stese su Kim una buona metà della coperta.

«Cosa ti ha detto?» Kim si arrotolò nella sua metà.

«Mi ha fatto molte domande e mi ha posto molti problemi... si trattava generalmente di storielle oziose che aveva udito da preti che servono il diavolo, ma che pretendono di seguire la Via. Ho risposto ad alcune domande, di altre ho detto che erano sciocchezze. Molti uomini portano la Veste, ma pochi seguono la Via.»

«È vero, è proprio vero.» Kim usò il tono pensoso e conciliante di chi desidera ottenere confidenze.

«Per la luce che ha, ragiona abbastanza bene. Desidera vivamente che andiamo con lei a Buddh Gaya; da quanto ne so, è la stessa strada che dobbiamo fare noi, giorni e giorni di viaggio verso Sud.»

«E poi?»

«Un po' di pazienza. Ho risposto che per me la Ricerca conta più di ogni altra cosa. In vita sua, ha ascoltato molte sciocche leggende, ma questa grande verità del mio Fiume le è riuscita nuova. Ecco come sono i preti delle montagne basse! Ha conosciuto l'abate di Lung-Cho, ma non sapeva niente del mio Fiume... né della storia della Freccia.»

«E poi?»

«Le ho parlato della Ricerca, della Via e di cose che le sono riuscite di grande profitto; ora desidera soltanto che io l'accompagni e che preghi per la nascita di un secondo maschio.»

«Ah! Lo sapevo che le donne pensano sempre ai figli» mormorò Kim assonnato.

«Ebbene, siccome le nostre strade coincidono per un certo tratto, non credo che ci allontaneremmo dalla nostra Ricerca, se l'accompagnassimo... almeno fino a... ho dimenticato il nome della città.»

«Ehi!» disse Kim, voltandosi e parlando a voce bassa ma vibrata a un oorya, a pochi metri di distanza. «Dov'è la casa del tuo padrone?»

«Un po' oltre Saharunpore, tra i frutteti.» E nominò il villaggio.

«È quello» disse il lama. «Fin lì, almeno, potremo andare con lei.»

«Le mosche si attaccano alle carogne» disse l'oorya con voce distratta.

«Per la vacca malata un corvo, per l'uomo malato un bramino.» Kim, come parlando fra sé, bisbigliò il proverbio verso le dense ombre dei rami sopra la sua testa.

L'oorya grugnì, ma non disse parola.

«Allora andremo con lei, Santo?»

«C'è qualcosa in contrario? Io posso allontanarmi ogni tanto, per saggiare i fiumi che la strada attraversa. Ella desidera che io la segua. Lo desidera fortemente.»

Kim soffocò una risata nella coperta. Pensava che probabilmente, quando la dispotica vecchia signora avesse superato la soggezione che il lama le incuteva, sarebbe valsa la pena di ascoltarla.

Si era quasi addormentato quando il lama citò improvvisamente un proverbio: «I mariti delle donne chiacchierone avranno una grande ricompensa». Kim lo udì fiutare tabacco tre volte, e si assopì ridendo.

L'alba di diamante svegliò uomini, corvi e buoi a un tempo. Kim si levò a sedere, sbadigliò, si stirò e vibrò di soddisfazione. Quello era vedere il mondo per davvero; quella era la vita che piaceva a lui... urli e gomitate, cinture che si affibbiano, buoi presi a nerbate, ruote che cigolano, fuochi accesi, cibi messi a cuocere e spettacoli nuovi dovunque girasse gli occhi felici. La nebbia mattutina svaporava in volute d'argento, i pappagalli scattavano a volo in verdi stormi urlanti verso qualche fiume lontano: e tutte le carrucole dei pozzi a portata d'orecchio cominciavano a funzionare. L'India era desta, e Kim vi si trovava in mezzo, più sveglio e più infervorato di ogni altra persona, mordicchiando un ramoscello, di cui si sarebbe poi servito come stuzzicadenti; poiché egli prendeva i suoi costumi dappertutto, nei paesi che conosceva e amava. Non c'era nessun bisogno di pensare al cibo... nessun bisogno di spendere una *cowrie*[2] ai banchi affollati. Egli era il discepolo di un sant'uomo assunto all'ufficio di consigliere spirituale da una vecchia, energica signora. Tutto sarebbe stato predisposto per loro, e non avrebbero dovuto fare altro che sedersi a mensa appena fossero stati rispettosamente invitati a farlo. Del resto – Kim a questo punto delle sue riflessioni rise tra sé, lavandosi i denti – la loro ospite avrebbe piuttosto accresciuto che diminuito il piacere del viaggio. Quando i buoi, muggendo e sbuffando, furono aggiogati, il ragazzo li guardò con occhio critico. Se fossero andati troppo in fretta – il che non era probabile – ci sarebbe stato per lui un comodo posticino sulla stanga; il lama avrebbe potuto sedere accanto al conducente. La scorta, naturalmente, sarebbe andata a piedi. E altrettanto naturalmente, la vecchia signora avrebbe parlato molto e, a giudicare da quello che aveva già sentito, la conversazione non avrebbe mancato di sale. Ella stava già ordinando, arringando, rimproverando e maledicendo i servi per il loro ritardo.

«Datele la sua pipa. In nome degli dei, datele la sua pipa e fermate quella lingua di malaugurio» esclamò un oorya, legando il suo informe ammasso di coltri. «I pappagalli le assomigliano: stridono quando fa giorno.»

«Il primo paio di buoi! Ehi! Attenti ai buoi di testa!» Le due bestie rinculavano e si dibattevano, perché le loro corna si erano impigliate nella stanga di un carro di grano. «Figlio di un gufo, dove vai?» si sentì gridare il carrettiere che ghignava.

«Ehi! Ehi! Là dentro c'è la regina di Delhi che va in pellegrinaggio per avere un maschio» rimbeccò l'uomo, dall'alto del suo carro. «Largo alla regina di Delhi e al suo primo ministro, la scimmia grigia che si arrampica sulla propria spada!»

Subito dopo veniva un altro carro, carico di scorza d'albero per una conceria della pianura, e il suo conducente aggiunse qualche altro complimento, mentre i buoi del *ruth* rinculavano sempre più.

Una scarica d'improperi proruppe allora da dietro le cortine oscillanti. Non durò molto, ma per genere, qualità, espressività e mordente, fu superiore a qualunque altra invettiva che Kim avesse mai udito. Il ragazzo poté vedere il petto nudo del carrettiere infossarsi per lo stupore; l'uomo saltò giù dalla stanga e aiutò la scorta a ricondurre sulla strada carrozzabile quel vulcano in eruzione. Qui la voce descrisse senza veli la specie di donna che egli aveva sposato, e ciò che lei faceva in sua assenza.

«Oh, *shabash*!» mormorò Kim, incapace di contenersi, mentre l'uomo se la svignava.

«Bene davvero! È una vergogna e uno scandalo che una povera donna non possa andare a pregare i suoi dei senza essere urtata e insultata da tutta la gentaglia dell'Indostan... senza ingoiare *gâli* [insulti], come gli altri ingoiano il *ghi*. Ma un po' di nerbo nella lingua ce l'ho sempre... e so difendermi, se necessario, con una o due parole ben dette. E pensare che sono ancora senza tabacco! Chi è quel bastardo guercio e sciagurato che non mi ha preparato ancora la pipa?»

In tutta fretta la pipa fu infilata nel carro da uno dei montanari; nuvolette di fumo denso annunciarono, da ogni angolo delle tendine, che la pace era ristabilita.

Kim, se il giorno prima aveva peregrinato orgoglioso della sua qualità di discepolo di un sant'uomo, ora incedeva mille volte più fiero nell'onda di un corteo semiregale, sotto la protezione riconosciuta di una vecchia signora di modi gentili e di grandi risorse. Gli uomini di scorta, con le teste bendate all'uso indigeno, s'incamminarono ai due lati del carrozzone, strascicando i piedi e sollevando enormi lembi di polvere.

Il lama e Kim procedevano un po' in disparte; Kim masticava il suo mozzicone di canna da zucchero e non cedeva il passo a nessuno che non fosse almeno un sacerdote. La lingua della signora schioccava senza posa come una macchina per mondare il riso. Ella ordinò alla scorta di dirle via via ciò che succedeva sulla strada; e appena il carro si fu allontanato dal *parao*, tirò indietro le cortine e fece capolino con la faccia per due terzi fuori del velo. I suoi uomini, quando rivolgeva loro la parola, non la guardavano direttamente, e così la decenza era più o meno salva.

Un sovrintendente distrettuale di polizia, un inglese bruno e allampanato dall'uniforme impeccabile, giunse trottando su un cavallo stanco; e intuendo, nel vedere la scorta, che persona fosse la vecchia signora, la beffeggiò.

«O mamma» esclamò «si fa così negli *zenanas*[3]? E se passa un inglese e vede che sei senza naso?»

«Come?» strillò la vecchia di rimando. «Tua madre non ha naso? E perché lo dici così in mezzo alla strada?»

La botta arrivò a segno. L'inglese alzò la mano con il gesto di chi sia stato toccato tirando di scherma. La signora rise e scosse il capo.

«È una faccia da indurre in tentazione la virtù, questa?» Scostò interamente il velo e guardò l'inglese negli occhi.

Non era un volto avvenente, ma l'uomo, raccolte le redini, la chiamò Luna del Paradiso e Nemica della Rettitudine, aggiungendo qualche altro epiteto fantastico che fece torcere la vecchia dalle risa.

«È un *nut-cut* [briccone]» ella disse. «Tutti i poliziotti sono *nut-cut*; ma i sovrintendenti sono peggio degli altri. Ah, figlio mio, non hai certo imparato a stare al mondo da quando sei arrivato da Belait [dall'Europa]. Chi ti ha allattato?»

«Una *pahareen*... una montanara di Dalhousie, madre mia. Serba nell'ombra la tua bellezza... o Dispensatrice di Delizie» e si allontanò.

«Questa è la gente che ci vuole» disse la vecchia in tono sentenzioso e riempiendosi la bocca di *pan*. «Questa è la gente che ci vuole per amministrare la giustizia. Conoscono il Paese e i suoi costumi. Gli altri, arrivati freschi freschi dall'Europa e allattati da donne bianche, quelli che studiano le nostre lingue sui libri, sono peggio della peste. Procurano guai perfino ai re.» E raccontò, a chiunque voleva sentire, la lunghissima storia di un giovane poliziotto ignorante, che nel corso di una stupida causa per un terreno aveva dato noie a un piccolo rajah di montagna, suo cugino in nono grado, e concluse citando un libro tutt'altro che devoto.

Poi, cambiato umore, comandò a un uomo della scorta di domandare al lama se volesse camminare accanto al carro per discutere argomenti religiosi. Kim rimase indietro nel polverone e riprese la sua canna da zucchero. Per più di un'ora l'ampio *tam-o'-shanter* del lama balenò come una luna attraverso la caligine; e da quanto poté udire, Kim capì che la vecchia piangeva. Uno degli oorya si scusò per la rudezza mostrata la sera prima, dicendo che non aveva mai visto la padrona così mite, e che attribuiva il suo mutamento di umore alla presenza di quel prete straniero. Personalmente credeva nei bramini, sebbene, come tutti gli indigeni, fosse profondamente persuaso della loro astuzia e della loro abilità. Tuttavia, siccome i bramini non facevano che irritare con le loro richieste di elemosine la madre della moglie del loro padrone, e dal momento che, quando ella li scacciava, si infuriavano al punto di maledire l'intero seguito (era questa la ragione vera per cui il secondo bue di sinistra zoppicava e la stanga del carro si era rotta la sera prima), egli era disposto a onorare qualunque prete di diversa denominazione dentro l'India o fuori. A queste dichiarazioni Kim assentiva con gravi cenni del capo. Egli fece poi osservare all'oorya che il lama non chiedeva denaro e che la spesa per il vitto di lui e del discepolo sarebbe stata compensata cento volte dalla buona fortuna che d'ora in avanti avrebbe assistito la carovana. Il ragazzo cantò pure alcune storie della città di Lahore e cantò una o due canzoni che fecero ridere la scorta. Da buon topo di città, al corrente delle ultime canzoni dei compositori più in voga (donne per lo più) Kim aveva una notevole superiorità sugli abitanti di un piccolo villaggio tra i frutteti dietro Saharunpore; ma lasciò che fossero gli altri ad accorgersene.

A mezzogiorno la carovana si appartò di fianco alla strada per mangiare, e il pasto fu buono, abbondante e servito decentemente su piatti di foglie pulite, lontano dal turbinio della polvere. Esso terminò secondo le buone regole, con una distribuzione degli avanzi ai mendicanti; alla fine, tutto il seguito sedette a fumare per lungo tempo, voluttuosamente. La vecchia signora si era ritirata dietro le tendine, ma partecipava animatamente alla conversazione, lasciando che la gente del suo seguito l'apostrofasse e la contraddicesse con l'impertinenza propria della servitù orientale. Ella paragonò il fresco e i pini del Kangra e del Kulu alla polvere e ai manghi del Sud; raccontò la storia di certe antiche divinità locali adorate alla periferia delle terre di suo marito; disse tutto il male possibile del tabacco che stava fumando, insultò tutti i bramini e speculò senza riserbo sulla nascita di numerosi nipoti.

V

Sono qui di ritorno, di nuovo fra i miei…
Perdonato, nutrito e baciato…
Come un parente mi onorano i miei,
Legato alla carne della mia carne!
Si cucina per me il vitello più grasso,
Ma la crusca è più di mio gusto…
Forse per me sono meglio i porci,
E agli stabbi tornar mi conviene.

The Prodigal Son

Ancora una volta il pigro, impacciato e strascicante corteo si rimise in moto, e la vecchia signora dormì finché giunsero a un nuovo luogo di sosta. Fu una marcia molto breve, mancava un'ora al tramonto, e Kim si guardò intorno in cerca di svago.

«Perché non siedi a riposare?» gli chiese un uomo della scorta. «Soltanto i diavoli e gli inglesi vanno a zonzo senza motivo.»

«Non fare amicizia né con il diavolo, né con una bertuccia, né con un ragazzo. Non si sa mai cosa sono capaci di combinare» soggiunse un suo compagno.

Kim voltò la schiena (non aveva voglia di sentir ripetere la vecchia storia del diavolo che si pentì di aver giocato con certi ragazzi) e si mise a bighellonare per i campi.

Il lama lo seguì a grandi passi. Per tutta la giornata, ogni volta che erano passati vicini a un corso d'acqua, si era allontanato per andarlo a guardare; ma non aveva mai ricevuto alcun indizio di aver trovato il suo Fiume. Peraltro, il conforto di parlare con qualcuno in una lingua conveniente, e di essere debitamente considerato e rispettato quale consigliere spirituale da una donna di buona famiglia, aveva in parte distolto i suoi pensieri dalla Ricerca, senza che ne avesse chiara coscienza. E del resto, egli era preparato a impiegare nel suo pellegrinaggio lunghi anni sereni: non aveva nulla dell'impazienza dell'uomo bianco ed era provvisto di grande fede.

«Dove vai?» gridò dietro a Kim.

«In nessun posto... è stata una breve marcia. E tutto questo» Kim disegnò con la mano un ampio cerchio «è nuovo per me.»

«La vecchia signora è indiscutibilmente saggia e piena di buonsenso. Ma è difficile meditare quando... »

«Tutte le donne sono fatte così.» Kim parlava come avrebbe potuto parlare Salomone.

«Davanti alla mia lamasseria c'era un largo piazzale» mormorò il lama, giocherellando con il suo logoro rosario «un piazzale lastricato. Ci ho lasciato l'impronta dei miei piedi... a furia di passeggiarci su e giù, sgranando questi... »

Fece ticchettare i grani del rosario, e cominciò l'*Om mane pudmi hum* della sua religione, contento del fresco, della quiete e dell'assenza di polvere.

Molte cose, l'una dopo l'altra, attiravano l'occhio ozioso di Kim attraverso la pianura. Il ragazzo non aveva scopo nel suo vagabondaggio; ma scorgendo un gruppo di capanne che parevano costruite di recente, decise di andare a curiosare.

Sbucarono su un vasto prato, bruno e violaceo nella luce pomeridiana, e con una macchia compatta di manghi al centro. Kim si meravigliò di non trovare neanche un tabernacolo in un luogo così propizio: il ragazzo badava a certe cose come un prete. Lontano, quattro uomini camminavano per la pianura, l'uno a fianco dell'altro, rimpiccioliti dalla distanza. Kim, facendosi schermo con le mani, li guardò attentamente e scorse un luccichio di ottone.

«Soldati, soldati bianchi!» esclamò. «Andiamo a vedere!»

«Incontriamo sempre dei soldati, quando tu e io andiamo soli insieme. Ma non ho mai veduto dei soldati bianchi.»

«Non danno noia a nessuno se non sono ubriachi. Restiamo dietro quest'albero.»

Si nascosero entrambi dietro i tronchi massicci, nell'ombra fresca dei manghi. Due piccole figure si arrestarono; altre due avanzarono incerte. Erano l'avanguardia di un reggimento in marcia, mandata come al solito a segnare il terreno. Portavano bastoni alti cinque piedi con bandierine svolazzanti e si davano la voce distanziandosi sul terreno piano.

Finalmente, i due più vicini entrarono a passo cadenzato nel boschetto di manghi.

«Qui o qui intorno... le tende degli ufficiali vanno piantate sotto gli alberi, immagino... e noi possiamo stare all'aperto. Hanno già segnato il posto per le salmerie?»

Di nuovo si rivolsero gridando ai commilitoni lontani, e la brusca risposta giunse fioca e ovattata per la distanza.

«Pianta la bandiera qui, allora» disse uno.

«Che cosa preparano?» domandò il lama, stupito. «Questo mondo è grande e terribile. Che significa, quell'emblema sulla bandiera?»

Un soldato infisse un'asta a pochi passi da loro, borbottò insoddisfatto, la ritirò fuori, poi confabulò con il suo compagno che esaminò su e giù la verde caverna d'ombra, e la rimise al posto di prima.

Kim stava a guardare con gli occhi dilatati e con il respiro corto che gli sibilava fra i denti. I soldati uscirono fuori al sole.

«Oh Santo» ansimò il ragazzo «il mio oroscopo! Il disegno tracciato nella polvere dal prete di Umballa! Ti ricordi cosa disse? Prima vengono due *ferashes*... a preparare il terreno... in un luogo buio, come succede sempre al principio di una visione.»

«Ma questa non è una visione» disse il lama. «È un'illusione mondana e nient'altro.»

«E dopo viene il Toro... il Toro Rosso in campo verde. Guarda, eccolo!»

E indicò la bandierina che svolazzava nella brezza della sera, a meno di dieci passi di distanza. Non era che un ordinario segnale da campo: ma il reggimento, sempre meticoloso in fatto di decorazioni, l'aveva ornato con la propria insegna, il Toro Rosso che è lo stemma dei Mavericks... il gran Toro Rosso su uno sfondo verde smeraldo.

«Vedo e ricordo» rispose il lama. «Certo è il tuo Toro. Ed è anche certo che i due uomini sono venuti a preparare il terreno.»

«Sono soldati... soldati bianchi. Che disse il prete? "Il segno contrario al Toro è segno di Guerra e di uomini armati." Sant'uomo, questo riguarda la mia Ricerca.»

«È vero, è vero.» Il lama fissò l'insegna, che avvampava nel crepuscolo come un rubino. «Il prete di Umballa disse che il tuo era un segno di Guerra.»

«Che fai, adesso?»

«Aspetta. Aspettiamo.»

«Proprio ora l'oscurità si dirada» disse Kim. Era più che naturale che il sole al tramonto filtrasse attraverso i tronchi degli alberi, dentro il boschetto, riempendolo per pochi istanti di un pulviscolo d'oro; ma per Kim quel fenomeno coronava la profezia del bramino di Umballa.

«Ascolta!» esclamò il lama. «Rulla un tamburo... lontano lontano!»

Dapprima il rombo, diradandosi attraverso l'aria tranquilla, sembrò la pulsazione di un'arteria nel cervello. Ma presto acquistò un'aspra risonanza.

«Ah! La musica» spiegò Kim. Egli conosceva il suono delle bande militari; ma il lama ne fu sbalordito.

All'estremità della pianura venne fuori serpeggiando una grave e polverosa colonna di soldati. Dopo, il vento portò il ritornello:

> Chiediamo la vostra indulgenza
> perché vogliamo raccontarvi
> la marcia con i Mulligan Guards
> fino a Sligo Port.

A questo punto, irruppe la voce stridula dei pifferi:

> Imbracciati i fucili
> marciammo, marciammo,

dal parco di Phoenix
marciammo fino a Dublin Bay.
I fanti e i tamburi
suonavano dolcemente,
mentre noi marciavamo, marciavamo, marciavamo
con i Mulligan Guards!

Era la banda dei Mavericks, che scortava al campo le truppe in marcia con le loro salmerie. La fila ondeggiante si inoltrò sul suolo uguale seguita dai carriaggi, si divise in due schiere, una a destra l'altra a sinistra, si sparpagliò come un formicaio e...

«Ma questa è magia!» esclamò il lama.

Il terreno si punteggiò di tende che sembravano sorgere dai carri bell'e spiegate. Un altro stuolo di soldati invase il boschetto, piantò in silenzio una tenda enorme, ne raggruppò intorno a essa altre otto o nove, tirò fuori pentole, tegami e fagotti, di cui prese possesso una folla di servi indigeni; ed ecco il boschetto di manghi tramutato in un batter d'occhio in una piccola ordinata città!

«Andiamo via» disse il lama, arretrando sbigottito, mentre i fuochi crepitavano e alcuni ufficiali bianchi, dalle sciabole tintinnanti, entravano con passo marziale nella tenda della mensa.

«Tirati nell'ombra. Oltre la luce del fuoco nessuno può vederci» disse Kim, senza distogliere gli occhi dalla bandiera. Non aveva mai assistito allo spettacolo di un reggimento che si accampa in mezz'ora.

«Guarda! Guarda! Guarda!» balbettò il lama. «Arriva un prete!»

Era Bennett, il cappellano anglicano del reggimento, che zoppicava nel suo impolverato abito nero. Uno del suo gregge aveva osato mettere in dubbio la sua resistenza; ed egli, per smentirlo, aveva marciato tutto il giorno passo passo con i soldati. Il vestito nero, la croce d'oro alla catena dell'orologio, la faccia rasata e il largo e floscio feltro nero sarebbero bastati a farlo riconoscere come religioso in tutta l'India. Si abbandonò su uno sgabello da campo, all'ingresso della tenda della mensa, e si tolse le scarpe. Tre o quattro ufficiali gli si radunarono intorno, ridendo e scherzando sulle sue prodezze.

«La conversazione dei bianchi è priva di dignità» disse il lama, che giudicava soltanto dal tono. «Ma io ho esaminato la fisionomia di quel prete, e credo che debba essere sapiente. È possibile che capisca il nostro linguaggio? Gli vorrei parlare della mia Ricerca.»

«Non parlare mai con un uomo bianco prima che sia sazio» disse Kim, citando un noto proverbio. «Ora i soldati mangeranno e... non credo che valga la pena chiedere qualcosa. Torniamo alla sosta. Dopo aver mangiato verremo qui di nuovo. Quello era certamente un Toro Rosso... il *mio* Toro Rosso.»

Quando gli uomini del seguito della vecchia signora servirono in tavola, maestro e discepolo erano talmente assorti che nessuno si azzardò a disturbare il loro riserbo, perché porta sfortuna molestare gli ospiti.

«Ora» disse Kim stuzzicandosi i denti «torneremo laggiù; ma tu, Santo, devi restare un po' in disparte, perché il tuo passo è più pesante del mio, e io sono ansioso di sapere qualcos'altro circa il mio Toro Rosso.»

«Ma come potrai capire la lingua? Cammina piano. La strada è buia» replicò il lama turbato.

Kim lasciò cadere la domanda del suo maestro. «Ho notato un posto vicino agli alberi» disse «dove tu puoi restare seduto finché io non torno. No» soggiunse, poiché il lama accennava a voler protestare «ricordati che questa è la *mia* Ricerca... la Ricerca del mio Toro Rosso. Il segno delle stelle non era per te. Io conosco un po' i costumi dei soldati bianchi e desidero sempre vedere cose nuove.»

«Che cosa non conosci tu in questo mondo?» Obbediente, il lama si accovacciò in un piccolo avvallamento, a meno di cento metri dal boschetto dei manghi, scuro sullo sfondo del cielo cosparso di stelle.

«Sta' qui finché non torno.» Kim scomparve nella penombra. Era sicuro che l'accampamento fosse circondato di sentinelle e sorrise fra sé, udendo il suono di due grosse scarpe. Un ragazzo che sa fuggire per i tetti della città di Lahore in una notte di luna, sfruttando ogni minima chiazza, ogni minimo angolo d'ombra per eludere i suoi inseguitori, non è tipo da intimidirsi neppure davanti a una fila di soldati agguerriti. Sgattaiolò in mezzo a due soldati e, un po' correndo e un po' fermandosi, un po' rannicchiandosi e un po' buttandosi bocconi, si fece strada verso la tenda illuminata della mensa, dove, addossato a un albero, attese che qualche parola colta a volo gli desse un filo conduttore.

Un pensiero solo lo dominava: sapere qualcosa di più sul Toro Rosso. Gli era venuto in mente (le deficienze di Kim erano curiose e insospettabili quanto le sue capacità) che i soldati, i novecento diavoli della profezia di suo padre, pregassero la bestia dopo il tramonto, come gli indù pregano la Vacca Sacra. Ciò sarebbe stato giusto e logico, e il cappellano dalla croce d'oro avrebbe potuto essere consultato in proposito. D'altra parte, ricordando le facce austere dei reverendi che aveva evitato nella città di Lahore, Kim aveva ragione di temere che il prete fosse un seccatore emerito e gli ordinasse di andare a scuola. Ma non era forse stato provato, a Umballa, che il suo segno celeste pronosticava guerra e uomini armati? Non era forse l'Amico delle Stelle, oltre che di Tutto il Mondo, e non era forse gonfio fino ai denti di tremendi segreti? Infine... e anzi, nello sfondo dei suoi rapidi pensieri, quest'avventura era prima di tutto una stupenda scappata.... una piacevole continuazione delle sue fughe attraverso le altane, oltre che l'adempimento di una profezia sublime. Si gettò con il ventre a terra e strisciò verso l'ingresso della tenda della mensa, tenendo una mano sull'amuleto che portava appeso al collo.

Era come aveva supposto. I sahib pregavano il loro Dio: poiché al centro del tavolo, unico ornamento della tenda nei giorni di marcia, si ergeva un toro foggiato con l'oro di un antico saccheggio del Palazzo d'Estate di Pechino: un toro rosso-oro con la testa china e con il corpo rampante su un campo verde smeraldo. I sahib gli tendevano i loro bicchieri e vociavano chiassosamente.

Il reverendo Arthur Bennett lasciava sempre la tenda dopo il brindisi, ma quel giorno, stanco della lunga marcia, i suoi movimenti erano più bruschi del solito. Kim teneva ancora la testa lievemente sollevata per fissare il totem posato sulla tavola, quando il cappellano gli mise un piede sopra la scapola destra. Il ragazzo sgusciò sotto la scarpa e rotolando di fianco tirò giù il cappellano, il quale, da uomo d'azione, lo afferrò per la gola e per poco non lo strozzò. Kim allora prese disperatamente a calci nello stomaco il suo avversario. Questi rimase senza fiato e si torse per lo spasimo, senza però allentare la stretta; poi si rotolò su se stesso e, senza parlare, trascinò Kim nella sua tenda. I Mavericks erano burloni impenitenti; perciò l'inglese pensò che fosse prudente tacere prima di aver fatto luce su quella storia.

«Ma come, è un ragazzo!» esclamò quando ebbe spinto la sua preda sotto la lanterna attaccata all'asta della tenda. Poi, scuotendo Kim rudemente, l'apostrofò: «Che facevi? Sei un ladro? *Choor*? *Mallum*?». Il suo indostano era molto scarso, e il malmenato e umiliato Kim pensò di doversi attenere alla parte che gli veniva affibbiata. Mentre riprendeva fiato inventò una storia abbastanza plausibile dei suoi rapporti di parentela con uno sguattero della mensa, tenendo però gli occhi bene aperti sulle braccia del cappellano. L'occasione si offrì: spiccò un balzo verso l'uscita, ma un lungo braccio si slanciò ad agguantarlo per la collottola; il cordone dell'amuleto si spezzò e la mano di Bennett si chiuse sull'amuleto.

«Dammelo. Oh, dammelo. L'hai perso? Dammi le carte.»

Queste parole furono pronunciate in inglese, il metallico e smozzicato inglese degli indigeni; e il cappellano sobbalzò.

«Uno scapolare» disse aprendo la mano. «No, forse un talismano da infedele. Ma dimmi... parli inglese? Per i ragazzi che rubano c'è il bastone, lo sai?»

«Io non rubo... io non ho rubato.» Kim si agitava convulso

come un terrier davanti a un bastone che lo minacci. «Oh, dammelo. È il mio talismano. Non me lo rubare.»

Il cappellano non gli badava, ma avvicinandosi all'ingresso della tenda chiamò ad alta voce. Comparve un uomo grassoccio e ben rasato.

«Ho bisogno del tuo consiglio, padre Victor» disse Bennett. «Ho trovato questo ragazzo al buio, fuori della tenda della mensa. Secondo le regole, avrei dovuto picchiarlo e lasciarlo andare, perché credo che sia un ladro. Ma a quanto sembra parla inglese, e dà una certa importanza a un talismano che portava appeso al collo. Ho pensato che forse potresti consigliarmi.» Bennett era persuaso che tra lui e il cappellano cattolico del contingente irlandese si aprisse un abisso insuperabile; ma, curioso a dirsi, la Chiesa d'Inghilterra, ogni volta che aveva qualche problema umano da risolvere, finiva quasi sempre per rivolgersi alla Chiesa di Roma. L'orrore ufficiale di Bennett per la Donna Scarlatta e tutti i suoi costumi era uguagliato soltanto dal rispetto personale che nutriva per padre Victor.

«Un ladro che parla inglese? Guardiamo il suo talismano. No, non è uno scapolare, Bennett.» Il prete cattolico tese la mano.

«Ma che diritto abbiamo di aprirlo? Una buona frustata... »

«Io *non rubavo*» protestò Kim. «Tu mi hai massacrato. Ora dammi il talismano e me ne andrò.»

«Aspetta: prima dobbiamo vedere» disse padre Victor, svolgendo pacatamente la pergamena *ne varietur* del povero Kimball O'Hara, il suo congedo e il certificato di battesimo di Kim. Su quest'ultimo O'Hara – con la vaga idea di far prodigi per suo figlio – aveva scarabocchiato ripetute volte: "Abbiate cura del mio ragazzo. Per favore, occupatevi del mio ragazzo" firmando per esteso con il suo nome e con il numero del suo reggimento.

«Potente delle tenebre!» esclamò padre Victor, passando i documenti a Mister Bennett. «Sai che roba è?»

«Sì» disse Kim. «Sono cose mie, e voglio andar via.»

«Non capisco bene» continuò Bennett. «Forse questo ragazzo li ha portati qui con uno scopo. Può essere un trucco da mendicante.»

«Non ho mai visto un mendicante meno desideroso di stare fra la gente, allora. Qui ci sono gli elementi di un grosso mistero. Credi nella Provvidenza, Bennett?»

«Spero di sì.»

«Ebbene, io credo nei miracoli, che è quasi lo stesso. Potenze delle tenebre! Kimball O'Hara! E suo figlio! Ma questo qui è un indigeno, e io stesso ho sposato Kimball ad Annie Shott. Da quanto tempo hai questi fogli, ragazzo?»

«Da quando ero piccolo.»

Padre Victor si avvicinò a Kim e gli aprì i panni sul petto. «Vedi, Bennett, non è molto nero. Come ti chiami?»

«Kim.»

«O Kimball?»

«Forse. Mi volete lasciar andare?»

«Non hai altri nomi?»

«Mi chiamano Kim Rishti ke. Cioè Kim del Rishti.»

«Che vuol dire *Rishti*?»

«*Eye*-rishti… era il reggimento… quello di mio padre.»

«*Irish*, irlandese, ora capisco.»

«Già. Così m'ha detto mio padre. È vissuto, mio padre.»

«Dove?»

«È vissuto. Naturalmente è morto… scomparso.»

«Questo è il tuo brusco modo d'esprimerti, eh?»

Bennett l'interruppe. «Forse io sono stato ingiusto con questo ragazzo. Quantunque sia trascurato, si vede che è un bianco. Devo avergli fatto dei lividi. Non credo che un liquore… »

«Dagli un bicchiere di sherry, allora, e fallo stendere sulla branda. Ora Kim» continuò padre Victor «nessuno ti farà più del male. Bevi questo e parlaci di te. Dicci la verità, se non hai nulla in contrario.»

Kim tossì un poco nel posare il bicchiere vuoto e rifletté.

Doveva lavorare di prudenza e di immaginazione. I ragazzi che girano per gli accampamenti, di solito, vengono frustati e cacciati via. Ma lui nerbate non ne aveva prese: evidentemente l'amuleto agiva in suo favore, e sembrava che l'oroscopo di Umballa e le poche parole che egli poteva ricordare dei vaneggiamenti di suo padre si avverassero in modo miracoloso. Altrimenti, perché il cappellano grasso sarebbe apparso così impressionato e perché il prete magro gli avrebbe offerto quel bicchiere di vino giallo?

«Mio padre è morto nella città di Lahore quando ero piccino. E la donna teneva una bottega di *kabarri* vicino al posto dove stazionano le carrozze.» Kim parlava a caso, senza sapere fino a che punto gli sarebbe giovato dire la verità.

«Tua madre?»

«No... » rispose con un gesto di disgusto. «Mia madre se n'è andata quando io sono nato. Queste carte, mio padre le aveva avute dalla Jadoo-Gher... si dice così?« (Bennett annuì) «perché era... di buona condizione. Si dice così?» (Bennett annuì ancora una volta) «Me l'ha raccontato mio padre. E mi disse pure, e me lo disse anche il bramino che fece il disegno nella polvere due giorni fa a Umballa: "Tu troverai un Toro Rosso in un campo verde e il Toro ti aiuterà".»

«Bugiardo matricolato» borbottò Bennett.

«Potenze delle tenebre, che Paese!» mormorò padre Victor. «Va' avanti, Kim.»

«Io *non rubavo*. E poi sono da poco discepolo di un uomo molto santo. È seduto là fuori. Abbiamo visto due uomini venire con le bandiere a preparare il terreno. Succede sempre così in sogno, o in seguito a una... a una... profezia. Così ho capito che la mia si avverava. Ho visto il Toro Rosso in campo verde, e mio padre diceva: "Novecento diavoli veri e il colonnello in groppa a un cavallo avranno cura di te quando troverai il Toro Rosso!". Io non sapevo che fare quando ho visto il Toro; poi me ne sono andato tornandoci quando era scuro. Volevo rivedere il Toro con... con i sahib che lo adoravano. Credo che il Toro mi aiuterà. Anche il sant'uomo ha detto che il Toro mi aiuterà. Il sant'uomo sta seduto là fuori. Gli farete del male, se lo faccio venire un momento qui? È molto santo. E può confermare tutto quello che ho detto, e sa che non sono un ladro.»

«Ufficiali che adorano un toro? C'è da perdere la testa!» disse Bennett. «Discepolo di un sant'uomo! Che sia matto, questo ragazzo?»

«È il figlio di O'Hara, con tutta probabilità. Il figlio di O'Hara in lega con tutte le potenze delle tenebre. Tale e quale suo padre... quando aveva bevuto. È meglio che invitiamo quel sant'uomo. Può darsi che sappia qualcosa.»

«Non sa niente, invece» disse Kim. «Ve lo farò vedere, se venite con me. È il mio maestro. Poi ce ne andremo.»

«Potenze delle tenebre!» Era tutto quanto poteva dire padre Victor, e Bennett uscì, tenendo una mano ben salda sulla spalla di Kim.

Trovarono il lama nel punto in cui si era accovacciato.

«Per me la Ricerca è terminata» strillò Kim in vernacolo. «Ho trovato il Toro, ma Dio sa cosa succederà. Non ti faranno niente. Vieni con quest'uomo alla tenda del prete grasso, e vedrai come va a finire. È una storia nuova questa, e non sanno parlare indù. Sono due somari male strigliati.»

«Allora non sta bene farsi beffe della loro ignoranza» replicò il lama. «Ma se tu sei contento, *chela*, io ne sono felice.» Con aria dignitosa e fiduciosa il lama entrò nella piccola tenda, salutò i due preti da uomo di chiesa, e sedette accanto al braciere acceso. Il telo giallo della tenda, riflesso nella luce della lampada, dava alla sua faccia una tonalità rosso-oro.

Bennett lo guardava con l'indifferenza tre volte corazzata del credo che mette in un fascio nove decimi del mondo sotto la denominazione di pagani.

«E qual è stato l'esito della Ricerca? Che dono ti ha portato il Toro?» Il lama si rivolgeva a Kim. Questi riferì ai due cappellani: «Il Santo domanda che volete fare». Bennett fissava padre Victor con un certo imbarazzo e Kim, per i propri fini, si assunse la parte di interprete.

«Io non capisco quale possano essere i rapporti di questo fachiro con il ragazzo, il quale, probabilmente, è la sua vittima o il suo complice» cominciò Bennett. «Non possiamo permettere a un ragazzo inglese... Ammesso che sia figlio di un massone, prima andrà all'orfanotrofio massone e meglio sarà.»

«Ah! Come segretario della Loggia del reggimento è logico che tu sia di questa opinione» ribatté padre Victor «ma non sarebbe male dire al vecchio quello che vogliamo fare. Non ha l'aria di un furfante.»

«Io so per esperienza che non si può mai scandagliare l'animo di un orientale. Ebbene, Kimball, desidero che tu ripeta a quest'uomo quel che dico io... parola per parola.»

Kim raccolse il significato delle poche frasi che seguirono e cominciò così:

«Sant'uomo, il babbeo magro che sembra un cammello dice che sono figlio di un sahib.»

«Come?»

«Oh, è vero! Lo so da quando sono nato, ma egli l'ha potuto scoprire soltanto strappandomi l'amuleto dal collo e leggendo tutti i fogli. Crede che quando uno è sahib debba esserlo per sempre, e fra loro stanno meditando di tenermi presso il reggimento o di mandarmi a una *madrissah* [scuola]. Non è la prima volta che mi capita, ma finora l'ho sempre schivata. Il babbeo grasso la pensa in un modo, quello che sembra un cammello in un altro. Ma non importa. Posso star qui per una notte o due. Son cose che capitano. Poi scapperò e tornerò da te.»

«Ma tu devi dire che sei il mio *chela*. Devi dire che sei venuto a me quando ero debole e sperduto. Devi raccontare della nostra Ricerca, e certamente ti lasceranno venire via subito.»

«Ho già raccontato tutto. Ma ridono, e parlano di polizia.»

«Che state dicendo?» domandò Bennett.

«Bah! Dice soltanto che se non mi lasciate andar con lui sarà un guaio per i suoi affari... i suoi urgenti affari privati.» Queste ultime parole non erano che una reminiscenza di chiacchiere con un impiegato eurasiano del Dipartimento del Canale, ma non servirono ad altro che a suscitare un sorriso, che mandò Kim su tutte le furie. «E se voi sapeste quali sono gli affari del mio maestro, non avreste una fretta così bestiale di ficcarci il naso.»

«Di che si tratta, dunque?» domandò padre Victor non senza simpatia, mentre osservava la faccia del lama.

«C'è un Fiume, nel suo Paese, che ha gran desiderio di trovare. È un Fiume scaturito al tocco di una Freccia che... » Kim batté il piede con impazienza, nello sforzo di tradurre le proprie idee dal vernacolo in un goffo inglese. «Bah, è un Fiume creato da nostro Signore il Dio Buddha, capite? E se uno ci si lava dentro, si purifica da tutti i peccati e diventa bianco come l'ovatta.» (Così Kim aveva sentito parlare certi missionari.) «Io sono il suo discepolo, e noi *dobbiamo* trovare quel Fiume. È tanto prezioso per noi.»

«Ripeti un po'» disse Bennett. Kim eseguì, con qualche aggiunta.

«Ma questa è un'enorme bestemmia!» esclamò la Chiesa d'Inghilterra.

«Zitto!» fece padre Victor con indulgenza. «Darei non so che cosa per sapere il vernacolo. Un fiume che purifica dai peccati! E da quanto tempo l'andate cercando?»

«Oh, da molti giorni! E ora vorremmo rimetterci in cammino per trovarlo. Non è qui, capite.»

«Capisco» disse con gravità padre Victor. «Ma tu non puoi continuare a seguire questo vecchio. Il caso sarebbe diverso, Kim, se non fossi il figlio di un soldato. Digli che il reggimento avrà cura di te, e ti renderà uomo come tuo... ti renderà come un uomo può esserlo. Digli che se crede nei miracoli può credere che... »

«Non c'è bisogno d'approfittare della sua credulità» interruppe Bennett.

«Ma io non ne approfitto. Lui deve credere che la venuta del ragazzo qui... al suo reggimento... in cerca del suo Toro Rosso, ha tutto il carattere di un miracolo. Considera il pro e il contro, Bennett. Questo ragazzo sperduto nell'India, e il nostro reggimento, fra tutti gli altri in marcia, che si trova sulla sua strada! Si tratta senza dubbio di una predestinazione. Sì, digli che è *Kismet. Kismet, mallum* [mi capisci]?»

Padre Victor si volse al lama, per il quale sarebbe stato lo stesso se gli avessero parlato della Mesopotamia.

«Dicono... » gli occhi del vecchio si illuminarono, mentre Kim cominciava a parlare «... dicono che il mio oroscopo si è avverato, e che essendo stato ricondotto... (sebbene, come tu sai, io sia venuto qui soltanto per curiosità)... essendo stato ricondotto a questa gente e al loro Toro Rosso, ho l'obbligo di andare a una *madrissah* e di diventare un sahib. Ora farò finta di accettare, perché, nel peggiore dei casi, il guaio si ridurrà a qualche pasto consumato lontano da te. Poi me la svignerò e ti raggiungerò sulla strada di Saharunpore. Perciò, Santo, resta con quella donna di Kulu... non ti allontanare dal suo carro per nessun motivo, finché io non sarò tornato. Certo il mio segno è di Guerra e di uomini armati. Questi due cappellani mi hanno offerto del vino e mi hanno messo al posto d'onore! Mio padre deve essere stato un gran personaggio. Così, se mi innalzano a grandi onori, bene. Se no, bene lo stesso. Comunque vada, appena sarò stanco scapperò e verrò da te. Ma resta con la rajputni, altrimenti perderò le tue tracce... Oh, sì!» concluse il ragazzo «gli ho detto tutto quello che avete detto voi.»

«E io non capisco che bisogno ci sia di farlo aspettare» disse Bennett, frugandosi nella tasca dei pantaloni. «Potremo studiare i particolare più tardi... e intanto gli darò una ru... »

«Dagli tempo. Può darsi che sia affezionato a questo ragazzo» disse padre Victor, trattenendo la mano di Bennett.

Il lama tirò fuori il suo rosario e si calò sugli occhi la gran tesa del cappello.

«Che vorrà adesso?»

«Dice... » e Kim alzò una mano «... dice che dovete stare zitti. Vuole parlare con me a quattr'occhi. Non capite una sola parola di quello che dice, e io credo che, se voi parlate, c'è il caso che vi tiri delle tremende maledizioni. Quando prende a quel modo il rosario in mano, vedete, significa che non vuole essere disturbato.»

I due inglesi rimasero interdetti; ma nell'occhio di Bennett c'era uno sguardo che non prometteva niente di buono a Kim, se mai si fosse abbandonato nelle braccia della religione.

«Sahib e figlio di sahib... » La voce del lama era aspra d'angoscia. «Ma nessun bianco conosce il Paese e i costumi del Paese come li conosci tu. Come può essere?»

«Che importa, Santo? Ricordati che è solo per una notte o due. Ricordati che io mi posso trasformare da un momento all'altro. Sarà come quando t'ho parlato la prima volta sotto il gran cannone Zam-Zammah... »

«Eri un ragazzo vestito all'europea... quando sono entrato nella Casa delle Meraviglie. E dopo eri un indù. Quale sarà la terza incarnazione?» e il lama fece una risatina malinconica. «Ah, *chela*, tu hai fatto un torto a un vecchio, perché il mio cuore si è affezionato a te.»

«E il mio a te. Ma come potevo sapere che il Toro Rosso mi avrebbe messo in quest'impiccio?»

Il lama si ricoprì la faccia e scosse nervosamente il rosario. Kim si accovacciò accanto a lui e si aggrappò a una piega del suo vestito.

«Dunque è inteso che il ragazzo è un sahib?» continuò il lama con voce soffocata. «Un sahib come quello che custodiva le immagini nella Casa delle Meraviglie.» La sua esperienza delle persone di razza bianca era limitata. Pareva che egli ripetesse una lezione. «Allora non conviene che viva diversamente dai sahib. Deve tornare alla sua gente.»

«Per un giorno, una notte e un altro giorno» dichiarò Kim.

«No, questo no!» Padre Victor, vedendo Kim avviarsi verso la porta, aveva interposto una gamba vigorosa.

«Io non capisco i costumi della gente bianca. Il Custode delle Immagini nella Casa delle Meraviglie di Lahore era più cortese di questo prete magro. Il ragazzo mi sarà tolto. Vogliono dunque fare un sahib del mio discepolo? Povero me!

Come rintraccerò il mio Fiume? Non hanno discepoli *loro*? Chiediglielo!»

«Dice che gli dispiace tanto di non poter più trovare il suo Fiume. Domanda perché non avete discepoli e perché non smettete di dargli noia. Vuole purificarsi dai suoi peccati.»

Né Bennett né padre Victor trovarono una risposta.

E Kim, desolato per l'angoscia del vecchio, soggiunse in inglese: «Certo, se voi mi lasciate andare adesso, noi usciremo piano piano, senza rubare niente. Cercheremo quel Fiume, come prima che mi acchiappaste. Vorrei non essere mai venuto qui a cercare il Toro Rosso e tutto il resto! Non ne voglio più sapere».

«Venir qui è la cosa migliore che tu abbia mai fatto, giovanotto» replicò Bennett.

«Dio buono, non so come consolarlo» disse padre Victor, guardando attentamente il lama. «Non è possibile lasciargli portare via il ragazzo, eppure è un buon uomo... sono sicuro che è un buon uomo. Bennett, se gli dai quella rupia, ti maledirà con tutti i tuoi ascendenti e discendenti!»

Stettero a sentirsi respirare... per tre... cinque minuti. Poi il lama sollevò il capo e guardò dinanzi a sé, oltre le teste dei suoi interlocutori, nello spazio vuoto.

«E io sono un seguace della Via!» disse amaramente. «La colpa è mia e il castigo è mio. Ho voluto credere... perché ora vedo che era una finzione... che tu mi fossi stato mandato per aiutarmi nella Ricerca. Così il mio cuore si è affezionato a te per la tua carità, per la tua cortesia e per la tua saggezza precoce. Ma chi segue la Via non deve alimentare il fuoco di alcun desiderio, di alcun affetto, perché desiderio e affetto non sono che illusione. Come dice... » E citò un vecchissimo testo cinese, lo rinforzò con un altro, e li ribadì tutti e due con un terzo. «Io mi sono allontanato dalla Via, mio *chela*. Non è stata colpa tua. Ho preso gusto allo spettacolo della vita, delle persone lungo la strada, e alla tua gioia nel vedere cose nuove. Io mi sono compiaciuto di te, mentre avrei dovuto considerare la mia Ricerca, e la mia Ricerca soltanto. E ora mi affliggo, perché tu mi vieni strappato e il mio Fiume è lontano. Questo accade perché ho violato la Legge!»

«Potenze delle tenebre!» esclamò padre Victor, il quale, reso esperto dalla pratica del confessionale, udiva il dolore in ognuna di quelle frasi.

«Capisco adesso che il segno del Toro Rosso era un segno per te come per me. Ogni Desiderio è rosso… e peccaminoso. Io farò penitenza e troverò da solo il mio Fiume.»

«Torna almeno dalla donna di Kulu, altrimenti smarrirai la strada. Ti darà da mangiare, finché io non ti raggiungerò.»

Il lama agitò una mano, come se la faccenda, per lui, fosse ormai definitivamente risolta.

«Ora… » e volgendosi a Kim il suo tono mutò «che cosa faranno di te? Io, almeno, posso acquistare merito, cancellando ogni male passato.»

«Vogliono farmi diventare un sahib… ecco la loro idea. Ma io tornerò da te dopodomani. Non ti affliggere.»

«Un sahib di che specie? Come questo qui, o come quello?» e indicò padre Victor. «Oppure come quelli che ho veduto stasera… uomini armati di spade e dai passi pesanti?»

«Forse.»

«Male. Sono uomini che seguono il desiderio sulla via della vanità. Non devi diventare come loro.»

«Il prete di Umballa disse che la mia era una Stella di Guerra!» interruppe Kim. «Domanderò a questi babbei le loro precise intenzioni… del resto non ce n'è bisogno. Scapperò stanotte; sebbene mi sarebbe piaciuto vedere cose nuove.»

Kim fece due o tre domande in inglese a padre Victor, traducendo le risposte al lama.

Poi il dialogo si svolse così: «Dice: "Me l'avete preso e non sapete dirmi che cosa ne volete fare"».

«Ti manderemo a scuola. Poi si vedrà. Kimball, ti piacerebbe fare il soldato?»

«*Gorah-log* [gente bianca] no… no!» Kim scuoteva violentemente il capo. Niente, nel suo carattere, poteva simpatizzare con idee di disciplina e di esercizio metodico. «*Non voglio* fare il soldato.»

«Farai quello che ti ordineranno» disse Bennett «e devi esserci grato per il nostro aiuto.»

Kim ebbe un sorriso di compatimento. Se quei due si illudevano di fargli fare cose che non gli andavano a genio, tanto meglio.

Seguì un altro lungo silenzio. Bennett si agitava impaziente e suggerì di chiamare una sentinella per cacciar via il fachiro.

«L'istruzione si regala o si vende, tra i sahib? Chiediglielo» disse il lama, e Kim interpretò.

«Dicono che il maestro deve essere pagato... ma che i denari li darà il reggimento... Cosa importa? Si tratta solo di una notte.»

«E... più si paga e meglio si è istruiti?» Il lama sembrava non attribuire alcun peso ai progetti di fuga di Kim. «Non è male pagare l'istruzione: aiutare l'ignorante ad acquistare sapienza è sempre un merito.» Il rosario ticchettava furiosamente come un pallottoliere. Poi il vecchio affrontò i suoi oppressori.

«Domanda quanto denaro ci vuole per avere un'educazione saggia e conveniente, e in quale città si impartisce tale educazione.»

«Ecco» rispose padre Victor in inglese, quando Kim ebbe tradotto «le cose stanno così: il reggimento pagherà le spese finché resterai nell'orfanotrofio militare; però potresti anche essere ammesso all'orfanotrofio massonico del Punjab (tutte cose di cui né tu, né lui avete idea); in ogni caso, la migliore scuola per ragazzi nell'India è, lo sanno tutti, quella di San Saverio in Partibus, a Lucknow.» Per interpretare questo discorso ci volle un po' di tempo, perché Bennett interrompeva sempre.

«Vuol sapere quanto si paga a San Saverio» disse Kim placidamente.

«Due o trecento rupie l'anno.» Padre Victor, ormai, non si meravigliava più di nulla. Bennett, impaziente, non capiva.

«Dice di scrivergli il nome e la somma sopra un foglio. E dice di mettere sotto il tuo nome, perché fra qualche giorno ti manderà una lettera. Dice che sei un buon uomo. Dice che quell'altro è un babbeo. Ora se ne va.»

Il lama si alzò all'improvviso. «Riprendo la mia Ricerca» disse in tono risoluto, e uscì.

«Piomberà in mezzo alle sentinelle» esclamò padre Victor, balzando in piedi, mentre il lama si allontanava a lunghi passi maestosi «ma io non posso lasciare questo ragazzo.» Kim fece l'atto di slanciarsi dietro al vecchio, poi si dominò. Di fuori non si udì nessuna voce di allarme. Il lama era scomparso.

Kim si accomodò compostamente sulla branda del cappellano. Se non altro, il lama gli aveva promesso di restare con la donna rajput di Kulu, e il resto non contava. Che i due cappellani fossero così eccitati, lo divertiva un mondo. Parlarono a lungo sottovoce: padre Victor proponeva con insistenza un piano a Bennett, il quale appariva incredulo. Tutto ciò rappresentava per Kim una piacevolissima novità, ma egli aveva sonno. I due preti chiamarono nella tenda altri uomini (uno dei quali era certo il colonnello delle profezie di suo padre) e, fra tutti, gli fecero un'infinità di domande, specialmente a proposito della donna che lo custodiva; e Kim rispose sempre con precisione. A quanto pareva, quella gente non giudicava la meticcia una buona tutrice.

Dopo tutto, pensava Kim, quella era la più straordinaria avventura che gli fosse mai capitata. Presto o tardi, se gli fosse piaciuto, avrebbe potuto scappare nell'India vasta, grigia, informe, lontano dalle tende dei cappellani e dei colonnelli. Nel frattempo, se era necessario impressionare i sahib, ci sarebbe riuscito. Non per niente era di razza bianca.

Dopo molti discorsi, per lui incomprensibili, Kim fu consegnato a un sergente, il quale ricevette l'ordine severissimo di non lasciarlo scappare. Il reggimento doveva procedere alla volta di Umballa e Kim, con mezzi forniti in parte dalla Loggia, in parte da una sottoscrizione, sarebbe stato mandato in un posto chiamato Sanawar.

«È un miracolo straordinario, colonnello» disse padre Victor, dopo che ebbero parlato ininterrottamente per dieci minuti. «Il suo amico buddhista ha preso il largo dopo essersi fatto dare il mio nome e il mio indirizzo. Non riesco a capire se intende pagare per l'istruzione del ragazzo, o se vuol preparare qualche stregoneria per proprio conto… » Poi, rivolto a Kim: «Puoi cominciare fin d'ora a essere riconoscente verso il tuo amico Toro Rosso. Faremo di te un uomo, a Sanawar… anche a costo di lasciarti diventare protestante».

«Sicuro… sicuro» soggiunse Bennett.

«Ma voi non andrete a Sanawar» disse Kim.

«Noi *andremo* a Sanawar, piccolo. È l'ordine del comandante in capo, che conta un po' più del figlio di O'Hara.»

«Voi non andrete a Sanawar. Voi andrete alla Guerra.»

Uno scroscio di risa scrollò la tenda gremita.

«Quando conoscerai un po' meglio il tuo reggimento, non confonderai più la linea di marcia con la linea di battaglia, Kim. Noi speriamo di andarci un giorno, "alla Guerra".»

«Oh! Ma io so bene quel che dico.» Ancora una volta Kim tirò a indovinare. Se era vero che quei soldati, almeno per il momento, non andavano alla guerra, era anche vero che ignoravano quanto aveva udito sulla veranda, a Umballa.

«Lo so che non siete in guerra, ora; ma io vi dico che, appena arriverete a Umballa, sarete mandati alla guerra… alla nuova guerra. È una guerra di ottomila uomini, senza contare i cannoni.»

«Questo si chiama esser precisi! Alle tue virtù, aggiungi anche il dono della profezia? Portalo via, sergente. Trovagli una divisa da tamburino, e bada che non ti sparisca tra le mani. Chi dice che è finito il tempo dei miracoli? Bisogna che io vada a letto. La mia povera testa comincia a girare.»

Un'ora dopo Kim, lavato da capo a piedi e rivestito di un'orribile stoffa che gli raspava braccia e gambe, sedeva, silenzioso come una bestia selvatica, all'estremità dell'accampamento.

«È proprio un uccello straordinario» disse il sergente. «Capita qui sotto le ali di un prete bramino dalla faccia gialla, portando i certificati di suo padre appesi al collo e raccontando Dio sa cosa di un toro rosso. Il gran bramino svanisce senza spiegazioni, e il ragazzo si siede a gambe incrociate sulla branda del cappellano, vaticinando guerra sanguinosa per tutti. L'India è veramente un Paese sconcertante per un uomo timorato di Dio. Bisognerà che gli leghi la gamba al palo della tenda, perché non se ne scappi da qualche parte. Ehi, tu, cosa dicevi a proposito della guerra?»

«Ottomila uomini, oltre i cannoni» rispose Kim. «Presto lo vedrete, se non è vero!»

«Sei un demonietto divertente. Buttati giù fra i tamburini e chiudi gli occhi. Questi due ragazzi resteranno accanto a te, per vegliare sul tuo sonno.»

VI

Mi ricordo, miei compagni,
Di avventure su giovani mari,
Quando smerciavamo orpimento
Ai selvaggi.
Migliaia di leghe nel Sud,
E sono già passati trent'anni...
S'ignorava la vita del nobile Valdez
Ma era nota ed amata la mia.

Song of Diego Valdez

All'alba le tende bianche si afflosciarono e scomparvero mentre i Mavericks prendevano una scorciatoia per Umballa che evitava il *parao.* Kim, trascinandosi dietro un carriaggio, sotto il fuoco di fila dei commenti delle mogli dei soldati, aveva perso la baldanza della sera prima. Aveva scoperto di essere strettamente vigilato: padre Victor da una parte e Bennett dall'altra.

Verso mezzogiorno la colonna si arrestò. Un ufficiale di ordinanza, arrivato a dorso di cammello, porse una lettera al comandante del reggimento. Egli la lesse e parlò con un maggiore. Kim, che era nella retroguardia, a mezzo chilometro di distanza, udì un rauco e festoso clamore rotolare giù verso di lui, attraverso la polvere fitta. Poi qualcuno gli batté sulla spalla, esclamando: «Dicci un po' come hai fatto a saperlo, costola di Satana! Padre caro, veda di farlo cantare».

Kim si trovò accanto un pony e un minuto dopo era sull'arcione del prete.

«Figlio mio, la tua profezia di ieri sera si è avverata. Abbiamo ricevuto l'ordine di prendere domani, a Umballa, la tradotta per il fronte.»

«Che vuol dire?» domandò Kim, perché "fronte" e "tradotta" erano parole nuove per lui.

«Andiamo "alla Guerra", come dicevi tu.»

«Sicuro che andate alla Guerra. Non ve l'avevo detto ieri sera?»

«Sì: ma, potenze delle tenebre, come facevi a saperlo?»

Gli occhi di Kim scintillarono. Egli strinse le labbra, scosse il capo e assunse un'aria misteriosa. Il cappellano procedeva tra il polverone, mentre soldati, sergenti e ufficiali subalterni si additavan l'un l'altro il ragazzo. Il colonnello, in testa alla colonna, lo fissò con curiosità. «Deve aver sentito qualche chiacchiera di bazar» disse «eppure... » Egli consultò il foglio che teneva in mano. «Corpo di Bacco, tutto è stato deciso nelle ultime quarantott'ore.»

«Ce ne sono molti come te in India?» domandò padre Victor «o sei una specie di *lusus naturae*?»

«Ora che ho indovinato» disse il ragazzo «mi lasciate tornare dal mio vecchio? Se non è andato con quella donna di Kulu, ho paura che muoia.»

«Da quello che ho potuto capire vedendolo, mi sembra capace quanto te di badare ai fatti suoi. No, tu ci hai portato fortuna, e noi faremo di te un uomo. Ora di riporterò al tuo carro-bagagli, e verrai a trovarmi stasera.»

Per il resto della giornata, Kim fu oggetto di speciale considerazione da parte di qualche centinaio di uomini bianchi. La storia della sua comparsa al campo, la scoperta della sua paternità e la sua profezia correvano per la bocca di tutti. Una donna bianca e informe, che se ne stava appollaiata in cima a una pila di coperte, gli domandò in modo misterioso se credeva che suo marito sarebbe tornato dalla guerra. Kim, dopo aver riflettuto con tutta serietà, disse di sì, e la donna gli dette da mangiare. Sotto molti rispetti, quell'enorme processione con la banda in testa... quella folla che parlava e rideva così volentieri... ricordava le feste della città di Lahore. Per il momento, non si parlava di dover faticare e il ragazzo decise di prestare allo spettacolo la propria attenzione. Al tramonto varie bande uscirono incontro ai Mavericks e li accompagnarono a suon di musica fino all'accampamento, vicino alla stazione di Umballa. La sera che seguì fu molto interessante.

Soldati di altri reggimenti andarono a visitare i Mavericks. I Mavericks, dal canto loro, andarono in visita anch'essi. I loro picchetti, mandati in fretta a richiamarli, si incontrarono con picchetti di altri reggimenti, in perlustrazione con lo stesso incarico; e dopo un poco le trombe suonarono disperatamente, chiamando picchetti di rinforzo con ufficiali per domare il tumulto. I Mavericks avevano fama di uomini esuberanti, ma la mattina dopo arrivarono alla stazione in perfetto ordine e Kim, lasciato indietro con i malati, le donne e i ragazzi, proruppe in addii calorosi, mentre il convoglio si metteva in moto. La vita di sahib continuava a esser divertente; ma egli ne godeva con cautela. Partito il treno, lo mandarono, sotto la guardia di un tamburino, in una caserma vuota e sbiancata, dai pavimenti cosparsi di rifiuti, carte e cordami, e dai soffitti che echeggiavano l'eco dei suoi passi. Egli si raggomitolò, alla maniera indigena, sopra una logora branda e si addormentò. Poco dopo un tipo burbero attraversò a grandi passi la veranda, lo svegliò e gli disse che era un maestro. Tanto bastò perché Kim si ritirasse nel suo guscio. Riusciva appena appena a decifrare le ordinanze della polizia di Lahore, perché riguardavano, in un modo o nell'altro, la sua tranquillità personale. E a dire il vero, tra i molti ospiti della donna che si curava di lui, c'era un tipo strambo di tedesco che dipingeva scenari per il teatro ambulante dei Parsi. Questi aveva detto a Kim, che, essendo stato "alle barricate del Quarantotto" (cosa che lo impressionò molto) poteva insegnargli a scrivere in cambio di roba da mangiare. Kim, a furia di pedate, era arrivato a tracciare le singole lettere dell'alfabeto, ma non ne aveva conservato una buona opinione.

«Io non so niente. Va' via!» disse Kim fiutando guai. L'uomo l'agguantò per un orecchio, lo trascinò in un'aula appartata, dove una dozzina di tamburini sedeva nei banchi, e gli ordinò di star quieto, se non era buono ad altro. Il ragazzo ci riuscì perfettamente.

L'uomo spiegò per quasi un'ora, illustrando le parole con linee bianche su una tavola nera, e Kim continuò il sonno interrotto. La situazione, ora, non gli garbava affatto; perché si trattava proprio di quella scuola e di quella disciplina, per evitare le quali aveva speso due terzi della sua giovane vita. A un tratto gli balenò una bellissima idea, ed egli si meravigliò di non averla trovata prima.

Quando l'uomo lasciò liberi gli allievi, il primo a slanciarsi attraverso la veranda in pieno sole fu Kim.

«Ehi, tu! Alt! Fermo!» disse una voce acuta alle sue calcagna. «Ti devo sorvegliare. Ho l'ordine di non perderti di vista. Dove vai?»

Era il tamburino che gli aveva ronzato intorno per tutta la mattina – un tipo grasso e lentigginoso sui quattordici anni – e Kim lo detestava dalle suole delle scarpe ai nastri del berretto.

«Al bazar... a comprare dei dolci... per te» disse Kim, dopo un momento di riflessione.

«Il bazar è fuori zona. Se ci andiamo, ce le suonano a tutti e due. Torna indietro.»

«Qual è il punto più vicino dove si può arrivare?» Kim non si intendeva di zone, ma desiderava esser gentile... almeno per il momento.

«Il punto più vicino? Il punto più lontano, vuoi dire? Possiamo arrivare fino a quell'albero, là sulla strada.»

«Allora andrò laggiù.»

«Va bene. Io non vengo. Fa troppo caldo. Ti posso sorvegliare di qui. Non ti conviene scappare. Se ci provassi la divisa ti tradirebbe. È la stoffa del reggimento quella che hai addosso. Non c'è picchetto, a Umballa, che non ti ricondurrebbe indietro più in fretta di quanto tu non sia scappato.»

Fu soprattutto la notizia che la divisa del reggimento gli avrebbe procurato delle noie, se avesse tentato di scappare, a sgomentare Kim. Ciondolò goffamente fino a un albero, sull'angolo di una strada che conduceva al bazar, e guardò gli indigeni passare. Erano per lo più di infima casta al servizio delle caserme. Kim diede voce a uno spazzino, il quale replicò prontamente con una insolenza superflua, nella convinzione naturalissima che il ragazzo europeo non capisse. La risposta pronta e plebea lo disingannò. Kim ci mise tutta la sua anima esacerbata, contento dell'opportunità di insultare qualcuno nella lingua che conosceva meglio. «E ora va' dal più vicino scrivano del bazar e digli di venire qui. Vorrei scrivere una lettera.»

«Ma... ma che razza di bianco sei tu, se hai bisogno di uno scrivano di bazar? Non c'è un maestro nella caserma?»

«Sì; e l'inferno è pieno di gente come lui. Fa' come ti ordino... demonio! Tua madre si sposò sotto una cesta! Servo di Lal Beg» (Kim conosceva bene il dio degli spazzini) «corri a fare la mia commissione, o ne riparleremo.»

Lo spazzino se la diede a gambe. «Vicino alla caserma, sotto un albero, c'è un ragazzo bianco che non è un ragazzo bianco» disse barbugliando al primo scrivano di bazar in cui s'imbatté. «Ha bisogno di te.»

«Pagherà?» domandò lo scrivano, raccogliendo in bell'ordine scrittoio, penne e ceralacca.

«Non so. Non è come gli altri ragazzi. Vallo a vedere. Ne vale la pena.»

Kim fremette d'impazienza, quando vide avvicinarsi l'esile e giovane *kayeth*. Appena poté raggiungerlo con la voce, lo insultò in modo pittoresco.

«Prima di tutto voglio la mia paga» dichiarò lo scrivano. «Le maleparole hanno fatto rialzare il prezzo. Ma chi sei tu che, vestito a quel modo, parli a questo modo?»

«Ah! Lo sentirai nella lettera che devi scrivere. Una storia simile non si è intesa mai. Ma io non ho fretta. Per me fa lo stesso anche un altro scrivano. La città di Umballa ne è piena, come quella di Lahore.»

«Quattro anne» disse lo scrivano, sedendosi e stendendo il suo tappetino all'ombra di un'ala deserta della caserma.

Kim si accovacciò macchinalmente accanto a lui... si accovacciò come sanno fare solo gli indigeni... nonostante i pantaloni terribilmente stretti.

Lo scrivano lo guardava con la coda dell'occhio.

«Questo è un prezzo da sahib» protestò Kim. «Fammi un prezzo giusto.»

«Un'anna e mezza. Chi mi assicura che non te la darai a gambe, quando avrò scritto la lettera?»

«Non posso andare oltre quest'albero, e c'è anche da considerare il francobollo.»

«Non prendo provvigione sul prezzo del francobollo. Ma, ripeto, che razza di bianco sei?»

«Questo sarà detto nella lettera, la quale deve essere diretta a Mahbub Ali, mercante di cavalli al Serraglio di Kashmir a Lahore. È un mio amico.»

«Una meraviglia dopo l'altra!» mormorò lo scrivano, intingendo una cannuccia nel calamaio. «Devo scrivere in hindi?»

«Sicuro. A Mahbub Ali dunque. Comincia! "*Sono andato in treno con il vecchio fino a Umballa. A Umballa ho portato i dettagli sul pedigree della cavalla baia.*"» Dopo quello che aveva visto nel giardino, preferì non parlare di stalloni bianchi.

«Piano, piano! Che c'entra la cavalla baia… Si tratta di Mahbub Ali, il gran mercante?»

«E di chi, se no? Sono stato al suo servizio. Intingi la penna. Continua. "*Ho fatto come hai ordinato. Poi siamo andati a piedi verso Benares, ma il terzo giorno abbiamo trovato un certo reggimento.*" Hai scritto?»

«Sì, *pulton*» mormorò lo scrivano, tutt'orecchi.

«"*Sono andato nell'accampamento e là m'hanno acchiappato e, per via del talismano che portavo al collo e che tu conosci, è risultato che ero figlio di uno del reggimento; secondo la profezia del Toro Rosso, di cui, come tu sai, si parlava spesso nel nostro bazar.*"» Kim attese che questa freccia arrivasse al cuore dello scrivano, poi si schiarì la gola e continuò: «"*Un prete mi ha rivestito e mi ha dato un nome nuovo… Un altro prete, però, era un babbeo. I vestiti sono opprimenti, ma io sono un sahib e anche il mio cuore è oppresso. Mi mandano a scuola e mi picchiano. Non mi piace né l'aria, né l'acqua, da queste parti. Vieni dunque ad aiutarmi, Mahbub Ali, o mandami un po' di denaro, perché non ho nemmeno abbastanza da pagare lo scrivano che scrive questo."*»

«"Che scrive questo". È colpa mia se sono stato truffato. Tu sei furbo come Husain Bux che falsificava le marche da bollo a Nucklao. Ma che storia! Che storia! Sarebbe vera, per caso?»

«Non vale la pena raccontar frottole a Mahbub Ali. È meglio aiutare i suoi amici, prestando loro un francobollo. Quando i denari arriveranno, ti pagherò.»

Lo scrivano brontolò dubbioso, ma, preso un francobollo dal suo scrittoio, suggellò la lettera, la porse a Kim e se ne andò. Il nome di Mahbub Ali faceva colpo, a Umballa.

«Questo è il modo di ingraziarsi gli dei» gli urlò dietro Kim.

«Pagami doppio, quando arriva il denaro» gridò l'uomo senza voltarsi.

«Che cosa stavi combinando, con quel negro laggiù?» domandò il tamburino, quando Kim tornò alla veranda. «Ti ho tenuto d'occhio.»

«Gli ho rivolto la parola.»

«Parli come un negro, tu?»

«No! Parlo il dialetto appena appena. Che facciamo ora?»

«Tra mezzo minuto le trombe suoneranno per il rancio. Dio mio, sarei voluto andare al fronte con il reggimento! È terribile star qui senza far altro che andare a scuola. Non è odioso anche per te?»

«Oh sì!»

«Scapperei, se sapessi dove andare; ma, come dicono i grandi, questa India maledetta è una prigione in grande. Non si può disertare senza essere subito riacciuffati. Ne sono proprio stufo.»

«Sei stato in Be... in Inghilterra?»

«Ehi! Sono venuto con mia madre solo al tempo dell'ultimo arruolamento. Sicuro che ci sono stato in Inghilterra, ignorante di un pezzente! Tu sei cresciuto nella strada, non è vero?»

«Oh, sì! Raccontami qualcosa dell'Inghilterra. Mio padre venne di là.»

Per quanto non lo dicesse, Kim, naturalmente, non credette una parola di quel che il ragazzo raccontò circa il sobborgo di Liverpool che era la sua Inghilterra. Così passò l'attesa noiosa del rancio... un pasto tutt'altro che appetitoso, servito ai ragazzi e a pochi malati, in un angolo d'uno stanzone della caserma. Se non avesse scritto a Mahbub Ali, Kim si sarebbe sentito quasi sconfortato. Egli era abituato alla indifferenza delle folle indigene; ma la profonda solitudine fra i bianchi lo sgomentava. Fu contento perciò, quando, nel corso del pomeriggio, un grosso soldato lo condusse da padre Victor, il quale abitava in un'altra ala della caserma, in fondo a un cortile polveroso. Il prete stava leggendo una lettera inglese, scritta in inchiostro rosso. Osservò Kim, con curiosità più viva che mai.

«Ti piace, figliolo, la tua nuova vita? Non molto, eh? Deve essere dura... molto dura per un animale selvatico. Ascolta. Ho ricevuto una lettera sorprendente dal tuo amico.»

«Dov'è? Sta bene? Oh! Se è riuscito a scrivermi delle lettere, tutto va bene.»

«Gli sei affezionato, dunque?»

«Certo che gli sono affezionato. E lui a me.»

«Sembrerebbe di sì, a giudicare da questa lettera. Sa scrivere in inglese, non è vero?»

«Oh, no! Che io sappia, no... ma naturalmente ha trovato uno scrivano che sa scrivere benissimo in inglese e così ha fatto scrivere la sua lettera da lui. Spero che tu la capisca.»

«Sai come stia a soldi?» La faccia di Kim diede a capire che non ne sapeva nulla.

«Che ne posso sapere?»

«Me lo domando anch'io. Ascolta dunque e vedi se ti ci raccapezzi. Salteremo la prima parte... È scritta dalla strada di Jagadhir... "*Sedendo in profonda meditazione sul margine della strada, confido che l'Eccellenza vostra voglia favorire il suo plauso al passo che sto per compiere e che raccomando a vostra Eccellenza di eseguire per amore di Dio Onnipotente.*

L'educazione, se di tipo superiore, è la più grande benedizione. Altrimenti a nulla giova sulla terra". (Immagino che alluda a San Saverio in Partibus). "*Ai sensi della nostra conversazione nella vostra tenda in data 15 corrente" (stile commerciale, adesso!) "allora Dio Onnipotente benedica i discendenti dell'Eccellenza vostra fino alla terza e quarta generazione e*" (stai attento!) "*vostra Eccellenza confidi nel suo umile servo per adeguata remunerazione per hoondi sulla base di trecento rupie l'anno per una costosa educazione in San Saverio di Lucknow, e conceda breve tempo per spedire a mezzo hoondi predetta somma in qualunque parte dell'India, ove l'Eccellenza vostra sia per trasferirsi. Questo servo dell'Eccellenza vostra non ha per il momento dove posare la testa, ma sta per andare a Benares in treno per sfuggire alla persecuzione di una vecchia donna che parla troppo, non avendo voglia di stabilirsi a Saharunpore con mansione domestica*". Che diavolo significa tutto questo?»

«La vecchia gli deve aver proposto di andare con lei, come puro... prete di casa... a Saharunpore, immagino. Non ne vuol sapere per via del suo Fiume. E poi, quella parla troppo davvero.»

«Per te è chiaro, dunque? Io non ci arrivo. "*Così vado a Benares, dove troverò indirizzo e spedirò rupie per il ragazzo che è la pupilla dei miei occhi, e per amore di Dio Onnipotente dategli questa educazione, e il vostro postulante pregherà sempre enormemente per voi, come di dovere. Scritto da Sobrao Satai, bocciato agli esami di ammissione dell'università di Allahabad, per il venerabile lama Teshoo, prete di Suchzen, in cerca di un Fiume; prego indirizzare al tempio dei Tirthankars, Benares. P.S. Considerate che il ragazzo è la pupilla dei miei occhi, e che le rupie saranno spedite a mezzo hoondi, trecento all'anno. Per amor di Dio Onnipotente.*" Ora, questa è pazzia pura o una proposta seria? Te lo chiedo perché io, francamente, ci perdo la testa.»

«Dice che mi darà trecento rupie all'anno; dunque è certo che me le darà.»

«È così che la vedi?»

«Naturalmente. Se lo dice lui!»

Il prete si mise a fischiettare, poi si rivolse a Kim da pari a pari:

«Io non ci credo, ma staremo a vedere. Oggi saresti dovuto partire per l'orfanotrofio militare di Sanawar, dove il reggimento ti avrebbe mantenuto fino all'età di arruolarti. Là saresti stato educato dalla Chiesa d'Inghilterra. Bennett aveva deciso così Invece, se andrai a San Saverio, riceverai un'educazione migliore e avrai... la religione. Capisci il mio dilemma?»

Kim vedeva soltanto la figura di un lama in treno verso il Sud, senza nessuno che mendicasse per lui.

«Il tempo mi darà consiglio. Se il tuo amico mi manderà il denaro da Benares... potenze delle tenebre, qual è l'accattone che riesce a trovare trecento rupie?... tu andrai a Lucknow e io pagherò la tua retta, poiché se mi propongo, come mi propongo, di fare di te un cattolico, non posso toccare i soldi delle sottoscrizioni. Se il tuo amico non manderà niente, andrai all'orfanotrofio militare a spese del reggimento. Gli concedo tre giorni di respiro, sebbene non ci creda. Anche se dice sul serio, se in seguito sospendesse i versamenti... ma chi può prevederlo? A questo mondo, grazie a Dio, si può far soltanto un passo alla volta. E Bennett è stato mandato al fronte, mentre hanno lasciato me qui. Bennett non può pretendere che tutto sia fatto a modo suo.»

«Oh sì» disse Kim con aria distratta.

Il prete si protese in avanti. «Darei un mese di paga per indovinare che cosa sta frullando in quella tua piccola testolina rotonda.»

«Nulla» disse Kim, grattandosela. Si stava chiedendo se Mahbub Ali gli avrebbe mandato almeno una rupia. In caso affermativo avrebbe potuto pagare lo scrivano e scrivere al lama a Benares. Forse Mahbub Ali gli avrebbe fatto visita la prossima volta che fosse venuto nel Sud coi suoi cavalli. Doveva pur sapere che la lettera consegnata da Kim all'ufficiale di Umballa aveva provocato la grande guerra, di cui uomini e ragazzi discutevano con tanto calore all'ora del rancio. Ma se Mahbub Ali non lo sapeva, non era prudente andarglielo a dire. Mahbub Ali era severo con i ragazzi che sapevano, o credevano di sapere, troppo.

«In attesa di ulteriori notizie» la voce di padre Victor interruppe le sue fantasticherie «puoi correre e giocare con gli altri ragazzi. Ti insegneranno qualcosa... Ma non credo che sarà un gran piacere per te.»

Il giorno volgeva alla sua triste fine. Quando Kim volle andare a dormire gli fu insegnato, tra gli sguardi ironici degli altri ragazzi, come ripiegare i vestiti e mettere a posto le scarpe. La mattina lo svegliarono squilli di tromba; il maestro lo acciuffò dopo la colazione, gli cacciò sotto il naso una pagina di caratteri privi di significato, dando loro nomi privi di senso, e lo picchiò senza ragione. Kim meditò di avvelenarlo con l'oppio preso a prestito da uno spazzino della caserma; ma poi rifletté che dal momento che tutti mangiavano in pubblico alla stessa tavola (cosa particolarmente disgustosa per Kim, che preferiva mangiare voltando le spalle al mondo), il colpo sarebbe potuto riuscire pericoloso. Poi pensò di fuggire nel villaggio dove il prete aveva tentato di derubare il lama... il villaggio dove viveva il vecchio soldato. Ma sentinelle dall'occhio di lince riconducevano indietro, a ogni uscita, la piccola figura scarlatta. Inoltre, giacca e calzoni congiuravano a paralizzargli anima e corpo; perciò il ragazzo abbandonò ogni piano di fuga e finì, secondo l'uso orientale, con il rimettersi al tempo e al destino. Tre giorni di torture passarono negli stanzoni bianchi pieni di echi. Durante il pomeriggio usciva sotto la scorta del tamburino, e dalla bocca del suo compagno udiva soltanto le poche, inutili parole che sembravano formare i due terzi del repertorio di ingiurie dei bianchi. Kim le conosceva e le disprezzava da tempo. Il tamburino si risentiva del suo silenzio e della sua indifferenza e lo picchiava. Quel piccolo tiranno disprezzava tutti i bazar situati nella zona e chiamava "negri" tutti gli indigeni. Dal canto loro, servi e spazzini gli lanciavano le ingiurie più orribili, che lui, ingannato dal loro atteggiamento deferente, non capiva mai. E questo, in parte, consolava Kim delle botte ricevute.

La mattina del quarto giorno il tamburino scontò i suoi peccati. Erano usciti insieme in direzione dell'ippodromo di Umballa. Il tamburino ritornò solo, tutto in lacrime, e raccontò che il giovane O'Hara, al quale non aveva fatto niente di speciale, aveva lanciato un grido a un negro dalla barba rossa che andava a cavallo; e che il negro si era messo a picchiarlo con la frusta particolarmente attaccaticcia, poi aveva alzato da terra il giovane O'Hara e via al galoppo. La faccenda arrivò alle orecchie di padre Victor, il quale allungò più del solito il suo lungo labbro superiore. Già lo aveva abbastanza sorpreso una lettera giuntagli dal tempio dei Tirthankars di Benares, la quale conteneva un assegno circolare di un banchiere indigeno per trecento rupie, nonché una straordinaria preghiera a Dio Onnipotente. Il lama sarebbe stato ancor più stupefatto del prete, se avesse saputo come lo scrivano del bazar aveva tradotto la sua frase "acquistar merito".

«Potere delle tenebre!» Padre Victor girava e rigirava tra le mani l'assegno. «Eccolo fuggito con un altro dei suoi strani amici. Non so se sarebbe maggior sollievo, per me, riaverlo o lasciarlo perdere. Non riesco a capirlo. Come diavolo... sì, voglio, voglio dire il vecchio... come diavolo può mettere insieme il denaro necessario per dare un'educazione a un ragazzo europeo.»

A tre miglia di distanza, sul campo di corse di Umballa, Mahbub Ali, caracollando su un grigio stallone kabuli con Kim seduto sull'arcione, stava dicendo:

«Piccolo Amico di Tutto il Mondo, c'è da considerare il mio onore e la mia reputazione. Gli ufficiali sahib di tutti i reggimenti, e tutta Umballa, conoscono Mahbub Ali. M'hanno visto tirarti su e frustare quel ragazzo. Anche ora, attraverso i campi, ti vedono. Come potrei portarti via, o giustificare la tua scomparsa, se ti metto giù e ti lascio scappare per i campi? Mi schiafferebbero in prigione. Cerca di aver pazienza.

Chi è sahib, resta sahib per sempre. Quando sarai uomo… chissà… ringrazierai Mahbub Ali.»

«Portami lontano da quelle sentinelle, dove possa togliermi di dosso tutto questo rosso. Dammi del denaro, e io andrò a Benares, a raggiungere il mio lama. Non voglio essere un sahib, e ricordati che sono stato io a consegnare quel messaggio.»

Lo stallone nitrì selvaggiamente. Senza volerlo, Mahbub Ali gli aveva affondato la punta della staffa nel ventre. (Non era il tipo moderno di mercante di cavalli che porta stivali e speroni inglesi.) Da quello scatto, Kim trasse le sue deduzioni.

«Era roba da nulla. Eri sulla strada per Benares. Io e il sahib ce ne siamo già dimenticati. Mando tante lettere e ambasciate a gente che chiede informazioni sui cavalli, che finisco per non distinguerle più l'una dall'altra. Si trattava forse di una cavalla baia di cui il sahib Peters voleva il pedigree?»

Kim si avvide subito del trabocchetto. Se avesse risposto che si trattava di una cavalla baia, Mahbub avrebbe capito, dalla sua stessa prontezza di insistere sulla variante, che egli sospettava qualcosa. Perciò rispose:

«Una cavalla baia? No. Non dimentico tanto facilmente le mie ambasciate. Era uno stallone bianco.»

«Già, è vero. Uno stallone arabo bianco. Ma perché mi hai scritto di una cavalla baia?»

«Chi si sogna di dire la verità a uno scrivano?» rispose Kim, sentendosi sul cuore il palmo di Mahbub.

«Ehi, Mahbub! Ferma, vecchio bastardo!» gridò una voce, e un inglese gli si affiancò al galoppo su un cavallino da polo. «Ti sto cercando per mare e per terra. Questo tuo kabuli marcia bene. È in vendita, non è vero?»

«Ne ho in viaggio uno giovane, che sembra fatto dal cielo per il difficile e delicato gioco del polo. Non ha l'uguale. Sa perfino… »

«Giocare a polo e servire a tavola… la conosciamo, la storia. Ma che diavolo hai, lì?»

«Un ragazzo» disse Mahbub con gravità. «Un altro ragazzo

lo stava picchiando. Suo padre è stato un soldato bianco nella grande guerra. Questo ragazzo è cresciuto nella città di Lahore. Giocava con i miei cavalli, quand'era piccolo. Credo che adesso ne faranno un soldato. L'ha beccato poco fa il reggimento di suo padre, che è partito per il fronte la settimana scorsa. Ma non credo che sia contento di fare il soldato. Gli faccio fare una corsa. Dimmi dov'è la tua caserma e ti ci porterò.»

«Lasciami andare. Posso trovarla da solo.»

«E se scappi, chi dirà che non è colpa mia?»

«Scapperà a mangiare il rancio. Dove vuoi che vada?» domandò l'inglese.

«È nato nel Paese. Ha amici dappertutto. Va dove gli pare e piace. È un *chabuk sawai* [furbone]. Non ha che da cambiare vestito, e in un batter d'occhio è un ragazzo indù di bassa casta.»

«Accidenti, è vero!» L'inglese guardò il ragazzo con occhio critico, mentre Mahbub puntava verso le caserme. Kim strinse i denti. Mahbub si stava prendendo gioco di lui, come fanno quegli infedeli di afgani, poiché continuò:

«Lo manderanno a scuola, gli metteranno gli scarponi ai piedi e lo terranno infagottato in questi vestiti. Così gli faranno dimenticare tutto quello che sa. Dimmi, qual è la tua caserma?»

Incapace di parlare, Kim indicò l'ala di padre Victor, tutta smagliante di bianco, là vicino.

«Può darsi che ne venga fuori un buon soldato» disse Mahbub con aria pensosa. «Alla peggio, diventerà una buona staffetta. Una volta, da Lahore, l'ho mandato a consegnare un messaggio. Un messaggio riguardante il pedigree di uno stallone bianco.»

Era un insulto mortale che si aggiungeva a una ingiuria mortale… e il sahib, al quale Kim aveva consegnata con tanta scaltrezza la lettera foriera di guerra, udì tutto. Kim vide Mahbub Ali scontare nelle fiamme dell'inferno il suo tradimento; ma per sé non vide che una lunga, grigia prospettiva di caserme, scuole, e ancora caserme. Fissò gli occhi imploranti nel volto energico dell'inglese, ma non vide brillare in quella faccia nessuna luce di riconoscimento; pur trovandosi agli estremi, neppure per un istante pensò però di affidarsi alla mercé del bianco o di denunciare l'afgano. Mahbub guardò deciso l'inglese, che a sua volta fissò Kim, fremente e con la lingua impacciata.

«Il mio cavallo è domato bene» disse il mercante. «Un altro avrebbe già scalciato, sahib.»

«Ah» disse finalmente l'inglese, accarezzando con il pomo della frusta l'umido garrese del suo pony. «Chi vorrebbe fare un soldato di questo ragazzo?»

«A quanto dice lui, il reggimento in cui si è imbattuto, e specialmente il padre-sahib.»

«Eccolo, il cappellano!» ansimò Kim, sentendosi chiudere la gola, mentre padre Victor scendeva dalla veranda e si dirigeva verso di loro.

«Potenze delle tenebre, O'Hara! Quanti amici hai, in Asia?» esclamò, mentre Kim si calava dallo stallone e restava mogio mogio davanti a lui.

«Buongiorno, reverendo!» disse cordialmente l'ufficiale inglese. «La conosco abbastanza bene di fama. Da un pezzo volevo venirla a trovare. Sono Creighton.»

«Del Servizio etnologico?» chiese padre Victor. Il colonnello annuì. «Sono veramente lieto di conoscerla; e mille grazie per avermi riportato il ragazzo.»

«Non deve ringraziare me, reverendo. Poi, il ragazzo non voleva scappare. Conosce il vecchio Mahbub Ali?» Il mercante restò impassibile sotto la sferza del sole. «Lo conoscerà bene, quando avrà passato un mese qui a Umballa. È da lui che ci vengono tutti i nostri ronzini. Questo ragazzo è un tipo strano. Può parlarmene?»

«Parlare di lui» sospirò padre Victor. «Lei è il solo uomo che possa aiutarmi a capirci qualcosa. Parlarne! Potenze delle tenebre, muoio dalla voglia di parlare con qualcuno che conosca gli indigeni!»

Un servo girò l'angolo. Il colonnello Creighton alzò la voce, parlando urdù. «Benissimo, Mahbub Ali, ma non è il caso di raccontarmi tutte queste storie del tuo pony. Lo pagherò trecentocinquanta rupie e non un soldo di più.»

«La cavalcata ha scaldato il sangue al sahib» ribatté il mercante con la mimica di un perfetto giullare. «Fra poco il sahib potrà giudicare meglio le qualità del mio cavallo. Aspetterò che abbia finito la sua chiacchierata con il cappellano. Aspetterò sotto quell'albero.»

«Va' al diavolo» esclamò ridendo il colonnello. «Ecco cosa succede a guardare i cavalli di Mahbub. È proprio una vecchia mignatta. Comunque, se hai tanto tempo da perdere, aspetta pure. E ora sono ai suoi ordini, padre. Dov'è il ragazzo? Ah, è andato a confabulare con Mahbub. Strano tipo quel ragazzo. Posso chiedere di far portare all'ombra la mia cavalla?»

Si lasciò cadere su una sedia, dalla quale si potevano nettamente distinguere Kim e Mahbub Ali chiacchierare sotto un albero. Il padre entrò a prendere dei *cheroots*[1].

Creighton udì Kim dire con amarezza: «Fidati di un bramino piuttosto che di una serpe, di una serpe piuttosto che di una sgualdrina, e di una sgualdrina piuttosto che di un afgano, Mahbub Ali».

«Fa lo stesso» e la grande barba rossa ondeggiò solennemente. «I ragazzi non dovrebbero vedere un tappeto sul telaio prima che il disegno sia finito. Credi a me, Amico di Tutto il Mondo, il servizio che ti rendo è grande. Sta' sicuro che non ti faranno fare il soldato.»

"Vecchio peccatore impenitente" pensò Creighton. "Ma non ha tutti i torti. Quel ragazzo non deve essere trascurato, se quanto si racconta di lui è vero."

«Un momento solo» gridò dall'interno il cappellano «sto cercando i documenti.»

«Se con il mio aiuto otterrai il favore di questo saggio e prode colonnello sahib, e salirai in grande onore, come ringrazierai Mahbub Ali, quando sarai uomo?»

«No, no; io ti imploravo soltanto di lasciarmi riprendere la strada, dove mi sarei messo in salvo, e tu invece mi hai venduto agli inglesi. Quanto ti daranno come prezzo del mio sangue?»

«Birba matricolata!» Il colonnello smozzicò il sigaro e si volse cortesemente a padre Victor.

«Cosa sono quei fogli che il prete grasso va sciorinando davanti al colonnello? Mettiti dietro lo stallone, come se mi tenessi le briglie!» disse Mahbub Ali.

«È una lettera del mio lama, che ha scritto dalla strada di Jagadhir, dicendo che pagherà trecento rupie l'anno per la mia educazione.»

«Oh! Il vecchio Cappello Rosso è capace di questo? E a che scuola?»

«Dio lo sa. A Nucklao, credo.»

«Già. Là c'è una grande scuola per i figli dei sahib… e dei mezzi sahib. L'ho vista una volta che ci sono andato a vendere cavalli. Anche il lama, dunque, vuol bene all'Amico di Tutto il Mondo?»

«Sì, e non dice bugie; e non mi consegnerebbe mai agli aguzzini.»

«Non c'è da meravigliarsi se il cappellano non sa come sbrogliare la matassa. Guarda come parla in fretta con il sahib.» Mahbub Ali ridacchiò. «Per Allah!» E i suoi occhi penetranti sbirciarono un momento la terrazza «… il tuo lama ha mandato qualcosa che mi sembra un assegno. Ho avuto un po' a che fare, con gli hoondi. Il colonnello lo sta osservando.»

«Che me ne importa?» disse malinconicamente Kim. «Tu te ne andrai, e io sarò spedito un'altra volta in quelle stanze vuote, dove non c'è un posticino per dormire in pace e dove i ragazzi mi picchiano.»

«Spero di no. Abbi pazienza, bambino. Non tutti i pathan sono senza fede… salvo in materia di cavalli.»

Passarono cinque, dieci, quindici minuti; padre Victor parlava con impeto, o faceva domande alle quali il colonnello rispondeva.

«Ora le ho detto per filo e per segno tutto quello che so del ragazzo: ed è per me un sollievo immenso. Aveva mai sentito qualcosa di simile?»

«A ogni modo, il vecchio ha mandato i denari. Gli assegni di Gobind Sahai sono validi perfino in Cina» disse il colonnello. «Più si conoscono gli indigeni e meno si può prevedere ciò che faranno o non faranno.»

«Consolante a sapersi... dal capo del Servizio etnologico! E questo miscuglio di tori rossi e di fiumi di redenzione (Dio l'aiuti, povero infedele), e di assegni bancari e di tessere massoniche. Lei è per caso massone?»

«Sì che lo sono, per Giove, ora che ci penso. Questa è una ragione di più» aggiunse il colonnello distrattamente.

«Meno male che lei ci trova una ragione, in questa faccenda. Ma, come dicevo, questo miscuglio di cose mi fa perdere la testa. Bisognava sentirlo, quando profetizzò la guerra al nostro colonnello, stando a sedere sulla mia branda nei suoi cenci sbrindellati che lasciavano vedere il suo petto bianco! E pensare che la profezia si è avverata! A San Saverio lo guariranno da tutte queste pazzie, no?»

«Aspergetelo di acqua santa» disse ridendo il colonnello.

«Parola d'onore, qualche volta ho pensato di farlo. Ma spero che diventerà un buon cattolico. Resta da considerare cosa succederà se quel vecchio accattone... »

«Lama, lama, signore; alcùni sono veri gentiluomini, dalle loro parti.»

«Se quel lama, dunque, l'anno venturo non pagasse. Ha una buona testa per combinare un piano lì per lì; ma è pur destinato a morire, un giorno o l'altro. E poi, prendere i denari di un infedele per educare un ragazzo cristianamente... »

«Ma ha detto chiaro e tondo quello che vuole. Appena ha saputo che il ragazzo era un bianco, ha preso, a quanto sembra, disposizioni adeguate. Darei la paga di un mese per aver sentito come ha spiegato tutta la storia ai preti del tempio dei

Tirthankars, a Benares. Vede, padre, io non ho la pretesa di capire molto gli indigeni, ma se quello dice che vuol pagare, pagherà… da vivo o da morto. Voglio dire che i suoi eredi si assumeranno il debito. Il mio consiglio è di mandare il ragazzo a Lucknow. Se poi il suo cappellano anglicano dovesse pensare che gli ha giocato un tiro… »

«Peggio per Bennett! È stato mandato al fronte al posto mio. Doughty mi ha dichiarato inabile. Lo scomunicherò, Doughty, se torna vivo! Quanto a Bennett, si potrebbe accontentare della… »

«Della gloria, lasciando a lei la religione. Benone! Per dire il vero, credo che a Bennett non importerà niente. Se mai, dia la colpa a me. Io… la incoraggio caldamente a mandare il ragazzo a San Saverio. Può andarci con il biglietto gratuito, come orfano di un soldato, e così risparmierà la spesa del viaggio. Il corredo glielo potrò comprare con la sottoscrizione del reggimento. Quanto alla Loggia, risparmierà le spese della sua educazione e ne sarà soddisfatta. Tutto andrà bene. Io devo andare a Lucknow la settimana prossima. Posso far venire il ragazzo sul mio treno… affidarlo ai miei servitori, e così via.»

«Lei è molto buono.»

«Nemmeno per sogno. Non prenda questo abbaglio. Il lama ci ha mandato i denari per uno scopo ben definito. Noi non possiamo restituirglieli. Dobbiamo fare come dice lui. Dunque siamo d'accordo, non è vero? Resta fissato che martedì prossimo lei mi porterà il ragazzo al treno della notte per il Sud. Ci mancano soltanto tre giorni. Non avrà tempo di combinar guai, in tre giorni.»

«Lei mi ha tolto un peso dal cuore, ma… questa cosa qui?» il prete sventolava l'assegno. «Io non conosco Gobind Sahai; e tanto meno la sua banca, che potrebbe anche essere un buco nel muro.»

«Si vede che non è mai stato un subalterno al verde. Lo incasserò io, se vuole; e le manderò il valsente in perfetto ordine.»

«Ma con tutto il daffare che ha! È chiedere troppo?»

«Nessun disturbo. Vede, questa faccenda mi interessa quanto mai, come etnologo. Mi piacerebbe inserirne una memoria nel lavoro che sto facendo per il governo. La trasformazione di un'insegna di reggimento, come il vostro toro rosso, in una specie di feticcio di cui il ragazzo va in cerca, è davvero interessante.»

«Io non so come ringraziarla.»

«Può fare qualcosa per me. Tutti noi etnologi siamo gelosi delle nostre scoperte, come tante gazze. Naturalmente si tratta di cose che interessano soltanto noi, ma lei sa come sono i bibliofili. Dunque, non dica una parola, né direttamente né indirettamente, intorno ai lati asiatici del carattere di questo ragazzo e... mi ha capito?»

«Sì, sì. Lei ne trarrà lo spunto per un magnifico rapporto. E io non dirò una parola a nessuno, finché non vedrò stampata ogni cosa.»

«Grazie. Questo commuove profondamente il cuore di un etnologo. Adesso devo andare a far colazione. Dio buono! O vecchio Mahbub, sei ancora lì?» Il colonnello alzò la voce e il mercante uscì dall'ombra dell'albero. «Ebbene, che cosa c'è?»

«Per quanto riguarda quel pony» rispose Mahbub «dico che quando un puledro è nato per essere un cavallino da polo... quando segue la palla, senza bisogno che gli insegni nulla... allora, dico, è un grande sbaglio rovinare un simile animale, attaccandolo a un veicolo pesante, sahib!»

«Lo dico anch'io, Mahbub. Il puledro sarà comprato solo per il polo. (Questa gente non pensa a nient'altro al mondo che ai cavalli, reverendo.) Ti rivedrò domani, Mahbub, se hai qualcosa di buono da vendere.»

Il mercante salutò, al modo dei cavallanti, con un gran gesto della mano libera. «Abbi un po' di pazienza, Amico di Tutto il Mondo» bisbigliò al desolato Kim. «La tua fortuna è fatta. Fra poco andrai a Nucklao ed... eccoti qualcosa per pagare lo scrivano. Ti rivedrò più di una volta, credo» e si allontanò di buon trotto giù per la strada.

«Dammi retta» disse il colonnello dalla veranda, parlando in vernacolo. «Fra tre giorni tu verrai con me a Lucknow e vedrai e sentirai molte cose nuove. Perciò sta' quieto per tre giorni e non scappare. Andrai a scuola a Lucknow.»

«Vedrò laggiù il mio Santo?» piagnucolò Kim.

«Lucknow è più vicina a Benares di Umballa. Può darsi che tu ci vada sotto la mia protezione. Mahbub Ali lo sa, e si arrabbierebbe molto se ora ti ributtassi sulla strada. Ricordati di questo... a me sono state dette molte cose che non dimentico.»

«Aspetterò» disse Kim «ma i ragazzi mi picchieranno.»

A questo punto le trombe suonarono per il rancio.

VII

Per chi si librano i pregnanti soli
E le stupide lune? Per chi s'attraggono le stelle?
Ci scivoli in mezzo... senza far rumore.
Il cielo ha le sue guerre sublimi, la terra guerre banali.
Erede di questi tumulti, di questi terrori, di queste contese
(Per sempre avvinto al peccato di Adamo, dei padri e tuo)
Solleva il tuo sguardo, trai il tuo oroscopo,
E poi dimmi il pianeta che corregge il tuo destino o lo spezza.

Sir John Christie

Nel pomeriggio, il maestro dal viso paonazzo disse a Kim che "non era più in forza", frase di cui il ragazzo non riuscì a capire il significato finché non gli ordinarono di andarsene a giocare dove voleva. Allora corse al bazar per ritrovare il giovane scrivano al quale doveva un francobollo.

«Adesso ti pago» disse con gesto regale «e tu mi scriverai un'altra lettera.»

«Mahbub Ali è a Umballa» rispose lo scrivano pavoneggiandosi. Grazie alla sua professione, era un ufficio generale di informazioni sbagliate.

«Questa non è per Mahbub, ma per un prete. Prendi la penna e scrivi. "*Al lama Teshoo, il Santo del Bhotiyal che va in cerca di un Fiume, e che ora risiede nel tempio dei Tirthankars a Benares.*" *Intingi la penna, che diavolo*! *"Fra tre giorni dovrò andare a Nucklao, alla scuola di Nucklao. Il nome della scuola è Saverio. Non so dove sia questa scuola, ma è a Nucklao."*»

«Io conosco Nucklao» interruppe lo scrivano. «E conosco anche la scuola.»

«Digli dov'è, e ti darò mezz'anna in più.»

La cannuccia della penna scricchiolò premurosamente. «Non può sbagliarsi.» L'uomo alzò il capo. «Chi ci sta a guardare dall'altro lato della strada?»

Kim alzò subito gli occhi e vide il colonnello Creighton in costume da tennis.

«Oh, è un sahib che conosce il prete grasso della caserma. Mi fa segno di andare da lui.»

«Che stai facendo?» domandò il colonnello, quando Kim lo raggiunse di corsa.

«Non... non voglio mica scappare. Mando una lettera al mio Santo, a Benares.»

«Non ci avevo pensato. Gli hai detto che ti condurrò io a Lucknow?»

«No, non gliel'ho detto. Legga la lettera, se non ci crede.»

«E perché hai tralasciato il mio nome, scrivendo a quel Santo?» Il colonnello sorrideva in modo ambiguo. Kim prese il coraggio a due mani.

«Mi hanno detto una volta che non è consigliabile scrivere i nomi di terzi implicati in qualche faccenda; perché, facendo i nomi, si possono scompigliare ottimi piani.»

«Giusto insegnamento» rispose il colonnello, e Kim arrossì di piacere. «Ho lasciato il mio portasigari sulla veranda del cappellano. Portamelo stasera a casa mia.»

«Dov'è la sua casa?» domandò Kim. Il suo istinto vigile l'avvertiva che stava per essere sottoposto a qualche prova, e perciò stette in guardia.

«Chiediglielo al primo che trovi nel bazar grande.» Il colonnello si allontanò.

«Ha dimenticato il suo portasigari» disse Kim, ritornando dallo scrivano. «Glielo devo riportare stasera. Questa è tutta la mia lettera. Solo ci devi aggiungere tre volte: "*Vieni*! *Vieni*! *Vieni*!". Ora ti pagherò un francobollo e la imposterò.» Si alzò per andarsene e, come se ci avesse pensato soltanto allora, domandò: «Chi è quel sahib dalla faccia scura che ha perduto il portasigari?».

«Oh, non è altro che il sahib Creighton... un sahib un po' tocco che è colonnello senza reggimento.»

«E che fa?»

«Lo sa Dio. Compra sempre cavalli che non si possono cavalcare, e va facendo alla gente mille domande a indovinello sulle opere di Dio... come sarebbero le piante, le pietre e gli usi delle persone. I mercanti lo chiamano padre di tutti i babbei, perché si lascia imbrogliare così facilmente in materia di cavalli. Mahbub Ali dice che non c'è sahib più matto di lui.»

«Oh!» fece Kim, e se ne andò. Per la vita che aveva condotto, aveva una certa esperienza degli uomini, e non gli fu difficile capire che ai matti non si danno informazioni tali da far mobilitare ottomila uomini, oltre ai cannoni. Il comandante in capo di tutta l'India non parla, come Kim l'aveva sentito parlare, a un sahib un po' tocco, né, se il colonnello fosse stato un babbeo, la voce di Mahbub Ali avrebbe preso un'intonazione speciale ogni volta che egli lo nominava. Per conseguenza... e a questo pensiero Kim si mise a saltellare... là sotto ci doveva essere qualche mistero, e probabilmente Mahbub Ali investigava per conto del colonnello come Kim aveva investigato per conto di Mahbub. E certo, come il mercante di cavalli, il colonnello rispettava la gente che non mette in mostra la propria intelligenza.

Si rallegrò, quindi, di non aver lasciato trapelare la sua conoscenza della casa del colonnello; e quando, ritornato in caserma, scoprì che non era stato dimenticato nessun portasigari, gongolò di gioia. Quello era un uomo che gli andava a genio... una persona tortuosa e indiretta, che giocava una partita segreta. Ecco: se i babbei erano come lui, Kim avrebbe accettato di essere un babbeo.

Il ragazzo tenne per sé le proprie idee, durante le tre lunghe mattine in cui padre Victor gli parlò di una serie interamente nuova di dei e di semidei... e specialmente di una dea chiamata Maria, la quale, a quanto poté capire, era tutt'una con la Bibi Miriam della teologia di Mahbub Ali. Kim non diede segno di emozione alcuna quando, finite le conferenze, padre Victor se lo tirò dietro, di negozio in negozio, comprando articoli da corredo; né si lagnò quando i tamburini, invidiandogli il suo passaggio a una scuola migliore, lo presero a calci; ma invece seguì lo svolgersi degli eventi con animo pieno di curiosità. Quel buon uomo di padre Victor lo accompagnò alla stazione, lo mise in uno scompartimento vuoto di seconda classe, vicino a quello di prima in cui viaggiava il colonnello, e gli disse addio con sincera commozione.

«A San Saverio faranno un uomo di te, O'Hara... un uomo bianco e, spero, un uomo dabbene. Là sono già informati del tuo arrivo, e il colonnello baderà che non ti perda o smarrisca durante il viaggio. Io ti ho dato qualche nozione in materia religiosa... così spero almeno... e tu, quando ti domanderanno la tua religione, ricordati che sei cattolico. Meglio dire cattolico romano, sebbene quest'ultima parola non mi piaccia molto.»

Kim accese una sigaretta forte – non aveva trascurato di comprarne una buona provvista al bazar – e si sdraiò per meditare. Questo tragitto solitario era molto diverso dall'allegro viaggio fatto con il lama in terza classe. "I sahib non si divertono davvero, a viaggiare così" rifletté. "Ahimè! Mi sbatacchiano da un posto all'altro come un pallone. È il mio *kismet*. Nessun uomo può sfuggire al suo *kismet*. Ma io debbo pregare Bibi Miriam e sono un sahib..." e si guardò tristemente le scarpe. "No; io sono Kim. Questo è il grande mondo, e io sono soltanto Kim. Chi è Kim?" Si mise a riflettere sulla propria identità (cosa che non aveva mai fatto prima), finché non gli venne il capogiro. Non era che un fuscello, nel turbine vasto e rombante dell'India, e andava verso il Sud incontro a un destino ignoto.

Di lì a poco il colonnello lo mandò a chiamare e gli parlò a lungo. Da quanto Kim poté capire, doveva essere diligente e sarebbe entrato nell'Ufficio topografico indiano in qualità di geometra. Se si fosse comportato bene e avesse superato certi esami, a diciassette anni avrebbe potuto guadagnare trenta rupie il mese, e il colonnello Creighton in persona avrebbe pensato a procurargli un buon posto.

Kim, sulle prime, finse di capire, sì e no, una parola su tre dei discorsi dell'ufficiale. Allora il colonnello, accorgendosi del proprio errore, passò a parlare in un fluido e pittoresco urdù, e Kim fu contento. Non poteva essere balordo uno che conosceva il vernacolo così profondamente, che si muoveva in modo così elegante e silenzioso, e i cui occhi erano così diversi da quelli opachi e adiposi degli altri sahib.

«Già, e tu devi anche imparare a ricavare disegni di strade, monti e fiumi... e anche a tenere a mente questi disegni, finché non venga per te il momento di poterli mettere sulla carta. Forse un giorno, quando sarai geometra, se avremo da lavorare insieme, c'è il caso che io ti dica: "Passa questo monte e va' a vedere che c'è dietro". E allora forse qualcuno dirà: "Su quei monti c'è della gentaccia che ammazzerà il geometra, se vedono che ha l'aria di un sahib". E allora?»

Kim ci pensò un po'. Era prudente raccogliere l'insinuazione del colonnello?

«Riporterei ciò che l'altro ha detto.»

«Ma se io insistessi: "Ti darò cento rupie, se mi farai sapere che c'è dietro questi monti... se mi procurerai la mappa di un certo fiume e se mi potrai dare qualche piccola informazione su ciò che si dice nei villaggi"?»

«Come posso sapere cosa farei? Sono ancora ragazzo. Aspetti che sia diventato uomo.» Poi, vedendo rannuvolarsi la fronte del colonnello, soggiunse: «Ma credo che, in pochi giorni, potrei guadagnarmi le cento rupie».

«In che modo?»

Kim scosse il capo risolutamente. «Se dicessi in che modo le guadagnerei, un altro mi potrebbe sentire e prevenire. Non conviene vendere le proprie idee per niente.»

«Dimmelo.» Il colonnello porgeva una rupia. Kim stese la mano, lasciandola poi ricadere.

«No, sahib; no. Io so quanto vale la risposta, ma non so perché mi si fa la domanda.»

«Prendi questa rupia come regalo, allora» disse Creighton, lanciandogli la moneta: «C'è del sale nella tua testa. Bada di non fartela guastare a San Saverio. Ci sono, laggiù, molti ragazzi che disprezzano i neri».

«Le loro mamme erano donne di bazar» disse Kim. Sapeva

benissimo che non c'è odio pari a quello del meticcio per il suo cognato.

«È vero; ma tu sei sahib e figlio di sahib. Perciò non lasciarti mai trascinare a disprezzare i neri. Ho conosciuto dei ragazzi, entrati da poco al servizio del governo, che fingevano di non capire il linguaggio o i costumi dei neri. Gli hanno ridotto lo stipendio per ignoranza. Non c'è peccato maggiore di quello dell'ignoranza. Ricordatene.»

Varie volte, nel corso delle lunghe ventiquattro ore di viaggio verso il Sud, il colonnello mandò a chiamare Kim, svolgendo sempre meglio quest'ultimo argomento.

"Saremo tutti attaccati alla stessa corda allora" pensò Kim alla fine "il colonnello, Mahbub Ali, e io... quando sarò geometra. Il colonnello si servirà di me, come se n'è servito Mahbub Ali, credo. Per me andrà benissimo, se mi permetterà di tornare alla strada. Questi vestiti, a portarli, non diventano certo più comodi."

Quando arrivarono all'affollata stazione di Lucknow, non c'era nemmeno l'ombra del lama. Kim inghiottì la sua delusione, mentre il colonnello Creighton lo caricava con i suoi bagagli su un *ticca-gharri*[1] e lo spediva solo a San Saverio.

«Non ti dico addio, perché ci rivedremo molte volte, se ti mostrerai una persona di spirito!» esclamò il colonnello. «Ma non sei stato ancora messo alla prova.»

«Neppure la sera che ti ho portato il pedigree di uno stallone bianco?» ribatté Kim azzardandosi a usare il tu degli uguali.

«Molto si guadagna a dimenticare, fratellino» disse il colonnello con un'occhiata che trafisse le scapole di Kim, mentre saliva in carrozza.

Gli ci vollero quasi cinque minuti per riaversi. Poi fiutò soddisfatto l'aria nuova. «Una città ricca» disse. «Più ricca di Lahore. Come devono essere belli i bazar! Vetturino, fammi fare un giro per i bazar.»

«Io ho l'ordine di portarti a scuola.» Il vetturino usò il tu che, dato a un bianco, è una mancanza di rispetto. Kim gli disse il fatto suo nel più chiaro e fluido vernacolo, salì a cassetta e, stabilitosi fra i due un perfetto accordo, si fece scarrozzare su e giù per un paio d'ore, giudicando, paragonando e divertendosi. Non c'è città… eccettuata Bombay, regina di ogni altra… che appaia più bella di Lucknow, così splendida nel suo stile sfarzoso, tanto per chi la guardi dal ponte che attraversa il fiume, quanto per chi la contempli dalla cupola dell'Imambara, scorgendo in basso i padiglioni dorati del Chutter Munzil e gli alberi che le fanno ghirlanda. I re l'hanno ornata di costruzioni fantastiche, dotata di istituzioni di beneficenza, affollata di pensionanti, intrisa di sangue. È il centro di ogni ozio, di ogni intrigo, di ogni lusso, e divide con Delhi il vanto di parlare il solo urdù che sia veramente puro.

«Che bella città! Che splendida città!»

Il cocchiere, che era di Lucknow, si compiacque di quei complimenti e raccontò a Kim una quantità di cose straordinarie, mentre una guida inglese avrebbe parlato soltanto dell'insurrezione.

«Ora andiamo alla scuola» disse finalmente Kim. Il grande vecchio collegio di San Saverio in Partibus, serie di blocchi di edifici bassi e biancheggianti, sorge a qualche distanza dalla città, in mezzo ai vasti terreni che costeggiano il fiume Gumti.

«Che specie di gente ci abita?» domandò Kim.

«Giovani sahib… tutti demoni; ma, a dire il vero, io che ne porto tanti su e giù, dalla stazione al collegio e dal collegio alla stazione, non ne ho mai veduto uno che avesse la stoffa di un perfetto demonio quanto te… cioè quanto questo giovane sahib che sto scarrozzando adesso.»

Kim, a cui nessuno aveva mai insegnato a comportarsi diversamente, aveva attaccato discorso con un paio di frivole signore che stavano affacciate alle finestre di un ultimo piano in una certa via, e naturalmente, nello scambio dei complimenti, se l'era cavata benone. Stava ora per rimbeccare l'ultima insolenza del vetturino, quando il suo occhio – scendeva il crepuscolo – scorse una figura umana seduta presso lo stipite intonacato di bianco di una delle porte che interrompevano la lunga distesa dei muri.

«Fermo!» esclamò. «Aspetta qui. Non vado subito in collegio!»

«Ma chi mi deve pagare per questi andirivieni?» domandò il cocchiere in tono petulante. «Questo ragazzo è matto! Poco fa attacca discorso con una ballerina. Ora scappa da un prete.»

Kim si era buttato sulla strada, in ginocchio, e accarezzava i piedi polverosi del lama, sotto il sudicio saio giallo.

«Ti aspetto da un giorno e mezzo» cominciò il lama con la sua voce monotona. «Avevo un discepolo con me. Il mio amico del tempio dei Tirthankars mi aveva dato una guida per questo viaggio. Sono venuto da Benares in treno, appena ho ricevuto la tua lettera. Sì, mi nutrono bene. Non ho bisogno di nulla.»

«Ma perché, Santo, non sei rimasto con quella donna di Kulu? Come hai fatto ad arrivare a Benares? Sono stato così triste, da quando ci siamo lasciati!»

«Quella donna mi annoiava con le sue chiacchiere continue e con le sue richieste di incantesimo per ottenere nipoti. Mi sono separato dalla sua compagnia, permettendole di acquistare merito con qualche dono. È una donna caritatevole, del resto, e io le ho promesso di andare da lei, in caso di bisogno. Poi, vedendomi solo in questo mondo grande e terribile, ho pensato di prendere il treno per Benares, sapendo che là, nel tempio dei Tirthankars, abitava un uomo della Ricerca, come me.»

«Ah! Il tuo Fiume!» esclamò Kim. «Avevo dimenticato il tuo Fiume.»

«Così presto, mio *chela*? Io non l'ho mai dimenticato; ma quando ti ho lasciato, mi è sembrato giusto andare al tempio per chiedere consiglio; perché, vedi, l'India è molto grande, e può darsi che qualche saggio… forse più di uno… abbia lasciato per noi l'indicazione del luogo dove scorre il nostro Fiume. Su questo punto, nel tempio dei Tirthankars, c'è una disputa: chi dice una cosa, chi un'altra. Ma sono tutti molto cortesi.»

«E così sia. Ma tu che fai, ora?»

«Acquisto merito nell'aiutare te, mio *chela*, a raggiungere la saggezza. Il prete di quegli uomini che servono il Toro Rosso mi ha scritto che farà per te tutto quello che desidero. Ho mandato denaro per un anno, e poi sono venuto, come vedi, per assistere al tuo ingresso nelle Soglie del Sapere. Ti ho aspettato per un giorno e mezzo... non perché io fossi spinto da affetto verso di te... cosa, questa, estranea alla Via... ma perché, come hanno detto al tempio dei Tirthankars, dal momento che ho pagato per la tua istruzione, era giusto che vigilassi l'esito delle mie pratiche. Quei religiosi hanno risolto i miei dubbi. Io temevo che il mio desiderio di venire fosse desiderio di vedere te... temevo di esser fuorviato dalla Nebbia Rossa dell'affetto. Non è così... per di più, sono turbato da un sogno.»

«Ma tu, Santo, non puoi avere dimenticato la Strada e tutto quello che ci è capitato. È anche un po' per vedermi che sei venuto, non è vero?»

«I cavalli hanno freddo, ed è già passata l'ora della biada» gemette il vetturino. «Va' all'inferno e restaci con quella svergognata di tua zia!» sghignazzò Kim, senza voltarsi. «Io sono solo in questo Paese; non so dove vado né quello che mi succederà. Ho messo tutto il mio cuore nella lettera che ti ho mandato. All'infuori di Mahbub Ali... che è un pathan... io non ho altro amico che te, Santo. Non te ne andare.»

«Ho riflettuto anche su questo» rispose il lama con voce incerta. «È chiaro che di tanto in tanto io debba acquistare merito... se prima non avrò trovato il mio Fiume... assicurandomi che i tuoi piedi seguono la saggezza. Non so cosa ti insegneranno; ma il prete mi ha scritto che nessun figlio di sahib, in tutta l'India, sarà educato meglio di te. Di tanto in tanto, perciò, verrò a trovarti. Forse diventerai un sahib importante come quello che mi ha dato questi occhiali» e il lama li ripulì diligentemente «nella Casa delle Meraviglie a Lahore. Questa è la mia speranza, perché egli era una Fontana di Saggezza, più dotto di molti abati... e può anche darsi che tu dimentichi me e i nostri incontri.»

«Se mangio il tuo pane» esclamò Kim appassionatamente «come potrò dimenticarti mai?»

«No, no...» egli respinse il ragazzo. «Devo tornare a Benares. Di tanto in tanto, ora che conosco le abitudini degli scrivani di questo Paese, ti manderò una lettera, e di tanto in tanto verrò a trovarti.»

«Ma dove spedirò io le mie lettere?» gemette Kim, aggrappandosi al saio del vecchio, e dimenticandosi completamente di essere un sahib.

«Al tempio dei Tirthankars a Benares. Quella è la residenza che ho scelto, in attesa di trovare il mio Fiume. Non piangere: perché, vedi, ogni Desiderio è Illusione e un nuovo giro di corda intorno alla Ruota. Avviati alle Soglie del Sapere. Fa' che ti veda entrare... mi vuoi bene? Allora va', se no il cuore mi si spezza... ritornerò. Certo che tornerò.»

Il lama ascoltò il suono del *ticca-gharri* che entrava nel piazzale e si allontanò a grandi passi, fiutando tabacco senza posa.

Le Soglie del Sapere si chiusero con fragore.

Il ragazzo nato e cresciuto in India ha i suoi usi e costumi, che non somigliano a quelli di nessun altro Paese; i suoi insegnanti cercano di avvicinarlo per vie che un maestro inglese non capirebbe. Non v'interesseranno, quindi, le esperienze di Kim a San Saverio, in mezzo a due o trecento giovani, la maggior parte dei quali non aveva mai visto il mare. Egli subì i soliti fastidi per avere oltrepassato i confini quando in città c'era il colera. Questo avvenne prima che avesse imparato a scrivere in discreto inglese, e quando, perciò, era ancora costretto a servirsi di uno scrivano di bazar. Naturalmente fu anche ripreso per il vizio di fumare e per l'uso di espressioni più pittoresche di tutte quelle che si erano udite fino ad allora a San Saverio. Imparò a lavarsi con la scrupolosità levitica dell'indigeno che, nel suo intimo, considera l'inglese piuttosto sporco. Giocò i soliti tiri ai pazienti *coolies* che agitavano i *pankah*[2] nelle camerate, dove i ragazzi passavano le notti afose, raccontando storielle fino all'alba; e si misurò tranquillamente con i compagni troppo sicuri di sé.

Costoro erano figli di piccoli impiegati delle ferrovie, dei telegrafi, dell'ufficio dei canali; di sottufficiali, o in ritiro o in attività come comandanti in capo presso l'esercito di qualche rajah feudatario; di capitani della Marina indiana, di pensionati statali, di piantatori, di fornitori del governo e di missionari. Alcuni erano cadetti di vecchie famiglie eurasiane saldamene radicate nel Dhurrumtollah: Pereiras, De Souzas e D'Silvas. I loro genitori avrebbero potuto benissimo farli educare in Inghilterra, ma amavano la scuola dove erano stati in gioventù, e così a San Saverio le facce pallide si succedevano di generazione in generazione. La zona da cui provenivano si estendeva da Howrah, sulla linea ferroviaria, a distaccamenti remoti come Monghyr e Chunar; comprendeva campi di tè sperduti nel territorio di Shillong; villaggi dell'Oudh o del Dekkan, ricchi di proprietari terrieri; residenze di missioni, distanti una settimana dalla più prossima linea ferroviaria; porti di mare lontani mille miglia e lambiti dai bronzei marosi dell'Oceano Indiano; e piantagioni di china nell'estremo Sud. Sarebbe bastato il semplice racconto delle avventure (che per loro non erano avventure), capitate andando a casa per le vacanze o tornando al collegio, per far rizzare i capelli in testa a un ragazzo occidentale. Erano allenati a spingersi da soli per centinaia di miglia attraverso la giungla, dove c'era sempre il rischio delizioso di trovare il cammino bloccato da una tigre; ma non avrebbero osato tuffarsi nella Manica nell'agosto inglese, così come i loro fratelli degli altri continenti sarebbero stati incapaci di restare impassibili davanti a un leopardo che avesse annusato il loro palanchino. C'erano ragazzi di quindici anni che avevano passato un giorno e mezzo su un isolotto formato da un fiume in piena, assumendo, quasi per diritto, il comando di uno stuolo di pellegrini frenetici di ritorno dalla visita a un tabernacolo. C'erano anziani che in nome di San Francesco Saverio, incontrato per caso un elefante appartenente a un rajah, l'avevano requisito perché le piogge avevano cancellato anche le tracce della pista incerta che conduceva alla loro fattoria, e che poi avevano perduto quell'enorme bestia nelle sabbie mobili. C'era un ragazzo il quale – così diceva lui e nessuno lo metteva in dubbio – aveva aiutato suo padre a respingere a schioppettate dalla veranda un attacco di Akas, al tempo in cui questi cacciatori di teste si sbizzarrivano contro le piantagioni isolate.

E tutte quelle storie, intercalate di espressioni bizzarre assorbite inconsapevolmente da nutrici indiane, venivano raccontate con il tono calmo e indifferente dell'indigeno e con giri di frase dai quali si capiva che il narratore traduceva dal vernacolo. Kim osservava, ascoltava, approvava. Questi discorsi erano diversi dalle chiacchiere insipide e misere dei tamburini. Toccavano una vita che egli conosceva e, in parte, capiva. Quell'atmosfera gli andava a genio, e crebbe a vista d'occhio. Quando cominciò a far caldo, gli diedero un abito di tela bianca, ed egli si compiacque di questa inattesa comodità materiale, così come si compiaceva di esercitare la propria intelligenza sui compiti che gli venivano assegnati. La sua prontezza avrebbe rallegrato un maestro inglese; ma a San Saverio tutti sono abituati al primo sboccio delle menti sviluppate dal sole e dall'ambiente, e alla rilassatezza che subentra nei giovani a ventidue o ventitré anni.

Tuttavia, Kim non dimenticò di comportarsi con modestia. Durante le notti calde, quando si raccontavano storie di avventure, si astenne dal fare sfoggio dei suoi ricordi; perché a San Saverio non sono guardati di buon occhio i ragazzi che hanno un'aria troppo indigena. Là non bisogna dimenticare di essere sahib e di essere destinati (un giorno, dopo aver superato gli esami) a comandare gli indigeni. Kim ne prese nota, perché incominciava a capire a che cosa portassero gli esami.

Vennero poi le vacanze, da agosto a ottobre... le lunghe vacanze imposte dal caldo e dalle piogge... e gli fu annunciato che doveva partire per una località del Nord, sui monti dietro Umballa, dove padre Victor avrebbe sistemato tutto per lui.

«Sarà una scuola militare?» disse il ragazzo, che aveva già chiesto molte cose e ne aveva pensate ancora di più.

«Credo di sì» rispose il maestro. «Non ti farà male essere tenuto a freno. Potrai viaggiare con il giovane De Castro fino a Delhi.»

Kim valutò la cosa in tutti i suoi aspetti. Era stato diligente, proprio come il colonnello aveva consigliato. Le vacanze rappresentavano per i ragazzi una proprietà personale... Almeno così aveva sentito dire dai suoi compagni... e una scuola militare sarebbe stata una tortura, dopo San Saverio. Inoltre... e questa specie di magia valeva più di ogni altra... egli sapeva scrivere. In tre mesi aveva scoperto in che modo, mediante mezz'anna e un po' d'istruzione, le persone possono corrispondere tra loro senza l'intervento di un terzo. Non gli era giunta dal lama nessuna parola, ma poteva sempre darsi alla Strada. Kim aveva un desiderio pazzo della fanghiglia morbida che schizza fra le dita dei piedi, e gli veniva l'acquolina in bocca pensando allo stufato di montone con burro e cavoli, al riso macchiato di saporosi cardamomi, al riso tinto di zafferano e condito con aglio e cipolla, e a tutti i dolciumi grassi del bazar, che erano proibiti in collegio. Alla scuola militare l'avrebbero rimpinzato di manzo mal cotto, servito nella gamella, e avrebbe dovuto fumare di nascosto. Ma era un sahib, uno scolaro di San Saverio, e quel porco di Mahbub Ali... no, non avrebbe messo alla prova l'ospitalità di Mahbub, eppure... ci ripensò, trovandosi solo in camerata, e arrivò alla conclusione di essere stato ingiusto con Mahbub.

La scuola era vuota, quasi tutti i maestri erano andati via; Kim aveva ricevuto dal colonnello Creighton un lasciapassare per le ferrovie, e c'era da inorgoglirsi per non aver speso in bagordi tutti i soldi avuti dal colonnello Creighton e da Mahbub. Era ancora padrone di due rupie e sette anne. Il suo baule nuovo, ricoperto di cuoio e contrassegnato dalle sue iniziali, giaceva con il fagotto delle coperte da campo sul pavimento del dormitorio deserto. "I sahib sono sempre schiavi dei loro bagagli", rifletté Kim, e accennando con il capo ai suoi mormorò: «Voi resterete qui». Uscì con un sorriso malizioso sotto la pioggia calda e ricercò una certa casa di cui qualche tempo prima aveva osservato l'esterno...

«Ehi! Non sai che genere di donne siamo, noi del quartiere? Vergognati!»

«Sono forse nato ieri?» e Kim si accovacciò, all'uso indigeno, sui cuscini di una stanza all'ultimo piano. «Ho bisogno di un po' di tintura e di tre metri di stoffa per fare uno scherzo. Domando troppo?»

«Chi è *lei*? Per un sahib, non hai ancora l'età per simili diavolerie.»

«Lei? È la figlia di un maestro di un reggimento di queste caserme. Il padre mi ha picchiato due volte, perché ho scavalcato i muri del loro giardino vestito con questi panni. Ora ci vorrei andare camuffato da aiuto-giardiniere. I vecchi sono molto gelosi.»

«Questo è vero. Tieni ferma la faccia, mentre la cospargo con questo succo.»

«Non mi fare troppo nero, Naikan. Non voglio far la figura di un *hubshi* [negro].»

«Oh, l'amore se ne infischia di queste storie! E quanti anni ha, lei?»

«Dodici, credo» rispose quello svergognato di Kim. «Tingimi bene anche il petto. C'è il caso che suo padre mi strappi i vestiti di dosso, e se mi trova pezzato in questo modo... » e si mise a ridere.

La ragazza lavorava d'impegno, intingendo un batuffolo di stoffa in un vasetto di tinta marrone più resistente di qualunque sugo di noci.

«Ora mandami a prendere la stoffa per il turbante. Povero me, ho i capelli lunghi! E quello, certamente, mi strapperà il turbante.»

«Non sono un barbiere, ma farò del mio meglio. Tu sei nato per essere un rubacuori! Tutto questo travestimento per una sera? Ricordati che questa roba non va più via.» Le risate la scuotevano tutta, in un tintinnio di braccialetti e di monili.

«Ma chi mi ripagherà di tutto questo? Nemmeno Huneefa poteva servirti meglio.»

«Confida negli dei, sorella» disse Kim serio serio, massaggiandosi la faccia per far asciugare la tintura. «Ti era mai capitato, finora, di aiutare un sahib a pitturarsi in questo modo?»

«No davvero. Ma un divertimento non è denaro.»

«Vale molto di più.»

«Niente da dire, bimbo, sei il più spudorato figlio di Shaitan che abbia mai conosciuto. Rubi il tempo a una povera ragazza per una semplice burla, e poi le dici che per paga le deve bastare il divertimento. Farai molta strada in questo mondo!» E gli fece, per canzonarlo, un inchino da ballerina.

«Forza! Sbrigati a tagliarmi i capelli.» Kim saltellava da un piede all'altro, con gli occhi che gli brillavano di gioia, mentre pensava ai giorni beati che l'aspettavano. Diede alla ragazza quattro anne e corse giù per le scale nelle vesti di un ragazzo indù di bassa casta... perfetto in ogni particolare. La sua prima tappa fu in una trattoria, dove banchettò in un'orgia di grasso e di follia.

Sulla banchina della stazione di Lucknow vide il giovane De Castro, tutto coperto di efelidi, entrare in uno scompartimento di seconda classe. Kim ne scelse uno di terza e ne divenne l'anima e la vita. Spiegò ai compagni di viaggio di essere l'assistente di un giocoliere, il quale l'aveva piantato per un attacco di febbre e aggiunse che sperava di raggiungere il suo padrone a Umballa. Via via che il pubblico nello scompartimento cambiava, modificava il suo racconto o l'infiorava del suo estro bizzarro, più esuberante che mai per la lunga astinenza dal vernacolo. Quella notte, in tutta l'India, non vi fu creatura umana più felice di Kim. Egli scese a Umballa e si incamminò verso oriente, sguazzando nei campi limacciosi fino al villaggio dove abitava il vecchio soldato.

Nel frattempo, a Simla, il colonnello Creighton veniva avvisato telegraficamente da Lucknow della sparizione del giovane O'Hara. Mahbub Ali si trovava in città per vendere cavalli e il colonnello, una mattina, gli confidò la faccenda, trottando nei pressi del campo di corse di Annandale.

«Oh, non fa niente» disse il mercante. «Gli uomini sono come i cavalli. Certe volte hanno bisogno di sale, e se non lo trovano nella mangiatoia lo leccano per terra. È tornato per un po' alla Strada. La *madrissah* lo annoiava. Sapevo che sarebbe successo così. Un'altra volta lo riporterò con me sulla Strada. Non ti impensierire, sahib Creighton. È come se un cavallino da polo spezzasse le pastoie per correre a imparare il gioco da solo.»

«Dunque non credi che sia morto?»

«La febbre potrebbe portarselo via, ma per il resto non c'è da temere. Una scimmia non cade dagli alberi.»

La mattina dopo, sulla stessa pista, lo stallone di Mahbub raggiunse il colonnello.

«È come avevo pensato io» disse il mercante. «È passato da Umballa, per lo meno; e di là, avendo saputo al bazar che ero qui, mi ha mandato una lettera.»

«Leggimela» disse il colonnello con un sospiro di sollievo. Era assurdo che un uomo della sua condizione si interessasse di un piccolo vagabondo nato e cresciuto in India, ma il colonnello ricordava la conversazione in treno e spesso, in quegli ultimi mesi, si era sorpreso a pensare al ragazzo strano, silenzioso e riservato. La sua fuga era naturalmente il colmo dell'impudenza, ma era anche indizio di spirito d'iniziativa e di coraggio.

Gli occhi di Mahbub scintillavano, mentre partiva al galoppo verso il centro dell'angusto spiazzo dove nessuno poteva avvicinarsi senza essere notato.

«"*L'Amico delle Stelle, che è l'Amico di Tutto il Mondo...*"»

«Che vuol dire?»

«Un soprannome che gli diamo nella città di Lahore. "*L'Amico di Tutto il Mondo se ne va dove gli pare e piace. Tornerà nel giorno stabilito. Manda a prendere il baule e le coperte;*

e se c'è stata colpa, la Mano dell'Amicizia allontani la Frusta della Calamità". C'è qualcos'altro, ma...»

«Non importa, leggi.»

«"*Certe cose sono sconosciute a coloro che mangiano con la forchetta. È meglio mangiare per un po' con tutte e due le mani. Di' qualche parola persuasiva a coloro che non capiscono questo, affinché il ritorno possa essere propizio*". Ecco: il giro delle frasi, si sa, è opera dello scrivano pubblico, ma osserva con quanta saggezza il ragazzo ha presentato le cose in modo che possano capire soltanto quelli che ne sono al corrente.»

«È questa la Mano dell'Amicizia che deve stornare la Frusta della Calamità?» disse ridendo il colonnello.

«Guarda come è saggio questo ragazzo! Voleva tornare alla Strada, come ti ho detto. Non conoscendo ancora il tuo mestiere... »

«Non ne sono molto convinto, di questo» borbottò il colonnello.

«Si rivolge a me perché io metta pace fra voi due. Non è saggio? Dice che tornerà. Vuole solo perfezionare la sua esperienza. Pensa un po', sahib! È stato tre mesi a scuola. Non c'era tagliato. Per parte mia, me ne compiaccio: il pony impara il gioco.»

«Sì, ma un'altra volta non deve andare solo.»

«Perché? Andava solo prima di essere sotto la protezione del sahib colonnello. Quando entrerà nel Gran Gioco, dovrà pure camminare con le sue gambe... solo e a rischio della sua testa; allora, se sputerà, o starnuterà, o si metterà a sedere in maniera diversa dalle persone che starà sorvegliando, potrà essere ammazzato. Perché contrariarlo adesso? Ricordati come dice il proverbio persiano: lo sciacallo che vive nella foresta di Mazanderan può essere preso soltanto dai cani di Mazanderan.»

«È vero. Questo è vero, Mahbub Ali. E purché non gli capiti nulla, io non desidero niente di meglio. Ma è una bella impertinenza da parte sua.»

«Non dice neppure a me dove va» ribatté Mahbub. «Non

è uno sciocco. Al momento buono verrà da me. È tempo che il medico delle perle si occupi di lui. Matura troppo in fretta… per un sahib.»

La profezia contenuta in questo discorso si avverò alla lettera, un mese dopo. Mahbub era venuto a Umballa per ritirare una nuova partita di cavalli: sull'imbrunire Kim l'incontrò solo sulla strada di Kalka, gli chiese l'elemosina, si sentì maledire e replicò in inglese. Non c'era nessuno, intorno, che potesse udire la soffocata esclamazione di stupore sfuggita a Mahbub.

«Oh! E dove sei stato?»

«Su e giù… giù e su.»

«Vieni sotto un albero, all'asciutto, e raccontami.»

«Sono stato per un po' con un vecchio vicino a Umballa e poi con una famiglia di mia conoscenza, sempre a Umballa. Una persona di questa famiglia mi ha condotto nel Sud fino a Delhi. Che meravigliosa città! Poi ho guidato il bue di un *teli* [un mercante d'olio] che andava verso il nord; ma avendo sentito parlare di una gran festa a Patiala, sono andato là in compagnia di un maestro di giochi d'artificio. È stata davvero una gran festa» Kim si fregò la pancia. «Ho visto rajah ed elefanti bardati d'oro e d'argento; e hanno sparato i fuochi d'artificio tutti in una volta, tanto che sono morti undici uomini, tra i quali il mio maestro, e io sono volato al di sopra di una tenda, ma non mi sono fatto niente. Poi sono tornato alla *rêl*[3] con un cavaliere sikh, al quale ho fatto da staffiere perché mi desse da mangiare; e ora eccomi qui.»

«*Shabash*!» esclamò Mahbub Ali.

«Ma che dice il sahib colonnello? Non ho nessuna voglia di farmi bastonare.»

«La Mano dell'Amicizia ha allontanato la Frusta della Calamità, ma un'altra volta, quando tornerai alla Strada, devi tornarci con me; è troppo presto perché tu vada solo.»

«È tardi abbastanza, invece. Alla *madrissah* ho imparato un po' a leggere e a scrivere in inglese. Sarò presto un perfetto sahib.»

«Sentilo!» disse ridendo Mahbub, guardando la figuretta inzuppata che saltellava sotto la pioggia. «Salaam… sahib!» e si inchinò ironicamente. «Ebbene, sei stanco della Strada, o vuoi venire con me a Umballa per aiutarmi a ricondurre i cavalli?»

«Vengo con te, Mahbub Ali.»

VIII

Devo qualcosa al suolo che mi crebbe
E più ancora alla vita che mi nutrì...
Ma più devo ad Allah che mi diede
La mia testa divisa in due parti.
Andrei senza camicia e senza scarpe,
Andrei senza tabacco e senza pane,
Piuttosto che smarrire per un solo istante
Una delle due parti della mia testa.

The Two-Sided Man

«Allora, in nome di Dio, cambia in celeste quel rosso» disse Mahbub, alludendo al colore indù del turbante poco dignitoso portato da Kim.

Kim ribatté con il vecchio proverbio: «Sono pronto a cambiare fede e coperte, purché tu mi paghi!».

Il mercante fu sul punto di perdere l'equilibrio, torcendosi dalle risa. La trasformazione ebbe luogo in una bottega dei sobborghi e Kim diventò, almeno esteriormente, un maomettano.

Mahbub affittò una stanza di fronte alla stazione, e mandò a prendere pietanze prelibate, arricchite di dolci alla mandorla e al latte cagliato [noi li chiamiamo *balushai*] e di tabacco di Lucknow trinciato fine.

«Questo vale tutti i pasti consumati con il sikh» disse Kim, ridendo, e si accovacciò. «Alla *madrissah*, non ci danno davvero roba simile.»

«Vorrei proprio sentirti parlare di questa *madrissah*.» E Mahbub si rimpinzò di enormi bocconi di montone fritto nel grasso e denso di sapori, di cavoli e di cipolle bruno-oro. «Ma raccontami per intero, prima di tutto, come hai fatto a scappare. Perché, Amico di Tutto il Mondo» e allentò la cintura scricchiolante «credo che sia raro che un sahib, figlio di sahib, riesca a svignarsela di laggiù.»

«E come potrebbero? Quei ragazzi non conoscono il Paese. È stata una cosa da nulla» disse Kim, e cominciò il suo racconto. Quando arrivò al travestimento e al colloquio con la ragazza del bazar, Mahbub Ali perse tutta la sua compostezza. Scoppiò a ridere forte, battendo la mano sulla coscia.

«*Shabash*! *Shabash*! Ben fatto, piccino! Che ne dirà colui che guarisce i turchesi? Ora calma: raccontami quello che è successo dopo... punto per punto, senza tralasciare niente.»

Punto per punto Kim raccontò le sue avventure, interrotto da colpi di tosse ogni volta che il profumatissimo tabacco gli arrivava ai polmoni.

«Lo dicevo» brontolò tra sé Mahbub «lo dicevo che si trattava di un cavallino che aveva rotto la cavezza per giocare a polo. Il frutto è già maturo... deve soltanto imparare i passi e le distanze, e l'uso di pertiche e di bussole. Sta' a sentire, adesso. Io ho stornato dalla tua pelle la frusta del colonnello, e questo non è un servizio da nulla.»

«È vero» rispose Kim fumando beatamente. «Verissimo.»

«Non devi credere, per questo, che quel tuo scappare di qua o di là sia ben fatto.»

«Erano le mie vacanze, Hajji. Sono stato schiavo per settimane e settimane. Perché non dovevo scappare, una volta chiusa la scuola? Bisogna anche considerare che, facendomi ospitare dagli amici, o guadagnandomi il pane come ho fatto con il sikh, ho risparmiato al sahib colonnello una quantità di soldi.»

Le labbra di Mahbub si contrassero sotto i suoi baffi ben curati da maomettano.

«Cosa sono poche rupie» e il pathan fece un gesto di noncuranza «per il sahib colonnello? Spende per uno scopo e non per amor tuo.»

«Questo» disse Kim lentamente «lo so da un pezzo.»

«Chi te l'ha detto?»

«Proprio il sahib colonnello. Non con tante parole, ma abbastanza chiaro per uno che non sia una zucca. Sì, me l'ha detto in treno, mentre andavamo a Lucknow.»

«Bene. Allora ti dirò qualcosa di più, Amico di Tutto il Mondo, sebbene, facendo questo, comprometta la mia testa.»

«Con me» disse Kim gongolando «l'hai già compromessa a Umballa, quando mi hai preso in sella dopo che quel tamburino mi aveva picchiato.»

«Parla un po' più chiaro. Tutti, al mondo, possono dir bugie, salvo te e me. Perché anche la tua vita è nelle mie mani, e basta che io alzi un dito… »

«So anche questo» disse Kim, aggiustando la brace accesa nella fornace della sua pipa. «Fra noi c'è un legame molto forte. E il tuo potere è anche più forte del mio: perché a chi importerebbe se un ragazzo fosse ammazzato di botte, o magari gettato in un pozzo lungo la strada? Molti invece, qui, a Simla e al di là dei passi dietro le montagne, si domanderebbero: "Cosa è successo a Mahbub Ali?", se mai fosse trovato morto in mezzo ai suoi cavalli. Certamente anche il sahib colonnello farebbe delle indagini. Per quanto» e il ragazzo ammiccò con aria maliziosa «non farebbe indagini troppo lunghe, per paura che la gente dicesse: "Che c'entra il sahib colonnello con quel mercante di cavalli?" Ma… se rimanessi vivo io… »

«Ma sicuramente moriresti… »

«Può darsi; ma dicevo, se rimanessi vivo, io solo saprei che qualcuno è entrato di notte, come un ladro qualunque, nel bugigattolo di Mahbub al Serraglio, e l'ha fatto fuori, prima o dopo aver frugato accuratamente nelle sue sacche e fra le suole delle sue ciabatte. Queste sarebbero informazioni da dare al colonnello, anche se lui mi direbbe… mi ricordo sempre di quando mi mandò a cercare un portasigari che non aveva smarrito… mi direbbe: "Che c'entro io con Mahbub Ali?".»

Uno sbuffo di fumo pesante si levò nell'aria. Ci fu una lunga pausa, poi Mahbub Ali disse in tono di grande ammirazione: «E con queste idee in testa, tu ti addormenti la sera e ti alzi la mattina alla *madrissah*, tra tutti quei figli di sahib, e ti fai dettar legge dai maestri, senza reagire?».

«Così mi è stato ordinato» rispose Kim con calma. «Chi sono io per poter discutere un ordine?»

«Sei un autentico figlio di Eblis» disse Mahbub Ali. «Ma cos'è questa storia del ladro e della perquisizione?»

«È quello che ho visto con i miei occhi» rispose Kim «la notte che il mio lama e io abbiamo dormito accanto a te nel Serraglio di Kashmir. Avevi lasciato la porta aperta, cosa che non credo sia nelle tue abitudini, Mahbub. Entrò un tale, con l'aria di chi fosse convinto che non saresti tornato tanto presto. Io tenevo l'occhio contro un buco nell'assito. Quello frugava, come se cercasse qualcosa... qualcosa che non era né un tappeto, né una briglia, né una cinghia, né un vaso di ottone... qualcosa di piccolo e di nascosto molto accuratamente. Altrimenti, perché avrebbe frugato con un ferro tra le suole delle tue pantofole?»

«Ah!» Mahbub Ali sorrise gentilmente. «E vedendo queste cose, che storia ti sei immaginato, Pozzo di Verità?»

«Nessuna. Misi la mano sul mio amuleto, che porto sempre sulla pelle, e ricordando il pedigree dello stallone bianco che avevo strappato con un morso da un pezzo di pane mussulmano, me ne andai a Umballa, rendendomi conto della pesante responsabilità che gravava su di me. Quella notte, se avessi voluto, la tua testa era bella e perduta. Bastava dire a quell'uomo: "Ho qui un biglietto riguardante un cavallo, ma non so leggerlo". Che sarebbe successo?» Kim sbirciò Mahbub sotto le sopracciglia.

«Avresti bevuto due boccate d'acqua o forse tre... non credo più di tre» rispose semplicemente Mahbub.

«È vero, per un momento ci ho pensato: ma soprattutto ho pensato che ti volevo bene, Mahbub. Perciò, come sai, andai a Umballa, ma (e questo non lo sai) mi nascosi nell'erba del giardino per vedere come il colonnello sahib Creighton avrebbe reagito alla lettura del pedigree dello stallone bianco.»

«E che fece?» disse Mahbub, perché Kim aveva interrotto bruscamente il racconto.

«Tu dai notizie per amore, o le vendi?» domandò Kim.

«Le vendo... e le compro.» Mahbub tirò fuori dalla cintura un pezzo da quattro anne e lo mostrò fra le dita alzate.

«Otto!» disse Kim macchinalmente, seguendo l'istinto mercantile dell'orientale.

Mahbub rise e ripose la moneta. «Troppo comodo trattare su questo mercato, Amico di Tutto il Mondo. Dimmi il tuo segreto per amore. Ciascuno di noi due ha in mano la vita dell'altro.»

«Benissimo. Vidi il sahib Jang-i-Lat [il comandante in capo] venire per un gran banchetto. Lo vidi entrare nell'ufficio del sahib Creighton. Vidi tutti e due leggere il pedigree dello stallone bianco. Sentii con le mie orecchie dare ordini per l'inizio di una grande guerra.»

«Ah!» esclamò Mahbub con il capo e con gli occhi sfavillanti dalle iridi cupe. «Il gioco è riuscito. La guerra adesso è finita, e il male, speriamo, è stato reciso prima di sbocciare... per merito mio... e tuo. Che hai fatto, dopo?»

«Ho sfruttato la notizia come un amo per pescare cibo e onori tra gli abitanti di un villaggio, dove un prete somministrò dell'oppio al mio lama per derubarlo. Ma io avevo preso con me la borsa del vecchio, e il bramino non trovò un bel niente, tanto che il giorno dopo aveva il muso lungo. Oh, oh! L'ho anche sfruttata, quella notizia, quando sono caduto nelle mani di quel reggimento bianco che adora il Toro!»

«Fu una sciocchezza» borbottò Mahbub. «Le notizie non sono fatte per sperperarle come zolle di letame, ma per usarne con discrezione... come *bhang*[1].»

«Così la penso anch'io, ora, tanto più che quelle chiacchiere non mi servirono a niente. Ma ne è passato del tempo, da allora» e Kim, con la mano magra e bruna, fece il gesto di cancellare tutto il passato «e da quei giorni lontani, specialmente di notte, sotto il *pankah* della *madrissah*, ho riflettuto molto.»

«Posso chiedere dove ti hanno portato queste riflessioni nate in cielo?» chiese con fine sarcasmo Mahbub, lisciandosi la barba scarlatta.

«Certo che lo puoi» rispose Kim con lo stesso tono. «A

Nucklao dicono che un sahib non deve mai confessare a un negro di aver commesso uno sbaglio.»

Mahbub si cacciò una mano in petto, perché chiamare negro [*kala admi*] un pathan è un insulto mortale. Poi si ricompose e rise. «Parla, sahib: il tuo negro ti ascolta.»

«Ma» disse Kim «io non sono un sahib, e confesso di aver sbagliato quando ti maledissi, Mahbub Ali, quel giorno che a Umballa credetti di essere tradito da un pathan. Ero fuori di me; ero appena stato preso e avevo voglia di ammazzare quel tamburino di bassa casta. Ora ti dico, Hajji, che facesti bene; e vedo la mia strada davanti a me libera e sgombra verso un grande destino. Resterò alla *madrissah* finché non sarò maturo.»

«Ben detto. Per riuscire nel gioco, bisogna imparare soprattutto le distanze, i numeri e il modo di usare la bussola. Ti aspettano, lassù nelle montagne, per farti vedere come si fa.»

«Imparerò quello che mi vogliono insegnare a una condizione... che quando la *madrissah* si chiude, io sia padrone del mio tempo senza restrizioni. Chiedilo per me al colonnello.»

«Ma perché non chiederglielo nella lingua dei sahib?»

«Il colonnello è servo del governo. Lo mandano di qua e di là secondo gli ordini, e deve pensare alla sua carriera (vedi quanto ho già imparato a Nucklao?) e poi io conosco il colonnello soltanto da tre mesi. Invece un certo Mahbub Ali lo conosce da sei anni. Dunque, andrò alla *madrissah*, e alla *madrissah* imparerò. Alla *madrissah* sarò un sahib. Ma quando la *madrissah* è chiusa, voglio essere libero di andare fra la mia gente. Altrimenti muoio!»

«E qual è la tua gente, Amico di Tutto il Mondo?»

«Questo grande e meraviglioso Paese» rispose Kim, facendo con la gamba un gesto circolare nella piccola stanza dalle pareti a calcina che la lampada a olio rischiarava a stento, dalla sua nicchia, attraverso i fumi del tabacco. «E poi vorrei rivedere il mio lama. E poi, ho bisogno di denari.»

«Questo è un bisogno che hanno tutti» disse mestamente Mahbub. «Ti darò otto anne, perché dagli zoccoli dei cavalli non ci si cava molto, e devono bastare per parecchi giorni. Quanto al resto sono contento, e non occorre parlarne più. Fa' presto a imparare e fra tre anni, o forse meno, sarai un aiuto prezioso... anche a me.»

«Per te sono stato un impiccio, finora?» domandò Kim con una risatina infantile.

«Non imbeccare» borbottò Mahbub. «Sei il mio nuovo valletto. Va' a dormire tra i miei uomini. Sono laggiù, all'estremità nord della stazione, per badare ai cavalli.»

«All'estremità sud mi cacceranno a bastonate, se ci vado senza autorizzazione.»

Mahbub si frugò nella cintura, bagnò il pollice in un pane d'inchiostro di china e segnò l'impronta su un pezzo di morbida carta indigena. Tutti, da Balkh a Bombay, conoscono quella impronta dai solchi rudi, attraversata diagonalmente da una cicatrice antica.

«Basta mostrare questo al capo dei miei uomini. Io verrò laggiù domattina.»

«Da che strada?» domandò Kim.

«Dalla strada che porta in città. Ce n'è una sola. Poi andremo dal sahib Creighton. Ti ho risparmiato un mucchio di legnate.»

«Allah! Che cos'è un mucchio di legnate, quando si ha la testa così poco attaccata alle spalle?»

Kim sgusciò silenziosamente nella notte, e dopo aver fatto un mezzo giro intorno alla casa, camminando rasente ai muri, si allontanò dalla stazione per circa un miglio. Poi, con un ampio giro, tornò indietro senza fretta, perché gli ci voleva del tempo per inventare una storia da raccontare agli uomini di Mahbub, nel caso che gli avessero domandato qualcosa.

Bivaccavano in un largo spiazzo vicino alla ferrovia e naturalmente, da bravi indigeni, non avevano affatto pensato a scaricare i due vagoni nei quali i cavalli di Mahbub erano mischiati con una partita di cavalli del Paese, comprati dalla compagnia del tram di Bombay. Il capo, un maomettano malconcio dall'aria tisica, aggredì immediatamente Kim, appena lo vide avvicinarsi, ma si calmò alla vista del sigillo di Mahbub.

«L'Hajji mi ha fatto l'onore di assumermi al suo servizio» disse Kim stizzito. «Se non ci credete, domandatelo a lui, quando viene domattina. Per ora, fatemi posto accanto al fuoco.»

Seguì il solito e inconcludente battibecco che tutti gli indigeni di bassa casta sollevano per il minimo incidente. Placato che si fu, Kim si coricò dietro il piccolo gruppo dei dipendenti di Mahbub, quasi tra le ruote di un carro, coprendosi con una coperta avuta a prestito. Un giaciglio tra pezzi di mattoni e ciottoli, in una notte umida, tra cavalli stipati e sudici balti, farebbe arricciare il naso a molti ragazzi bianchi: ma Kim era al settimo cielo dalla gioia. Cambiamenti di scena, lavoro nuovo, un ambiente insolito, erano il respiro delle sue piccole narici, e il ricordo dei lindi lettini bianchi di San Saverio, allineati sotto il *pankah*, gli dava altrettanta gioia quanto il ripetere in inglese la tavola pitagorica.

"Sono molto vecchio" pensò assonnato. "Ogni mese che passa invecchio di un anno. Ero molto giovane, e per giunta sciocco, quando portai a Umballa il messaggio di Mahbub Ali. Anche quando capitai nel reggimento bianco ero molto giovane, molto piccolo e senza giudizio. Ma ora non passa giorno che non impari qualcosa, e tra tre anni il colonnello mi porterà via dalla *madrissah* e mi lascerà andare per la Strada con Mahbub, a caccia di pedigree di cavalli, o forse anche da solo; oppure troverò il lama e andrò in giro con lui. Già, meglio così: fare un'altra volta da *chela* per il mio lama, quando ritornerà a Benares." I pensieri divennero sempre più lenti e sconnessi. Stava per affondare in uno splendido paese di sogno, quando i suoi orecchi percepirono un bisbiglio, lieve ma distinto, tra il monotono brontolio dei balti intorno al fuoco. Veniva da dietro il vagone.

«Non è qui, dunque?»

«Dove vuoi che sia, se non a gozzovigliare in città? È inutile cercare il topo in uno stagno pieno di ranocchi. Vieni via. Il nostro uomo non è lui.»

«Non bisogna permettergli di ripassare i valichi. L'ordine è questo.»

«Paga una donna per avvelenarlo. Te la cavi con poche rupie e non ci sono testimoni.»

«Tranne la donna. No, ci vuole un mezzo più sicuro: e ricordati della taglia che c'è sulla sua testa.»

«Sì, ma la polizia ha le braccia lunghe, e noi siamo lontani dalla frontiera. Se fosse a Peshawar!»

«Già... a Peshawar» ghignò l'altra voce. «Peshawar, piena com'è di gente del suo sangue... di trabocchetti e di donne che lo nasconderebbero sotto le sottane. Già, Peshawar o l'inferno fa lo stesso.»

«E allora che facciamo?»

«Imbecille, non te l'ho già detto cento volte? Aspettiamo che venga a coricarsi... e poi un colpo preciso. Tra noi e il seguito ci sono i carri: ci salveranno da un inseguimento. Basterà attraversare la ferrovia e prendere il largo. Nessuno vedrà da dove è partito il colpo. Aspetta almeno fino all'alba. Che razza di fachiro sei, da spaventarti per una veglia?»

"Oh!" pensò Kim dietro gli occhi chiusi. "Si tratta un'altra volta di Mahbub. Bisogna proprio dire che non è molto igienico trafficare in pedigree di stalloni bianchi con i sahib. A meno che Mahbub non abbia venduto altre notizie. Che fare, adesso, Kim? Non so dove alloggi Mahbub, e se viene qui prima dell'alba gli sparano addosso. Per te, Kim, sarebbe poco utile. D'altra parte, queste non sono cose da raccontare alla polizia: non gioverebbe a Mahbub e..." a questo punto gli venne quasi da ridere "non mi viene in mente nessuna lezione di Nucklao che mi possa aiutare. Allah! Qui c'è Kim, e là quei due. Prima di tutto Kim si deve svegliare, poi se ne deve andare più in là in modo che non sospettino di nulla. I brutti sogni svegliano la gente... così..."

Si strappò di faccia la coperta e si alzò di scatto, con l'urlo terribile, inarticolato, folle, dell'asiatico destato da un incubo.

«*Urr... urr... urr...*! Ya-la-la-la-la! *Narain*! Il *churel*! Il *churel*!»

Il *churel* è lo spettro particolarmente maligno della donna morta di parto. Infesta le strade solitarie, camminando con i piedi rivolti all'indietro, e semina tormento tra gli uomini.

L'urlo angoscioso risuonò sempre più forte, finché Kim balzò in piedi e si allontanò barcollando con aria assonnata, mentre l'accampamento lo malediceva per quel brutto risveglio. Una ventina di metri più in là si ricoricò lungo la linea ferroviaria, badando bene che tutti potessero udirlo gemere e brontolare prima di riaddormentarsi. Pochi minuti dopo strisciò verso la strada e scomparve nelle tenebre.

Si allontanò via di corsa, finché arrivò a un ponticello e vi si calò dietro, tenendo il mento a livello della sommità del muricciolo. Qui poteva seguire, non visto, tutto il traffico notturno.

Passarono cigolando due o tre carri, provenienti dai sobborghi, un poliziotto infreddolito e un paio di pedoni frettolosi che cantavano per allontanare gli spiriti maligni. Poi si sentirono scalpitare gli zoccoli ferrati di un cavallo.

"Ah! Questo può essere Mahbub" pensò Kim, mentre la bestia faceva uno scarto alla vista della testa sopra il muro.

«Ehi, Mahbub Ali» bisbigliò. «Sta' in guardia!»

Il cavallo, fermato di botto, fu spinto verso il muricciolo.

«Non mi succederà mai più» disse Mahbub «di andare in giro la notte su cavalli ferrati. Raccattano tutte le ossa e i chiodi della città.» Si chinò per sollevare la zampa anteriore del cavallo, e avvicinò la sua testa a quella di Kim.

«Giù... sta' giù» mormorò. «La notte è piena di occhi.»

«Due uomini aspettano il tuo arrivo dietro i vagoni. Ti spareranno addosso appena ti coricherai, perché c'è una taglia sulla tua testa. L'ho sentito mentre dormivo vicino ai cavalli.»

«Li hai visti? Sta' fermo, re dei diavoli!» gridò furioso alla bestia.

«No.»

«Ce n'era uno vestito da fachiro?»

«Uno ha detto all'altro: "Che razza di fachiro sei, da spaventarti per una veglia?".»

«Bene. Torna all'accampamento e coricati. Stanotte non morirò.»

Mahbub girò il cavallo e scomparve. Kim rifece la strada lungo il fossato finché non arrivò di faccia al suo secondo giaciglio, scivolò attraverso la strada come una faina e si raggomitolò di nuovo sotto la coperta.

"Almeno Mahbub è informato" pensò Kim tutto contento. "E parlava come uno che si aspettasse qualcosa di simile. Non credo che ci guadagneranno, quei due, a passare la notte svegli."

Passò un'ora, e pur avendo la migliore volontà del mondo di restare sveglio fino all'alba, Kim si addormentò profondamente. Ogni tanto un treno sferragliava sui binari a venti piedi da lui; ma egli aveva tutta l'indifferenza orientale per il rumore, e il baccano non riuscì a tessere nemmeno un sogno nel suo sonno profondo.

Mahbub, invece, era tutt'altro che addormentato. Per lui era inammissibile che gente estranea alla sua tribù e ai suoi amori casuali attentasse alla sua vita. Il suo primo naturale impulso fu di attraversare la ferrovia più sotto, risalire il terrapieno e, prendendo alle spalle i due che volevano fargli la festa, ammazzarli senza troppe parole. Senonché, pensò con rammarico, un'altra branca dell'amministrazione, nella quale il colonnello Creighton non aveva nessuna ingerenza, avrebbe potuto chiedere spiegazioni difficili da fornire; ricordò inoltre che a sud della frontiera si fa uno scalpore assolutamente ridicolo per un cadavere o due. Egli non era mai stato così in ansia, da quando aveva mandato Kim a Umballa con il suo messaggio e sperava che i sospetti si fossero finalmente diradati.

Poi ebbe un'idea geniale.

"Gli inglesi dicono eternamente la verità" pensò "ed è per questa ragione che noi di questo Paese veniamo sempre imbrogliati. O Allah, dovrò dunque dire la verità a un inglese? A che serve la polizia del governo, se un povero kabuli è derubato dei suoi cavalli prima ancora che siano smontati dal vagone? Qui va male come a Peshawar. Dovrei sporgere reclamo alla stazione, o meglio ancora dovrei rivolgermi a qualche giovane sahib della polizia ferroviaria. È gente zelante, quella, e se sorprendono i ladri guadagnano una nota di merito."

Legò il cavallo davanti alla stazione, e avanzò a gran passi sulla banchina.

«Salve, Mahbub Ali!» esclamò un giovane impiegato dello scalo merci che aspettava il suo turno d'ispezione… un giovane alto, dalla faccia cavallina e dai capelli di stoppa, in uniforme bianca di tela sudicia. «Che fai, da queste parti? Vendi forse ronzini?»

«Non mi preoccupo dei miei cavalli in questo momento. Sto cercando Lutuf Ullah. A proposito, ho un carico sulla linea, e vorrei sapere se qualcuno potrebbe soffiarmelo senza che voi ve ne accorgiate.»

«Non credo, Mahbub. Potrai ricorrere a noi, in ogni caso.»

«Ho visto due uomini accovacciati quasi tutta la notte sotto le ruote di uno dei vagoni. Ma i fachiri non rubano cavalli; per questo non ci ho fatto caso. Vorrei trovare il mio socio Lutuf Ullah.»

«Li hai visti per davvero? E non ci hai fatto caso? Parola d'onore, è una fortuna averti incontrato. Che tipi sono?»

«Due fachiri. Forse vogliono soltanto portare via un po' di grano dai vagoni. Ce ne sono tanti lungo la linea! Non sarà una rovina per lo Stato. Ero venuto a cercare il mio socio Lutuf Ullah… »

«Lascia perdere il tuo socio. Dove sono i vagoni?»

«Da quella parte, laggiù in fondo, dove accendono i fanali dei treni.»

«Vicino alla cabina dei segnali… ho capito.»

«Sul binario vicino alla strada, a destra… per uno che guarda la linea così. Ma in quanto a Lutuf Ullah… un uomo alto, con il naso rotto e con un levriero persiano… ehi!»

Il giovanotto era corso a svegliare un poliziotto novizio ed entusiasta; perché, a quanto disse, le ferrovie avevano subito troppi furti sullo scalo. Sotto la barba dipinta, Mahbub Ali soffocò una risata.

"Andranno laggiù con i loro scarponi, facendo un rumore del diavolo, e poi si meraviglieranno di non trovare fachiri. Sono ragazzi furbi... il sahib Barton e il sahib Young."

Attese qualche minuto, ciondolando sulla banchina e aspettandosi di vederli correre a precipizio lungo la linea armati fino ai denti. Una locomotiva leggera scivolò invece sui binari, e Mahbub intravide nella cabina la testa del giovane Barton.

"Ho giudicato male quel ragazzo: non è affatto sciocco" disse fra sé Mahbub Ali. "Usare una macchina a vapore per correre dietro ai ladri è una trovata originale!"

All'alba, quando Mahbub Ali giunse all'accampamento, nessuno pensò che fosse il caso di raccontargli quanto era successo durante la notte. Nessuno, tranne un piccolo stalliere, appena assunto al servizio del grand'uomo e che questi chiamò nella sua minuscola tenda per farsi dare una mano a imballare qualcosa.

«So tutto» bisbigliò Kim, chinandosi sulle borse da sella. «Due sahib sono arrivati in treno. Io, mentre il treno andava su e giù lentamente, correvo avanti e indietro nel buio da questo lato dei vagoni. I sahib sono piombati su quei due che stavano sotto quel vagone... Hajji, che devo fare di questo rotolo di tabacco? Lo devo avvolgere nella carta e mettere sotto la borsa del sale? Sì... e li hanno pestati ben bene. Ma uno ha colpito un sahib con un corno di daino» Kim alludeva alle corna di daino nero, che costituiscono la sola arma temporale dei fachiri «e ha cominciato a scorrere sangue. Allora il vecchio sahib, dopo aver tramortito il suo avversario, ha impallinato il fachiro con una pistola sfuggita dalle mani dell'altro. Si sono azzuffati come pazzi furiosi!»

Mahbub sorrise con celestiale rassegnazione. «No! questa non è tanto *dewanee* [pazzia, o caso da tribunale civile... dal momento che la parola può essere usata a doppio senso] quanto *nizamut* [caso criminale]. Hai visto una pistola? Dieci anni di galera, allora.»

«Poi i due compari sono caduti e non si sono mossi più. Credo che fossero mezzi morti, quando i due sahib li hanno caricati sul treno. Ciondolavano la testa così. E c'è molto sangue sulla linea. Vuoi venire a vedere?»

«Ho già veduto sangue altre volte. La prigione è un posto sicuro... certamente quei due daranno nomi falsi e nessuno li vedrà più per un pezzo. Erano miei nemici. Il tuo destino e il mio, a quanto sembra, sono sulla stessa corda. Che avventura, per colui che guarisce le perle! E ora spicciati con le bisacce e con le stoviglie. Tiriamo fuori i cavalli e via a Simla!»

In fretta... nel senso orientale del termine... cioè dopo lunghe spiegazioni, scambi di invettive e discorsi a vuoto, sbadatamente, fra cento indugi per inezie dimenticate, la sciatta carovana si rimise in moto e mezza dozzina di cavalli indolenziti e ombrosi furono avviati per la strada di Kalka, nel fresco del mattino spazzato dalla pioggia. Kim, considerato come il favorito di Mahbub Ali da tutti coloro che volevano restare nelle grazie del pathan, fu esentato dal lavoro. Era una lenta e pacifica processione, che ogni poche ore si fermava ai posti di guardia ai margini della strada. Moltissimi sahib viaggiano per la strada di Kalka; e, come dice Mahbub Ali, ogni giovane sahib si sente in obbligo di apparire conoscitore di cavalli e, fosse anche pieno di debiti fino alla cima dei capelli, deve fare il gesto di voler comprare. Ecco perché tutti i sahib che passavano, uno dopo l'altro, si fermavano ad attaccare discorso con il mercante. Alcuni scendevano addirittura dal proprio mezzo di trasporto per tastare le gambe dei cavalli, facendo domande insulse, o, per la loro grande ignoranza del dialetto indigeno, insultando grossolanamente l'imperturbabile mercante.

«Quando cominciai a trattare con i sahib, nel tempo in cui il sahib colonnello Soady era comandante di Fort Abazai e per dispetto allagò il campo del commissario» confidò Mahbub a Kim, mentre questi gli riempiva la pipa sotto un albero «non sapevo quanto fossero pazzi e mi ci arrabbiavo. Come una volta che... » e raccontò al ragazzo la storia di una frase usata a sproposito in perfetta buonafede, che fece torcere Kim dalle risa. «Ora però... » e il mercante aspirò lentamente il fumo «... ora però so che i sahib sono come tutti gli uomini... saggi in certe circostanze e pazzi in altre. È da pazzi usare la parola sbagliata con uno straniero: giacché, anche se il cuore è senza malizia, come fa lo straniero a saperlo? Il suo primo impulso è di mettere le cose in luce con il pugnale.»

«Hai ragione, hai proprio ragione» disse Kim solennemente. «Ho sentito, per esempio, che i pazzi parlano di gatti, quando una donna ha le doglie.»

«Perciò tu, data la posizione in cui ti trovi, devi pesare le parole con tutte e due le parti della tua testa: non dimenticando tra i sahib di essere un sahib, e fra la gente dell'India ricordandoti di essere... » e qui Mahbub si interruppe con un sorriso imbarazzato.

«Che sono io? Mussulmano, indù, jain o buddhista? Chi l'indovina è bravo.»

«Quel che è certo è che sei un miscredente, e perciò sarai dannato. Così dice la mia Legge... almeno credo. Ma tu sei anche il mio Piccolo Amico di Tutto il Mondo e io ti voglio bene. Così dice il mio cuore. In materia di fede è come con i cavalli. L'uomo saggio sa che tutti i cavalli sono buoni a qualcosa... che si può trarre profitto da tutti; e quanto a me... se non fosse che mi sento un buon sunni e che odio la gente di Tirah... potrei credere la stessa cosa in materia di religioni. È chiaro che una cavalla del Kathiawar, portata via dalle sabbie della madrepatria e trasferita nel Bengala occidentale zoppica... Perfino uno stallone di Balkh (e sì che i cavalli di Balkh sarebbero i migliori, se non fossero così pesanti di spalle) non vale più nulla nei vasti deserti del Nord, a confronto dei cammelli da neve che ho visto laggiù. Perciò in coscienza ti dico che le religioni sono come i cavalli: ognuna, nel suo Paese, ha i suoi pregi.»

«Il mio lama diceva tutto il contrario.»

«Oh, quello è un vecchio visionario del Bhotiyal. Mi turba

un po' il cuore, Amico di Tutto il Mondo, che tu veda tanto merito in un uomo così dappoco.»

«Sì, Hajji, io ci vedo del merito: e il mio cuore è attratto verso di lui.»

«Come il suo verso di te, a quanto sento. I cuori sono come i cavalli. Vanno e vengono incuranti del morso e dello sprone. Grida laggiù a Gul Sher Khan di governare con mano più ferma quel gruppo di stalloni bai. Non voglio che i cavalli si azzuffino a ogni sosta, e il nero e il sauro tra poco verranno alle prese… ora stammi a sentire. È forse necessario, per la pace del tuo cuore, che tu riveda quel lama?»

«È uno degli articoli del mio contratto» disse Kim. «Se non me lo lasciate vedere, o se l'allontanate da me, scapperò dalla *madrissah* di Nucklao… e una volta scappato, chi mi troverà più?»

«È vero. Mai puledro fu legato a una corda più fragile.» E Mahbub scosse il capo.

«Non temere.» Kim parlava come se potesse scomparire così, su due piedi. «Il mio lama ha detto che verrà a trovarmi alla *madrissah*… »

«Un accattone e la sua ciotola fra tutti quei giovani sa… »

«Non sono tutti sahib!» l'interruppe Kim, ridendo. «Ce ne sono tanti che hanno gli occhi lividi e le unghie annerite dal sangue indù di bassa casta! Figli di *metheranees*… cognati di *bhungi* [spazzini].»

Non occorre seguire il resto della genealogia; aggiungiamo soltanto che Kim mise le cose a posto con chiarezza, senza accalorarsi, e continuando a masticare un pezzo di canna da zucchero.

«Amico di Tutto il Mondo» disse Mahbub, porgendo la pipa al ragazzo affinché la pulisse «io ho incontrato molta gente, uomini, donne, ragazzi e non pochi sahib. Ma non ho mai incontrato, in tutta la vita, un demonio come te.»

«E perché? Non dico sempre la verità?»

«Forse proprio per questo, perché il nostro è un mondo

pieno di pericoli per gli uomini onesti.» Mahbub Ali si tirò su da terra, si allacciò la cintura e fece per andare verso i cavalli.

«O vuoi che te la venda?»

C'era qualcosa, nel tono di Kim, che fece fermare e voltare Mahbub. «Che nuova diavoleria è questa?»

«Otto anne e te la dirò» rispose Kim sogghignando. «Riguarda la tua pace.»

«Shaitan!» esclamò Mahbub, dandogli il denaro.

«Ti ricordi la faccenduola dei ladri, quella notte a Umballa?»

«Visto che volevano la mia pelle, non me ne sono certo dimenticato. Ma perché?»

«Ti ricordi il Serraglio di Kashmir?»

«Se non ti sbrighi ti tiro le orecchie, sahib.»

«Non occorre... pathan. Ti volevo solo dire che il secondo fachiro, quello che i sahib hanno tramortito dalle botte, era lo stesso che venne a perquisire il tuo sgabuzzino a Lahore. L'ho visto in faccia mentre lo caricavano sulla locomotiva. Era proprio lui.»

«Perché non me l'hai detto prima?»

«Oh, andrà in galera e per qualche anno resterà al fresco. Non è il caso di dire sempre in una volta tutto il necessario. E poi, allora, non avevo bisogno di soldi per i dolciumi.»

«*Allah kerim*!» disse Mahbub Ali. «Un giorno, se ti salta il ticchio, venderai la mia testa per pochi soldi?»

Kim ricorderà finché campa il lungo, lento viaggio da Umballa a Simla, attraverso il territorio di Kalka e i Giardini del Pinjore. Una piena improvvisa del fiume Gugger travolse un cavallo (il migliore, naturalmente) e per poco non fece affogare Kim fra i massi traballanti. Più avanti, i cavalli furono presi dal panico alla vista di un elefante del governo, e poiché erano stati ben nutriti a fieno fresco ci volle un giorno e mezzo per ricomporre il branco. Poi incontrarono Sikandar Khan che ritornava con pochi ronzini invendibili... lo scarto della partita... e Mahbub, che a contrattar cavalli aveva più pratica nell'unghia del mignolo che Sikandar Khan in tutte le sue tende, si fermò a comprarne due dei peggiori, sprecando otto ore di laboriosa diplomazia e chissà quanto tabacco. Ma per il resto fu una vera delizia… la strada che si snodava arrampicandosi, tuffandosi e strisciando sui primi speroni dei monti; i rossori dell'alba che lambivano le nevi lontane; i cacti arborei a file sovrapposte sui declivi sassosi; le voci di mille corsi d'acqua; il chiacchierio delle scimmie; i deodar solenni inerpicati l'uno dietro l'altro con i penduli rami; lo spettacolo della pianura distesa a perdita d'occhio; lo squillo incessante dei corni delle *tonga*[2], e il panico folle delle bestie da soma quando una *tonga* imboccava rapida una curva; le soste per le preghiere (Mahbub, quando il tempo non incalzava, era religiosissimo in fatto di abluzioni e giaculatorie); le conversazioni serali nei posti di sosta, quando cammelli e buoi ruminavano insieme solennemente e gli storditi cavallanti si scambiavano le notizie della strada… tutto questo faceva cantare il cuore nel petto di Kim.

«Quando sarà finito il tempo di ballare e di cantare» diceva Mahbub Ali «verrà il sahib colonnello e addio festa.»

«Un bel Paese… un meraviglioso Paese, l'India… e il Paese dei cinque fiumi è il più bello di tutti» cantarellava Kim. «E io ci tornerò, se il colonnello o Mahbub Ali dovessero alzare contro di me la mano o il piede. E una volta andato via, chi mi troverà? Guarda, Hajji, è laggiù la città di Simla? Oh, che bella città!»

«Il fratello di mio padre… che era già vecchio quando scavarono a Peshawar il pozzo del sahib Mackerson… si ricorda ancora i tempi in cui non c'erano più di due case.»

Il mercante portò i suoi cavalli sotto la strada maestra al bazar di Simla bassa… la brulicante conigliera che si arrampica dal fondo valle, fino al municipio, con un angolo di quarantacinque gradi. Un uomo che si orienti in questo dedalo di viuzze può sfidare tutta la polizia della capitale estiva dell'India: poiché una veranda comunica con una veranda con raffinata astuzia, un vicolo con un vicolo, una fogna con una fogna. Abitano qui tutti quelli che suppliscono ai bisogni dell'allegra città: *jhampani* che di notte trasportano le belle signore nei *rickshaw*[3] e poi giocano fino all'alba; droghieri, venditori di olio, antiquari, mercanti di legna, preti, borsaioli e impiegati indigeni degli uffici governativi; qui le cortigiane discutono quelli che dovrebbero essere i più profondi segreti del governo dell'India; qui si danno convegno i subagenti di metà degli Stati indigeni.

E Mahbub Ali affittò proprio qui una stanza, che apparteneva a un maomettano, mercante di bestiame, e aveva una serratura molto più solida del suo sgabuzzino di Lahore. Era anche un luogo di miracoli, poiché uno stalliere maomettano che ci entrò all'imbrunire ne uscì, un'ora dopo, trasformato in un ragazzo eurasiano (la tintura della ragazza di Lucknow era però di qualità migliore), vestito alla meglio in abiti comprati già fatti.

«Ho parlato con il sahib Creighton» disse Mahbub Ali «e la Mano dell'Amicizia ha stornato per la seconda volta la Frusta della Calamità. Dice che hai già perduto sessanta giorni per la Strada, e che perciò è troppo tardi per mandarti alla scuola di montagna.»

«Ho detto che le mie vacanze mi appartengono. Non ho nessuna intenzione di andare a scuola due volte all'anno. Questo è nei patti.»

«Il sahib colonnello non sa ancora niente di questi patti. Tu dovrai abitare in casa del sahib Lurgan, finché non sarà tempo di tornare a Nucklao.»

«Preferirei abitare con te, Mahbub.»

«Tu non capisci che onore ti si fa. È stato lo stesso sahib Lurgan a chiedere di averti con sé. Sali sulla collina, prendi la strada che è lassù in cima e dimentica per qualche tempo di aver mai visto o conosciuto Mahbub Ali, il quale vende cavalli a un certo Creighton, che tu non sai chi sia. Ricordati quest'ordine.»

Kim annuì. «Va bene» disse. «Ma chi è il sahib Lurgan? No... » s'interruppe incontrando lo sguardo di Mahbub, tagliente come una spada «non l'ho mai sentito nominare. È per caso» e abbassò la voce «uno dei nostri?»

«Che cos'è questa storia dei nostri, sahib?» replicò Mahbub Ali, nel tono di voce che usava con gli europei. «Io sono pathan, tu sei sahib e figlio di sahib. Il sahib Lurgan ha una bottega fra le botteghe europee. Tutta Simla lo sa. Chiedi di lui... È uno che sa farsi obbedire con un batter di ciglia, Amico di Tutto il Mondo. Dicono che pratichi la magia, ma questo non ti riguarda. Va' sulla collina e domanda di lui. Il Gran Gioco comincia.»

IX

S'doaks, figlio del saggio Yelth,
Capo del clan dei Corvi,
Fu educato dall'orso Itswoo
E istruito nell'arte medica.
S'doaks era di pronto ingegno
E di cuore temerario:
Per piacere all'orso Itswoo
Ballava il Kloo-Kwallie.

Oregon Legend

Kim si buttò a capofitto in quel nuovo giro di ruota. Per un po' di tempo sarebbe tornato a fare il sahib. Con questa idea fissa in mente, appena raggiunta l'ampia strada sotto il municipio di Simla, si guardò attorno in cerca di qualcuno su cui fare colpo. Un ragazzino indù, sui dieci anni, stava accovacciato sotto un lampione.

«Dov'è la casa del signor Lurgan?» domandò Kim.

«Non capisco l'inglese» fu la risposta, e Kim cambiò lingua.

«Ti ci porto.»

Si avviarono insieme attraverso la penombra misteriosa, pervasa dai rumori della città ai piedi del colle, nell'alito del vento freddo dello Jakko, incoronato di deodar contro uno sfondo di stelle. Le luci delle case, disseminate qua e là a ogni ripiano, formavano quasi un secondo firmamento di stelle fisse. C'erano poi le luci mobili, appartenenti a *rickshaw* di spensierati e rumorosi europei che andavano fuori a cena.

«È qui» disse la guida di Kim e si fermò su una veranda al livello della strada. Non c'era porta, ma una cortina di cannucce dalla quale filtrava la luce dell'interno.

«È arrivato» disse il ragazzino con una voce appena più percettibile di un sospiro, e scomparve. Pur intuendo che il ragazzino gli era stato mandato incontro appositamente, per fargli da guida, Kim scostò la tenda con disinvoltura ed entrò. Un uomo dalla barba nera, con una visiera verde sugli occhi, sedeva canterellando a un tavolino: con mani piccole e bianche raccoglieva a uno a uno dei globetti luminosi da un vassoio che aveva davanti, infilandoli in un argenteo filo di seta.

Kim sentì che la stanza, al di là del cerchio di luce, era piena di cose emananti l'odore di tutti i tempietti dell'Oriente. Una zaffata di muschio, un effluvio di legno di sandalo e un alito di nauseante olio di gelsomino penetrarono nelle sue narici dilatate.

«Sono qui» disse finalmente Kim, parlando in vernacolo; tutti quei profumi gli avevano fatto dimenticare che doveva recitare la parte di sahib.

«Settantanove, ottanta, ottantuno» contava l'uomo fra sé, infilando una perla dopo l'altra con una rapidità tale che gli occhi di Kim potevano appena seguire il movimento delle sue dita. Abbassò la visiera verde e fissò intensamente Kim, per mezzo minuto. Le sue pupille, quasi su comando, si dilatavano e si restringevano tanto da sembrare punture di spillo. Alla Porta di Taksali c'era un fachiro che aveva quello stesso dono, e se ne serviva per spillare quattrini, specialmente quando lanciava maledizioni alle donnette credulone. Kim osservò l'uomo con interesse. Il suo non molto stimabile amico di Lahore sapeva anche muovere le orecchie come una capra, e Kim restò deluso vedendo che quest'altro non poteva emularlo.

«Non aver paura» disse all'improvviso il signor Lurgan.

«Perché dovrei aver paura?»

«Stanotte dormirai qui, e rimarrai in casa mia finché non sarà tempo di tornare a Nucklao. È un ordine.»

«È un ordine» ripeté Kim. «Ma dove mi devo coricare?»

«In questa stanza.» E il sahib Lurgan fece un vago gesto con la mano alle sue spalle.

«Così sia» disse Kim pacatamente. «Mi devo coricare adesso?»

L'uomo annuì e sollevò il lume sul proprio capo. Quando la luce fluì sulle pareti, ne balzò fuori una collezione di maschere tibetane per la danza degli specchi, appese sui drappi ricamati a motivi demoniaci che servono alle stesse orride funzioni. Alcune maschere portavano corna, altre avevano una espressione bieca, altre esprimevano un terrore inebetito. In un angolo, un guerriero giapponese, in corazza ed elmo piumato, lo minacciò con l'alabarda; una ventina di lance, di *khanda*[1] e *kuttar*[2] rifletterono la luce incerta della lampada. Ma ciò che interessò Kim più di ogni altra cosa (aveva già visto maschere per le danze degli spettri nel museo di Lahore) fu di intravedere sotto la tavola delle perle, seduto a gambe incrociate e con un sorriso sulle labbra scarlatte, il ragazzino indù dagli occhi vellutati che aveva lasciato sulla soglia.

"Penso che il sahib Lurgan voglia spaventarmi. E son sicuro che vorrebbe fare altrettanto quel figlio di diavolo là sotto il tavolino."

«Questa casa» disse poi Kim ad alta voce «è come la Casa delle Meraviglie. Dov'è il mio letto?»

Il sahib Lurgan indicò una stuoia indigena in un angolo, sotto le maschere sinistre, portò via la lampada e lasciò la stanza al buio.

«Era quello il sahib Lurgan?» domandò Kim, accovacciandosi. Nessuna risposta. Eppure poteva sentire il ragazzo indù respirare; guidato dal rumore, attraversò carponi la stanza esclamando: «Rispondi, demonio! È questo il modo di mentire a un sahib?».

Gli parve di sentire nel buio l'eco di una risata soffocata. Ma non poteva essere il suo compagno dalle teneri carni, perché questi piangeva. Allora Kim alzò la voce chiamando: «Sahib Lurgan! Sahib Lurgan! È un ordine che il tuo servo non mi parli?».

«È un ordine» rispose una voce dietro le sue spalle, facendolo trasalire.

«Ho capito. Ma bada bene che domattina ne buscherai» borbottò, brancicando verso la stuoia. «Non mi piacciono gli indù.»

Non fu una notte allegra. La stanza era piena di voci e di

musiche. Kim fu svegliato due volte da qualcuno che lo chiamava per nome. La seconda volta si alzò per fare un giro d'ispezione e finì col battere il naso contro una scatola che parlava con voce umana, certamente, ma non con accento umano: qualcosa che terminava in una esile tromba e che misteriosi fili univano a una scatola più piccola posata per terra... così almeno gli parve giudicando dal tatto. La voce, aspra e roca, veniva fuori dalla tromba. Kim, tutto infuriato, si fregò il naso, sfogandosi in hindi:

«Questo potrebbe andar bene per un accattone da bazar... ma io sono sahib e figlio di sahib... e, cosa che conta due volte di più, studente a Nucklao. Sicuro» e qui passò all'inglese «un ragazzo di San Saverio. Maledetti gli occhi del signor Lurgan! È un arnese come una macchina per cucire. Una bella presunzione, da parte sua... mica ci spaventiamo per così poco a Lucknow... oh no!» E poi, in hindi: «Ma che ci guadagna! Non è che un bottegaio... e io sono qui nella sua bottega. Ma il sahib Creighton è un colonnello... e secondo me è stato proprio il sahib Creighton a ordinare che si faccia così. Quante ne darò, domattina, a quel ragazzino indù! Ma che succede adesso?».

La tromba si era messa a vomitare una valanga di ingiurie, le più raffinate che Kim avesse mai udito, con un tono di voce freddo e distaccato che per un attimo gli fece rizzare i capelli sulla nuca. Quando il turpe ordigno riprese fiato, il suo sommesso ronzio da macchina per cucire rassicurò Kim.

«*Chûp*! [Sta' zitta!]» esclamò, ma di nuovo udì un riso sommesso e sardonico. «*Chûp*... o ti spacco la testa.»

La scatola non parve scomporsi. Kim agguantò la tromba, e qualcosa saltò con uno scatto secco. Evidentemente aveva alzato il coperchio. Se dentro si nascondeva un diavolo, era tempo di... Kim fiutò la scatola... aveva proprio l'odore delle macchine per cucire, laggiù al bazar.

Bisognava sbarazzarsi di quel *shaitan*. Si tolse la giacca e la cacciò nella bocca della scatola. Qualcosa di lungo e di rotondo cedette alla pressione, si sentì un ronzio e la voce si fermò... com'è inevitabile quando una giacca viene premuta, piegata in tre, sul cilindro di cera e dentro i meccanismi di un costoso fonografo. Kim poté così finire tranquillamente il suo sonno.

La mattina dopo, svegliandosi, vide accanto a sé il sahib Lurgan, che lo fissava.

«Bah!» disse Kim, fermamente deciso a difendere la sua qualità di sahib. «Stanotte c'era una scatola che vomitava parolacce. L'ho fatta tacere. Era tua?»

L'uomo gli tese la mano.

«Una stretta di mano, O'Hara». disse. «Sì, la scatola era mia. Tengo questa roba perché i miei amici rajah ne vanno pazzi. Questa qui adesso è rotta, ma non importa. Già, questi giocattoli piacciono molto ai re amici miei... e anche a me, qualche volta.»

Kim alzò il capo e lo guardò di sottecchi. Era un sahib in quanto vestiva da sahib: ma l'accento del suo urdù, l'intonazione del suo inglese mostravano che era tutt'altro che un sahib. Sembrava capire al volo quello che passava per la mente di Kim, prima ancora che questi aprisse bocca, e a differenza di padre Victor e dei maestri di Lucknow non si preoccupava di dare spiegazioni. Inoltre... cosa fra tutte la più dolce... trattava Kim da pari a pari, all'asiatica.

«Mi dispiace che tu non possa picchiare il mio ragazzo, stamattina. Dice che ti ucciderà con il veleno o con il pugnale. È geloso: perciò l'ho messo in castigo in un angolo e non gli parlerò per tutto il giorno. Poco fa ha tentato di ammazzare me. Bisogna che tu mi aiuti a preparare la colazione. È troppo geloso perché possa fidarmi di lui, per ora.»

Un sahib autentico, importato dall'Inghilterra, avrebbe fatto un gran chiasso per un incidente simile. Invece il sahib Lurgan ne parlò con la stessa semplicità con cui Mahbub Ali raccontava le sue piccole avventure nel Nord.

La veranda posteriore della bottega era costruita a picco sul ripido fianco della collina: di là si potevano contemplare, come succede dappertutto a Simla, i comignoli delle case vicine. La bottega piacque a Kim ancor più del pasto tipicamente persiano, cucinato dal sahib Lurgan con le proprie mani. Il museo di Lahore era più grande, ma da Lurgan c'erano cose più affascinanti... pugnali da esorcismi e ruote tibetane della preghiera; collane di turchesi e di ambra grezza; braccialetti di giada verde; bacchette d'incenso curiosamente stipate in giare incrostate di granati; le maschere demoniache della notte e una parete tappezzata di drappi color azzurro-pavone; statuette dorate di Buddha e altarini portatili di lacca, samovar russi dal coperchio tempestato di turchesi; servizi da tè di porcellana, sottili come gusci d'uovo in bizzarre scatole ottagonali di canna d'India; crocefissi in avorio giallo – che venivano anche dal Giappone, come gli spiegò il sahib Lurgan; balle polverose di tappeti, dall'odore atroce, pigiati dietro paraventi contorti e laceri a disegni geometrici; brocche persiane per lavarsi le mani dopo i pasti; incensieri di rame opaco, né cinesi né persiani, con fregi di fantastici diavoli; cinture di argento brunito che si annodavano come pelli grezze; spilloni di avorio, di giada e di calcedonio; armi di ogni genere e specie e mille altri strani oggetti... tutti incasellati, ammucchiati, disseminati per la stanza, che lasciavano soltanto un po' di spazio intorno allo sconquassato tavolo d'abete dove lavorava il sahib Lurgan.

«Questo è nulla» disse l'ospite, seguendo gli occhi di Kim. «Li compro perché sono belli, e a volte li vendo... se il compratore mi è simpatico. Il mio lavoro è sul tavolo... almeno in parte.»

Nella luce del mattino le gemme sfolgoravano di balenii rossi, azzurri e verdi; qua e là spiccava il crudo sfavillio bianco-azzurro di un diamante. Kim sgranò gli occhi.

«Non corrono nessun pericolo, queste pietre. Il sole non le guasta. E poi valgono poco... Ma con quelle malate ci vuole prudenza.» E Lurgan riempì per la seconda volta il piatto di Kim. «Soltanto io sono capace di guarire una perla malata o di ravvivare il colore dei turchesi. Passi per un opale... qualunque idiota lo sa curare... ma per le perle malate non ci sono che io. Supponiamo che muoia: non resterebbe nessuno... Oh no! Niente da fare con i gioielli. Sarebbe già tanto se tu riuscissi a capire qualcosa del turchese... un giorno.»

Lurgan andò in fondo alla veranda e riempì d'acqua una brocca pesante di creta porosa.

«Vuoi bere?»

Kim annuì. Il sahib Lurgan, a quindici piedi di distanza, posò una mano sulla giara. Un attimo dopo, stava vicino al gomito di Kim, piena quasi fino all'orlo, e solo una piccola grinza sulla tovaglia bianca segnava la linea su cui era scivolata.

«Oh!» esclamò Kim stupefatto. «Questa è magia.»

Il sorriso del sahib Lurgan indicò che il complimento aveva colpito il segno.

«Ributtamela.»

«Si romperà.»

«Ributtala, ti dico.»

Kim l'urtò a casaccio. Cadde con un tonfo, fracassandosi in cento pezzi, mentre l'acqua filtrava attraverso l'assito sconnesso della veranda.

«L'avevo detto che si sarebbe rotta.»

«Non importa. Guardala. Guarda il pezzo più grosso.»

Giaceva con un po' d'acqua nel cavo, simile a una stella sul pavimento. Kim l'osservò con attenzione. Il sahib Lurgan gli posò delicatamente una mano sulla nuca e gliela lisciò due o tre volte, bisbigliando: «Guardala! Tornerà in vita, pezzo per pezzo. Prima il pezzo più grosso si unirà con gli altri due a destra e a sinistra... a destra e a sinistra. Guarda».

Kim non avrebbe girato la testa neppure per salvare la propria vita. Il tocco lieve di quella mano lo teneva come in una morsa, e il sangue gli formicolava piacevolmente nelle vene. Dove prima c'erano tre pezzi di giara, adesso ce n'era uno solo, con sopra la forma nebulosa dell'intero vaso. Attraverso vi si poteva distinguere la veranda, ma a ogni battito del polso l'immagine infittiva e diventava più scura. Eppure – come si muovevano lenti i suoi pensieri – eppure la giara si era frantumata davanti ai suoi occhi. Un'altra ondata di fuoco pungente gli corse per la nuca, mentre la mano del sahib Lurgan l'accarezzava.

«Guarda! Riprende forma!» disse il sahib Lurgan.

Fino a quel momento Kim aveva pensato in hindi, ma fu colto da un brivido, e con uno sforzo simile a quello del nuotatore che balza fuori dall'acqua quando si trova a faccia a faccia con uno squalo, la sua mente balzò fuori dalle tenebre che stavano per inghiottirla e si rifugiò... nella tavola pitagorica in inglese!

«Guarda! Sta riprendendo forma» bisbigliò il sahib Lurgan.

La giara si era sfasciata... sì, si era sfasciata (Kim non voleva pensare la parola indigena, che non gli riusciva di trovare); si era sfasciata in cento pezzi e tre per due faceva sei, tre per tre nove, e tre per quattro dodici. Si aggrappò disperatamente a questa filastrocca. Il contorno spettrale della giara dileguò come dilegua la nebbia che ci ha offuscato la vista dopo aver stropicciato gli occhi. C'erano i cocci rotti; c'era l'acqua versata che si asciugava al sole, e attraverso le fessure della veranda si vedevano, tutte screziate, le pareti bianche della casa di sotto... e tre per dodici fa trentasei!

«Guarda! Non vedi che sta riprendendo forma?» domandò il sahib Lurgan.

«Ma si è sfasciata... si è sfasciata» ansimò Kim. Per mezzo minuto, il sahib Lurgan non fece che continuare a mormorare dolcemente le sue parole, poi scostò la testa con forza e disse: «Guarda, *Dekho*! È com'era prima!».

«Tale e quale come prima» ripeté Lurgan, osservando attentamente Kim che si strofinava il collo. «Ma tu sei il primo, fra tanti, che non l'abbia vista riprendere forma.» E si asciugò l'ampia fronte.

«Era un'altra magia?» chiese Kim, sospettoso. Il formicolio era scomparso dalle sue vene e si sentiva più sveglio che mai.

«No, non era magia. Era soltanto una prova per scoprire se esisteva un'incrinatura... un'incrinatura in un gioiello. A volte gioielli finissimi vanno in mille pezzi, se li prende in mano uno che non sa il suo mestiere. Perciò bisogna andare cauti, prima d'incastonarli. Dimmi, hai visto la forma della brocca?»

«Per poco. Cominciava a crescere dal suolo come un fiore.»

«E che cosa hai fatto, allora? Cioè, che cosa hai pensato?»

«Bah! Sapevo che la giara era rotta, e credo di aver pensato proprio questo... che era rotta.»

«*Uhm*! Forse avevi già assistito a un incantesimo simile?»

«In questo caso credi che ci sarei cascato un'altra volta? Sarei scappato.»

«E ora non hai paura... vero?»

«No.»

Il sahib Lurgan lo guardò più attentamente che mai. «Bisogna che ne parli con Mahbub Ali... non ora, ma fra qualche giorno» mormorò. «Tu mi piaci... un po' sì e un po' no. Sei stato il primo a essertela cavata così. Vorrei sapere come hai fatto a... ma tu hai ragione. Non devi dirlo a nessuno, neppure a me.»

Si ritrasse nell'ombra velata della bottega e si sedette al tavolo, fregandosi lentamente le mani. Un tenue, fioco singhiozzo si udì dietro una pila di tappeti. Era il ragazzino indù, che teneva il volto contro il muro, docilmente: le sue esili spalle erano scosse da un tremito di angoscia.

«Oh, è geloso, così geloso! Mi domando se tenterà di nuovo di avvelenarmi, obbligandomi a cucinare da solo.»

«*Kubbee... kubbee nahin* [mai, mai più!]» fu la risposta rotta dai singhiozzi.

«E se ucciderà questo ragazzo... »

«*Kubbee. Kubbee nahin*!»

«E tu cosa credi che farà?» disse Lurgan, rivolto improvvisamente a Kim.

«Non saprei. Lascialo in pace: forse è meglio. Ma perché voleva avvelenarti?»

«Perché mi vuole molto bene. Immaginati di voler bene a qualcuno e di veder arrivare un altro che piaccia a questo qualcuno più di te... cosa faresti?»

Kim rifletté: Lurgan ripeté lentamente la frase in vernacolo.

«Io non avvelenerei il mio amico» disse pensoso Kim «ma picchierei il ragazzo, se questo si affezionasse troppo al mio amico. Prima, però, vorrei chiedergli se è proprio così.»

«Oh, crede che tutti si debbano affezionare a me!»

«Allora deve essere uno sciocco.»

«Hai sentito?» disse il sahib Lurgan, rivolto alle spalle sussultanti del ragazzino. «Il figlio del sahib dice che sei uno sciocco. Vieni fuori, e un'altra volta, quando il tuo cuore è in pena, non servirti così apertamente dell'arsenico. Il diavolo Dasim è signore della nostra mensa! L'arsenico mi poteva far male, bambino, e a custodire i gioielli sarebbe venuto uno straniero. Vieni!»

Il ragazzino, con gli occhi gonfi di lacrime sbucò da dietro la balla e si buttò appassionatamente ai piedi del sahib Lurgan, in un parossismo di rimorso che impressionò perfino Kim.

«Guarderò nelle macchie d'inchiostro... custodirò fedelmente i gioielli! Oh padre mio, madre mia, mandalo via!» e indicò il rivale con uno scatto del piccolo tallone nudo.

«Non ancora... non ancora. Se ne andrà presto. Ma per ora deve stare qui a imparare... come a una *madrissah*... e tu sarai il suo maestro. Fa' con lui il Gioco dei Gioielli. Io segnerò i punti.»

Il ragazzino si asciugò le lacrime e corse nel retrobottega, tornandone con un vassoio di rame.

«Dammeli!» disse al sahib Lurgan. «Fammeli venire dalla tua mano, altrimenti potrebbe dire che li conoscevo già.»

«Calma... calma» replicò l'uomo, e prese da un cassetto una manciata di pietruzze che lasciò cadere nel vassoio con un prolungato tintinnio.

«Su, straniero» disse il ragazzino, spiegando un vecchio giornale «guardali quanto vuoi. Contali, e se vuoi toccali pure. A me basta un'occhiata.» E voltò orgogliosamente le spalle.

«Ma com'è il gioco?»

«Quando li avrai contati e toccati e sarai sicuro di poterli ricordare tutti, io li coprirò con quel foglio, e tu dovrai dirne il numero al sahib Lurgan. Io scriverò il mio.»

«Oh!» L'istinto della gara si ridestò nel petto di Kim. Si chinò sul vassoio. C'erano soltanto quindici pietre. «È facile» disse dopo un minuto. Il ragazzino stese il foglio sui gioielli ammiccanti e scribacchiò qualcosa in un taccuino indigeno.

«Sotto quel foglio ci sono cinque pietre azzurre... una grossa, una più piccola e tre piccolissime» disse Kim, tutto d'un fiato. «Ci sono quattro pietre verdi, e una è bucata; c'è una pietra gialla trasparente e una a forma di bocchino da pipa. Ci sono due pietre rosse e... e... ne ho contate quindici ma due le ho dimenticate. No! Dammi tempo. Una era d'avorio, piccola e bruna; e... dammi tempo... »

«Uno... due... » il sahib Lurgan contò fino a dieci. Kim scosse il capo.

«Senti me ora!» gridò il fanciullo, vibrando di gioia. «Prima di tutto ci sono due zaffiri incrinati... uno da due rattee[3], e se non sbaglio uno da quattro. Lo zaffiro da quattro rattee è scheggiato da una parte. C'è un turchese del Turkestan, comune, con venature nere, e ci sono due pietre incise... una con il nome di Dio a lettere d'oro e l'altra che non riesco a leggere, essendo incrinata perché proviene da un vecchio anello. Le pietre azzurre, in tutto, sono cinque. E ci sono quattro smeraldi incrinati, ma uno è forato in due punti e un altro è un po' intagliato... »

«Quanto pesano?» domandò impassibile il sahib Lurgan.

«Tre... cinque... cinque... e quattro rattee, pressappoco. C'è un pezzo di antica ambra verdastra da pipa e c'è un topazio tagliato d'Europa. C'è un rubino della Birmania da due rattee senza neppure un'incrinatura, e un balascio macchiato da due rattee. C'è un avorio lavorato della Cina, raffigurante un tipo che succhia un uovo; finalmente c'è... ah, ah!... una palla di cristallo, grossa come una fava, incastonata in una foglia d'oro.»

Alla fine della sua enumerazione, il fanciullo batté le mani.

«È il tuo maestro» disse con un sorriso il sahib Lurgan.

«Uh! Conosceva i nomi delle pietre» disse arrossendo Kim. «Proviamo ancora. Ma con oggetti semplici conosciuti tanto da me che da lui.»

Ammucchiarono nel vassoio cianfrusaglie raccolte nella bottega e perfino in cucina, e ogni volta vinse il ragazzino, con grande meraviglia di Kim.

«Bendami gli occhi… fammi toccare gli oggetti una volta sola, e anche così bendato ti batterò» lo sfidò il ragazzo indù.

Kim batté i piedi per la stizza, quando l'altro dimostrò che la sua vanteria era fondata.

«Se si trattasse di uomini… o di cavalli» disse «me la caverei meglio. Questo gioco con le pinze, i coltelli e le forbici è troppo insulso.»

«Prima impara e poi insegna» disse il sahib Lurgan. «Non vedi che ti è maestro?»

«È vero. Ma come si fa?»

«Ripetendo il gioco tante volte, finché non riesce perfetto… perché è abbastanza utile.»

Il ragazzino indù, tutto felice, batté la mano sulla spalla di Kim.

«Non ti scoraggiare» disse. «T'insegnerò io.»

«E io baderò che t'insegni bene» disse il sahib Lurgan, sempre parlando in vernacolo «poiché salvo il mio ragazzo (è stata una grossa sciocchezza la sua, comprare tanto arsenico bianco, dal momento che avrei potuto darglielo io, se me l'avesse chiesto…), salvo questo mio ragazzo, dico, è molto tempo che non m'imbatto in uno degno quanto te di essere istruito. E ci sono ancora dieci giorni prima che tu debba tornare a Lucknow, dove non t'insegnano nulla… con tutto quello che costa. Credo che diventeremo amici.»

Furono dieci giorni di follia, ma Kim si divertì troppo per rendersene conto. La mattina gli facevano fare il Gioco dei Gioielli… a volte con pietre buone, a volte con mucchi di spade e pugnali, a volte con fotografie d'indigeni. Nel pomeriggio, Kim e il ragazzo indù montavano la guardia alla bottega, sedendo in silenzio dietro una balla di tappeti o un paravento e osservando i numerosi e bizzarri ospiti del sahib Lurgan. Capitavano piccoli rajah, con le persone del seguito che restavano a tossire sulla veranda e che volevano comprare oggetti di curiosità, come fonografi e giocattoli meccanici. Capitavano signore in cerca di collane, e uomini – così almeno sembrava a Kim, ma può darsi che la sua immaginazione fosse viziata da precedenti esperienze – che andavano in cerca di signore; c'erano indigeni di corti dipendenti e feudali, venuti con lo scopo apparente di far riparare collane... fiumi di luce rovesciati sul tavolo... e con lo scopo vero di raggranellare quattrini per *maharanee* colleriche o giovani rajah. C'erano babu ai quali il sahib Lurgan parlava con autorità e austerità, dando poi loro, alla fine di ogni colloquio, denaro in monete d'argento e biglietti di banca. Capitavano poi comitive di attori indigeni dalle lunghe vesti, che discutevano di metafisica in inglese e in bengali, con grande edificazione del signor Lurgan, sempre curioso di questioni religiose. Alla fine della giornata, Kim e il ragazzino indù, il cui nome variava a capriccio di Lurgan, dovevano dare un resoconto dettagliato di tutto ciò che avevano visto e sentito; esporre le loro impressioni sul carattere di ogni visitatore, deducendolo dal volto, dalla parlata e dai modi, e indovinare quale fosse lo scopo effettivo della loro visita. Dopo cena, l'estro del sahib Lurgan si volgeva, più che altro, a quella che si potrebbe chiamare l'arte della truccatura, gioco per il quale aveva un'autentica passione. Sapeva truccare le facce a meraviglia, fino a renderle irriconoscibili con qualche colpo di spatola e poche linee. La bottega era piena di ogni sorta di vestiti e di turbanti, e Kim era di volta in volta truccato da giovane maomettano di buona famiglia, da venditore di olio, e una volta... e quella fu una serata proprio divertente... da figlio di proprietario terriero dell'Oudh, in tutto lo sfarzo del suo abbigliamento. Il sahib Lurgan aveva un occhio di lince per il più piccolo difetto di truccatura; e stando sdraiato su un logoro divano di teck, spiegava per intere mezz'ore come una persona di questa o quella casta parlasse, o camminasse, tossisse, sputasse o starnutisse: e poiché i "come" contano poco in questo mondo, spiegava anche i "perché" di ogni cosa. In questo gioco il ragazzino indù era piuttosto impacciato. La sua intelligenza infantile, così acuta quando si trattava di gioielli, non sapeva penetrare nell'anima degli altri; in Kim, invece, sembrava destarsi e cantare di gioia un demone quando cambiava abbigliamento, gesti e linguaggio.

Una sera, trascinato dall'entusiasmo, volle mostrare al sahib Lurgan come i discepoli di una certa casta di fachiri, sue vecchie conoscenze di Lahore, chiedessero l'elemosina lungo le strade; e quale specie di linguaggio usassero con gli inglesi, con i contadini punjabi diretti alle fiere e con le donne senza velo. Il sahib Lurgan si sganasciò dalle risa e pregò Kim di restare immobile per mezz'ora così com'era, a gambe incrociate, cosparso di cenere e con gli occhi spiritati, finché nel retrobottega non entrò un babu goffo e obeso, dalle gambe tremolanti di grasso dentro le calze e Kim lo aggredì con una folata di facezie da marciapiede.

Il sahib Lurgan – con grande stizza di Kim – osservava non il gioco ma il babu.

«Credo» disse lentamente il babu, accendendo una sigaretta «sono del parere che sia un'esibizione veramente straordinaria ed efficace. Se non m'avessi avvisato prima, avrei creduto che… che mi prendessi in giro. Tra quanto tempo questo ragazzo potrà diventare un buon geometra? Perché allora gli troverò io da fare.»

«Si sta preparando a Lucknow.»

«Allora ordinagli di fare in fretta. Buonanotte, Lurgan.» Il babu uscì con l'andatura faticosa di una vacca impantanata.

Quando passarono in rassegna gli ospiti della giornata, il sahib Lurgan chiese a Kim chi fosse, secondo lui, il babu.

«Lo sa Dio!» rispose allegramente Kim. Il suo tono avrebbe potuto ingannare Mahbub Ali, non colui che guariva le perle.

«È vero. Dio lo sa: ma io vorrei sapere cosa ne pensi tu.»

Kim guardò di sbieco il suo compagno, i cui occhi avevano un modo tutto loro di strappare la verità.

«Penso… penso che vorrà servirsi di me quando avrò finito di studiare, ma» continuò confidenzialmente, incoraggiato dai cenni di assenso del sahib Lurgan «non capisco come possa indossare molti vestiti e parlare lingue diverse.»

«Più tardi capirai molte cose. Fa lo scrittore di storie per un certo colonnello. La sua fama è grande solo a Simla, e devi sapere che non ha nome, ma viene chiamato soltanto con un numero e una lettera… Si usa così, in mezzo a noi.»

«E c'è una taglia anche sulla sua testa… come su quella di Mah… di tutti gli altri?»

«Non ancora, ma se un certo ragazzo, che ora sta seduto qui, si alzasse e andasse… guarda, la porta è aperta!… se andasse fino a una certa casa con una veranda dipinta di rosso, dietro il vecchio teatro del Bazar Inferiore, e bisbigliasse attraverso le imposte: "È stato Hurree Chunder Mookerjee a portare le cattive notizie del mese scorso", ebbene, quel ragazzo potrebbe venir via con la cintura piena di rupie.»

«Quante?» disse pronto Kim.

«Cinquecento… mille… quante ne volesse chiedere.»

«Bene. E quanto potrebbe vivere, quel ragazzo, dopo aver comunicato l'informazione?» e sorrise allegramente contro la barba di Lurgan.

«Ah! Questo è da vedere. Forse, se fosse molto scaltro, potrebbe scamparla durante il giorno: ma non passerebbe la notte. No, la notte no davvero.»

«E allora, se tanto vale la sua testa, quant'è la paga del babu?»

«Ottanta… forse cento… forse centocinquanta rupie; ma la paga, nel nostro lavoro, è il meno. Di tanto in tanto, Dio fa nascere degli uomini… e tu sei uno di questi… che hanno il gusto di viaggiare a rischio della propria vita e di raccogliere notizie… oggi di cose lontane, domani di un monte sperduto, e un altro giorno di qualche individuo, qui a due passi, che abbia commesso qualche sciocchezza contro lo Stato. Gli uomini di questo stampo sono pochi, e tra questi non più di dieci sono ottimi. Fra questi dieci, io metto il babu. Strano, vero? Perché, per accendere il cuore di un bengali, bisogna che la cosa sia molto, molto allettante.»

«È vero. Ma i giorni per me scorrono lenti. Sono ancora un ragazzo, e ho imparato a scrivere *angrezi* [inglese] soltanto da due mesi; stento ancora a leggerlo correntemente. E ci vorranno anni e anni, lunghi anni prima che io possa diventare un geometra.»

«Abbi pazienza, Amico di Tutto il Mondo» e Kim trasalì, a sentirsi chiamare a quel modo. «Vorrei avere ancora da vivere qualcuno degli anni che tu sei così impaziente di bruciare. Ti ho messo alla prova in molti piccoli modi. Non me ne dimenticherò, quando farò il mio rapporto al sahib colonnello.»

Poi passò bruscamente all'inglese, con una risata profonda: «Per Giove, O'Hara, credo che in te ci sia della stoffa, ma non menarne vanto e tieni il becco chiuso. Devi tornare a Lucknow, fare il bravo ragazzo e pensare ai tuoi libri, come dicono gli inglesi; forse, se ti farà piacere, potrai tornare da me per le prossime vacanze!». Kim fece il viso lungo. «Se ti farà piacere, ho detto. Lo so dove ti piacerebbe andare.»

Quattro giorni dopo, fu fissato un posto per Kim e per il suo piccolo baule nella parte posteriore di una *tonga* diretta a Kalka. Aveva come compagno di viaggio quel tricheco di babu, il quale, sebbene avesse il capo avvolto in uno scialle a frange e la grassa gamba calzata piegata sotto il sedile, rabbrividiva e grugniva al fresco pungente del mattino.

Mentre la vettura sobbalzava per la via, Kim, osservando la schiena gelatinosa del suo compagno, si domandò: "Come diavolo può essere dei nostri?". Questa riflessione lo trasportò in una serie di piacevoli fantasticherie. Il sahib Lurgan gli aveva dato cinque rupie… una somma enorme… e gli aveva promesso di proteggerlo, se avesse studiato. A differenza di Mahbub, il sahib Lurgan aveva parlato esplicitamente del premio che avrebbe ripagato l'obbedienza, e Kim era esultante. Avesse almeno potuto meritare, come il babu, l'onore di essere indicato con una lettera e un numero... e di avere una taglia sul capo! Un giorno avrebbe ottenuto questo e altro. Un giorno sarebbe diventato famoso quasi quanto Mahbub Ali! Invece delle sue altane, avrebbe potuto fare scorribande in metà dell'immensa India, e avrebbe potuto pedinare re e ministri, così come in passato aveva pedinato, attraverso le vie di Lahore. *vakil*[4] e procuratori per conto di Mahbub Ali.

Frattanto, c'era la necessità immediata... e non del tutto sgradevole... di tornare a San Saverio, dove lo attendevano nuovi ragazzi da sopportare e mille storie di avventure estive da ascoltare. Il giovane Martin, figlio di un piantatore di tè a Manipur, aveva strombazzato ai quattro venti che sarebbe andato con un fucile a combattere i cacciatori di teste umane. Poteva anche darsi che lo avesse fatto, ma certamente il giovane Martin non era stato sbalestrato da un'esplosione di fuochi d'artificio attraverso il cortile di un palazzo di Patiala, né aveva... e Kim si mise a ripassare mentalmente la storia delle proprie avventure degli ultimi tre mesi. Avrebbe potuto sbalordire tutti i ragazzi di San Saverio, perfino gli anziani che si facevano la barba... se gli fosse stato consentito di raccontare quella storia. Ma neanche a pensarci, naturalmente. Come gli aveva assicurato il sahib Lurgan, presto ci sarebbe stata una taglia sulla sua testa; e se era tanto sciocco da parlare, non solo la taglia non sarebbe stata messa, ma il colonnello Creighton l'avrebbe lasciato solo al suo destino... ed egli sarebbe stato abbandonato alla collera del sahib Lurgan e di Mahbub Ali... per il tempo più o meno breve che gli fosse rimasto da vivere.

«Così, per un pesce perderei Delhi» concluse con proverbiale filosofia. Gli conveniva dimenticare le sue vacanze (riservandosi il divertimento di inventare avventure immaginarie) e, come gli aveva detto il sahib Lurgan, lavorare.

Fra tutti i ragazzi che si affrettavano verso San Saverio, dalle sabbie di Sukkur ai palmizi di Galle, nessuno era pieno di virtù come Kimball O'Hara, che se ne andava verso Umballa sobbalzando e sedendo dietro a Hurree Chunder Mookerjee, il cui nome, nei libri di una sezione del Servizio etnologico, era R17.

Se ci fosse stato bisogno di ulteriori incitamenti, ci pensò il babu. Dopo il sontuoso pranzo a Kalka, questi parlò senza un attimo di respiro. Kim andava a scuola? Ebbene lui, ex studente dell'università di Calcutta, gli avrebbe spiegato i vantaggi dell'istruzione. Era molto utile studiare il latino e *L'Escursione* di Wordsworth (tutto greco, per Kim). Anche il francese era di capitale importanza, e si poteva imparare meglio che altrove a Chandernagore, a poche miglia da Calcutta. Si poteva far molta strada, come ne aveva fatta lui, prestando la dovuta attenzione a certi drammi chiamati *Re Lear* e *Giulio Cesare*, entrambi molto richiesti dagli esaminatori. *Re Lear* non era pieno di riferimenti storici come *Giulio Cesare*; il libro costava quattro anne, ma lo si poteva comprare di seconda mano per due al Bazar dell'Arco. Ancora più importanti di Wordsworth o degli eminenti scrittori Burke e Hare, erano l'arte e la scienza delle misurazioni. Un ragazzo che avesse superato gli esami in queste materie – per le quali non esistevano manuali scolastici – poteva, battendo la campagna con l'aiuto di un compasso, di un livello e di una buona vista, ricavare piante dell'India da vendere per forti somme di denaro sonante. Ma poiché non era sempre opportuno portarsi in giro strumenti di misurazione, era sempre bene, per un ragazzo, imparare la lunghezza precisa del proprio passo, per poter calcolare le distanze camminando, in mancanza di quelli che Hurree Chunder chiamava "mezzi sussidiari". Quanto poi a ricordarsi di migliaia di passi, Hurree Chunder sapeva per esperienza che nulla era più prezioso di un rosario di ottantuno o centotto grani, per la sua divisibilità in molti multipli e sottomultipli. In questo torrente di eloquenza inglese, Kim afferrò il senso generale del discorso e ne fu vivamente impressionato. Si trattava di una nuova scienza da imparare, e il ragazzo, contemplando il vasto mondo che gli si spiegava davanti, capiva che più un uomo sa e meglio è per lui.

Dopo aver parlato per un'ora e mezza, il babu disse: «Spero, un giorno, di poter fare la tua conoscenza ufficiale. *Ad interim*, se mi è lecito usare questa espressione, ti darò questa scatola da betel, articolo di altissimo valore, che mi costò due rupie quattro anni fa». Era una comune scatola di ottone, a forma di cuore, con tre scomparti per l'eterna noce di betel, polvere di calce e foglie di *pan*; ma era piena di tubetti di compresse. «Te lo regalo in premio della tua abilità nell'imitare quel santone. Vedi, tu sei così giovane che ti sembra di poter vivere in eterno e di non dover badare al tuo corpo. Ora, ammalarsi nel mezzo di un lavoro è un grosso guaio. Quanto a me, ho la passione delle droghe, che del resto servono anche a curare la povera gente. Queste sono ottime specialità del governo… chinino e simili. Te le do per ricordo. E ora, addio. Ho un affare urgente da sbrigare da queste parti.»

Discese silenziosamente sulla strada, con movimenti felini, fermò un *ekka*[5] di passaggio e si allontanò sul rumoroso veicolo, mentre Kim, ammutolito, girava e rigirava fra le mani la scatola da betel.

Il curriculum scolastico di un ragazzo non interessa che i suoi genitori; e come sapete, Kim era orfano. Nei registri di San Saverio in Partibus c'è scritto che alla fine di ogni trimestre un rapporto sui progressi compiuti da Kim veniva spedito tanto al colonnello Creighton quanto a padre Victor, dalle cui mani giungeva regolarmente il denaro della retta. Sugli stessi registri si legge inoltre che il ragazzo mostrava grande attitudine per la matematica e la cartografia, e che riportò un premio per il profitto in queste materie (*La vita di Lord Lawrence*, due volumi rilegati in cuoio, del prezzo di nove rupie e otto anne); e che nella stessa sessione, all'età di quattordici anni e dieci mesi, fu uno degli undici di San Saverio che giocarono a cricket contro il collegio maomettano di Alighar. Intorno allo stesso periodo di tempo, fu anche rivaccinato (dal che si può dedurre che a Lucknow ci fu un'altra epidemia di vaiolo). Alcune annotazioni a matita, sul margine di un vecchio registro, ricordano che fu punito varie volte per aver conversato con "persone poco rispettabili" e sembra anche che gli fossero inflitti severi castighi per "essersi assentato un giorno intero in compagnia di un accattone". Questo avvenne quando scavalcò il cancello e passò tutto il giorno sulle rive del Gumti, supplicando il lama che gli permettesse di accompagnarlo per la Strada durante le vacanze... per un mese... per una settimana appena; e il lama fu saldo come una roccia, affermando che non era ancora il momento. Il compito di Kim, disse il vecchio, mentre mangiavano insieme delle focacce, era di acquistare la sapienza dei sahib; poi si sarebbe deciso sul da farsi. Ma la Mano dell'Amicizia, in quella circostanza, dovette stornare in qualche modo la Frusta della Calamità, poiché, a quanto sembra, sei settimane dopo, all'età di quindici anni e otto mesi, Kim superò "con menzione onorevole" un esame di agrimensura elementare. A partire da questa data, i registri tacciono. Il suo nome non appare nella lista degli aspiranti a posti direttivi dell'amministrazione dell'India; risulta soltanto che venne "trasferito per motivi di servizio".

Parecchie volte, in quei tre anni, il lama si ripresentò al tempio dei Tirthankars di Benares, un po' più esile e, se possibile, un tantino più giallo, ma gentile e candido come sempre. Veniva a volte dal Sud, da oltre Tuticorin, da dove partono i miracolosi piroscafi per Ceylon, l'isola dove ci sono preti che conoscono il pali; altre volte veniva dalle province umide e verdi dell'Occidente, e dalla città di Bombay che alza verso il cielo le ciminiere dei suoi mille cotonifici, e una volta arrivò addirittura dal Nord, dopo aver fatto un giro di ottocento miglia per parlare con il Custode delle Immagini nella Casa delle Meraviglie. Appena giunto, si ritirava nella sua fresca cella di marmo... I preti del tempio erano buoni con il vecchio lama; si lavava della polvere del viaggio, pregava e ripartiva per Lucknow, ormai abituato a servirsi del treno, in uno scompartimento di terza classe. Quando tornava – così fece osservare il suo amico Cercatore al capo dei sacerdoti – cessava per qualche tempo di rammaricarsi per non aver ancora trovato il suo Fiume, o di tracciare il fantastico quadro della Ruota della Vita, ma preferiva invece parlare della bellezza e della sapienza di un certo misterioso *chela*, che nessuna persona del tempio aveva mai visto. Sì, aveva seguito le orme dei Piedi Benedetti per tutta l'India (e il direttore del museo possiede ancora lo straordinario resoconto delle sue peregrinazioni e delle sue meditazioni). Non gli restava altro da fare, nella vita, se non cercare il Fiume della Freccia. Ma in sogno gli era stato rivelato che un'impresa simile non poteva essere affrontata con successo se non fosse stato accompagnato da un *chela*, designato a portarla a buon fine e dotato di ogni sapienza: la sapienza che solo i canuti Custodi delle Immagini possiedono. A questo proposito, il lama aveva l'abitudine di narrare un esempio citato dai sacri testi (qui entrava in scena la tabacchiera e i cortesi preti jain si affrettavano a tacere):

«Tanti e tanti anni fa, quando Devadatta regnava a Benares... ascoltate tutti il *Jâtaka*!... I cacciatori del re catturarono un elefante e gli misero a una zampa un fastidioso anello di ferro. Quando riuscì a scappare, l'elefante cercò di liberarsene, con il cuore pieno d'odio e di furore, e correndo su e giù per la foresta supplicava i fratelli elefanti di volerlo spezzare. Uno dopo l'altro ci si provarono con le forti proboscidi, ma invano. Infine, espressero il parere che l'anello non poteva essere infranto da nessuna forza bestiale. Ed ecco che in un boschetto si trovò, appena nato e ancora intriso degli umori del parto, un elefantino la cui madre era morta nel darlo alla luce. E l'elefante in ceppi, dimenticando la propria sofferenza, disse: "Se non l'aiuto, questo lattante morirà calpestato sotto i nostri piedi!". E si mise sopra la creaturina, facendogli scudo con le proprie zampe contro i movimenti della mandria in traballante cammino; poi mendicò per lui un po' di latte da una virtuosa vacca e lo fece crescere sotto la propria guida e la propria protezione. Ora... ascoltate tutti il *Jâtaka*!... un elefante ci mette trentacinque anni per essere nel pieno delle forze, e per trentacinque anni Piogge, l'elefante impastoiato, protesse il piccolo, mentre il ferro gli mordeva le carni. Ma un giorno, il giovane elefante vide il ferro già mezzo conficcato nella carne del suo protettore e gli chiese: “Che cos’è, questo?”. “È il mio tormento” rispose colui che gli aveva fatto scudo. Allora l’altro allungò la proboscide e in un batter d’occhio trasse via l’anello, dicendo: “L’ora stabilita è giunta”. Così, quel virtuoso elefante che aveva saputo aspettare con calma e aveva compiuto opere buone, fu liberato all’ora stabilita da quello stesso elefantino che aveva preso ad amare... Ascoltate tutti il *Jâtaka*!... poiché l’elefante era Ananda e il piccolo che spezzò l’anello altri non era che il Signore in persona... »

A questo punto, il lama scrollava la testa con benignità e, sgranando il rosario che tintinnava continuamente fra le sue dita, faceva osservare come il giovane elefante fosse immune dal peccato dell’orgoglio. Era umile come un certo *chela*, il quale, vedendo il proprio maestro seduto nella polvere davanti alle Soglie del Sapere, aveva scavalcato il cancello, sebbene fosse chiuso, e l’aveva stretto al cuore davanti alla città malata di orgoglio. Ricca sarebbe stata la ricompensa di quel maestro e di quel *chela*, quando fosse giunto, per loro, il tempo di andare insieme in cerca della liberazione!

Così parlava il lama, il quale andava e veniva attraverso l’India, silenzioso come un pipistrello. Una vecchia signora dalla lingua tagliente, in una casa tra i frutteti dietro Saharunpore, l’onorò come la donna aveva onorato il profeta; ma la sua cella non era in cima a un muro. Ella lo riceveva in una stanza che dava sul cortile d’ingresso e che era vigilata da tubanti colombe: là, deposto l’inutile velo, chiacchierava di spiriti e di demoni di Kulu, di nipotini non ancora nati e del monello dalla lingua sciolta che le aveva parlato nel *parao*. Un giorno, trovandosi vicino a Umballa, il lama deviò tutto solo dalla Grand Trunk Road, per recarsi nel villaggio dove il prete aveva tentato di propinargli l’oppio. Ma il cielo benigno che protegge i lama lo guidò tra i campi nel crepuscolo, assorto e fiducioso, alla porta del *rissaldar*. Qui doveva esserci stato un grosso malinteso, perché il vecchio soldato domandò al lama come mai l'Amico delle Stelle se ne fosse partito, sei giorni prima, insalutato ospite.

«Non è possibile» disse il lama. «È tornato tra la sua gente.»

Ma il suo ospite insisté: «Cinque notti fa era seduto in quell'angolo, raccontando cento storielle amene. All'alba è sparito improvvisamente, dopo aver detto qualche sciocchezza alla mia nipotina. Cresce a vista d'occhio, ma è sempre lo stesso Amico delle Stelle che mi portò la profezia della guerra. Vi siete separati?».

«Sì... e no» rispose il lama. «No... non ci siamo lasciati del tutto, ma non è ancora tempo per noi di riprendere insieme la Strada. Sta acquistando sapienza altrove. Dobbiamo aspettare.»

«Bene, bene... Ma se non era lui, come mai parlò continuamente di te?»

«E cosa disse?» chiese il lama con impeto.

«Centomila parole affettuose... che tu sei madre e padre per lui, e così via. Peccato che non presti servizio sotto la regina. Non ha paura di niente.»

Questa notizia stupì il lama: non sapeva che Kim si atteneva scrupolosamente al patto concluso con Mahbub Ali e ratificato per forza dal colonnello Creighton.

«Non c'è modo di tenere il puledro lontano dal gioco» aveva detto il mercante di cavalli, quando il colonnello gli aveva fatto osservare l'assurdità di quel suo vagabondare per l'India durante le vacanze. «Se gli negassimo il permesso di andare e venire a piacere suo, farebbe a meno del permesso; e allora chi lo ripescherebbe più? Sahib colonnello, un puledro così adatto al Gioco nasce solo una volta in cento anni. E noi abbiamo bisogno di uomini.»

X

O Sire, troppo è rimasto al palo quel terzuolo.
Nidiace non è più, ma un falco
Al volo pronto e all'aria avvezzo,
prima che da noi fosse ghermito.
Se fosse mio (come il guanto
su cui si appoggia e sfoga la furia del rostro)
Lo farei volare con un falcone istruttore.
È fiero e ben piumato,
Corazzato contro le insidie del tempo.
Dagli il cielo che Dio fece per lui,
E sopra ogni altro si alzerà nell'aria.

Da un'antica commedia

Il sahib Lurgan non fu altrettanto esplicito, ma poiché le sue idee coincidevano con quelle di Mahbub il risultato fu favorevole a Kim. Il ragazzo sapeva ormai far di meglio che fuggire da Lucknow in costume indigeno. Quando Mahbub si trovava in luoghi dove era possibile fargli pervenire una lettera, puntava dritto all'accampamento del pathan e si travestiva sotto il suo occhio vigile. Se la scatola dei colori, che gli servivano per dipingere carte geografiche durante i mesi di scuola, avesse avuto una lingua per raccontare le sue imprese estive, Kim sarebbe stato espulso da San Saverio. Una volta, accompagnò Mahbub fino alla bellissima città di Bombay, con tre vagoni carichi di cavalli da tram, e Mahbub per poco non si intenerì quando Kim propose di attraversare in *dhow*[1] l'Oceano Indiano per andare a comprare cavalli arabi del Golfo Persico, i quali, come aveva saputo da un parassita al seguito del mercante Abdul Rahman, si vendevano a miglior prezzo dei semplici kabuli.

Kim mangiò allo stesso piatto di quel celebre mercante, la sera che Mahbub e altri correligionari furono invitati a un sontuoso pranzo *haj*[2]. Il mercante e il ragazzo rientrarono poi per mare passando da Karachi, e Kim fece la sua prima esperienza del mal di mare, sedendo sul boccaporto di prua di un vaporetto di cabotaggio, convinto di essere stato avvelenato. La famosa scatola di medicine del babu si dimostrò del tutto inutile, sebbene il ragazzo ne avesse rinnovato il contenuto a Bombay. E poiché Mahbub aveva qualche faccenda da sbrigare a Quetta, Kim (come riconobbe lo stesso pathan) si guadagnò il pane… e forse qualcosa di più… servendo come sguattero per quattro bizzarri giorni in casa di un grosso sergente del commissariato. Il ragazzo, in un momento propizio, gli sottrasse dallo scrittoio un piccolo libro mastro di pergamena – che apparentemente riguardava soltanto vendite di bestiame e di cammelli – e lo ricopiò tutto al chiaro di luna, stando nascosto dentro una serra e lavorandoci attorno tutta una notte infuocata. A lavoro finito, rimise il libro al suo posto; quindi, per ordine di Mahbub, lasciò il servizio senza farsi pagare e raggiunse il mercante sulla strada, a sei miglia di distanza, portando con sé la copia sul petto.

«Quel soldato non è che un pesciolino» spiegò Mahbub Ali «ma col tempo pescheremo anche i pesci grossi. È un tipo che si limita a vendere buoi a due prezzi differenti… uno per sé e uno per il governo… cosa che non credo sia peccato.»

«Perché non mi hai lasciato portar via il libro?»

«Perché si sarebbe spaventato e l'avrebbe detto al suo padrone. E così noi avremmo forse perduto l'opportunità di intercettare un gran numero di fucili nuovi, che cercano di farsi strada da Quetta fino al Nord. Il Gioco è talmente vasto che se ne può vedere soltanto un poco alla volta.»

«Oh!» esclamò Kim, e non aggiunse altro. Questo accadeva al tempo dei monsoni, dopo aver preso il premio in matematica. Passò le vacanze di Natale – a parte dieci giorni spesi in svaghi privati – in casa del sahib Lurgan, dove trascorse la maggior parte del tempo davanti al fuoco scoppiettante del caminetto (la strada per Jakko, quell'anno, era coperta da quattro piedi di neve) e dove aiutò Lurgan a infilare le perle, poiché il piccolo indù se n'era andato via per prender moglie.

Il sahib fece studiare a Kim interi capitoli del Corano, finché il ragazzo non seppe recitarli con l'accento e le cadenze di un mullah. Gli insegnò anche i nomi e le proprietà di molte droghe indigene e le formule magiche che bisogna recitare nel somministrarle. La sera, Lurgan scriveva incantesimi su pergamena: eleganti pentagrammi coronati dai nomi dei demoni (Murra e Awan, il Compagno dei Re) scritti con mille svolazzi negli angoli. Venendo al pratico, insegnò a Kim l'igiene personale, la cura degli attacchi febbrili e i semplici rimedi che possono servire sulla Strada. Una settimana prima del giorno in cui il ragazzo doveva tornare in collegio, il sahib colonnello Creighton gli mandò (e fu un atto poco leale) un questionario scritto, riguardante unicamente pertiche, catene, anelli e angoli.

Le vacanze successive le passò in viaggio con Mahbub; lungo la strada fu sul punto di morire di sete, arrancando attraverso le sabbie a dorso di cammello, fino alla misteriosa città di Bikaner, dove i pozzi sono profondi quattrocento piedi e tutti circondati di ossa di cammello. Dal punto di vista di Kim non si trattò di un viaggio divertente perché, in aperta violazione dei patti, il colonnello gli ordinò di ricavare una mappa di quella lugubre città, cinta di mura; e poiché gli stallieri e i riempipipa mussulmani non sono soliti trascinare catene di agrimensori intorno alla capitale di uno Stato indigeno indipendente, Kim fu costretto a misurare tutte le distanze con un rosario. Per le rilevazioni usò anche la bussola, ogni volta che se ne presentava l'opportunità – soprattutto di notte, quando aveva finito di foraggiare i cammelli – e con l'aiuto della sua piccola scatola di colori a sei tavolette e tre pennelli, eseguì qualcosa di non troppo dissimile dalla città di Jeysulmir. Mahbub si divertì un mondo, e gli consigliò di illustrare la mappa con un rapporto scritto. Kim si mise subito all'opera, scrivendo le sue note sul dorso del grosso libro mastro nascosto sotto la falda della sella preferita da Mahbub.

«Devi metterci tutto quello che hai visto o toccato o pensato. Scrivi come se lo stesso sahib Jang-i-Lat fosse venuto qui di nascosto, con un grande esercito in assetto di guerra.»

«Un esercito di quanti uomini?»

«Oh, mezzo *lakh*[3] di uomini.»

«Non dire sciocchezze! Ricorda come sono scarsi e cattivi, i pozzi nel deserto! Nemmeno mille uomini assetati ce la farebbero.»

«Allora spiega anche questo... e descrivi le antiche brecce nelle mura... e dove si taglia la legna da ardere... e lo stato d'animo e il temperamento del re. Io resterò qui finché non avrò venduto tutti i miei cavalli. Prenderò in affitto una stanza vicino alla porta della città, e tu sarai il mio contabile. Metteremo una buona serratura, stavolta.»

Il rapporto, scritto con la calligrafia caratteristica degli studenti di San Saverio, e la mappa colorata in marrone, giallo e celeste, esistevano ancora qualche anno fa (un impiegato li aveva archiviati, per distrazione, insieme con certe rozze note del secondo viaggio di E23 nel Seistan); ma i caratteri a matita devono essere oggi quasi illeggibili. Kim li tradusse a Mahbub sudando sotto la luce di una lampada a olio, il secondo giorno del loro viaggio di ritorno. Il pathan si alzò e si chinò a frugare nelle sue variopinte borse da sella.

«Lo sapevo che con questo lavoro avresti meritato un abito di gala: perciò ne ho preparato uno» disse sorridendo. «Se fossi l'emiro dell'Afghanistan (e un giorno forse lo vedremo) ti riempirei la bocca di oro.» Depose solennemente il vestito ai piedi di Kim. C'era un turbante di Peshawar ricamato d'oro, con una grossa fascia bordata da una larga frangia dorata. C'era un panciotto ricamato come usano a Delhi, da infilare sopra una camicia bianchissima e da allacciare a destra, ampio e fluttuante. C'era un pigiama verde con un cordone di seta alla cintura; e non mancava un paio di pantofole di cuoio di Russia, dal profumo divino e dalle punte rivolte sfacciatamente in su.

«Vestirsi a nuovo di mercoledì mattina porta fortuna» disse solennemente Mahbub. «Ma non bisogna dimenticare che nel mondo ci sono i malvagi; così... »

Completò tutto quello splendore, che a Kim mozzava il fiato dalla gioia, con una pistola automatica calibro 450, nichelata e tempestata di madreperla.

«Avevo pensato a una di calibro più piccolo, ma poi mi son detto che questa si adatta alle pallottole del governo. C'è sempre modo di procurarsi quelle pallottole... specialmente di là dal confine. Alzati e fatti vedere!» Mahbub batté la mano sulla spalla di Kim. «Possa tu non essere mai stanco, pathan! Chissà quanti cuori spezzerai con quelle occhiate assassine che sai lanciare da sotto le palpebre!»

Kim girò su se stesso, si drizzò sulle punte dei piedi, si impettì e meccanicamente portò la mano ai baffi che cominciavano appena a spuntare. Poi si gettò ai piedi di Mahbub, per esprimergli con carezze rapide e lievi la sua riconoscenza, poiché il suo cuore era troppo gonfio per permettergli di parlare. Mahbub si schernì e lo abbracciò.

«Figlio mio» disse «che bisogno c'è di parole, tra noi? Non è una delizia questa piccola rivoltella? Basta un giro di mano, e tutte le sei cartucce esplodono. Portala in seno, sulla pelle, perché sembra che così resti ingrassata. Non la mettere mai altrove, e piaccia a Dio che ti serva a uccidere qualcuno, un giorno.»

«No, mai!» gemette Kim. «Se un sahib uccide un uomo, finisce sulla forca.»

«È vero, ma un passo più in là della frontiera la gente ha più buonsenso. Riponila: e prima caricala. A che serve, un'arma digiuna?»

«Quando tornerò alla *madrissah* dovrò restituirtela. Laggiù non permettono l'uso di pistole. Me la terrai tu?»

«Figlio mio, sono stanco di questa *madrissah*, dove rubano gli anni migliori di un uomo per insegnargli quello che si può imparare soltanto sulla Strada. L'idiozia dei sahib non ha né cima né fondo. Ma lasciamo andare. Forse il rapporto ti abbrevierà la prigionia; e Dio sa che abbiamo sempre più bisogno di uomini nel Gioco.»

Marciarono a bocca stretta tra turbini di sabbia, attraverso il deserto salato, e sostarono a Jodhpore, dove Mahbub e il suo bel nipote Habib Ullah fecero molti affari. E finalmente Kim, tutto triste, in panni europei che gli erano diventati troppo stretti, tornò a San Saverio in seconda classe. Tre settimane più tardi, il colonnello Creighton, mentre domandava nella bottega di Lurgan il prezzo di certi pugnali tibetani, si trovò di fronte a un Mahbub Ali in aperta rivolta. E il sahib Lurgan dava una mano in qualità di riserva.

«Il pony è fatto e finito… di bocca e di gambe, sahib! D'ora in avanti, se gli si fa tenere lo steccato, perderà di giorno in giorno le sue capacità. Allentagli la briglia sul collo e lascialo andare» disse il mercante di cavalli. «C'è bisogno di lui.»

«Ma è così giovane, Mahbub… ha appena sedici anni, non è vero?»

«Quando avevo quindici anni, avevo già ammazzato un uomo e messo al mondo un figlio, sahib.»

«Vecchio pagano impenitente!» esclamò Creighton, e guardò Lurgan. La barba nera annuì, esprimendo solidarietà con la saggezza della barba scarlatta dell'afgano.

«Io l'avrei utilizzato già da molto tempo» affermò Lurgan. «Più giovani sono e meglio è. Non per nulla faccio costruire i miei gioielli più preziosi da ragazzi. Me l'avete mandato perché lo mettessi alla prova; e io l'ho messo alla prova in tutti i modi: è il solo ragazzo al quale non sia riuscito a far vedere lucciole per lanterne.»

«Nella sfera di cristallo… nelle macchie d'inchiostro?» chiese Mahbub.

«No, sotto la mia mano, come ho già raccontato. Non m'era mai successo di trovare una resistenza simile. E questo… bada che non sto scherzando, colonnello Creighton… questo significa che ha forza sufficiente per piegare chiunque alla sua volontà. Ma questo accadde tre anni fa, e da allora gliene ho insegnate di cose, colonnello Creighton. Mi sembra che ora tu lo stia sprecando.»

«*Uhm*! Potresti anche aver ragione. Ma sai bene che adesso, per lui, non c'è nessun lavoro.»

«Fallo uscire di collegio… dagli un po' di libertà» interruppe Mahbub Ali. «Non si può pretendere da un puledro che cominci a trasportare grossi pesi. Lascialo andare con le carovane, come i nostri cammellini bianchi, alla ventura. Lo porterei volentieri con me se… »

«C'è un piccolo affare nel quale potrebbe essere utile… nel Sud» suggerì Lurgan con accentuata dolcezza, abbassando le pesanti palpebre bistrate.

«Se ne occupa E23» rispose pronto Creighton. «Non è possibile mandarlo laggiù. E poi non sa il turco… »

«Digli soltanto la forma e l'odore delle lettere che cerchiamo, e ce le porterà subito» insistette Lurgan.

«No: quello è un affare da uomini» ribatté Creighton.

Si trattava di una faccenda abbastanza aggrovigliata di corrispondenza clandestina e incendiaria fra una persona che pretendeva di essere l'autorità suprema in tutto il mondo in materia di religione maomettana, e un cadetto di famiglia reale, sotto inchiesta per aver rapito donne in territorio britannico. L'arcivescovo mussulmano era stato enfatico e quanto mai arrogante; il giovane principe si era invece limitato a lagnarsi per quella limitazione dei suoi privilegi. Ma non c'era ragione che questi mantenesse una corrispondenza suscettibile, un giorno o l'altro, di comprometterlo seriamente. Per dire il vero, una sua lettera era già stata intercettata, ma colui che l'aveva sottratta era stato trovato morto lungo la strada, nelle vesti di un mercante arabo, come risulta dal rapporto di E23, che aveva preso in mano la faccenda.

Questo avvenimento, e altri che non si possono rendere pubblici, fecero scuotere il capo sia a Mahbub che al colonnello Creighton.

«Lascialo andare con il suo lama» disse con visibile sforzo

il mercante di cavalli. «Vuole molto bene a quel vecchio. Se non altro, imparerà a contare i passi con il rosario.»

«Anch'io ho avuto a che fare con quel vecchio... per lettera» disse Creighton, sorridendo. «Dove va?»

«Su e giù per l'India, come sta facendo da tre anni. Cerca un Fiume miracoloso. Dio maledica tutti... » e Mahbub si interruppe. «Quando decide di riposarsi alloggia al tempio di Tirthankars o al Buddh Gaya. Poi va alla *madrissah* per vedere il ragazzo, e questo lo sappiamo bene, dal momento che proprio per questi motivi Kim ha già subito due o tre punizioni. Quel vecchio è matto, ma tranquillo. L'ho conosciuto. Anche il babu ha avuto a che fare con lui. L'abbiamo sorvegliato per tre anni. I lama rossi non sono così comuni in India, che se ne possano perdere le tracce.»

«I babu sono strani tipi» disse pensosamente Lurgan. «Sai cosa s'è messo in testa il babu Hurree? Di diventare membro della Royal Society, prendendo appunti di etnologia. Io non ho fatto che ripetergli tutto quello che Mahbub e il ragazzo mi hanno raccontato del lama: e il babu Hurree si è precipitato a Benares... a sue spese, credo.»

«Oh, no» disse in tono deciso Creighton, che aveva pagato diversi conti di viaggio a Hurree soltanto per la curiosità di sapere chi diavolo fosse in realtà il lama.

«E diverse volte, in questi anni, si è rivolto al vecchio per avere informazioni sul lamaismo, sulle danze dei diavoli, sugli esorcismi e gli incantesimi. Vergine Santa! Gliele avrei potute spiegare io, tutte queste storie, chissà quanti anni fa. Credo che il babu Hurree stia diventando troppo vecchio per battere la Strada. Preferisce raccogliere notizie sugli usi e costumi. Già, vuole diventare FRS[4].»

«Hurree ha una buona opinione del ragazzo, non è vero?»

«Oh, certo... tutti e tre abbiamo passato insieme delle piacevolissime serate nella mia bottega... ma credo che sarebbe un peccato affidarlo a Hurree per le sue ricerche etnologiche.»

«Gli potrebbe giovare per impratichirsi. Che ne pensi,

Mahbub? Lasciamolo vagabondare per sei mesi in compagnia del lama: poi si vedrà. Intanto acquisterà esperienza.»

«Esperienza di mondo ne ha già abbastanza, sahib… come un pesce dell'acqua dove nuota. Comunque, l'essenziale è liberarlo dalla scuola.»

«Benissimo, allora» disse Creighton, quasi parlando fra sé. «Lasciamolo andare con il lama, e se il babu Hurree vorrà tenere d'occhio tutti e due, tanto meglio. Il ragazzo non correrà nessun pericolo, come accadrebbe con Mahbub. Curioso… quel suo desiderio di diventare FRS. Ma anche molto umano, del resto. Hurree è perfetto… come etnologo.»

Né denaro né prospettive di carriera avrebbero mai distolto Creighton dal suo lavoro all'Ufficio topografico; però anch'egli covava in fondo al cuore l'ambizione di far seguire al proprio nome le tre lettere desiderate da Hurree. Sapeva che certe onorificenze si possono ottenere con un po' di abilità e con qualche amicizia, ma al tempo stesso era fermamente convinto che soltanto il lavoro – una vita intera di lavoro debitamente documentato – potesse far ammettere un uomo nell'ambito di una accademia che per anni e anni è stata bombardata con monografie su strani culti e su ignorati costumi asiatici. Nove uomini su dieci fuggirebbero morti di noia da una serata della Royal Society; ma il decimo era Creighton, e a volte la sua anima si struggeva dal desiderio delle sale affollate di una Londra bonaria, dove gentiluomini canuti o calvi, e che non sanno nulla dell'esercito, si aggirano in mezzo a spettroscopi, collezioni di mappe della tundra gelata, macchine elettriche per misurare il volo e apparecchi per sezionare in frazioni di millimetro l'occhio sinistro di una zanzara femmina. Per diritto e per logica, avrebbe dovuto attirarlo la Royal Geographical, ma nella scelta dei loro balocchi gli uomini sono irrazionali come i bambini. Così il colonnello Creighton, saputo che il babu Hurree condivideva le sue aspirazioni, sentì crescere la sua stima per lui e sorrise benevolmente.

Lasciò cadere il pugnale e guardò Mahbub.

«Quando sarà possibile tirar fuori il puledro dalla stalla?» gli domandò il mercante di cavalli, leggendogli negli occhi.

«*Uhm*! Se lo togliessi subito, per ordine superiore… che cosa credi che farebbe? Non ho mai assistito, finora, all'istruzione di un ragazzo di questo genere.»

«Verrà da me» rispose pronto Mahbub. «Il sahib Lurgan e io lo prepareremo per la Strada.»

«Sia così, dunque. Per sei mesi vagabonderà a suo arbitrio: ma chi risponderà delle sue azioni?»

Lurgan reclinò lievemente il capo.

«Ti assicuro che non racconterà niente a nessuno. Hai forse paura che canti, colonnello Creighton?»

«È un ragazzo, in fin dei conti.»

«Sicuro; ma prima di tutto, non ha niente da raccontare; in secondo luogo, sa cosa gli toccherebbe se parlasse. Inoltre è molto affezionato a Mahbub, e un po' anche a me.»

«Avrà uno stipendio?» chiese il mercante, da uomo pratico.

«Soltanto per mangiare e bere. Venti rupie al mese.»

Un vantaggio del Servizio segreto è di non avere una contabilità complicata. Come si sa, i fondi sono ridicolmente modesti, ma vengono amministrati da poche persone che non sono tenute a chiedere ricevute né a presentare bilanci giustificativi. Quando Creighton precisò il compenso di Kim, gli occhi di Mahbub lampeggiarono dalla cupidigia, quasi come quelli di un sikh. Anche il volto impassibile di Lurgan si contrasse. Pensava agli anni futuri, quando Kim sarebbe stato ammesso al Gran Gioco, che si svolge senza tregua, notte e giorno, in tutta l'India; presagiva l'onore e il credito che da quel discepolo gli sarebbe derivato presso pochi eletti. Del resto, era stato proprio il sahib Lurgan a fare di un uomo selvatico, impertinente e bugiardo della provincia settentrionale niente meno che E23.

Ma la gioia dei due maestri fu pallida e opaca in confronto a quella provata da Kim, il giorno in cui il direttore del collegio di San Saverio lo chiamò in disparte per comunicargli che il colonnello Creighton l'aveva mandato a chiamare.

«A quanto sembra, O'Hara, il colonnello ti ha procurato un posto di assistente geometra all'Ufficio dei canali: ecco cosa si guadagna a perfezionarsi in matematica. È una gran fortuna, per te che hai appena diciassette anni; ma capirai bene che non ti sarà possibile diventare *pakka* [effettivo] finché non avrai superato gli esami del prossimo autunno. Non credere, quindi, di poter andare in giro per il mondo a divertirti, o di avere già la fortuna in tasca. Dovrai lavorare duro. Però, se riuscirai a diventare *pakka* potrai arrivare a uno stipendio di quattrocentocinquanta rupie al mese.» A questo punto, il direttore diede al ragazzo molti buoni consigli sul modo di comportarsi, sulle maniere da adottare e sui precetti morali da seguire. Gli altri collegiali, tutti maggiori di Kim per età, ma che non avevano avuto la fortuna di trovare un impiego, parlarono di favoritismi e di corruzione come soltanto sanno parlarne i ragazzi anglo-indiani. Il giovane Cazalet, figlio di un pensionato di Chunar, arrivò al punto di insinuare molto chiaramente che l'interesse del colonnello Creighton per Kim avesse origini paterne; ma Kim, invece di rimbeccarlo, non si curò neanche di rispondere. Pensava all'enorme spasso che l'attendeva, e alla lettera che Mahbub gli aveva indirizzato il giorno prima, in nitida scrittura inglese, dandogli appuntamento per il pomeriggio in una casa il cui solo nome avrebbe fatto rizzare dal raccapriccio i capelli del direttore...

Quella sera stessa, al deposito bagagli della stazione di Lucknow, Kim diceva a Mahbub: «Avevo paura che il soffitto mi cascasse addosso, per privarmi di tanta gioia. È finita per davvero, padre mio?».

Mahbub fece schioccare le dita per esprimere l'irrevocabilità di quella fine, e i suoi occhi divamparono come carboni accesi.

«Dammi la pistola.»

«Piano! Sei libero di correre a briglia sciolta per sei mesi. L'ho ottenuto io questo permesso, dal sahib Creighton. E avrai venti rupie al mese. Il vecchio Cappello Rosso sa che sei uscito dal collegio.»

«Ti pagherò tre mesi di *dustoorie* [commissione] sul mio stipendio» disse Kim con serietà. «Sì, due rupie al mese. Ma prima bisogna che mi liberi di questa roba.» E così dicendo spiegazzò i pantaloni di lino leggero e diede uno strattone al colletto. «Ho portato con me tutto l'occorrente per la Strada. Ho spedito il baule al sahib Lurgan.»

«Il quale ti manda i suoi salaam... sahib!»

«Il sahib Lurgan è un uomo molto intelligente. Ma tu cosa farai, adesso?»

«Tornerò a nord, per il Gran Gioco. Dove vuoi che vada? E tu sei proprio deciso a seguire il vecchio Cappello Rosso?»

«Non dimenticare che è stato lui a fare di me quello che sono... sebbene non lo sappia. Di anno in anno, ha mandato i denari per farmi istruire.»

«Avrei fatto così anch'io... se questa mia zucca dura ci avesse pensato» borbottò Mahbub. «Vieni via. I fanali sono accesi, e nel bazar nessuno baderà a te. Andiamo da Huneefa.»

Per la strada, Mahbub gli diede pressappoco gli stessi consigli che dette a Lemuele la madre sua; e strano a dirsi, il mercante si preoccupò di precisargli come Huneefa e le sue simili fossero la rovina dei re.

«E mi ricordo» concluse maliziosamente «di un tale che diceva: "Fidati di una serpe piuttosto che di una sgualdrina, e di una sgualdrina piuttosto che di un pathan, Mahbub Ali". Ebbene, pathan a parte (poiché lo sono anch'io), si tratta di una verità sacrosanta. Sacrosanta soprattutto nel Gran Gioco, perché è proprio per colpa delle donne se tanti bei progetti vanno a male e ci si ritrova all'alba con la gola squarciata. Questo capitò a un tale... » e narrò i particolari più raccapriccianti del fatto.

«E allora perché?»

Kim si fermò davanti a una lurida scala che saliva verso la calda oscurità di una stanza all'ultimo piano, nel vicolo dietro la tabaccheria di Azim Ullah. Chi conosce quel vicolo, lo chiama Gabbia d'Uccello, tanto è pieno di bisbigli, di cinguettii e di gorgheggi amorosi.

La stanza, con i suoi cuscini sporchi e le sue *hookah* fumate a metà, puzzava orribilmente di tabacco stantio. In un angolo stava accosciata una donna grassa e informe, avvolta in veli verdastri e coperta tutta quanta… fronte, naso, orecchie, polsi, braccia, vita e caviglie… di pesanti gioielli indigeni. Quando si muoveva, era come un tintinnio di recipienti di rame. Un gatto tutto ossa miagolava affamato sul balcone. Kim si arrestò sconcertato davanti alla tenda dell'entrata.

«Mi porti il tuo nuovo campione, Mahbub?» domandò pigramente Huneefa, senza preoccuparsi di allontanare il bocchino dalle labbra. «Oh, Buktanoos!» Come la maggior parte delle sue colleghe, giurava sui Djinns. «Oh, Buktanoos! È un piacere guardarlo.»

«Questa è una delle formule d'uso nella vendita dei cavalli» spiegò Mahbub a Kim, che si mise a ridere.

«Ho sentito ripetere questo discorso da quando avevo sei giorni» ribatté Kim, accovacciandosi vicino al lume. «A che cosa serve?»

«A proteggerti. Stasera ti cambieremo colore. Questo dormire al chiuso ti ha sbiancato come una mandorla. Ma Huneefa ha il segreto di una tinta che resiste. Non è roba che sbiadisca in un giorno o due. Per di più, ti premuniremo contro i pericoli della Strada. È il regalo che ti faccio, figlio mio. Togliti di dosso tutti gli oggetti di metallo e posali qui. Forza, Huneefa!»

Kim tirò fuori la sua bussola, la scatola dei colori e la cassetta dei medicinali. Quelle cianfrusaglie l'avevano accompagnato in tutti i suoi viaggi e, ragazzo com'era, attribuiva loro un'enorme importanza.

La donna si alzò lentamente e si mosse con le mani tese in avanti. Allora Kim si accorse che era cieca. «No, no» mormorò. «Il pathan dice il vero… la mia tinta non se ne va né in una settimana né in un mese, e quelli che io proteggo sono sotto buona guardia.»

«Quando si è soli e lontani, non è piacevole trovarsi a un tratto coperti di pustole o di lebbra» disse Mahbub. «Quando eri con me, potevo badare io che non ti accadesse niente. Senza contare che allora la tintura non ti serviva, perché i pathan sono di pelle chiara. Spogliati fino alla cintola, ora e guarda come ti sei sbiancato.» Huneefa rientrò a tentoni da una stanza interna. «Non ti confondere, non ci vede» aggiunse Mahbub. Poi prese una brocca di peltro dalle mani inanellate della donna

La tintura era azzurra e vischiosa. Kim la provò sul proprio polso con un batuffolo di cotone; ma Huneefa se ne accorse.

«No, no» esclamò «l'operazione non va fatta così, ma con le dovute cerimonie. La tintura è l'ultima cosa che conta. Io ti premunirò contro tutti i pericoli della Strada.»

«*Jadoo*? [Magia?]» chiese Kim, trasalendo. Quegli occhi bianchi e senza sguardo non gli piacevano. Ma la mano di Mahbub, premendogli la nuca, lo fece piegare verso terra con il naso a un palmo dall'assito.

«Sta' fermo. È per il tuo bene, figlio mio. Possa morire se non è vero!»

Il ragazzo non poteva vedere cosa facesse la donna, ma udì a lungo il tintinnio dei suoi gioielli. Un fiammifero illuminò le tenebre, e Kim sentì il crepitio dei grani d'incenso. Poi la stanza si riempì di fumo greve, aromatico, inebriante. In un torpore crescente, il ragazzo udì i nomi dei demoni... di Zulbazan, figlio di Eblis che abita nei bazar e nei *parao*, giocando tiri mancini a chi vi si ferma; di Dulhan, che si aggira invisibile intorno alle moschee e si insinua nelle pantofole dei fedeli, distraendoli dalla preghiera; di Musboot, signore della menzogna e del panico. Huneefa, ora bisbigliandogli nelle orecchie, ora parlando come da lontananze infinite, lo toccava con orribili dita mollicce; ma Mahbub non allentò mai la presa finché il ragazzo, abbandonandosi con un gemito, perse i sensi.

«Allah! Come ha resistito! Senza le droghe non ce l'avremmo fatta. È difficile, questo sangue dei bianchi» disse stizzito

Mahbub. «Continua con la tua *dawut* [invocazione] e dagli protezione completa.»

«*O tu che ascolti*! *Tu che ascolti con orecchi, sii prudente*! *Ascolta, o tu che odi*!» gemeva Huneefa, volgendo gli occhi spenti verso occidente. La stanza buia risuonò di gemiti e di rantoli.

Dal balcone, una figura massiccia sollevò un testone rotondo e tossì nervosamente.

«Non interrompere questo ventriloquio negromantico, amico mio» disse in inglese. «Immagino che sia molto fastidioso per te; ma un osservatore colto non può esserne impressionato.»

«*Ordino un complotto per la loro distruzione*! *O Profeta, sii tollerante con gli infedeli*! *Lasciali tranquilli per qualche tempo*!» La faccia di Huneefa, rivolta verso il nord, si contrasse spasmodicamente; e sembrava che altre voci le rispondessero dal soffitto.

Il babu Hurree riprese a scrivere sul suo taccuino, in bilico sul davanzale della finestra; ma gli tremava la mano. Huneefa, in una specie di estasi stupefatta, si divincolava tutta, restando tuttavia a gambe incrociate accanto alla testa immobile di Kim, e invocava un diavolo dopo l'altro secondo l'ordine tradizionale del rito, ingiungendo loro di non intralciare il ragazzo in nessuna azione.

«*Egli solo possiede le chiavi delle Cose Segrete*! *Nessuno le conosce all'infuori di lui. Egli conosce tutto ciò che c'è sulla terra e nel mare*!» Di nuovo, risposero bisbigli ultraterreni.

«Io... io mi domando se in queste operazioni non ci sia qualcosa di malefico» disse il babu, osservando il tremito dei muscoli sulla gola di Huneefa, mentre questa emetteva strane parole. «Non... non è possibile che abbia ucciso il ragazzo? Se così fosse, mi rifiuterei di testimoniare al processo... Qual era l'ultimo presunto diavolo che è stato invocato?»

«Babuji» disse Mahbub in vernacolo. «Per quanto ne so, i diavoli indù non valgono proprio niente, ma con i figli di

Eblis non si scherza: siano *jumalee* [ben disposti] o *jullalee* [maligni] non amano i kafiri.»

«Credi che farei meglio ad andarmene?» domandò il babu Hurree, cominciando ad alzarsi. «Del resto, questi sono fenomeni di smaterializzazione. Spencer dice… »

Come tutte le crisi di quel genere, la crisi di Huneefa terminò in un parossismo di ululati, accompagnato da un po' di schiuma alle labbra. Finalmente cadde immobile ed esausta a fianco di Kim, e le voci spettrali non si udirono più.

«È fatta! Possa giovare al ragazzo; Huneefa, in fatto di *dawut*, è certamente maestra. Aiutami a spostarlo, babu. Non aver paura!»

«E perché dovrei aver paura di ciò che non esiste?» disse il babu Hurree, parlando in inglese per farsi forza. È tremendo, infatti, avere paura della magia che si sta esaminando con distacco… studiare superstizioni popolari per la Royal Society e aver fede nelle potenze delle tenebre.

Mahbub ridacchiò. Aveva già battuto la Strada in compagnia di Hurree. «Finiamo la truccatura» disse. «Il ragazzo è ben protetto, ormai… Se gli spiriti dell'aria hanno orecchie per udire. Io sono un *sufi* [un libero pensatore] ma quando si può prendere con le buone una donna, uno stallone o un diavolo, perché stuzzicarli per averne un calcio? Porta il ragazzo sulla Strada, babu, e sta' attento che il vecchio Cappello Rosso non ce lo faccia perder d'occhio. Io devo tornare ai miei cavalli.»

«Benissimo» rispose il babu Hurree. «Per ora, la nostra recluta offre uno spettacolo curioso.»

Al terzo canto del gallo, Kim si svegliò da un sonno di millenni. Huneefa russava profondamente nel suo angolo. Mahbub era scomparso.

«Spero che non ti sia spaventato» disse al suo fianco una voce melliflua. «Ho assistito all'intera operazione, che è stata interessantissima dal punto di vista etnologico. È stata veramente una *dawut* di prim'ordine.»

«*Uhm*!» fece Kim, riconoscendo il babu Hurree che sorrise affabilmente.

«Ho avuto anche l'onore di portarti l'abito che ti ha mandato Lurgan. Non è nelle mie mansioni ufficiali portare cose simili ai dipendenti, ma... » ridacchiò «nei registri il tuo caso è segnalato come eccezionale. Spero che il signor Lurgan vorrà tener conto del mio atto.»

Kim sbadigliò e si stirò. Era bello potersi muovere liberamente in vesti ampie!

«Che roba è questa?» E guardò incuriosito il vestito di lana pesante, carico di tutti gli odori del lontano Nord.

«Oh, è l'umile vestito di un *chela* addetto al servizio di un lama. Perfetto in ogni particolare» disse il babu Hurree ciondolando verso il balcone per sciacquarsi i denti in una bacinella. «Sono dell'avviso che il tuo vecchio non appartenga precisamente al lamaismo, ma piuttosto a una sottovariante. La «Asiatic Quarterly Review» ha respinto un mio contributo sull'argomento. Ora, è strano che il vecchio non abbia la più lontana ombra di religiosità. Tipi come lui sono più unici che rari.»

«Lo conosci?»

Il babu Hurree alzò la mano per mostrare che era tutto occupato dal rituale prescritto per la pulizia dei denti, e scrupolosamente osservato dai bengali di buona famiglia. Poi recitò in inglese una preghiera *arya-somaj* di natura teistica, e si riempì la bocca di *pan* e di betel.

«Oh, sì!» rispose finalmente. «Gli ho parlato diverse volte a Benares, e anche a Buddh Gaya, discutendo di questioni religiose e di culto dei demoni. È un agnostico puro... proprio come me.»

Huneefa si agitò nel sonno, e il babu Hurree corse nervosamente verso l'incensiere di rame, tutto nero e incerto alla luce del mattino, intinse un dito sulla densa fuliggine e se lo passò diagonalmente sul viso.

«Chi è morto, a casa tua?» gli chiese Kim, in vernacolo.

«Nessuno. Ma può essere una iettatrice... questa maga» rispose il babu.

«E tu che farai, adesso?»

«Ti metterò sulla strada per Benares, se vuoi andare là, e ti farò partecipe di quanto noi dobbiamo sapere.»

«Vado a Benares, certamente. A che ora parte il treno?» Kim si alzò in piedi, e si guardò intorno nella stanza squallida, contemplò la faccia gialla e cerea di Huneefa mentre il basso sole nascente strisciava sul pavimento. «Bisogna pagare qualcosa, a questa strega?»

«No. Ti ha esorcizzato contro tutti i diavoli e tutti i pericoli... in nome dei suoi diavoli. L'ha voluto Mahbub.» Poi aggiunse in inglese: «È molto antiquato, da parte sua, indulgere in superstizioni simili. Queste magie non sono che ventriloquio. Parla con la pancia... capisci?».

Kim schioccò macchinalmente le dita, come per allontanare qualsiasi iettatura – Mahbub, del resto, non ne aveva meditata nessuna – che si fosse potuta insinuare negli esorcismi di Huneefa; e Hurree ridacchiò ancora una volta. Ma nell'attraversare la stanza, il babu ebbe cura di non mettere i piedi sulla goffa chiazza d'ombra che il corpo di Huneefa proiettava sull'assito. Le streghe, quando sono invasate, possono afferrare per i calcagni chiunque passi accanto a loro senza prendere le debite precauzioni.

«E ora stai bene attento» disse il babu quando furono all'aperto. «Alcune delle cerimonie alle quali abbiamo assistito servono a munire di un efficace amuleto quelli che appartengono al nostro servizio. Se ti tocchi il collo, ci troverai un piccolo amuleto d'argento, molto comune. Capisci?»

«Oh, sì, un *hawa-dilli* [un reggicuore]» disse Kim, tastandosi il collo.

«Huneefa li fa per due rupie e dodici anne con... oh, con ogni sorta di esorcismi. Sono comunissimi, salvo il fatto che sono in parte di smalto nero e che in ognuno c'è dentro... un biglietto pieno di nomi di santi locali e cose simili. La protezione di Huneefa, capisci? Li fabbrica solo per noi, ma se non ne ha pronti, ci procuriamo degli amuleti usuali, e prima di metterci in cammino ci infiliamo un piccolo frammento di turchese. Il signor Lurgan ci fornisce le pietre. Altra fonte di rifornimento non esiste: sono stato io a inventare questa soluzione. Non sono distintivi ufficiali, naturalmente, ma per i subalterni sono molto utili. Il colonnello Creighton non ne è informato. È un europeo, lui. Il turchese avvolto nel biglietto... sì, questa è la strada che conduce alla stazione... ebbene, supponiamo che tu viaggi con un lama o, come spero che avverrà un giorno, con me e con Mahbub, e che ci capiti di trovarci nei guai. Io sono un uomo pauroso... terribilmente pauroso... ma t'assicuro che a mal partito mi ci sono trovato tante volte... più volte dei capelli che ho in testa. Allora tu dici: "Sono Figlio dell'Incantesimo". Proprio così.»

«Non capisco bene. E poi, non è prudente parlare inglese, da queste parti.»

«Niente paura. Non sono che un babu che vuol fare sfoggio della sua cultura con te. Noi babu parliamo tutti inglese, per darci delle arie» disse Hurree, riassettandosi la veste sulle spalle. «Come stavo per dire, "Figlio dell'Incantesimo" significa che si è membri della Sat Bhai... i Sette Fratelli, che sono induisti e tantrici. Si suppone comunemente che tale setta sia estinta, ma io ho scritto vari articoli per dimostrare che esiste ancora. Capisci bene che si tratta soltanto di una mia invenzione. Benissimo. La Sat Bhai conta diversi membri e, forse, può darsi che prima di tagliarti garbatamente la testa ti offrano una via di scampo. A ogni modo, questi sciocchi indigeni... se non sono troppo eccitati... ci pensano sempre due volte prima di uccidere un uomo che dichiari di appartenere a un'organizzazione qualsiasi. Capisci ora? Trovandoti nei guai, dovrai dire: "Sono Figlio dell'Incantesimo" e forse... allora... potrai riprendere fiato. Questa formula, naturalmente, va usata soltanto in casi estremi o per avviare trattative con stranieri. Mi segui? Benissimo. E adesso supponiamo che io, o un altro qualunque del servizio, mi presenti da te travestito. In questo caso, a meno che io non decida diversamente, tu non mi riconosceresti, ci scommetto. Un giorno o l'altro te ne darò la prova. Supponiamo dunque che io ti capiti davanti camuffato da mercante del Ladakhi o in qualsiasi altra veste... e che ti dica: "Vuoi comprare pietre preziose?". Tu rispondi: "Ti sembro uomo da comperare pietre preziose?". E allora io aggiungo: "Anche un povero può comprare un turchese o un *tarkeean*".»

«Ma il *tarkeean* è il *kichree*... il curry di legumi» disse Kim.

«Certo che lo è. E allora tu dici: "Fammi vedere il *tarkeean*". E io rispondo: "L'ha cotto una donna; forse per la tua casta non va bene". E tu: "Non c'è casta che tenga... tra la gente che va in... cerca di *tarkeean*", e farai una breve pausa fra le parole "in" e "cerca". Il segreto è tutto qui: una piccola pausa fra le due parole.»

Kim ripeté la frase di riconoscimento.

«Benissimo. Poi, se c'è tempo, ti mostrerò il mio turchese e capirai chi sono, e tutti e due potremo scambiare idee e documenti e così via. Il frasario vale con ciascuno di noi. Parliamo a volte di turchesi e a volte di *tarkeean*, ma sempre con quella breve pausa tra le due parole. È molto facile. Te lo ripeto. Prima, se sei nei guai: "Figlio dell'Incantesimo"; la qual cosa può forse esserti utile... o forse no. Poi, se vuoi trattare questioni ufficiali con uno sconosciuto, accenna al *tarkeean* nel modo che ti ho detto. Per il momento, naturalmente, non hai nessun incarico ufficiale. Sei... ah ah!... in soprannumero per prova. Esempio unico! Se fossi asiatico di nascita, avresti preso servizio subito; ma questi sei mesi di libertà sono destinati a deanglicizzarti, capisci? Il lama ti aspetta: l'ho informato, in via semiufficiale, che hai superato tutti gli esami e che presto avrai un impiego nel governo. Oh! Sei stipendiato, comunque: perciò, se fossi chiamato a dare una mano ai Figli dell'Incantesimo, bada di farti onore. E ora ti saluto, ragazzo mio... e spero che diventerai un campione di prima qualità.»

Il babu Hurree indietreggiò di due o tre passi tra la folla, all'ingresso della stazione di Lucknow e scomparve. Kim respirò profondamente e si tastò per tutto il corpo. La pistola nichelata se la sentì sul petto, sotto la tunica bruna, l'amuleto al collo; la ciotola per la questua, il rosario e il pugnale contro gli spiriti (il signor Lurgan non aveva dimenticato nulla) erano tutti a portata di mano insieme alla scatola delle medicine, a quella dei colori e alla bussola; e nel taschino di una vecchia e logora cintura, ricamata ad aculei di porcospino, c'era lo stipendio di un mese. Un re non poteva essere più ricco. Comprò da un mercante indù qualche dolciume avvolto in una foglia e lo divorò beato, finché un poliziotto non gli ordinò di sgombrare i gradini.

XI

Date a chi non è portato
Per il mestiere che gli è toccato
Spade da vibrare
Monete da far tintinnare,
Gente cui far male
E poi guarire,
Serpi da incantare e inviperire...
Egli sarà ferito dalla sua stessa lama,
Disobbedito dalle sue serpi,
Tradito dai suoi modi goffi e incerti,
E da tutti messo in burla.
Ma chi è nato giocoliere,
Con un frutto raccattato
O una bacchetta avuta in dono,
Con un pizzico di rena o un fiore secco
Può provvedere al bisogno e mostrare il suo potere,
Sfrenare incantesimi e risa.

But a man who,
The Juggler's Song, Op. 15

Seguì una subitanea, naturale reazione.

"Ora sono solo... completamente solo" pensò Kim. "Non c'è nessuno in tutta l'India, che sia solo come me. Se morissi oggi, chi porterebbe la notizia, e a chi? Ma se campo e se Dio mi protegge, metteranno una taglia sulla mia testa, perché sono un Figlio dell'Incantesimo... io, Kim."

Ben pochi sono i bianchi, ma moltissimi gli asiatici che riescono a precipitare in una specie di stupore col solo ripetere continuamente il proprio nome, lasciando vagare la mente in speculazioni sull'identità personale. Questa facoltà, invecchiando, generalmente si attutisce, ma finché dura può operare in qualsiasi momento.

"Chi è Kim... Kim... Kim?"

Il ragazzo, astraendosi da ogni altro pensiero, si accovacciò in un angolo della chiassosa sala d'aspetto, con le dita intrecciate nel grembo e le pupille contratte a punta di spillo. Nel giro di un minuto – fra mezzo secondo, lo sentiva – sarebbe arrivata la soluzione del tremendo enigma; ma come sempre accade in casi simili, la sua mente finì con il precipitare da quelle altezze come un uccello ferito; e Kim, passandosi una mano sugli occhi, scosse il capo.

Nello stesso istante, un *bairagi* [un santone indù] dai lunghi capelli, che aveva appena comprato il biglietto, si fermò davanti a lui e lo fissò intensamente.

«Anch'io ho perduto questa facoltà» disse con mestizia. «È una delle Porte della Vita, ma per me è chiusa da molti anni.»

«Di cosa parli?» domandò Kim sconcertato.

«Cercavi di scoprire dentro di te che cosa mai sia la tua anima. Il desiderio di questa indagine ti ha preso all'improvviso. Io ti capisco. Chi può capirlo, se non lo capisco io? Dove vai?»

«A Kashi [Benares].»

«Non ci sono dei, laggiù. Lo so per esperienza. Io vado per la quinta volta a Prayag [Allahabad] a cercare la via dell'Illuminazione. Di che fede sei?»

«Anch'io sono un Cercatore» rispose Kim, usando uno dei vocaboli favoriti del lama. «Per quanto» e per un attimo dimenticò le sue vesti da settentrionale «per quanto soltanto Allah sappia quello che cerco.»

Il vecchio s'infilò sotto l'ascella la sua gruccia da *bairagi* e si mise a sedere sopra un lembo di pelle di leopardo rosso, mentre Kim si alzava all'annuncio del treno per Benares.

«Va' con buona speranza, fratellino» disse il religioso. «Lunga è la strada che conduce ai piedi dell'Uno; ma è là che siamo tutti diretti.»

Dopo quell'incontro, Kim non si sentì più solo, e prima di aver fatto venti miglia nello scompartimento affollato, cominciò a intrattenere i compagni di viaggio con la trama allucinante delle virtù magiche sue e del proprio maestro.

Benares gli fece l'impressione di una città particolarmente sudicia, sebbene fosse un piacere constatare il rispetto in cui la sua veste era tenuta. Almeno un terzo della popolazione prega eternamente questo o quel gruppo di milioni e milioni di divinità, e perciò venera ogni sorta di santoni. Kim fu guidato al tempio dei Tirthankars, a circa un miglio fuori città, presso Sarnath, da un contadino punjabi incontrato per caso... un kamboh delle parti di Jullundur, che aveva supplicato invano tutti gli dei del suo Paese affinché gli guarissero il figlio, e ora voleva fare un ultimo tentativo nei santuari di Benares.

«Vieni dal Nord?» chiese a Kim, spingendosi a urtoni per le vie sudicie e affollate, come avrebbe fatto il suo toro prediletto.

«Sì, conosco il Punjab. Mia madre era una *pahareen*, ma mio padre veniva da Amritzar... dalle parti di Jandiala» rispose Kim, addolcendo la sua voce per i bisogni della Strada.

«Jandiala... Jullundur? Oh, allora siamo vicini di casa, per così dire.» E il contadino accennò con tenerezza al bimbo che gli gemeva tra le braccia. «Di chi sei al servizio?»

«Di un uomo molto santo, che sta al tempio dei Tirthankars.»

«I religiosi sono tutti molto santi... e molto ingordi» disse il Jat con amarezza. «Ho battuto templi e varcato colonne finché mi si sono gonfiati i piedi, ma il bambino non è migliorato affatto. E anche sua madre si è ammalata. Zitto, zitto, piccino mio... Gli abbiamo cambiato nome, quando gli è venuta la febbre. L'abbiamo vestito anche da femminuccia. Abbiamo tentato tutto il possibile, solo che... l'ho detto a sua madre quando m'ha spedito a Benares, che doveva venire anche lei... glielo ho detto che il sultano Sakhi Sarwar ci avrebbe serviti meglio. Conosciamo la sua generosità, ma questi dei del Sud ci sono stranieri.»

Il bambino si rivoltò sul cuscino delle enormi braccia muscolose, e guardò Kim da sotto le grevi palpebre.

«Ed è stato tutto inutile?» domandò questi, con voluto interesse.

«Tutto inutile… tutto inutile» disse il bambino con le labbra screpolate dalla febbre.

«Gli dei gli hanno dato una mente sveglia, almeno» esclamò il padre con orgoglio. Pensare che ha capito tutto così bene! Il tuo tempio è laggiù. Io sono un pover'uomo… ho avuto a che fare con molti preti… ma mio figlio è mio figlio, e se un'offerta al tuo maestro potesse servire a guarirlo… Io non so più dove battere la testa.»

Kim rifletté un poco, vibrante di orgoglio. Tre anni prima avrebbe sfruttato subito la situazione, poi avrebbe seguito la propria strada senza più pensarci; ma ora, il rispetto stesso che il Jat gli tributava gli faceva sentire di essere un uomo. Inoltre, avendo già subito uno o due attacchi di febbre, ne sapeva abbastanza per riconoscere a prima vista i segni della denutrizione.

«Fallo venire, e io gli firmerò un'obbligazione sulla mia migliore coppia di buoi purché mi guarisca il bambino.»

Kim si fermò davanti al portale del tempio. Un banchiere oswal di Ajmir, vestito di bianco e appena purificato dal peccato dell'usura, gli domandò chi fosse e cosa volesse.

«Sono il *chela* del lama Teshoo, un sant'uomo del Bhotiyal… che alloggia qui. Mi ha ordinato di venire. L'aspetto. Diglielo.»

«Non dimenticare il mio bambino!» gli gridò dietro l'indiscreto Jat, che si mise poi a vociare in punjabi: «Oh sant'uomo… o discepolo del sant'uomo… o dei che dominate i mondi… abbiate pietà del dolore seduto su questa soglia!». Ma il grido era tanto comune a Benares, che i passanti non volsero neanche la testa.

L'oswal, riconciliatosi con l'intera umanità, portò l'ambasciata nelle tenebre alle sue spalle, e i lenti, incalcolabili minuti dell'Oriente scivolarono via, giacché il lama stava dormendo nella sua cella e nessuno osava destarlo. Quando il ticchettio del suo rosario ruppe di nuovo la quiete della corte interna, dove si ergono le placide immagini degli Arhats, un novizio gli si avvicinò e bisbigliò sottovoce: «È arrivato il tuo *chela*» e il vecchio uscì fuori a grandi passi, dimenticando il resto della preghiera.

Non appena la sua alta figura apparve sulla soglia, il Jat gli corse incontro, e sollevando il figlio esclamò: «Guardalo, Santo, e se gli dei vogliono, vivrà... vivrà!». Poi si frugò nella cintura e ne trasse una monetina d'argento.

«Che succede?» Gli occhi del lama si volsero a Kim. Il vecchio parlava ormai un urdù molto meno incerto di qualche anno prima, sotto Zam-Zammah; ma il Jat non gli permise una conversazione privata con il suo discepolo.

«Non è che febbre» disse Kim. «Questo bambino è denutrito.»

«Ha nausea di tutto, e per di più sua madre non è qui.»

«Se permetti, lo guarirò, Santo.»

«Come? Hanno fatto di te un medico? Aspetta qui» disse il lama e sedette accanto al Jat sullo scalino più basso del tempio, mentre Kim, guardandoli con la coda dell'occhio, apriva lentamente la scatoletta del betel. A scuola, aveva spesso sognato di tornare dal lama in veste di sahib... di trarre in inganno il vecchio prima di rivelarglisi. Sogni di ragazzo, molto meno drammatici di quella ricerca astratta e accigliata fra i tubetti delle compresse, con una pausa qua e là per riflettere o per un'invocazione a fior di labbra. Aveva pastiglie di chinino e dadi di estratto di carne, di colore scuro... estratto di manzo, probabilmente, ma questo particolare non lo riguardava. Il piccino non aveva voglia di mangiare, ma succhiò avidamente un dado e disse che quella roba salata gli piaceva.

«Prendi questi sei allora» disse Kim, porgendoli all'uomo. «Loda gli dei e fanne bollire tre nel latte e tre nell'acqua. Quando il bambino avrà bevuto il latte, dagli questo» era mezza pastiglia di chinino «e fascialo caldo. Quando si sveglierà, dagli l'acqua degli altri tre dadi e l'altra metà di questa pillola bianca. Ed ecco un'altra medicina che può succhiare lungo la strada, tornando a casa.»

«O dei, che sapienza!» esclamò il kamboh, afferrando le medicine.

Il responso di Kim altro non era se non una reminiscenza della cura fatta per un attacco di malaria autunnale... oltre alla messa in scena organizzata per impressionare il lama.

«Ora vattene! Torna domattina.»

«Ma il prezzo... il prezzo?» disse il Jat, buttando indietro le spalle massicce. «Mio figlio è mio figlio. Ora che starà di nuovo bene, come potrò ricomparire davanti a sua madre e dirle che ho trovato soccorso lungo la strada, ma che non ho dato in cambio neanche una ciotola di latte cagliato?»

«Sono tutti uguali questi Jat» disse Kim sottovoce. «Un Jat era seduto sul suo mucchio di letame, quando passarono gli elefanti del re. "O te" disse all'uomo che li guidava "quanto vuoi per questi asinelli?"»

Il Jat scoppiò in una risata fragorosa, che represse subito per fare le sue scuse al lama. «Si dice così nel nostro Paese... proprio così. Noi Jat siamo fatti tutti in questo modo. Tornerò domani con il mio bambino; e che la benedizione degli dei di casa mia... sono buoni, piccoli dei... scenda su di voi. Ora, figliolo, ritorneremo forti. Non lo sputare, principino mio! Re del mio cuore, non lo sputare, e domattina saremo uomini forti, lottatori, comandanti in capo.»

E si allontanò, piagnucolando e canticchiando. Il lama si volse a Kim, e tutta l'affettuosità della sua vecchia anima gli brillò negli occhi a mandorla.

«Curando i malati si acquista merito; ma prima di tutto bisogna acquistare scienza. Hai agito con saggezza, Amico di Tutto il Mondo!»

«Sono stato fatto saggio da te, o Santo» disse Kim, dimenticando la piccola commedia appena recitata, dimenticando il collegio di San Saverio, dimenticando il suo sangue europeo e addirittura il Gran Gioco, mentre si inchinava, secondo il rito maomettano, ad accarezzare i piedi del suo maestro fra la polvere del tempio jainista. «Devo a te tutta la mia istruzione. Ho mangiato per tre anni il tuo pane. Ora i miei studi sono finiti. Ho lasciato la scuola e vengo a te.»

«Ecco la mia ricompensa. Entra! Entra! Va tutto bene?»

Passarono nel cortile interno, dove il sole pomeridiano scendeva obliquamente in un pulviscolo d'oro. «Dritto, che ti veda. Così!» E scrutò il discepolo con occhio investigatore. «Non sei più un ragazzo: sei un uomo maturo, capace di praticare l'arte medica. Ho fatto bene… ho fatto bene, quella notte nera, a lasciarti fra quegli uomini armati. Ricordi il nostro primo incontro sotto Zam-Zammah?»

«Oh sì» rispose Kim. «E ti ricordi quando saltai giù dalla carrozza il primo giorno che arrivai… »

«Alle Soglie del Sapere? Sicuro. E il giorno che abbiamo mangiato insieme le focacce lungo il fiume, vicino a Nucklao? Ah! Tu hai mendicato per me tante volte, ma quel giorno io mendicai per te.»

«C'è un motivo» disse Kim. «Allora ero studente dentro le Soglie del Sapere e vestito da sahib. Non dimenticare, Santo» proseguì scherzando «che sono ancora un sahib… grazie a te.»

«Certo. E un sahib molto stimato. Vieni nella mia cella, *chela*.»

«Come sai che sono stimato?»

Il lama sorrise. «Prima di tutto, l'ho saputo dalle lettere di quel prete cortese che incontrammo all'accampamento degli uomini armati; ma ora è tornato in patria, e io ho continuato a mandare il denaro a suo fratello.» Il colonnello Creighton, che aveva assunto l'ufficio di tutore di Kim, quando padre Victor era tornato in Inghilterra con i Mavericks, non era affatto fratello del cappellano. «Ma io non capisco bene le lettere dei sahib. Devo farmele interpretare. Così ho scelto un mezzo più sicuro per avere tue notizie. Molte volte, quando tornavo al tempio dalla mia Ricerca, e per me era come tornare al nido, veniva a trovarmi un tale che cercava l'Illuminazione… un uomo di Leh… che in passato era stato indù, ma che ormai, a quanto mi ha detto, era stanco di tutti questi dei.» E il lama indicò gli Arhats.

«Un uomo grasso?» chiese Kim con un lampo negli occhi.

«Molto grasso; ma io ho potuto capire quasi subito che la

sua mente si perde dietro cose futili… come ad esempio demoni, incantesimi, il modo di prendere il tè nei monasteri e il sistema lamaistico di iniziare i novizi. Un uomo instancabile nell'interrogare; ma affezionato a te, mio *chela*. È stato lui a raccontarmi che ti avviavi a conseguire grande onore come scrivano. E ora vedo che sei medico.»

«Sì… sono scriba quando faccio il sahib, ma ora vengo a te come discepolo, mettendo da parte il mio mestiere. Ho finito gli studi prescritti per un sahib.»

«Una specie di novizio, dunque?» domandò il lama annuendo. «Ma non vai più a scuola? Non vorrei che fossi immaturo.»

«Ho finito tutto. A tempo debito, entrerò al servizio del governo come scriba… »

«Non come guerriero. Meglio così!»

«Ma prima andrò in giro per il mondo… con te. Sono qui per questo. Chi mendica per te, in questo tempio?» proseguì Kim in fretta, sentendo che il discorso poteva prendere una piega pericolosa.

«Spesso mendico da me; ma come sai, qui ci vengo di rado, ci passo soltanto quando torno a rivedere il mio discepolo. Ho viaggiato da un capo all'altro dell'India, a piedi e in treno. Che Paese grande e meraviglioso! Ma qui, ogni volta che ci rimetto piede, mi sembra di essere nel mio Bhotiyal.»

Il vecchio guardò con compiacenza intorno a sé, nella piccola e nitida cella. Un cuscino basso era la sua sedia, ed egli vi si sedeva a gambe incrociate, nell'atteggiamento di un Bodhisat che emerge dalla meditazione. Davanti a lui c'era un tavolino nero di legno tek, alto meno di venti pollici e apparecchiato con tazzine da tè in rame. In un angolo si ergeva un altarino, anch'esso riccamente scolpito in tek e sormontato da una statuetta di rame dorato del Buddha seduto, con davanti una lampada, un incensiere e due portafiori di rame.

«Il Custode delle Immagini nella Casa delle Meraviglie ha acquistato merito, un anno fa, dandomi tutti questi oggetti» disse il lama, seguendo lo sguardo di Kim. «Quando si è lontani dal proprio Paese, certe cose mantengono vivi i ricordi; e noi dobbiamo onorare il Signore per averci mostrato la Via. Guarda!» E indicò un mucchietto di riso disposto in forma curiosa e sormontato da un bizzarro ornamento di metallo. «Quando ero abate nel mio monastero… prima di attingere maggiore conoscenza… facevo ogni giorno questa offerta: è il sacrificio dell'universo al Signore. Ogni giorno, noi del Bhotiyal offriamo il mondo in questa forma all'Eccelsa Legge. E io faccio anche ora questa offerta, per quanto sappia che l'Eccelso è superiore alle lusinghe e alle adulazioni.» E, detto questo, prese un pizzico di tabacco dalla sua scatola.

«Fai bene, Santo» mormorò Kim, adagiandosi comodamente sui cuscini, felice e piuttosto stanco.

«Inoltre» continuò il vecchio con un sorriso di compiacenza «disegno immagini della Ruota della Vita. Tre giorni per quadro. Stavo appunto disegnando… o forse avevo chiusi gli occhi un momento… quando sono venuti a dirmi che c'eri tu. È bello averti qui. Ti mostrerò la mia arte… non per orgoglio, ma perché tu possa imparare. I sahib non hanno tutta la scienza del mondo.»

Trasse da sotto il tavolino un foglio di carta cinese dall'odore strano, i pennelli e un panetto di inchiostro d'India. Con linee nitide e precise, aveva tracciato la Grande Ruota a sei raggi, il cui centro è formato dalle figure congiunte del Porco, della Serpe e della Colomba (simboli dell'Ignoranza, dell'Ira e della Lussuria), i cui scompartimenti rappresentano tutti i paradisi e gli inferni, e tutti i casi alterni della vita umana. Si dice che lo stesso Bodhisat l'abbia disegnata per primo sulla polvere, con grani di riso, per insegnare ai suoi discepoli la Causa delle Cose. Generazioni e generazioni l'hanno poi cristallizzata attraverso i secoli in uno straordinario disegno convenzionale, completato da centinaia di piccole figure, ogni lineamento delle quali ha uno speciale significato. Pochi sono in grado di interpretare questa parabola grafica; non ci sono al mondo venti persone capaci di disegnarla con sicurezza senza modello; e coloro che sanno al tempo stesso disegnarla e spiegarla potranno essere al massimo tre.

«Ho imparato a disegnare un po'» disse Kim. «Ma questa è la meraviglia delle meraviglie.»

«Sono abituato a disegnarla da tanti anni» disse il lama. «C'è stato un tempo che riuscivo a disegnarla tutta fra un'accensione di lampade e quella del giorno seguente. T'insegnerò l'arte... dopo la necessaria preparazione; e ti spiegherò il significato della Ruota.»

«Riprendiamo la Strada, allora?»

«La Strada e la nostra Ricerca. Non aspettavo che te. In un centinaio di sogni... specialmente in quello che feci la notte successiva al giorno in cui le Soglie del Sapere si chiusero per la prima volta dietro di te... mi è stato rivelato che senza il tuo aiuto non troverò mai il mio Fiume. Ma ogni volta, come sai, avevo sempre respinto questo avvertimento, temendo che fosse un'illusione. Perciò non volli prenderti con me quel giorno a Lucknow, quando mangiammo le focacce insieme. Non ho voluto prenderti con me prima che i tempi fossero maturi e propizi. Sono andato dai monti al mare, dal mare ai monti, ma invano. Poi mi sono ricordato del *Jâtaka*.»

E il lama, come aveva già fatto tante volte con i sacerdoti jain, narrò a Kim la storia dell'elefante dall'anello di ferro.

«Non occorrono altre testimonianze» concluse serenamente. «Tu mi sei stato mandato per aiutarmi. Senza il tuo aiuto, la mia Ricerca è stata vana. Perciò andremo di nuovo insieme, e la nostra Ricerca si compirà.»

«Dove andremo?»

«Che importa, Amico di Tutto il Mondo? La Ricerca non potrà fallire. Se necessario, il Fiume zampillerà dal suolo davanti a noi. Io ho acquistato merito mandandoti alle Soglie del Sapere e regalandoti il gioiello della Sapienza. Tu sei tornato, l'ho visto or ora, come seguace di Sakyamuni il medico, il quale ha numerosi altari nel Bhotiyal. Tanto basta. Noi siamo insieme e tutto è come prima... Amico di Tutto il Mondo... Amico delle Stelle... mio *chela*!»

Maestro e discepolo discussero poi di argomenti profani; ma, strano a dirsi, il lama non chiese nessuna informazione sul collegio di San Saverio, né mostrò la minima curiosità per gli usi e i costumi dei sahib. La sua mente vagava nel passato; passo per passo, rivisse il primo meraviglioso viaggio fatto in compagnia di Kim e ne parlò sfregandosi le mani e ridacchiando allegramente, finché non lo vinse il piacere di raggomitolarsi nell'improvviso sonno della vecchiaia.

Kim restò nel cortile, a guardare l'ultimo sole dileguare in un pulviscolo incerto, giocherellando meccanicamente con il pugnale degli spiriti e con il rosario. Il frastuono di Benares, la più antica di tutte le città della terra che vegli notte e giorno al cospetto degli dei, percuoteva le mura del tempio come il ruggito del mare contro una diga. Ogni tanto un sacerdote jain attraversava il cortile per recare qualche piccola offerta alle immagini, camminando attentamente per non calpestare nessuna creatura umana. Si accese una fiammella e si udì un mormorio di preghiere. Kim guardò le stelle sorgere l'una dopo l'altra nelle tenebre dense e tranquille, finché non cadde addormentato ai piedi dell'altare. Quella notte sognò in indostano, senza nemmeno una parola inglese...

«Santo, non bisogna dimenticare il bambino al quale abbiamo dato la medicina» disse verso le tre del mattino, quando il lama, destandosi dai suoi sogni, propose di iniziare senz'altro il pellegrinaggio. «Il Jat sarà qui alle prime luci del giorno.»

«Giusta risposta. Nella fretta, stavo per commettere una mancanza.» E il vecchio sedette sui cuscini e tornò al suo rosario. «I vecchi sono come i bambini» disse in tono patetico. «Desiderano una cosa... ed ecco, deve essere fatta subito, altrimenti smaniano e piangono! Più volte, lungo la Strada, di fronte all'ostacolo di un carro di buoi o anche soltanto di un nugolo di polvere, sono stato sul punto di pestare i piedi. Questo non mi succedeva quando ero uomo... tanto tempo fa. E questo è male... »

«Ma tu sei vecchio davvero, Santo!»

«Quel che è fatto è fatto. Quando una Causa è venuta al mondo, chi, vecchio o giovane, sano o malato, saggio o ignorante, può frenare gli effetti di quella Causa? Si arresta forse la ruota, se la spinge un bambino... o un ubriaco? Questo mondo, *chela*, è grande e terribile.»

«A me sembra bello, invece» sbadigliò Kim. «Che c'è da mangiare? Non mangio da ieri sera.»

«Avevo dimenticato i tuoi bisogni. C'è dell'ottimo tè del Bhotiyal e del riso freddo.»

«Non andremo molto lontano, con questa roba.» Kim aveva il gusto europeo per la carne, che nei templi jainisti non è ammessa. Tuttavia, invece di mettersi a girare con la ciotola dell'elemosina, placò i morsi della fame con pezzi di riso freddo e attese l'alba. E il giorno portò il contadino loquace e balbettante di riconoscenza.

«Durante la notte la febbre è cessata ed è venuto il sudore» esclamò. «Senti qui... La pelle è fresca e come nuova. Ha gustato i dadi salati e ha bevuto avidamente il latte.» Così dicendo sollevò il panno dal viso del bambino, che sorrise a Kim con aria sonnolenta. Un gruppetto di sacerdoti jain, silenziosi ma attenti, si radunò all'ingresso del tempio. Sapevano (e Kim se ne era reso conto) che il vecchio lama aveva ritrovato il suo discepolo. Da persone cortesi, la sera prima avevano evitato d'importunare i loro ospiti con parole o con gesti, e anche con la semplice presenza. Quando spuntò il sole, Kim volle ricambiare la loro cortesia.

«Ringrazia le divinità del tempio jain, fratello» disse al Jat, ignorando il nome di quegli dei. «La febbre è cessata davvero.»

«Guardate! Guardate!» Nello sfondo, il lama si rivolgeva raggiante a coloro che gli davano asilo da tre anni. «Si è mai visto un *chela* simile? Egli segue la norma di nostro Signore il Risanatore.»

Ora, i sacerdoti jain riconoscono ufficialmente tutti gli dei della religione indù, compresi il Lingam e il Serpente; seguono il filone braminico e professano il principio delle distinzioni di casta. Ma poiché stimavano e amavano il lama, poiché questi era vecchio e cercava la Liberazione ed era loro ospite, e discuteva per notti intere con il loro capo... un libero pensatore metafisico, capace di spezzare un capello in settanta... risposero con un mormorio di consenso.

«Ricordati» e Kim si curvò sul bambino «che questo malanno può tornare.»

«Non tornerà, se tu hai un incantesimo adatto» disse il padre.

«Ma noi, tra poco, partiamo.»

«Sicuro» disse il lama a tutti i preti. «Partiamo insieme per quella Ricerca di cui vi ho spesso parlato. Ho atteso che il mio *chela* maturasse. Guardatelo! Andiamo verso il Nord. Mai più rivedrò questo luogo del mio riposo, o uomini di buona volontà.»

«Ma io non sono un pezzente» disse il contadino, balzando in piedi e stringendosi al petto il suo bambino.

«Sta' quieto. Non importunare questo Santo» esclamò un sacerdote.

«Va'» bisbigliò Kim. «Raggiungici sotto il gran ponte della ferrovia e, per amore di tutti gli dei del nostro Punjab, portaci da mangiare... curry, legumi, frittelle cucinate nel grasso, dolciumi. Soprattutto dolciumi. Fa' presto!»

Il pallore della fame si addiceva molto a Kim, alto e slanciato nella sua veste cupa e fluttuante; con una mano teneva il rosario, mentre levava l'altra a benedire con un gesto fedelmente imitato dal lama. A un osservatore inglese sarebbe apparso simile all'immagine di un giovane Santo su una vetrata policroma, mentre non era altro che un adolescente in piena crescita, illanguidito dalla fame.

Lunghi e cerimoniosi furono gli addii, tre volte conclusi e tre volte rinnovati. Il Cercatore... colui che dal lontano Tibet aveva invitato il lama in quell'asilo tranquillo... un asceta calvo e dal volto argenteo... non vi prese parte, ma continuò, come sempre, a meditare solitario tra le immagini. Gli altri furono molto affabili: insistevano affinché il vecchio accettasse piccoli utili doni: una scatola da betel, un elegante portapenna nuovo di ferro, una borsa per le provviste e cose simili... Gli davano avvertimenti contro i pericoli del mondo esterno e gli profetavano un esito felice della sua Ricerca. Nel frattempo Kim, più solo che mai, si era accovacciato sui gradini del portale e bestemmiava tra sé nella lingua del collegio di San Saverio.

«Colpa mia» concluse. «Con Mahbub mangiavo il pane suo o quello del sahib Lurgan. A San Saverio facevo tre pasti al giorno. Qui devo arrangiarmi. Per di più, sono giù di allenamento. Come divorerei un piatto di manzo arrosto! Hai finito, Santo?»

Il lama, alzate le mani, intonò una benedizione finale in cinese ornato. «Bisogna che mi appoggi alla tua spalla» disse, mentre si chiudevano le porte del tempio. «Comincio a perdere l'agilità.»

Non è facile sostenere per miglia e miglia di strade affollate il peso di un uomo alto sei piedi: perciò Kim, curvo sotto il carico di pacchi e di fagotti, fu ben felice di giungere all'ombra del ponte della ferrovia.

«Mangeremo qui» disse risoluto, quando il kamboh apparve sorridente e vestito di azzurro, tenendo un paniere con una mano e il figlio con l'altra.

«Servitevi, Santi!» esclamò da una distanza di cinquanta metri. (Il lama e Kim erano sul greto sotto la prima arcata del ponte, dove nessun prete affamato avrebbe potuto vederli.) «Riso e ottimo curry, frittelle calde e fragranti di *hing* [assafetida], latte cagliato e zucchero. Re dei miei campi» queste ultime parole erano rivolte al bambino «dimostriamo a questi sant'uomini che noi Jat del Jullundur sappiamo ricambiare un favore... Avevo sentito dire che i preti jainisti mangiano soltanto roba cotta da loro stessi, ma in verità» e si voltò riguardoso verso l'ampio fiume «dove occhio non vede, non esiste casta.»

«E noi» soggiunse Kim, volgendogli le spalle e riempendo un piatto di foglie per il lama «siamo al di là di tutte le caste.»

Maestro e discepolo si saziarono in silenzio di quegli ottimi cibi. E soltanto dopo aver leccato sul proprio mignolo l'ultimo, appiccicaticcio rimasuglio di dolce, Kim si accorse che anche il kamboh era in abito da viaggio.

«Se le nostre vie coincidono, verrò con te» disse bruscamente. «Non è facile incontrare chi fa miracoli, e il mio bambino è ancora molto debole. Ma io non sono una canna al vento.» Raccolse il suo *lathi* – un bambù lungo cinque piedi e adorno di cerchietti di ferro lustro – e lo fece roteare nell'aria. «Dicono che i Jat siano litigiosi, ma non è vero. Se non ci stuzzicano, siamo pacifici come i nostri bufali.»

«E sia» rispose Kim. «Un buon bastone è una buona ragione.»

Il lama guardava placido verso il fiume, dalla parte dove salgono senza tregua, in lunga fila, dense colonne di fumo dalle pire accese sulle gradinate sacre. Ogni tanto, a dispetto delle prescrizioni municipali, qualche pezzo di salma semibruciata passava galleggiando sulla corrente.

«Se non era per te» disse il kamboh a Kim, stringendosi il figlio contro il petto villoso «oggi sarei forse laggiù… con questo piccino. I sacerdoti dicono che Benares è santa… cosa di cui nessuno dubita… e che è desiderabile morirci. Ma io non conosco i loro dei, ed essi vogliono soldi; e quando s'è finito un rito, viene una testa pelata ad annunciarti che non serve a niente se non se ne compie un altro. Lavati qui! Lavati là! Versa, bevi, bagnati e spargi fiori… ma prima paga il sacerdote. No, secondo me, nessun Paese è come il Punjab e il suo migliore pezzo di terreno è il *doab*[1] del Jullundur.»

«L'ho detto molte volte… nel tempio, credo… che il Fiume, se necessario , scaturirà ai nostri piedi. Perciò andiamo a nord» disse il lama alzandosi. «Mi ricordo di un posto grazioso, circondato di frutteti, fatto apposta per passeggiare meditando… e dove l'aria è più fresca di qui: viene dai monti e dalla neve dei monti.»

«Come si chiama?» chiese Kim.

«Come potrei saperlo? Non avevi… ma no, è stato dopo

che il reggimento balzò dal suolo e ti portò via. C'era una stanza, situata di fronte alla colombaia, dove io mi trattenevo a meditare… quando lei non attaccava discorsi inattaccabili.»

«Oh, la donna di Kulu. Allora parli di Saharunpore» disse Kim ridendo.

«Come fa, lo spirito, a muovere il tuo maestro? Va forse a piedi per espiare vecchi peccati?» domandò cauto il Jat. «C'è un gran tratto di strada, di qui a Delhi.»

«No» disse Kim. «Mendicheremo un biglietto per il treno. In India, se si possiede denaro, è sempre meglio non farlo sapere.»

«Allora, in nome degli dei, prendiamo il carro di fuoco. Mio figlio sta meglio tra le braccia di sua madre. Il governo ci ha caricato di tasse, ma ci ha dato almeno una cosa buona… il treno, che avvicina gli amici e unisce gli ansiosi. Una cosa meravigliosa, il treno.»

Due ore più tardi s'infilarono tutti e quattro in un vagone, dove passarono le ore calde dormendo. Il kamboh tempestò Kim di domande sul pellegrinaggio del lama e sulla sua missione, e ne ricevette curiose risposte. Kim era felice di trovarsi dov'era, di contemplare dal finestrino il paesaggio pianeggiante del Nord-ovest e di chiacchierare con la mutevole folla dei compagni di viaggio. Ancor oggi, biglietti e foratura dei biglietti rappresentano, per i contadini indiani, un oscuro sopruso. Non riescono a capire perché, una volta pagato il magico talismano di carta, debbano consegnarlo a un estraneo che ne strappa via interi brandelli. Di qui lunghe e accanite discussioni tra i viaggiatori e i controllori euroasiatici. Kim intervenne con ponderati consigli in due o tre di questi battibecchi, al solo scopo di confondere le idee e sfoggiare la sua sapienza agli occhi del lama e dell'ammirato kamboh. Ma, alla stazione di Somna, il fato gli mandò qualcosa su cui riflettere seriamente. Mentre il treno si rimetteva in moto, piombò nello scompartimento un ometto meschino e macilento… che a giudicare dal gallo sul turbante doveva essere un mahratta. Aveva il volto tagliuzzato di ferite, la veste di mussola in brandelli e una gamba fasciata. Raccontò che il carro su cui viaggiava si era rovesciato e per poco non l'aveva ucciso: stava andando a Delhi dove abitava suo figlio. Kim l'osservò attentamente. Se fosse caduto da un carro, come sosteneva, la sua pelle avrebbe dovuto presentare qualche escoriazione. Invece tutte le sue ferite erano tagli netti e puliti, ed era incredibile che una semplice caduta l'avesse gettato in una simile angoscia. Ed ecco che l'uomo, mentre annodava con le dita tremanti la veste lacera intorno al collo, scoprì un amuleto del genere "reggicuore". Gli amuleti sono abbastanza comuni, ma di solito non vengono appesi a un filo di rame placcato e meno ancora sono di argento smaltato di nero. Soltanto il kamboh e il lama restavano ormai nello scompartimento, che fortunatamente era di vecchio tipo, con pareti massicce. Kim, fingendo di grattarsi il petto, sollevò il suo amuleto. A quella vista il mahratta cambiò subito espressione, e mise il suo amuleto bene in mostra.

«Sì» continuò rivolto al kamboh «avevo fretta, e il carro, che era guidato da un bastardo, affondò con una ruota in un fosso; oltre al male che mi sono fatto, ho perso un intero piatto di *tarkeean*. Oggi non sono proprio un Figlio dell'Incantesimo, un uomo fortunato.»

«Peccato!» disse il kamboh piuttosto freddamente. Le esperienze fatte a Benares l'avevano reso guardingo.

«Chi l'aveva cucinato?» chiese Kim.

«Una donna» rispose il mahratta, alzando gli occhi.

«Non c'è donna che non sappia cucinare i *tarkeean*» osservò il kamboh. «È un buon curry, lo so.»

«Oh, sì, molto buono» disse il mahratta.

«E a buon mercato» aggiunse Kim. «Ma di che casta era quella donna?»

«Non ci sono caste per chi va in... cerca di *tarkeean*» rispose il mahratta con la cadenza prescritta. «Di chi sei al servizio?»

«Di questo Santo.» E Kim indicò il lama, che dormiva

beato, ma che si svegliò di soprassalto al suono del caro appellativo.

«Ah, il mio discepolo mi è stato mandato dal cielo per aiutarmi. Si chiama Amico di Tutto il Mondo. Si chiama anche Amico delle Stelle. E ora fa il medico… perché il suo tempo è maturo. Il suo sapere è grande.»

«Mi chiamo anche Figlio dell'Incantesimo» soggiunse Kim sottovoce, mentre il kamboh si affrettava a caricare la sua pipa, nel timore che il mahratta gli chiedesse l'elemosina.

«E quello là chi è?» domandò il mahratta, lanciandogli un'occhiata sospettosa.

«Uno al quale io… noi abbiamo guarito il figlio, uno che ci deve molta gratitudine… siediti accanto al finestrino, uomo di Jullundur. Qui c'è un malato.»

«*Uhm*! Non ho nessuna voglia di mescolarmi con vagabondi incontrati per caso. Le mie orecchie non sono lunghe. Soltanto le donne ascoltano i segreti degli altri.» E il Jat si trascinò pesantemente nell'angolo più lontano.

«Sei un medico davvero? Io sono nei guai fino al collo» esclamò il mahratta, cogliendo la palla al balzo.

«Quest'uomo è tutto ferito e malconcio. Voglio cercare di guarirlo» disse Kim all'indirizzo del kamboh. «Nessuno mi ha disturbato mentre curavo il tuo bambino.»

«Questo rimprovero mi sta bene» disse rassegnato il kamboh. «Ti sono debitore della vita di mio figlio. Tu sei un taumaturgo… lo so.»

«Fammi vedere le tue ferite.» Kim si chinò sul collo del mahratta con il cuore che gli martellava nel petto; perché capiva, ormai, di essere nel pieno del Gran Gioco. «Raccontami svelto la tua storia, fratello, mentre recito uno scongiuro.»

«Vengo dal Sud, dove svolgo il mio lavoro. Uno di noi è stato ammazzato lungo la strada. Lo sapevi?» Kim scosse il capo. Naturalmente, non sapeva nulla del predecessore di E23, ucciso nel Sud nelle vesti di un mercante arabo. «Avevo trovato una certa lettera che ero stato incaricato di cercare, e venni via. Fuggii dalla città e scappai a Mhow. Ero così sicuro di farla franca, che non mi truccai nemmeno. A Mhow, una donna mi denunciò per un furto di gioielli nella città da cui ero fuggito. Allora capii che era stato dato l'allarme. Scappai da Mhow nottetempo, corrompendo la polizia che era stata pagata per consegnarmi senza fare nessuna indagine ai miei nemici del Sud. Restai per una settimana nell'antica città di Chitor, come penitente in un tempio, ma non potei liberarmi della lettera che dovevo recapitare. La nascosi sotto la Pietra della Regina, a Chitor, nel luogo che tutti conosciamo.»

Kim non conosceva quel posto, ma per nulla al mondo avrebbe interrotto il filo del discorso.

«A Chitor, capisci, ero nel territorio dei re; perché Kotah, che è situato a oriente, non dipende dal governo britannico, e ancora più a est ci sono Jaipur e Gwalior. Da quelle parti nessuno vede di buon occhio le spie e non c'è giustizia. Ero braccato come uno sciacallo, ma riuscii a far perdere le mie tracce a Bandakui, dove seppi che mi si accusava di assassinio nella città che avevo lasciato... dell'assassinio di un ragazzo. Hanno il cadavere e i testimoni già pronti.»

«Ma il governo non può proteggerti?»

«Noi del Gioco siamo esclusi da ogni protezione. Se moriamo, moriamo. I nostri nomi vengono cancellati dai registri, e tutto finisce lì. A Bandakui, dove abita uno dei nostri, pensai di far perdere le mie tracce cambiando connotati, e così mi travestii da mahratta. Poi andai ad Agra, e avrei voluto ritornare a Chitor per recuperare la lettera, tanto ero certo di averla fatta franca. Perciò non spedii nessun *tar* [telegramma] per dire dove era nascosta la lettera. Volevo riservarmi tutto il merito dell'impresa.»

Kim approvò con un cenno del capo. Capiva bene quello stato d'animo.

«Ma ad Agra, mentre passeggiavo per la strada, un uomo mi accusò di essere suo debitore, e avvicinandosi con molti testimoni voleva trascinarmi su due piedi in tribunale. Oh, sono furbi nel Sud! Quell'uomo pretendeva di riconoscere in me il suo rappresentante nel commercio del cotone. Possa bruciare all'inferno.»

«Eri davvero il suo agente?»

«Che sciocco! Ero l'uomo che cercavano per via di quella lettera! Scappai nel quartiere dei macellai e un ebreo, temendo una rissa, mi buttò fuori di casa. Sono venuto a piedi fino alla strada di Somna... avevo appena l'occorrente per comprare un biglietto fino a Delhi. Sulla strada, mentre giacevo in un fosso con la febbre, un tizio è saltato fuori dai cespugli, mi ha ferito e mi ha frugato da capo a piedi. E tutto questo è successo a pochissima distanza dalla ferrovia!»

«Perché non ti ha fatto fuori addirittura?»

«Non sono tanto sciocchi. Se mi arrestassero a Delhi, su richiesta degli avvocati e per provato omicidio, il mio corpo verrebbe consegnato allo Stato che lo richiedesse. Tornerei sotto buona scorta e morirei di morte lenta, ad esempio di altri. Il Sud non è il mio Paese. Continuo a girare su me stesso... come una capra con un occhio solo. Non mangio da due giorni. E con questo segno caratteristico» e si toccò le sudicie bende della gamba «a Delhi mi riconosceranno senz'altro.»

«Ma almeno sul treno sei al sicuro.»

«Resta un anno nel Gran Gioco e me lo saprai dire. I fili del telegrafo, a Delhi, saranno già tutti in movimento per descrivere ogni sgraffio e ogni straccio del mio corpo. Venti persone... cento, se necessario... mi avranno visto uccidere quel ragazzo. E tu non ci puoi fare nulla!»

Kim conosceva abbastanza bene i metodi indigeni di accusa per dubitare che il processo non fosse già tutto pronto... cadavere compreso. Il mahratta, di tanto in tanto, si torceva le mani dall'angoscia. Nel suo angolo, il kamboh guardava davanti a sé accigliato; il lama era tutto preso dal suo rosario; Kim, toccando con aria di medico il collo del mahratta, studiava il suo piano fra un'invocazione e l'altra.

«Hai un sortilegio per cambiarmi faccia? Altrimenti sono morto. In cinque... in dieci minuti al massimo, se non avessi avuto tanta fretta, avrei potuto... »

«Non è ancora guarito, taumaturgo?» disse ingelosito il kamboh. «Ormai ha cantato abbastanza.»

«No, per le sue ferite non c'è rimedio, a meno che per tre giorni non indossi le vesti di un *bairagi* e se ne stia seduto.» Questa è una penitenza assai comune, che viene spesso inflitta dai direttori spirituali ai grassi commercianti.

«Un prete cerca sempre di farne un altro» fu la risposta. Come tutta la gente rozza e superstiziosa, il kamboh non poteva trattenersi dal deridere la sua Chiesa.

«Diventerà prete anche tuo figlio, allora? È tempo che prenda un altro po' del mio chinino.»

«Noi Jat siamo tutti bufali» disse il kamboh rabbonendosi.

Kim strofinò con la punta delle dita un po' di amaro sulle labbra fiduciose del bimbo. «Io non ti ho chiesto altro che un po' di cibo» disse severamente al padre. «Mi tieni il broncio per questo? Ora voglio guarire un'altra persona. Me lo permetti... principe?»

Le mani enormi del kamboh si levarono imploranti. «No... no... Non beffarmi così.»

«Ho voglia di curare quest'ammalato. E tu puoi acquistare merito aiutandomi. Di che colore è la cenere nel fornello della tua pipa? È bianca? Buon augurio. C'è della curcuma cruda, fra le tue vivande?»

«Io... io... »

«Apri il tuo fagotto!»

Nel fagotto c'era la solita collezione di cianfrusaglie: pezzetti di stoffa, medicine da ciarlatani, monili di poco prezzo comprati alle fiere, un sacchetto di *atta* (la grigiastra farina indigena, macinata grossa), trecce di tabacco della pianura, sgargianti cannucce da pipa e un pacchetto di ingredienti per il curry, il tutto legato in un panno. Kim lo rovistò con l'aria di un vecchio stregone, balbettando un'invocazione maomettana.

«Questa scienza l'ho imparata dai sahib» bisbigliò al lama; e quando si pensi all'educazione ricevuta in casa di Lurgan, non diceva né più né meno che il vero. «Nella sorte di quest'uomo, a quel che indicano le stesse, c'è un gran male... che lo tormenta. Devo far sparire male e tormento?»

«Amico delle Stelle, tu hai sempre operato bene. Decidi come meglio credi. Si tratta di un'altra cura?»

«Presto! Presto!» boccheggiava il mahratta. «Può darsi che il treno si fermi.»

«È una cura contro l'ombra della morte» rispose Kim mescolando la farina del kamboh con la brace mista di cenere di tabacco, nel fornello di terracotta della pipa. E23, senza dire una parola, si sfilò il turbante e lasciò cadere i lunghi capelli corvini.

«Ma questa è roba mia... » borbottò il Jat.

«Che bufalo nel tempio! Hai dunque osato guardare fin qui?» disse Kim. «Io sono costretto a compiere misteri sotto gli occhi degli stolti, ma tu bada ai tuoi occhi. Ti si sono già annebbiati? Io ti salvo il bambino, e tu, in cambio... oh, svergognato!» L'uomo trasalì sotto lo sguardo serio di Kim. «Ti devo maledire, oppure... » Kim sollevò l'involucro del fagotto e lo gettò sopra la testa china del kamboh. «Azzardati anche solo a desiderare di vedere e... neppure io potrò salvarti. Sta' fermo! E tappati le orecchie!»

«Sono cieco... e sordo. Fammi la grazia di non maledirmi! Vieni, vieni bambino mio: giochiamo a nasconderci. Per amore di tuo padre, non guardare da sotto il panno.»

«Comincio a sperare» disse E23. «Qual è il tuo piano?»

«Ora vedrai» disse Kim, strappandogli la sottile camicia. Con la ritrosia degli uomini del Nord-ovest, E23 esitò a denudarsi.

«Cosa conta la casta quando si tratta di salvare la pelle?» chiese Kim, tirandogli giù la camicia fino alla vita. «Devo trasformarti in un saddhu giallo fatto e finito. Spogliati... spogliati presto, e copriti gli occhi con i capelli mentre io spargo la cenere. Ora, un segno di casta sulla fronte.» Kim si tolse dal petto la scatoletta dei colori, traendone fuori un panetto di lacca cremisi.

«Sei solo un principiante?» domandò E23, il quale lottava

per la vita nel senso letterale dell'espressione, mentre si toglieva ogni indumento e restava nudo con il solo panno intorno ai lombi.

«Sono entrato nel Gioco soltanto da due giorni, fratello» rispose Kim, spennellandogli un elegante segno di casta sulla fronte cosparsa di cenere. «Spargiti un altro po' di cenere sul petto.»

«Conosci... un medico di perle malate?» Così dicendo, E23 spiegò il suo lungo turbante arrotolato, se lo avvolse attorno ai lombi con mani agilissime nella complicata e ingegnosa foggia delle cinture dei saddhu.

«Ah! Riconosci il suo tocco, dunque? È stato mio maestro per qualche tempo. Ora bisogna truccare le gambe. La cenere guarisce le ferite. Spalmane ancora.»

«Io ero il suo orgoglio, una volta, ma tu sei quasi più bravo di me. Gli dei ci sono propizi! Dammi quella roba!»

Era una scatola di latta, piena di pillole d'oppio, che faceva parte della mercanzia del Jat. E23 ne ingoiò una mezza manciata. «Fanno bene contro la fame, la paura e il freddo. E arrossano anche gli occhi» spiegò. «Adesso ritroverò la forza per il Gioco. Ci mancano soltanto le mollette dei saddhu. Che ne facciamo dei vestiti?»

Kim li arrotolò stretti, infilandoseli fra le pieghe sciolte della sua tunica. Con un pane di ocra gialla spennellò poi le gambe e il petto del suo compagno, a larghe strisce, contro lo sfondo di farina, cenere e curcuma.

«Il sangue di cui sono intrisi questi cenci basterebbe per farti impiccare, fratello.»

«Forse: ma non è necessario buttarli dal finestrino... ho finito.» La voce di Kim vibrava di piacere infantile: il Gran Gioco lo divertiva. «Voltati e guarda, o Jat.»

«Gli dei ci proteggano» esclamò l'incappucciato kamboh, emergendo da sotto il panno come un bufalo dal canneto. «Ma... dove è andato il mahratta? Che cosa ne hai fatto?»

Kim era stato a scuola dal sahib Lurgan; ed E23, per ragioni di ufficio, non era un cattivo attore. In un angolo dello scompartimento, al posto del tremulo e ritroso commerciante, sedeva a gambe incrociate un saddhu quasi nudo, con i capelli polverosi e con il corpo tutto impiastricciato di cenere e striato d'ocra. I suoi occhi gonfi – l'oppio ha un effetto rapido sullo stomaco vuoto – brillavano di arroganza e di bestiale lussuria. Teneva fra le dita il rosario bruno di Kim e le sue spalle erano coperte con un metro scarso di logora stoffa a fiorami. Il bambino nascose la faccia tra le braccia del padre allibito.

«Guarda, guarda, principino! Viaggiamo con due stregoni, ma non ti faranno nessun male. Oh, non piangere… a che serve guarire un bambino, per farlo morire di paura il giorno dopo?»

«Il tuo bambino sarà fortunato per tutta la vita. Ha assistito a una grande guarigione. Da piccolo, io facevo uomini e cavalli con la creta.»

«Anch'io li faccio. E Sir Banas viene di notte e li fa diventare di carne e ossa dietro il letamaio» frignò il bambino.

«Così tu non hai paura di niente, eh, principino?»

«Avevo paura perché aveva paura mio padre. Gli sentivo tremare le braccia.»

«Oh, pulcino di un uomo!» esclamò Kim, e anche l'imbarazzato Jat si mise a ridere. «Ho operato una guarigione su questo povero mercante. Per vincere la perversità dei suoi nemici, dovrà rinunciare ai suoi guadagni e ai suoi libri mastri, e starsene seduto tre notti lungo la strada.»

«Meno strozzini ci sono e meglio è, dico io; ma saddhu o non saddhu, deve pagarmi la stoffa che si è messo sulle spalle.»

«Davvero! Ma tu non tieni forse in braccio il tuo bambino… che meno di due giorni fa dovevi buttare sulla pira? E senti un'altra cosa: ho fatto questo incantesimo davanti a te perché il bisogno era urgente. Ho cambiato l'aspetto e l'anima di quest'uomo. Ciononostante, se mai ti capitasse, o uomo di Jullundur, di ricordare ciò che hai visto, sia tra gli anziani seduti sotto l'albero del villaggio, sia nella tua casa, sia con il tuo prete quando benedice il bestiame, un'epidemia piomberà sui tuoi bufali, il fuoco si attaccherà sul tuo fienile, i topi invaderanno il granaio e la maledizione di Dio cadrà sui tuoi campi, che diverranno sterili sotto i tuoi piedi e dietro il tuo aratro.» Era un frammento di maledizione che Kim aveva imparato da un fachiro della Porta di Taksali quando era ancora un bambino. E non perse nulla nella ripetizione.

«Basta, Santo! Basta, per pietà!» urlò il Jat. «Non maledire la mia casa. Non ho visto niente! Non ho udito niente! Sono la tua vacca!» E fece per abbracciare il piede nudo di Kim che batteva ritmicamente sul pavimento del vagone.

«Ma poiché ti è stato concesso di aiutarmi nella faccenda, dandomi un pizzico di farina, un po' d'oppio e simili inezie, che io ho onorato servendomene nella mia arte, gli dei ti compenseranno con una benedizione» e Kim la pronunciò tutta intera, con grande sollievo del kamboh, così come l'aveva sentita dal sahib Lurgan.

Il lama sgranava gli occhi dietro le lenti, come non gli era mai accaduto di fare durante un travestimento.

«Amico delle Stelle» disse finalmente «tu hai acquistato grande saggezza: bada che non ingeneri orgoglio. Nessun uomo che abbia davanti agli occhi la Legge parla affrettatamente di ciò che ha visto o vissuto.»

«No… no… no davvero» esclamò il contadino, temendo che al maestro venisse in mente di rincarare la dose del discepolo. E23, ormai sollevato, si abbandonò al piacevole torpore prodotto dall'oppio, che per l'asiatico esausto è insieme cibo, tabacco e medicina.

Così, in un silenzio pieno di religiosa compunzior[illegible] malintesi reciproci, i tre viaggiatori giunsero a Delh[illegible] che si accendono i fanali.

XII

Chi ha desiderato il mare... la vista dell'acqua salmastra sfrenata?
Il palpitare, il fremere e lo schiantarsi dell'onda incalzata dal [vento?
Il ribollire sordo e senza spuma... grigio, enorme lievitante, che [annuncia la tempesta?
L'immobilità in grembo all'orizzonte... o il furore pazzo del [ciclone, dagli occhi stravolti?
Il suo mare che è sempre diverso... il suo mare che è sempre lo [stesso, il suo mare che tutto l'appaga?
È proprio così e non altrimenti... proprio così e non altrimenti [che i montanari sognano le montagne.

The Sea and the Hills

«Ho ritrovato il mio coraggio» disse E23, nel frastuono della stazione che copriva la sua voce. «La fame e la paura stordiscono l'uomo, altrimenti ci avrei pensato io a questa scappatoia. Avevo ragione. Vengono a cercarmi. Tu mi hai salvato la vita.»

Un gruppo di poliziotti punjabi, in pantaloni gialli, guidati da un giovane inglese tutto scalmanato, stavano fendendo la folla che si accalcava davanti ai vagoni... Dietro di loro, subdolo come un gatto, camminava un ometto grasso che aveva tutta l'aria di un procuratore legale.

«Guarda quel giovane sahib che legge un foglio. Ha in mano la descrizione dei miei connotati» soggiunse E23. «Vanno di vettura in vettura come pescatori che tirino le reti in uno stagno.»

Quando il gruppo raggiunse lo scompartimento, E23 stava contando i grani del suo rosario con un moto regolare del polso, mentre Kim lo burlava per essersi talmente riempito d'oppio da aver perduto le mollette inanellate che sono il tratto distintivo dei saddhu. Il lama, immerso in profonda meditazione, guardava fisso davanti a sé, e il contadino, sbirciando furtivamente in giro, andava raccogliendo la sua roba.

«Qui non c'è che una partita di santi mendicanti» disse l'inglese e passò oltre tra l'antipatia generale, perché i poliziotti indigeni sono per tutti gli indiani sinonimo di estorsione.

«Il difficile, ora» bisbigliò E23 «sta nel mandare un telegramma per indicare il luogo dov'è nascosta la lettera che mi avevano mandato a cercare. Non posso certo presentarmi all'ufficio del *tar* camuffato in questo modo.»

«Non ti basta che t'abbia salvato la vita?» ribatté Kim.

«No, se si lascia incompiuta l'opera. Non te l'ha mai detto colui che guarisce le perle? Oh! Arriva un altro sahib!»

Era un sovrintendente distrettuale di polizia, alto e magro – con elmetto, cinghia, speroni lucidi e così via – il quale camminava impettito arricciandosi i baffi castani.

«Che sciocchi questi sahib della polizia!» esclamò Kim di buonumore.

E23 lo guardò di sottecchi. «Dici bene» borbottò con voce mutata. «Vado a bere un po' di acqua. Tienimi il posto.»

Scese goffamente, andando quasi a cadere fra le braccia dell'inglese, che lo redarguì in cattivo urdù.

«*Tummut*? Sei ubriaco? Chi ti ha insegnato a fare il comodo tuo, come se la stazione di Delhi ti appartenesse, amico mio?»

E23, senza muovere un muscolo della faccia, rispose con un fiume di ingiurie oscene, che naturalmente mandarono Kim in visibilio. Gli ricordavano i tamburini e gli spazzini della caserma di Umballa, nei giorni terribili della sua prima esperienza scolastica.

«Bravo matto!» tuonò l'inglese. «*Nickle-jao*! [Fatti in là!] E torna al tuo vagone.»

Passo passo, indietreggiando con deferenza e abbassando la voce, il giallo saddhu si arrampicò nuovamente sul treno, maledicendo fino all'ultima generazione il DSP[1], in nome (e a questo punto Kim per poco non saltò in aria) della maledizione della Pietra della Regina, della lettera sotto la Pietra della Regina e di tutto un assortimento di dei dai nomi nuovi di zecca.

«Non so cosa vai dicendo» ribatté l'inglese rosso dalla collera «ma ti dico che sei di una dannata impudenza. Esci di qui!»

E23, fingendo di non capire, esibì serio serio il suo biglietto, che l'inglese gli strappò rabbiosamente di mano.

«Oh *zoolum*! Che oppressione!» grugnì dal suo angolo il Jat. «E tutto per uno scherzo da nulla!» Gli era piaciuta, a lui, la libertà di linguaggio del saddhu. «I tuoi incantesimi, Santo, oggi non funzionano bene!»

Il saddhu seguì il poliziotto piagnucolando e supplicandolo. La folla che si accalcava sulla banchina, indaffarata a tener d'occhio marmocchi e fagotti, non aveva badato all'incidente. Ma Kim sgattaiolò dietro il saddhu: gli era balenato il ricordo di quel rabbioso e stupido sahib che tre anni prima, sulla strada di Umballa, aveva scambiato impertinenze con una vecchia signora.

«Ho sistemato tutto» sussurrò il saddhu, pigiato da tutte le parti nella ressa schiamazzante e ribollente, con un gran levriero persiano tra i piedi e sulla schiena una gabbia piena di falchi tenuti da un falconiere rajput. «Il sahib è andato a trasmettere l'indicazione del nascondiglio della lettera. Strano, mi avevano detto che era a Peshawar. Avrei dovuto sapere che è come il coccodrillo... sempre sull'altra riva. Mi ha salvato dalla calamità presente, ma la vita la devo a te.»

«È dei nostri anche lui?» Così dicendo Kim si insinuò sotto la manica sudicia di un cammelliere di Mewar, e spinse avanti in malomodo un crocchio di pettegole matrone sikh.

«È uno dei più importanti, addirittura. Siamo fortunati tutti e due. Gli riferirò quello che hai fatto. Sono al sicuro, sotto la sua protezione.»

E23 si fece strada tra la calca che assediava i vagoni e si accovacciò contro un sedile vicino all'ufficio telegrafico.

«Torna indietro, o ti ruberanno il posto. Non temere per il

nostro lavoro, fratello… né per la mia vita. Mi hai dato modo di riprendere fiato, e il sahib Strickland mi ha tirato a riva. Può darsi che potremo ancora lavorare insieme nel Gioco. Arrivederci, dunque!»

Kim tornò di corsa al suo scompartimento: inorgoglito, eccitato ma anche un po' deluso di non possedere la chiave di tutti i segreti che lo circondavano.

«Sono appena un principiante nel Gioco, questo è certo. Io non me la sarei cavata come il saddhu. Lui sapeva che sotto il lume c'è ombra. Io non avrei mai pensato di trasmettere notizie facendo finta di bestemmiare… E com'è stato bravo, il sahib! D'altra parte, ho sempre salvato la vita a un uomo… Dove è andato il kamboh, Santo?» bisbigliò riprendendo il suo posto nello scompartimento, che nel frattempo si era riempito di gente.

«È stato preso dalla paura» rispose il lama, con una sfumatura di tenera malizia. «Ti ha visto trasformare in un batter d'occhio il mahratta in saddhu, a protezione del male, e ne è rimasto turbato. Poi ha visto il saddhu piombare tra le braccia del poliziotto… tutto effetto della tua arte. Allora ha preso in collo suo figlio ed è scappato, perché, diceva, tu hai trasformato un tranquillo mercante in un impudente capace di lanciare parolacce ai sahib, e aveva paura di subire la stessa sorte. Dov'è il saddhu?»

«Con il poliziotto» disse Kim. «Eppure io avevo salvato il bambino del kamboh… »

Il lama sospirò.

«Vedi che ti sei lasciato cogliere in fallo, mio *chela*? Tu hai curato il bambino del kamboh soltanto per acquistare merito, ma hai stregato il mahratta con gesti orgogliosi… ti ho osservato, io… e con sguardi furtivi, per farti ammirare da un uomo vecchissimo e da uno stolto contadino: di qui calamità e sospetti.»

Kim si dominò con uno sforzo di volontà superiore ai suoi anni. Ingoiare bocconi amari o essere frainteso gli piaceva meno che a qualunque altro giovane; ma non c'era via di scampo. Il treno uscì rombando dalla stazione di Delhi, immergendosi nelle tenebre.

«È vero» mormorò il ragazzo. «Ho fatto male a offenderti.»

«C'è di più, *chela*. Hai gettato un'Azione nel mondo: come una pietra scagliata nell'acqua, le sue conseguenze si propagheranno più lontano di quanto tu non immagini.»

Quest'ignoranza giovò tanto alla vanità di Kim quanto alla tranquillità d'animo del lama, se si pensa che nel frattempo partiva per Simla un telegramma cifrato annunciante l'arrivo di E23 a Delhi, e, cosa ancor più importante, il luogo in cui si trovava una certa lettera che aveva avuto l'incarico di... sottrarre. Per raccontare tutto, bisogna aggiungere che un troppo zelante poliziotto aveva arrestato nel frattempo, sotto l'accusa di omicidio commesso in un lontano Stato del Sud, uno sdegnatissimo commerciante di cotone della città di Ajmir, che ora diceva le sue ragioni a un certo signor Strickland, sulla banchina della stazione di Delhi, mentre E23 si allontanava per vie traverse nel cuore segreto della città. Nello spazio di due ore, diversi telegrammi raggiunsero l'adirato ministro di uno Stato meridionale, annunciandogli che si era perduta ogni traccia di un mahratta piuttosto malconcio; e quando il pigro treno si fermò a Saharunpore, l'ultima onda propagata dalla pietra che Kim aveva gettato, lambiva i gradini di una moschea nella lontanissima Roum... dove disturbò un pio uomo immerso nella preghiera.

Da parte sua, il lama recitò la sua preghiera solennemente, a poca distanza dalla stazione, dietro una siepe rugiadosa di buganvillee, allietato dal sole chiaro e dalla presenza del discepolo. «Buttiamoci dietro le spalle tutta questa roba» disse, indicando la locomotiva lucente e le rotaie scintillanti. «Gli sbalzi del treno... che pure è una cosa mirabile... mi hanno rotto le ossa. D'ora in poi, ci godremo l'aria aperta.»

«Andiamo dalla donna di Kulu» suggerì Kim, mettendosi allegramente in cammino sotto i suoi fagotti. La via di Saharunpore, di mattina presto, è pulita e profumata. Kim pensò alle sue mattine nel collegio di San Saverio e quel ricordo, per contrasto, accentuò la sua felicità.

«Perché tutta questa fretta? Gli uomini saggi non corrono mai come pulcini al sole. Noi abbiamo già percorso centinaia e centinaia di *kos*, e finora sono stato solo con te appena qualche minuto. Come potrai ricevere un'istruzione, finché resteremo nella calca? E come potrò io, sopraffatto da un torrente di chiacchiere, meditare sulla Via?»

«Gli anni non hanno dunque logorato la lingua della rajputni?» e il discepolo sorrise.

«Non hanno logorato neanche la sua mania per l'incantesimo. Ricordo che una volta, mentre parlavo della Ruota della Vita» e il lama si frugò in seno, cercandone la copia più recente «ella mostrò d'interessarsi soltanto dei demoni che insidiano i bambini. Acquisterà merito accogliendoci in casa sua... fra poco... in una prossima occasione... a tempo debito. Per ora possiamo camminare con piedi tranquilli, lasciandoci guidare dalla Catena delle Cose. La Ricerca non può fallire.»

Così maestro e discepolo camminarono lenti fra gli ampi frutteti in fiore... lungo le trade di Aminabad, di Sahaigunge, di Akrola del Guado e della piccola Phulesa... con la linea dei Siwaliks sempre a nord, e dietro ancora nevi. Dopo lunghi sonni riposanti sotto le nitide stelle, veniva il lento e maestoso passaggio attraverso paesi che si risvegliavano. Kim protendeva allora la ciotola in silenzio, con gli occhi vaganti da un punto all'altro del cielo a dispetto della Legge. Dopo la questua, con passi felpati, attraverso la polvere lieve, tornava dal suo maestro, che sedeva all'ombra di un mango o a quella più sottile di un *siris* bianco del Doon, e tutti e due mangiavano e bevevano tranquilli al fresco. A mezzogiorno, fatte quattro chiacchiere e una breve camminata, schiacciavano un pisolino e affrontavano il mondo riposati quando l'aria diventava più fresca. La notte li coglieva mentre si avventuravano in qualche nuovo villaggio, adocchiato tre ore prima attraverso la fertile pianura e che era stato oggetto di lunghe discussioni durante il cammino.

Qui raccontavano la loro storia... una storia nuova ogni sera, per quanto riguarda Kim... ed erano benevolmente accolti, sia dal prete sia dal più anziano del luogo, secondo il costume dell'Oriente ospitale.

Quando le ombre si accorciavano e il lama si appoggiava più pesantemente sulla spalla di Kim, c'era sempre la Ruota della Vita da tirar fuori, da tenere spiegata su ciottoli ben puliti, e da interpretare ciclo per ciclo con l'aiuto di un lungo filo di paglia. Ecco gli eccelsi dei... sogni di sogni. Ecco il paradiso e il mondo dei semidei... cavalieri che combattono sui monti. Ecco il tormento imposto alle bestie, anime che salgono o scendono lungo la scala e che vanno lasciate al proprio destino. Ed ecco gli inferni, ardenti o gelidi, e le dimore degli spiriti inquieti. Il *chela* doveva meditare sui mali che derivano dall'eccessivo mangiare... dilatazione di stomaco e infiammazione intestinale. Obbediente, a capo chino e con il dito bruno pronto a seguire l'indicazione della pagliuzza, il *chela* studiava; ma quando arrivavano al Mondo Umano, affaticato e vuoto, costruito proprio sopra gli inferni, la sua mente si distraeva; perché proprio a fianco della strada girava la Ruota, quella vera dell'appetito e della sete, dei traffici, dell'amore e dei litigi... in un penetrante calore umano. Spesso, il lama faceva oggetto del suo commento le figure vive, invitando Kim – che non se lo faceva ripetere due volte – a osservare come la carne assuma migliaia e migliaia di forme diverse, desiderabili o ripugnanti a seconda dei gusti, ma in realtà sempre prive di importanza; e come lo spirito stolto, schiavo in eterno del Porco, della Colomba e del Serpente – bramoso di noci di betel, di una nuova coppia di buoi, di donne o del favore di un re – sia costretto a seguire il corpo attraverso tutti i paradisi, e tutti gli inferni, per rifare poi da capo lo stesso giro. A volte, una donna o un povero, osservando il rito (perché altro non era) e la grande carta gialla spiegata, gettavano sul bordo di questa qualche fiore o una manciata di *cowrie*. A queste umili creature bastava aver incontrato un Santo, che forse le avrebbe ricordate nelle sue preghiere.

«Curali se sono ammalati» diceva il lama, quando in Kim si ridestava l'impulso all'azione. «Guariscili se hanno la febbre, ma non fare incantesimi, ti prego. Ricorda ciò che avvenne al mahratta.»

«Dunque ogni Azione è male?» domandò un giorno Kim, sdraiandosi sotto un grande albero al bivio della strada del Doon e guardando le formiche che gli correvano sulla mano.

«È bene astenersi dall'Azione… a meno che non sia diretta ad acquistare merito.»

«Alle Soglie del Sapere ci insegnavano che astenersi dall'Azione è indegno di un sahib. E io sono un sahib.»

«Amico di Tutto il Mondo» e il lama guardò Kim negli occhi «io sono vecchio e mi compiaccio delle apparenze, come i bambini. Per coloro che seguono la Via non c'è né bianco né nero, né India né Bhotiyal. Noi tutti siamo anime in cerca della salvezza. Qualunque sia la sapienza che i sahib ti hanno insegnato, quando troveremo il mio Fiume sarai redento da ogni illusione… al pari di me. Ah, le mie ossa spasimano per il desiderio di quel Fiume, come spasimavano di sofferenza nel treno; ma il mio spirito vigila sopra le mie ossa e attende. La Ricerca non fallirà.»

«Va bene. Ma posso fare un'altra domanda?»

Il lama inchinò la testa maestosa.

«Ho mangiato il tuo pane per tre anni… come tu sai. O Santo… di dove veniva?»

«Secondo il metro umano; nel Bhotiyal c'è molta ricchezza» rispose il lama con compunzione. «Nel mio convento, ho l'illusione dell'onore. Chiedo quello che mi occorre e non sono tenuto a renderne conto: questa è una cosa che riguarda il mio monastero. Ah! Gli alti seggi neri della lamasseria e i novizi in fila!»

E raccontò, disegnando con un dito nella polvere, la storia del rituale sontuoso e vasto nelle cattedrali protette da intrusioni profanatrici, delle processioni, delle danze degli spiriti, di monaci e di monache trasformati in porci, di città sacre innalzate a quindicimila piedi d'altezza, delle rivalità tra monastero e monastero, delle voci che risuonano fra le montagne e del misterioso miraggio che danza sulle nitide nevi. Parlò anche di Lhassa e del Dalai Lama, che aveva visto e adorato.

Quei giorni, lunghi e beati, scorrevano l'uno dopo l'altro formando dietro a Kim come una barriera che lo tagliava fuori dalla sua razza e dalla sua lingua materna. Egli ricominciava a pensare e a sognare in vernacolo, e istintivamente imitava il cerimoniale del lama nel mangiare e nel bere. Più gli occhi del vecchio contemplavano le nevi eterne, e più l'animo di lui rimpiangeva il monastero. Il pensiero del Fiume non lo turbava più. Ogni tanto, è vero, indugiava a fissare un cespuglio o un ramoscello, aspettando, così diceva, che la terra si aprisse per concedergli la beatitudine; ma era pago di trovarsi con il suo discepolo e di godere il vento lieve che spira dal Doon. Qui non era né Ceylon, né Buddh Gaya, né Bombay, né questa o quella rovina folta d'erba che aveva calcato negli ultimi anni: ormai ne parlava come uno studioso privo di vanità, come un Cercatore umile e austero, come un vecchio saggio e temperato che illumina il suo sapere di una vivida luce interiore. A poco a poco, in forma sconnessa, via via che qualcosa lungo la strada suscitava i suoi ricordi, egli parlò di tutte le sue peregrinazioni attraverso l'India: finché il suo discepolo, che l'aveva amato senza motivo, finì con l'amarlo per cinquanta buone ragioni. Vivevano insieme sereni e lieti, astenendosi, come prescrive la Legge, da maleparole e da desideri impuri: senza esagerare mai nel mangiare, senza giacere su alti letti e senza indossare vesti fastose. Secondo l'antico dettato, era lo stomaco a segnare il tempo dei pasti e la gente a portar loro da mangiare. Divennero signori dei villaggi di Aminabad, di Sahaigunge, di Akrola del Guado e della piccola Phulesa, dove Kim concesse la sua benedizione a una donna senz'anima.

Ma le notizie, in India, viaggiano in fretta, e ben presto, arrancando per i campi attraverso le messi, un servo dalle bianche basette – un oorya asciutto e macilento – si fece incontro al maestro e al discepolo, con un canestro di frutta e una scatola piena di uva di Kabul e di arance d'oro, pregandoli di onorare della loro presenza la sua padrona, profondamente afflitta per essere stata così a lungo trascurata dal lama.

«Ora mi ricordo...» Il lama parlava come se quell'invito gli giungesse per la prima volta. «È una donna virtuosa, ma intemperante nel linguaggio.»

Kim era seduto sul parapetto di una mangiatoia, e raccontava storielle ai bambini del fabbro del villaggio.

«Vorrà chiederci un altro bambino per sua figlia. Non l'ho dimenticata» disse. «Lasciamole acquistare merito. Mandale a dire che andremo.»

In due giorni percorsero undici miglia attraverso i campi, e alla fine del viaggio furono circondati di ogni attenzione, poiché la vecchia signora si manteneva fedele a una bella tradizione di ospitalità e la imponeva anche al genero, che, comandato a bacchetta dalle donne di casa, comprava la pace domestica indebitandosi con gli usurai. La vecchiaia non aveva indebolito né la lingua né la memoria della rajputni, che da una finestra del piano superiore, dalle sbarre discrete, in presenza di una dozzina di servi, rivolse a Kim complimenti che avrebbero scandalizzato un uditorio europeo.

«Ma tu sei ancora lo svergognato accattone del *parao*» strillò. «Non ti ho dimenticato. Lavatevi e mangiate. Il padre del bambino di mia figlia è andato via per un po' di tempo, e noi donne stiamo qui mute e buone a nulla.»

A dimostrazione delle sue parole, arringò spietatamente l'intera servitù, finché non fu portato da mangiare e da bere agli ospiti; calata la sera... la sera odorante di fumo, che stese un velo color rame e turchese sui campi... si degnò di scendere in palanchino nella corte, alla luce di torce fumose, e qui, dietro cortine non troppo tirate, si mise subito a pettegolare.

«Se il Santo fosse venuto solo, l'avrei ricevuto con maggiore libertà; ma con questo pendaglio da forca la prudenza non è mai troppa.»

«*Maharanee*!» disse Kim, scegliendo come sempre il titolo

più grandioso «è colpa mia se un semplice sahib, un sahib della polizia... disse che il volto della *maharanee* era...»

«Zitto! Questo avvenne durante il pellegrinaggio. Quando noi viaggiamo... tu sai come dice il proverbio.»

«Chiamò la *maharanee* rubacuori e dispensatrice di delizie, non è vero?»

«Hai una buona memoria! È vero: disse così. Erano i tempi in cui la mia bellezza fioriva.» E gorgogliò di piacere, come un pappagallo che riceve una zolletta di zucchero. «E adesso raccontami dei tuoi vagabondaggi... nei limiti della decenza, naturalmente. Quante ragazze e quante donne sposate pendono dalle tue ciglia? Venite da Benares? Ci sarei tornata quest'anno, ma mia figlia... abbiamo soltanto due bambini. Bah, questo è l'effetto del clima di pianura. A Kulu, invece, gli uomini sono elefanti. Ma vorrei chiedere al tuo Santo... fatti in là, briccone... un sortilegio contro certe orribili coliche che fanno soffrire il figlio maggiore di mia figlia nella stagione dei manghi. Due anni fa, mi dette uno scongiuro potentissimo.»

«O Santo, che hai fatto?» esclamò Kim, scoppiando dalle risa alla vista della faccia mesta del lama.

«È vero. Le diedi uno scongiuro contro i denti.»

«I denti... i denti... i denti...» gracchiò la vecchia.

«Curali se sono malati» ripeté Kim, citando con gusto le parole del maestro. «Ma evita gli incantesimi, ti prego. Ricorda che cosa è successo al mahratta.»

«Glielo diedi due piogge fa: non mi dava pace, con la sua continua petulanza.» Il lama soffriva come prima di lui aveva sofferto il suo Ingiusto Giudice. «Così succede... prendi nota, mio *chela*... che perfino coloro che vorrebbero seguire la Via ne sono distolti dalle donne oziose. Mi frastornò per tre giorni interi, quando il bambino era malato.»

«E a chi avrei dovuto parlare, se non a te? La madre del bimbo non sapeva più che fare, e il padre... nelle notti d'inverno... diceva "pregate gli dei", proprio così... e voltandosi dall'altra parte, ricominciava a russare!»

«Io le diedi lo scongiuro. Che altro poteva fare un povero vecchio?»

«"È bene astenersi dall'Azione... a meno che non sia diretta ad acquistare merito."»

«Oh, *chela*, se tu mi abbandoni, io resto tutto solo.»

«Il bimbo, a ogni modo, ha messo i denti da latte senza difficoltà» disse la vecchia signora. «Ma i preti sono tutti uguali.»

Kim tossì, in segno di disapprovazione. Giovane com'era, non approvava la sua fatuità. «Importunare il saggio fuori tempo significa tirarsi addosso i guai.»

«Sul tetto della stalla c'è un *mynah*[2] ammaestrato» e la stoccata venne di rimbalzo, accompagnata dal ben noto scatto dell'indice ingioiellato «il quale ha imparato a parlare con lo stesso tono preciso del prete di casa. Forse, dicendo questo, manco di rispetto ai miei ospiti, ma se voi aveste visto il prete stringere i pugni contro il ventre del piccino, che era una specie di zucca ormai vicina a maturazione, e l'aveste sentito gridare: "Il dolore è qui!", mi perdonereste. Ho una mezza idea di prendere la medicina dell'*hakim*[3]. La vende a buon mercato, e certo fa ingrassare come il toro di Shiva. Non si fa pregare per dare le medicine, ma io ho esitato a lasciargli curare il bambino per via del colore di malaugurio delle sue bottigliette.»

Il lama, approfittando del monologo, se l'era squagliata nel buio, verso la sua stanza.

«Probabilmente l'hai offeso» disse Kim.

«Ma no! È stanco, e io, fra le mie ansie di nonna, me ne sono dimenticata. (Non ci sono che le nonne per badare ai bambini; le mamme sono buone soltanto a partorire.) Domani, quando vedrà com'è cresciuto il figlio di mia figlia, scriverà lo scongiuro. E allora potrà anche giudicare le nuove medicine dell'*hakim*.»

«E che è questo *hakim*, *maharanee*?»

«Un vagabondo come te, ma anche un bengali molto serio... maestro di medicina. Per mezzo di una pilloletta, che lavora come un diavolo scatenato, mi ha liberato dal senso di oppressione che mi prendeva dopo i pasti. Ora è in giro, a smerciare preparati di gran pregio. Ha anche delle carte stampate in *angrezi*, dove è detto tutto ciò che ha fatto per uomini smidollati e donne sterili. Era qui da quattro giorni; ma sentendo che venivate voi (*hakim* e preti sono come serpi e tigri) è andato a mettersi al riparo, almeno credo.»

Mentre la donna riprendeva fiato dopo questa tirata, il vecchio servo, seduto impunemente ai margini del cerchio di luce della torcia, borbottò: «Questa casa, per così dire, è una specie di deposito di ciarlatani… e di preti. Basterebbe che il bambino smettesse di mangiare i manghi… ma chi ci discute, con una nonna?». E alzò la voce in tono rispettoso: «Sahiba, l'*hakim* ha mangiato e se ne è andato a dormire. Ora è nelle sue stanze dietro la colombaia».

Kim fremette come un terrier che fiuti la selvaggina. Affrontare e mortificare un bengali educato a Calcutta, un ciarlatano di Dacca, era una prospettiva allettante! Gli sembrava indecente che il lama, e di rimbalzo lui stesso, fossero messi in ombra da un tipo simile. Conosceva gli strani annunci in inglese imbastardito, pubblicati sull'ultima pagina dei giornali indigeni. A San Saverio, i ragazzi l'introducevano qualche volta di nascosto per riderci sopra con i loro compagni: il linguaggio del malato riconoscente, quando racconta i suoi mali, è infatti dei più schietti e trasparenti. L'oorya, al quale non sarebbe dispiaciuto veder combattere un parassita contro l'altro, sgusciò furtivamente verso la colombaia.

«Già» disse Kim con calcolato disprezzo. «La loro mercanzia consiste in un po' di acqua colorata e in una grande sfacciataggine. Le loro vittime sono re rammolliti e bengali ben pasciuti. E il loro profitto proviene dai bambini… che non nascono.»

La vecchia signora ridacchiò. «Non essere invidioso. Meglio gli incantesimi, eh! Non l'ho mai messo in dubbio. Fai in modo che il tuo Santo mi scriva un buon amuleto, domattina.»

«Solo l'ignorante nega» rimbombò nel buio una voce grassa e robusta, mentre un'ombra si accovacciava comodamente nel cortile. «Solo l'ignorante nega il valore delle medicine.»

«Un topo trovò un pezzo di curcuma. E disse: "Voglio aprire una drogheria"» rimbeccò Kim.

La battaglia era ormai ingaggiata, e la vecchia si irrigidì attenta.

«Il figlio del prete» continuò il nuovo arrivato «conosce il nome della sua balia e quello di tre divinità. E dice: "Dammi retta, o ti maledirò in nome di tre milioni di Onnipotenti".» Decisamente, quell'uomo invisibile aveva qualche freccia nella faretra. E proseguì: «Non sono che un maestro dell'alfabeto. Ho imparato tutta la mia scienza dai sahib».

«I sahib non invecchiano mai. Ballano e giocano come bambini, perfino quando sono nonni. Una razza robusta!» gorgheggiò la voce della sahiba dall'interno del palanchino.

«Ho anche delle droghe che sciolgono gli umori nella testa degli uomini scalmanati e collerici: *sinà* ben composta quando la luna si trova nella Casa adatta... terre gialle, *arplan* di Cina che ringiovanisce l'uomo con gran stupore dei suoi familiari... zafferano del Kashmir e il miglior *salep*[4] di Kabul. Molta gente è morta prima di...»

«Questo lo credo bene» disse Kim.

«Prima di conoscere l'efficacia delle mie medicine. Ai miei malati io non do soltanto l'inchiostro con cui è scritto un incantesimo, ma droghe calde e perforanti, che scendono e combattono con il male.»

«Sono tremende davvero» sospirò la vecchia signora.

La voce dell'uomo invisibile si lanciò in un'interminabile storia di disgrazie e bancarotte, farcita di numerose petizioni al governo. «Se non era il destino che dispone di tutti, ora sarei al servizio del governo. Ho un diploma di una grande scuola di Calcutta... dove forse, un giorno, andrà anche il figlio di questa casa.»

«Certo che ci andrà. Se il figlio del nostro vicino può diventare in pochi anni un FA, un *First Arts*[5]» la vecchia usò il termine inglese che aveva udito così spesso «chissà quante lauree porteranno via, nella ricca Calcutta, certi ragazzi di mia conoscenza.»

«Non ho mai visto» continuò la voce dell'*hakim* «un bambino simile! Nato in un'ora propizia e... a parte quelle coliche, che potrebbero trasformarsi in colera nero e portarselo via come un piccione... destinato a lunga vita, è davvero invidiabile.»

«Ah!» esclamò la vecchia signora. «Lodare i bambini porta disgrazia. Se non fosse per questo, mi piacerebbe ascoltare certi discorsi. Purtroppo non mi posso trattenere: la parte posteriore della casa non è vigilata... e con quest'aria pesante, perfino gli uomini si ricordano di essere uomini. Quanto alle donne, si sa... Per giunta, il padre del bambino è assente: vecchia come sono mi tocca fare da *chowkedar* [guardiana]. Via! Via! Tirate su il palanchino. Lasciamo che l'*hakim* e il giovane prete decidano fra loro se valgano di più gli incantesimi o le medicine. Su, fannulloni, andate a prendere del tabacco per gli ospiti... mentre io faccio il giro della casa!»

Il palanchino si allontanò traballando, seguito da torce ondeggianti e da un'orda di cani. Venti villaggi conoscevano la sahiba... le sue debolezze, la sua lingua e la sua munificenza. Venti villaggi, per un'usanza immemorabile, la imbrogliavano, ma nessuna ricompensa di questo mondo avrebbe potuto indurre la gente dei dintorni a derubarla o, tanto meno, a svaligiare proprietà della sua giurisdizione. Ciononostante, ella faceva largo sfoggio delle sue ronde formali, con un baccano che si poteva udire fino a mezza strada fra Saharunpore e Mussoorie.

Kim si quietò, come deve fare un augure quando ne incontra un altro. L'*hakim*, sempre accovacciato, spinse avanti con una pedata amichevole la sua *hookah*, e Kim ne aspirò il fumo fragrante. I presenti si aspettavano una grave disputa professionale, e forse qualche piccola cura gratuita.

«Discutere di medicina di fronte all'ignorante è come insegnare il canto al pavone» disse l'*hakim*.

«L'indifferenza» gli fece eco Kim «è spesso vera cortesia.»

Tutta questa messa in scena mirava, naturalmente, a far colpo sui presenti.

«Io ho un'ulcera alla gamba» esclamò uno sguattero. «Guardatela!»

«Via di qui!» disse l'*hakim*. «È forse nelle abitudini di questa casa importunare gli ospiti di riguardo? Ci state addosso come tanti bufali.»

«Se lo sapesse la sahiba... » cominciò Kim.

«Andiamocene! Questo è pane per i denti della padrona. Forse, quando saranno guarite le coliche del suo piccolo Shaitan, a noi poveracci sarà concesso di... »

«La padrona ha mantenuto tua moglie, quando eri in prigione per aver rotto la testa allo strozzino. Chi osa parlarne male?» Il vecchio servitore si arricciò infuriato i baffi bianchi alla luce della luce nascente. «Io sono responsabile del buon nome di questa casa. Via di qui!» e cacciò via i suoi sottoposti.

Allora l'*hakim*, muovendo appena le labbra, disse: «Come va, signor O'Hara? Felicissimo di rivederti».

La mano di Kim si contrasse intorno al cannello della pipa. In un punto qualunque della strada, forse il suo stupore non sarebbe stato così grande; ma là, in quel recesso di vita stagnante, tutto si attendeva tranne che il babu Hurree. E per giunta, gli bruciava di essere stato messo nel sacco.

«Ah, ah! Te l'avevo detto a Lucknow: "*Resurgam*... risorgerò e tu non mi riconoscerai". Quanto hai scommesso, allora?»

Kim masticava con flemma semi di cardamomo, ma respirava a fatica.

«Ma perché sei venuto, babuji?»

«Ah! Questo è il problema, come diceva Shakespeare. Sono venuto a congratularmi con te per la tua straordinaria impresa di Delhi. Ti assicuro che siamo tutti orgogliosi di te. Ti sei comportato bene e con scaltrezza! Il nostro comune amico è un vecchio amico mio. Si è sempre trovato in grossi impicci, e ora si troverà forse in un mare di guai. Mi ha raccontato tutto e io ho raccontato tutto al signor Lurgan, che si compiace che tu ti sia guadagnato i galloni. Tutti, al dipartimento, ne sono felici.»

Per la prima volta in vita sua, Kim fremette di onesto orgoglio (che può essere tuttavia un trabocchetto) per l'elogio ufficiale... l'elogio non privo di insidie di un collega stimato dai compagni di lavoro. Non c'è nulla, sulla terra, che valga questa gioia. Ma i babu, gridò in Kim l'orientale, non fanno lunghi viaggi al solo scopo di distribuire complimenti.

«Racconta la tua storia, babu» disse con autorità.

«Oh, è cosa da nulla. Di nuovo c'è soltanto che mi trovavo a Simla, quando arrivò il telegramma riguardante ciò che il nostro comune amico diceva di aver nascosto, e il vecchio Creighton... » Hurree guardò Kim, per vedere come avrebbe accolto questo saggio di audacia.

«Il sahib colonnello» corresse il collegiale di San Saverio.

«Naturalmente. Mi ha trovato che me ne stavo in panciolle, e così son dovuto correre a Chitor per trovare quella dannata lettera. A me il Sud non piace... bisogna viaggiare troppo in ferrovia per arrivarci; però mi hanno pagato una buona indennità. Ah, ah! Ho incontrato il nostro comune amico a Delhi, nel viaggio di ritorno. Ora se ne sta buono buono, e dice che la truccatura di saddhu gli va a pennello. Ebbene, ho saputo come hai lavorato presto e bene, sotto lo stimolo diretto del momento... Ho detto al nostro comune amico che farai carriera, per Giove! Sei stato splendido... Sono venuto per dirtelo.»

«*Uhm*!»

Le rane schiamazzavano nei fossi e la luna si avvicinava al tramonto. Qualche servo fortunato era uscito a scambiare quattro parole con la notte e a battere il tamburo. La frase successiva di Kim fu detta in vernacolo.

«Come hai fatto per ritrovarci?»

«Oh! È stata una cosa da nulla. Ho saputo dal nostro comune amico che andavate a Saharunpore, e vi ho seguiti. I lama rossi non passano inosservati. Mi compro una scatola di medicinali; un bravo dottore lo sono, vado ad Akrola del Guado, e vengo a sapere tutto di voi due. Parlo con questo e con quello. Tutto il popolino sa che cosa fate, così non mi è difficile sapere quando la vecchia signora vi manda incontro la *dooli*[6]. Qui, le visite del vecchio lama hanno lasciato un ottimo ricordo. D'altra parte, so che le vecchie signore non possono fare a meno delle medicine, ed essendo dottore… segui la mia storia? Mi sembra molto interessante. Parola d'onore, signor O'Hara, nel raggio di cinquanta miglia… la gente sa vita e miracoli di voi due. Ecco come ho fatto a venire. Ti dispiace?»

«Babuji» disse Kim, alzando gli occhi verso la faccia larga e sorridente di Hurree «io sono un sahib.»

«Mio caro signor O'Hara… »

«E spero di giocare al Gran Gioco.»

«Per il momento, sei un mio subalterno.»

«Allora, a che scopo parlare come una scimmia su un albero? Non si viene in cerca di qualcuno fino da Simla, e per giunta travestito, soltanto per dirgli qualche parolina dolce. Non sono un bambino, io. Parla hindi e veniamo al sodo… Tu sei qui… e non dici una parola sincera su dieci. Perché sei venuto? Rispondi con franchezza.»

«Questo è il lato sconcertante degli europei, signor O'Hara. Alla tua età, dovresti avere più tatto.»

«Ma io voglio sapere» disse ridendo Kim. «Se si tratta del Gioco, posso dare una mano. Ma come posso fare qualcosa, se tu continui a ciarlare, senza mai venire al punto?»

Il babu Hurree afferrò la canna della pipa e vi si attaccò finché non riprese a gorgogliare.

«Ora parlerò in vernacolo. Tu sai tenere il segreto, signor O'Hara… Si tratta del pedigree di uno stallone bianco.»

«Ancora? Ma era finita da un pezzo.»

«Il Gran Gioco finisce soltanto quando tutti sono morti, non prima. Stai a sentire fino in fondo. Tre anni fa, quando Mahbub Ali ti diede il pedigree dello stallone bianco, c'erano cinque re che preparavano la guerra. Grazie a quella comunicazione, il nostro esercito piombò loro addosso prima che fossero pronti.»

«Già... ottomila uomini oltre ai cannoni. Ricordo quella notte.»

«Ma la guerra non venne spinta a fondo, com'è nelle abitudini del governo. Le truppe furono richiamate, perché il governo credeva che i cinque re fossero domati e anche perché costa molto mantenere dei soldati sui passi di montagna. Hilas e Bunar... due rajah possessori di cannoni... si impegnarono dietro compenso a difendere i valichi contro chiunque venisse dal Nord, protestando insieme paura e amicizia.» E qui Hurree si interruppe ridendo, per poi riprendere in inglese. «Naturalmente, ti dico questo in via privata, per spiegarti la situazione politica, signor O'Hara. Ufficialmente non mi è permesso criticare l'azione dei miei superiori. Ma andiamo avanti... Il governo, ansioso di ridurre le spese, accettò, e fu concluso un trattato in base al quale Hilas e Bunar si impegnarono, per tante rupie al mese, a sorvegliare i valichi di montagna non appena fossero state ritirate le truppe regolari. A quel tempo... cioè poco dopo che noi due ci siamo conosciuti... io, che vendevo tè a Leh, fui promosso contabile nell'esercito; e quando le truppe furono ritirate, fui lasciato indietro per pagare i *coolie* che aprivano nuove strade sui monti. Questi lavori stradali erano contemplati nel trattato fra Bunar, Hilas e il governo.»

«E poi?»

«Passata l'estate, lassù faceva un freddo cane, te lo posso assicurare» proseguì in tono confidenziale il babu Hurree. «Ogni notte avevo paura che gli uomini di Bunar mi tagliassero la gola per svaligiare la cassa delle paghe. E le mie guardie sepoy se la ridevano. Per Giove! Ero talmente fifone! Ma lasciamo andare. Continuiamo il colloquio... Riferisco più volte che questi due re si sono venduti al Nord; e Mahbub Ali, che era ancora più a settentrione di me, lo conferma ampiamente. Non fu preso nessun provvedimento. Intanto mi si congelano i piedi e mi si stacca un dito. Mando a dire che le strade, per le quali pagavo agli scavatori denaro sonante, vengono costruite in realtà per i piedi degli stranieri e dei nemici.»

«Per?»

«Per i russi. La cosa era ormai di pubblico dominio, tanto che gli stessi *coolie* ci sghignazzavano sopra. Finalmente mi chiamarono per riferire a voce quanto sapevo. Venne anche Mahbub. E ora senti come va a finire! Sui valichi, quest'anno, sciolte le nevi» e il babu rabbrividì al solo ricordo «arrivano due stranieri con il pretesto di andare a caccia di capre selvatiche. Portano fucili, ma anche catene, livelli e bussole.»

«Oh! La faccenda si fa più chiara.»

«Vengono accolti da Hilas e da Bunar. Fanno loro grandi promesse; parlano in qualità di portavoci di un imperatore e recano doni. Vanno su e giù per le valli dicendo: "Qui potete costruire un contrafforte, là potete scavare un fortino, e laggiù potete tenere la strada contro un intero esercito". Era la stessa strada per cui ogni mese avevo versato fior di rupie. Il governo lo sa e non muove un dito. Gli altri tre re, che non erano pagati per difendere i valichi, mandano un corriere al comando per denunciare la malafede di Bunar e di Hilas. E quando ormai il danno è fatto… quando i due stranieri con livelli e bussole hanno annunciato a cinque re che domani o dopodomani una grande armata spazzerà i valichi… e la gente di montagna è tutta credulona… proprio allora mi arriva l'ordine, a me, babu Hurree: "Va' nel Nord a vedere cosa fanno quegli stranieri". Io dico al sahib Creighton: "Questo non è un processo, perché si debba andare intorno a raccogliere prove".» E qui il babu ricominciò di scatto a parlare inglese. «"Per Giove" dico "che diavolo mai volete fare? Qui bisognerebbe dare ordini semiufficiali a qualche uomo di fegato perché li avvelenasse, a titolo d'esempio. Se mi permettete un'osservazione, da parte vostra c'è una deplorevole trascuratezza!" E il colonnello Creighton mi rise in faccia. "Tutto dipende dal vostro solito e stupido orgoglio inglese. Vi pare impossibile che qualcuno osi cospirare contro di voi! Bravate da coscritti!"»

Kim fumava lentamente, rimuginando quella faccenda, per quanto ne poteva capire, nella sua mente sveglia.

«Allora, tu vai in giro per scovare quegli stranieri?»

«No, per fare la loro conoscenza. Devono venire a Simla per mandare a imbalsamare a Calcutta le teste della selvaggina. Sono gentiluomini che si occupano esclusivamente di caccia e il governo concede loro speciali facilitazioni. Naturalmente noi facciamo sempre così. È il nostro orgoglio britannico.»

«E allora che c'è da aver paura?»

«Per Giove, non sono mica negri. Io posso fare quel che voglio dei negri, si sa. Ma questi sono russi, gente assolutamente senza scrupoli. Io... io non intendo frequentare certa gente senza testimoni.»

«C'è dunque il caso che ti ammazzino?»

«Questo sarebbe niente. Credo di essere abbastanza spenceriano per saper affrontare quella inezia che è la morte, e che è nel mio destino, lo sai bene. Ma... ma possono bastonarmi a sangue.»

«Perché?»

Il babu Hurree fece schioccare le dita con irritazione. «Mi aggregherò al loro seguito come dipendente in soprannumero, magari quale interprete, o mentecatto o affamato, o che so io. E raccoglierò quel che posso, suppongo. Questo è facile per me come far la parte del medico con la vecchia sahiba. Soltanto... soltanto... capisci, signor O'Hara, io disgraziatamente sono asiatico, il che sotto molti rispetti è un serio inconveniente. E poi sono anche un bengali... cioè un fifone.»

«Dio ha fatto la lepre e il bengali. C'è da vergognarsene?» disse Kim, citando un vecchio proverbio.

«Fu un processo di evoluzione, credo, determinato da una necessità primordiale; ma il fatto rimane in tutto il suo *cui bono*. Io sono, ahimè, terribilmente pauroso!... Mi ricordo di una volta che volevano tagliarmi la testa sulla strada di Lhassa. (No, non son mai arrivato a Lhassa.) Mi buttai a sedere, signor O'Hara, e scoppiai a piangere immaginando le torture cinesi. Ora non credo che questi due gentiluomini mi vorranno torturare, ma desidero far fronte a eventualità sempre possibili, assicurandomi un aiuto europeo nell'emergenza.» Tossì sputando i cardamomi. «È una proposta puramente privata, alla quale puoi rispondere: "No, babu". Se non hai impegni urgenti con il tuo vecchio (forse potresti fargli cambiare strada, o forse io potrei sedurre la sua immaginazione), mi piacerebbe che tu ti tenessi in rapporto dipartimentale con me, finché non avrò trovato questi due tizi. Ho grande stima di te, da quando ho parlato a Delhi con quel mio amico. Inoltre, quando la faccenda sarà finalmente risolta, inserirò il tuo nome nel mio rapporto ufficiale. Sarà una bella penna per il tuo cappello. Ecco la ragione vera della mia venuta.»

«*Hum*! La conclusione del racconto dev'essere vera; ma la prima parte?»

«La storia dei cinque re? C'è molta verità. Molta di più di quanto tu non supponga» disse Hurree in tono serio. «Vieni... eh? Di qui io vado subito nel Doon. È tutto prati verdi e smaltati di fiori. Poi andrò a Mussoorie... la buona vecchia Mussoorie Pahar, come dicono i gentiluomini e le dame. Poi a Chini per la strada di Rampur. Questa è la sola via da cui possano arrivare quegli egregi cacciatori. Non mi piace aspettare al freddo, ma li aspetterò. Voglio andare con loro a Simla. Vedi, uno dei due russi è francese, e io so abbastanza bene il francese. Ho amici a Chandernagore.»

«Il vecchio sarà certamente felice di rivedere le montagne» disse Kim pensieroso. «Non ha quasi parlato d'altro in questi ultimi dieci giorni. Se andiamo insieme... »

«Possiamo far conto di non conoscerci, lungo la strada, se così preferisce il tuo lama. Io vi precederò di quattro o cinque miglia. Non c'è furia per Hurree. E voi verrete dopo. C'è tempo, c'è tempo; quei due intanto complotteranno, facendo rilievi e carte, si sa. Io partirò domani e voi il giorno dopo, se preferite. Eh? Ripensateci fino a domattina. Per Giove, è quasi giorno!» Il babu fece un sonoro sbadiglio, e senza una parola di commiato si allontanò con passo pesante per andarsi a coricare. Ma Kim dormì poco, e pensò molto in indostano:

“Il Gioco si chiama grande a ragione! Io ho fatto per quattro giorni lo sguattero a Quetta, servendo la moglie dell’uomo al quale ho rubato il libro mastro: e questo rientrava nel Gran Gioco! Dal Sud… Dio sa da che distanza… è arrivato il mahratta che gioca il Gran Gioco a rischio della vita. E adesso io andrò lontano lontano nel Nord per giocare ancora il Gran Gioco. Questa partita è davvero come una spola per tutta l’India. E se io vi posso partecipare e divertirmici” pensando a questo Kim sorrise alle tenebre “lo devo al mio lama. Anche a Mahbub Ali… anche al sahib Creighton, ma soprattutto al Santo. Ha ragione lui… questo mondo è grande e meraviglioso… e io sono Kim… Kim… Kim… solo… una persona sola… in mezzo a tutto il mondo. Ma vedrò bene questi stranieri con i loro livelli e le loro catene… ”

«Che avete concluso con le chiacchiere di ieri sera?» gli domandò il lama, dopo aver recitato le sue orazioni.

«È venuto un venditore ambulante di medicine… un parassita della sahiba. L’ho annientato, dimostrando con argomenti e preghiere che i nostri scongiuri valgono più delle sue acque tinte.»

«Ahimè, i miei scongiuri. La virtuosa donna insiste ancora per averne un altro?»

«Proprio così.»

«Allora bisogna che glielo scriva; altrimenti mi assorderà con i suoi schiamazzi.» E, così dicendo, il lama cercò nel suo portapenne.

«Nelle pianure» disse Kim «c’è sempre troppa gente. Sui monti, a quel che sento, ce n’è meno.»

«Oh, i monti e la neve dei monti!» Il lama strappò un quadratino di carta abbastanza piccolo per essere contenuto in un amuleto. «Ma che ne sai, tu, dei monti?»

«Sono molto vicini.» Kim spinse la porta e guardò il profilo lungo e tranquillo dell’Himalaya, soffuso dell’oro del mattino. «Ci ho messo piede solo in veste di sahib.»

Il lama fiutò nel vento con malinconia.

«Se andiamo nel Nord…» Kim rivolse la domanda al sole nascente «non potremo forse evitare l'afa meridiana, camminando fra le colline? È fatto il tuo scongiuro, Santo?»

«Ho scritto i nomi di sette demoni sciocchi… nessuno dei quali vale un granello di polvere nell'occhio. Ed ecco in quale modo le donne pazze riescono a distoglierci dalla Via!»

Il babu Hurree uscì di dietro la colombaia, lavandosi i denti con ostentata osservanza del rituale. Robusto, grave di fianchi, con il suo collo taurino e la sua voce profonda, non sembrava davvero "un fifone". Kim gli fece capire con un segno quasi impercettibile che le cose erano ben avviate; e quando la *toilette* mattutina fu terminata, il babu Hurree andò a ossequiare il lama con linguaggio fiorito. I tre ospiti, naturalmente, mangiarono in disparte. Più tardi la vecchia signora, stando più o meno velata dietro una finestra, tornò al problema vitale delle coliche prodotte nei bambini dai manghi acerbi. In materia di medicina il lama si intendeva soltanto di quella "simpatica". Egli credeva che portare addosso un miscuglio di zolfo e di letame di cavallo nero, dentro una pelle di serpente, fosse un rimedio ottimo per il colera; ma il simbolismo l'attraeva assai più della scienza. Il babu Hurree aderì alle sue opinioni con garbo incantevole. Il lama allora lo definì un medico cortese. Da parte sua, il babu Hurree dichiarò di non ritenersi altro che un inesperto dilettante di misteri; ma di essere capace… cosa di cui era grato agli dei… di avvedersi della presenza di un maestro. Egli stesso era stato istruito dai sahib – i quali non badano a spese – nelle aule stupende di Calcutta; però, come riconosceva per primo, c'era una sapienza che trascendeva ogni sapienza terrestre: la dottrina solitaria del contemplatore. Kim ascoltò questi discorsi con invidia. Il babu Hurree di sua conoscenza – mellifluo, prolisso e nervoso – era scomparso; ed era anche scomparso lo sfrontato venditore di farmaci della sera precedente. Rimaneva… raffinato, cortese, attento… un uomo erudito e temprato da ardue esperienze, il quale raccoglieva il sapere dalle labbra del lama.

La vecchia signora confidò a Kim che quei sublimi argomenti non erano accessibili alla sua comprensione. A lei piacevano gli scongiuri scritti con una buona quantità di inchiostro da sciogliere nell'acqua e inghiottire facendola finita. Altrimenti a che servivano gli dei? A lei piacevano le cose terrene, e ne parlò... parlò di reucci che aveva conosciuto in passato; della sua bellezza di un tempo; delle devastazioni causate dai leopardi; dell'eccentricità dell'amore asiatico; delle scadenze delle tasse; degli affitti esorbitanti; delle cerimonie funebri; dell'educazione dei bambini; della corruzione dei tempi e (con allusioni abbastanza trasparenti) anche di suo genero. E Kim, il quale si interessava della vita di questo mondo quanto la vecchia signora che era sul punto di lasciarlo, beveva tutti quei discorsi, stando accovacciato con i piedi sotto il lembo della tunica, mentre il lama demoliva, l'una dopo l'altra, le teorie mediche esposte dal babu Hurree.

A mezzogiorno il babu si mise a tracolla la sua scatola di medicinali a cerniere d'ottone, prese le sue scarpe lustre da cerimonia in una mano, un allegro ombrello bianco e azzurro nell'altra, e si avviò verso il Nord, alla volta del Doon, dove, come diceva, era atteso da certi reucci locali.

«Noi partiremo al fresco della sera, mio *chela*» disse il lama. «Quel dottore, versato in medicina e cortesia, afferma che la gente dei monti è devota, caritatevole e molto bisognosa di un maestro. Tra poco... così dice l'*hakim*... aspireremo l'aria fresca e l'odore dei pini.»

«Andate verso i monti? E passerete da Kulu? Oh, tre volte felici!» strillò la vecchia signora. «Se non fosse per le cure di famiglia, che mi danno qualche ansietà, prenderei il palanchino... ma questo sarebbe uno scandalo, e ne sarebbe rovinata la mia reputazione. Oh! Io conosco la strada... conosco ogni tratto della strada. Troverete carità dappertutto... non si nega nulla alla gente perbene. Ordinerò che vi diano provviste per il viaggio. Volete un servitore per insegnarvi la strada? No... Allora lasciatemi almeno cucinare per voi qualche buona pietanza!»

«Che donna, la sahiba!» esclamò l'oorya dalla barba bianca, quando si sentì un gran baccano nelle cucine. «Non ha mai dimenticato né un amico né un nemico, in vita sua. E le pietanze che prepara... ah!» e si fregò lo stomaco incavato.

Dalle cucine vennero fuori focacce, dolciumi, stufato freddo di pollo, con contorno di riso e prugne... quanto bastò per caricare Kim come un mulo.

«Sono vecchia e inutile» disse la sahiba. «Nessuno mi vuole bene... e nessuno mi rispetta... ma poche donne si possono paragonare a me quando, con l'aiuto degli dei, m'accovaccio davanti alle mie casseruole. Ritornate, gente di buona volontà. Ritornate, Santo e discepolo. La stanza è sempre preparata; e il benvenuto è sempre pronto... Bada che le donne non corrano dietro al tuo *chela* con troppa sfacciataggine. Io conosco le donne di Kulu. E tu, *chela*, bada che lui non prenda la fuga, quando sentirà l'odore dei suoi monti... Ehi! Non capovolgere il sacco del riso... Benedici la famiglia, Santo, e perdona le stupidaggini della tua serva.»

La vecchia si asciugò gli occhi rossi e infossati con un lembo del suo velo, e fece un singhiozzo simile al verso della chioccia.

«Le donne chiacchierano» disse finalmente il lama «ma è la loro malattia. Ho dato un sortilegio alla nostra ospite. Ella è legata alla Ruota e interamente persa dietro le apparenze della vita, ma ciononostante, *chela*, è virtuosa, cortese, ospitale... di cuore puro e zelante. Chi potrà dire che non acquisterà merito?»

«Io no di certo, Santo» disse Kim, assestandosi il munifico fardello sulle spalle. «Nella mia mente... dietro gli occhi... ho cercato di figurarmi una donna del suo tipo, interamente libera dalla Ruota... senza più desideri... umile e tranquilla... come una monaca, insomma, e... »

«E... ? Finisci, demonietto!» disse il lama sul punto di scoppiare in una risata.

«E non riesco a vederla.»

«Nemmeno io. Ma vi sono milioni e milioni di reincarnazioni davanti a lei. In ognuna, forse, ella acquisterà un po' di saggezza.»

«E non c'è il caso che, trasformandosi, disimpari come si fanno gli stufati con lo zafferano?»

«La tua mente è sviata dietro cose indegne. Ma ella è abile. Io mi sento tutto ristorato. Quando arriveremo sui monti sarò ancora più forte. Aveva ragione stamani l'*hakim*, quando mi disse che un alito di vento delle montagne soffia via vent'anni dalla vita di un uomo. Noi saliremo sulle montagne... sulle alte montagne... fin dove rumoreggiano le acque del disgelo, fin dove gli alberi stormiscono... e ci staremo un po'. L'*hakim* è molto sapiente, ma non è affatto orgoglioso. Ho parlato con lui, mentre tu chiacchieravi con la sahiba... di un certo torpore che di notte mi prende alla nuca, e mi ha detto che proveniva dal caldo eccessivo... e che va curato con l'aria fresca. Riflettendo, mi sono meravigliato di non aver pensato da me a un rimedio così semplice.»

«Gli hai parlato della tua Ricerca?» domandò Kim un po' ingelosito. Egli preferiva influire sul lama con i suoi discorsi... piuttosto che con le astuzie del babu Hurree.

«Sicuro. Gli ho parlato dei miei sogni e di come ho acquistato merito facendo istruire te nelle scienze.»

«Non gli hai mica detto che sono un sahib?»

«Che bisogno c'era? Ti ho spiegato molte volte che noi siamo due anime in cerca di salvezza. Mi ha risposto – e in questo ha ragione – che il Fiume scaturirà proprio come ho sognato io... ai miei piedi, se occorre... Avendo trovata la Via che mi libererà dalla Ruota, devo forse affaticarmi a trovare una strada attraverso i campi della terra... i quali non sono altro che illusione? Sarebbe una sciocchezza. Io ho i miei sogni che si ripetono ogni notte; ho il *Jâtaka*; e ho te, Amico di Tutto il Mondo. Nel tuo oroscopo era scritto che un Toro Rosso in un campo verde... non l'ho dimenticato... ti avrebbe innalzato a questo grande onore. Chi, se non io, ha veduto compiersi questa profezia? Chi, se non io, ne è stato lo strumento?

E tu, in cambio, troverai il mio Fiume, divenendo lo strumento della mia scoperta. La Ricerca non fallirà!»

Il lama rivolse la sua faccia gialla come l'avorio, serena e calma, verso le montagne, che sembravano ammiccare verso di lui; mentre la sua ombra gli si allungava davanti nella polvere.

XIII

Chi ha desiderato il mare… i flutti immensi e sdegnosi?
Il fremito, l'impennata, il risucchio, che scaglia la prua verso le
[stelle…
Le nubi schierate e, sotto, il crestato, ruggente zaffiro…
Le folate improvvise su scogli in agguato, e lo scroscio del tuono
[sulla vela?
Il suo mare nei prodigi sempre diverso… il suo mare nei prodigi
[sempre lo stesso…
Il suo mare che tutto l'appaga?
È proprio così e non altrimenti… proprio così e non altrimenti
[che i montanari sognano le montagne.

The Sea and the Hills

"Chi va alla montagna, va da sua madre."

Attraversati i Siwaliks e il semitropicale Doon, maestro e discepolo si lasciarono alle spalle anche Mussoorie e puntarono a nord per anguste strade di montagna. Di giorno in giorno, si addentrarono sempre più fra le vette della regione alpina, e di giorno in giorno Kim vide il lama riprendere vigore.

Fra le terrazze del Doon, il lama si era ancora appoggiato alle spalle del discepolo, lieto di approfittare di ogni sosta sul ciglio della strada. Ma ai piedi della grande salita per Mussoorie si animò come un vecchio cacciatore davanti al teatro delle sue imprese giovanili; e invece di accasciarsi esausto, si avvolse sulla persona i lunghi drappeggi, aspirò a pieni polmoni l'aria adamantina e cominciò a salire come può farlo soltanto un montanaro. Kim, nato e allevato in pianura, sudava e ansimava stupefatto. «Questo è il *mio* Paese» disse il lama. «In confronto al Suchzen, questo suolo è più piatto di un campo di riso.» E proseguì a grandi passi, con energici e regolari colpi d'anca. Quando poi si trattò di scendere un declivio ripidissimo (tremila piedi di dislivello per tre ore di cammino) si lasciò molto indietro Kim. Il ragazzo aveva le reni indolenzite per il continuo sforzo di tenersi eretto, e gli alluci dei piedi quasi recisi dai lacci dei sandali. Il lama marciò implacabile attraverso l'ombra chiazzata di immense foreste di deodar; attraverso querceti piumati e incappucciati di felci; attraverso boschi di betulle, elci, rododendri e pini; giù per pendii arsi dal sole, dalle pendici sdrucciolevoli; e poi di nuovo nella frescura delle foreste, finché la quercia cedette il posto ai bambù e alla palma delle valli.

Volgendosi indietro, nella luce del crepuscolo, a guardare le enormi giogaie che si erano lasciati alle spalle e l'esile, incerta striscia della strada che avevano percorso, tracciava con la generosa larghezza del montanaro il programma di viaggio dell'indomani; oppure, facendo tappa nella gola di qualche valico elevato che sboccava verso Spiti o Kulu, tendeva avido le mani verso le nevi eterne che biancheggiavano all'orizzonte. All'alba, le nevi sfolgoravano di un rosso cupo contro l'azzurro intenso, mentre su Kedarnath e Badrinath – sovrani di quelle solitudini deserte – sgorgava la prima luce. Per tutto il giorno, le creste si profilavano sotto il sole come argento fuso, e a sera si ingemmavano di nuovo. Dapprima soffiarono sui due viaggiatori venti miti, deliziosi da respirare quando ci si arrampica su qualche ripida erta; ma più oltre, a un'altitudine di nove o diecimila piedi, quelle brezze pungevano, e Kim permise gentilmente agli abitanti di un villaggio alpestre di acquistare merito, regalandogli un ruvido mantello di lana spessa. Il lama si stupì che si potesse deprecare tanto un vento a lama di coltello, che a lui toglieva gli anni dalle spalle.

«Ma questi sono monti bassi, *chela*. Il freddo vero comincia soltanto sui veri monti.»

«L'aria e l'acqua sono buone, e la gente abbastanza devota, ma il cibo è pessimo» brontolò Kim «e noi corriamo come fossimo matti... o inglesi. E di notte gela, per di più.»

«Un poco, forse: ma solo quanto basta perché le ossa dei vecchi gioiscano al sole del mattino. Non possiamo crogiolarci sempre nelle delizie dei letti soffici e del cibo abbondante.»

«Potremmo almeno tenerci sulla strada.»

Kim aveva tutto l'affetto dell'uomo di pianura per i sentieri ben battuti, larghi meno di sei piedi, che si snodano tra le montagne; ma il lama, da buon tibetano, non sapeva rinunciare alle scorciatoie e ai margini dei pendii ghiaiosi. Come spiegò al suo discepolo zoppicante, un uomo cresciuto tra i monti indovina d'istinto dove conduce ogni strada di montagna, e le stesse nuvole basse, che possono rappresentare un ostacolo per uno straniero inesperto, non danno alcun fastidio a un montanaro avveduto. Così, dopo ore e ore di quello che nei paesi civili si sarebbe considerato alpinismo vero e proprio, maestro e discepolo si arrampicavano ansimando su una sella, scivolavano lungo uno sfasciame e ripiombavano sulla strada, attraverso le foreste, a un angolo di quarantacinque gradi. Incontravano ogni tanto villaggi alpestri – capanne di terra e di fango o di legno rozzamente tagliato con l'ascia – appesi come nidi di rondine contro ripidi pendii, ammonticchiati su minuscoli pianori a metà di una scivolata di tremila piedi, rincantucciati di un angolo fra rupi che aspiravano, come la gola di un camino, ogni brezza errante; o, per via dei pascoli estivi, appollaiati ai piedi di una gola che d'inverno sarebbe stata sepolta sotto sette piedi di neve. E gli abitanti... magri, sudici, vestiti di ruvida lana, con gambe corte e nude e facce da eschimesi... uscivano in massa, come un gregge, ad adorarli. La gente della pianura, mite e cortese, aveva trattato il lama come un sant'uomo fra tanti. Ma i montanari lo veneravano come chi sia in confidenza con tutti i diavoli. Praticavano un buddhismo quasi dimenticato, sovraccarico di un culto della natura che era fantastico come i loro paesaggi e complicato come le terrazzature dei loro minuscoli pezzi di terra; ma riconoscevano grande autorità al cappello alto, al rosario ticchettante e alle rare citazioni cinesi, e rispettavano l'uomo sotto il cappello.

«Ti abbiamo visto scendere giù dai neri Seni di Eua» disse una sera un betah che aveva offerto al maestro e al discepolo formaggio, latte acido e pane duro come pietra. «Non ci andiamo spesso... tranne quando d'estate le vacche che devono figliare vi si perdono. Tra quelle pietre c'è un vento impetuoso, che anche nei giorni più calmi ributta indietro chi ci si avventura. Ma gente come voi non può aver paura del Diavolo di Eua!»

E allora Kim, dolorante in ogni fibra, stordito dalla vertigine per il continuo guardare in basso, con le dita dei piedi sanguinanti per il disperato aggrapparsi in angusti crepacci, si sentiva soddisfatto delle sue marce... così come un collegiale di San Saverio che riceva le lodi dei compagni, dopo aver vinto una corsa di un quarto di miglio in pianura. Le montagne gli succhiavano dalle ossa il sugo del *ghi* e dello zucchero; l'aria asciutta, aspirata ansimando sulla vetta di valichi crudeli, gli rafforzava e gli sviluppava il torace, mentre lo sforzo della salita e della discesa gli induriva i muscoli delle cosce e dei polpacci.

Il lama lo faceva meditare spesso sulla Ruota della Vita... più spesso di prima, dal momento che entrambi, come diceva il vecchio, si erano ormai liberati dalle sue tentazioni visibili. Se non avvistavano un'aquila grigia; se non scorgevano un orso grufolare su un pendio lontano; se non incontravano all'alba, in qualche tranquilla valletta, un leopardo dai colori violenti intento a divorare una capra; se non vedevano di tanto in tanto volare un uccello dai colori luminosi, maestro e discepolo erano soli con i venti e con l'erba frusciante nel vento. Le donne delle capanne fumose, davanti alle quali passavano scendendo dai monti, erano brutte e sporche, mogli di molti mariti e afflitte dal gozzo. Gli uomini, quando non erano contadini, erano boscaioli... umili e di una ingenuità incredibile. Ma affinché i due pellegrini non restassero privi di una conversazione degna di loro, il destino inviò il cortese medico di Dacca, che ora li raggiungeva, ora era lui a essere raggiunto; il medico barattava il proprio cibo con unguenti buoni per il gozzo e consigli che ristabilivano la pace tra uomini e donne. Egli sembrava conoscere quei monti come ne conosceva i dialetti, e diede al lama informazioni precise sulle terre verso Ladakh e verso il Tibet; disse anche che era possibile scendere alla pianura da qualunque punto del loro percorso. Ma intanto, per gente che ama la montagna, la strada diventava sempre più interessante. Tutto ciò non venne detto tutto d'un fiato, ma in incontri serali sulle aie lastricate dove il dottore, dopo aver licenziato i suoi pazienti, si metteva a fumare e il lama a fiutar tabacco, mentre Kim osservava le piccole giovenche che pascolavano sulle terrazze, o spingeva nostalgicamente lo sguardo negli abissi azzurri e profondi fra l'uno e l'altro contrafforte della montagna. E ci furono anche conversazioni a tu per tu nelle foreste buie, quando il dottore andava in cerca di erbe e Kim, medico novellino, doveva accompagnarlo.

«Vedi, signor O'Hara, non so cosa diavolo dovrò fare quando scoverò i miei amici cacciatori; ma se tu vorrai essere così gentile da non perdere di vista il mio ombrello, che è un magnifico punto fisso per i rilievi catastali, mi sentirò molto meglio.»

Kim guardò verso la giungla dei picchi. «Questo non è il mio Paese, *hakim*. Per me sarebbe più facile scovare un pidocchio in una pelle d'orso.»

«Fare la posta sui monti è il mio cavallo di battaglia. Non ha fretta, Hurree. Poco tempo fa, quei due erano a Leh. Dicevano di essere scesi dal Karakoram con teste, corna e tutto. Temo soltanto che abbiano rispedito da Leh, in territorio russo, tutte le loro lettere e i documenti compromettenti. Naturalmente, andranno il più lontano possibile a est... per far mostra di non essere mai stati negli Stati occidentali. Non conosci le montagne?» E Hurree scarabocchiò per terra con un ramoscello. «Guarda! Quei due devono essere venuti da Srinagar o da Abbottabat. Questa è la via più corta... lungo il fiume, passando da Bunij e da Astor. Ma loro, avendo combinato pasticci nella parte occidentale» e il babu tracciò un solco da sinistra a destra «se la svignano verso oriente, passano da Leh (dove fa veramente freddo), scendono lungo l'Indo ad Han-lé (conosco quella strada), e poi, vedi, calano ancora fino a Bushahr nella valle del Chini. A tutto questo sono arrivato per eliminazione, oltre che interrogando la gente che curo con tanta arte. I due amici si sono trattenuti a lungo in queste regioni, recitando la loro commedia e partecipando a tutte le loro impressioni. Perciò sono conosciutissimi, e vedrai che nella valle del Chini riuscirò a beccarli. Ti prego soltanto di non perdere di vista il mio ombrello.»

E l'ombrello oscillava, come una campanula mossa dal vento, giù per le vallate e lungo i fianchi delle montagne; e di tanto in tanto il lama e Kim, il quale si orientava con la bussola, lo raggiungevano al tramonto mentre smerciava unguenti e polverine. «Siamo venuti per questa o quella via!» diceva il lama, indicando le creste con disinvoltura, e l'ombrello si profondeva in inchini.

Una notte, alla fredda luce della luna, traversarono un valico nevoso, dove il lama, canzonando amorevolmente Kim, affondò nella neve fino alle ginocchia senza interrompere la marcia, proprio come fanno i cammelli della Battriana, la razza villosa nata tra le nevi che si incontra al Serraglio di Kashmir. Passarono su campi di neve leggera e su rocce spruzzate d'argento, si ripararono da una tormenta in un accampamento di tibetani, i quali spingevano a valle in tutta fretta le loro pecorelle, ognuna carica di un sacco di borace. Sbucarono poi su dossi erbosi, ancora chiazzati di neve, e poi, attraverso boschi, su nuovi pascoli. Nonostante il loro lungo peregrinare, Kedarnath e Badrinath erano rimasti impassibili; e soltanto dopo giorni e giorni di viaggio, Kim, spintosi su un insignificante sperone roccioso alto appena diecimila piedi, poté vedere che una groppa o un corno dei due sovrani aveva – sia pur lievemente – cambiato forma.

I due pellegrini entrarono finalmente in un mondo entro un mondo: una lunga valle le cui pareti erano formate dai detriti caduti dal grembo delle grandi montagne. Qui, dopo un giorno di marcia, sembrava di essere sempre allo stesso punto, come quando, in un incubo notturno, si sogna di avere il passo inceppato. Faticosamente, per ore e ore, costeggiarono poi uno sperone, ed ecco: non era che la gobba estrema di uno dei contrafforti della catena principale. Quando vi giunsero, un prato circolare si rivelò un vasto tavoliere profondamente incuneato nella valle. E tre giorni dopo, era diventato soltanto una piccola piega nella terra, verso sud.

«Qui vivono certamente gli dei» disse Kim, impressionato dal silenzio circostante e dall'allucinante diradarsi delle nuvole nere, disperse dal vento dopo la pioggia. «Non è posto per uomini, questo!»

«Tanto tempo fa» disse il lama, come parlando a se stesso «fu chiesto al Signore se il mondo fosse eterno. L'Eccelso non rispose... Quando ero a Ceylon, un saggio Cercatore mi confermò questo fatto in base a un codice scritto in pali. Certo, dal momento che conosciamo la Via della Liberazione, la domanda non ha senso... ma guarda, o *chela*, e conosci l'illusione! Queste sono le vere montagne, identiche a quelle di Suchzen. Monti simili a questi non sono mai esistiti!»

Sopra i due pellegrini, catene e catene torreggiavano verso la linea delle nevi eterne, dove, da oriente a occidente, per migliaia di miglia, si arrestavano le ultime, superbe betulle, come tirate a squadra. E più in alto, sovrapposte in declivi e speroni, le rocce lottavano per aprirsi un varco tra la polvere bianca. E più in alto ancora, immutabili dal principio del mondo e tuttavia cangianti a ogni capriccio del sole e delle nuvole, si stendevano le nevi eterne, qua e là macchiate o sfregiate nei punti dove infuriava la tempesta o una raffica errabonda. Sotto di loro, incantati nella contemplazione, la foresta scivolava via per miglia e miglia, in un manto verde-azzurro. E sotto la foresta giaceva un villaggio con i suoi campi a terrazze e i suoi ripidi pascoli, disseminati qua e là. E sotto il villaggio... benché in quel momento imperversasse e brontolasse un temporale... sapevano che un burrone di milleduecento o millecinquecento piedi precipitava nella valle umida d'acqua, dove si raccolgono i fiumi che alimentano il giovane Sutlej.

Come al solito, il lama aveva condotto Kim, per sentieri da capre e scorciatoie, lontano dalla via maestra lungo la quale il babu Hurree, il "fifone", aveva affrontato una bufera alla quale nove inglesi su dieci avrebbero dato partita vinta. Hurree non era neppure l'ombra di un tiratore (il solo scatto di un grilletto lo faceva impallidire) ma, per usare una sua espressione, era "abbastanza efficiente per scovare la preda", e con l'aiuto di un binocolo da pochi soldi aveva rovistato, non senza effetto, l'immensa vallata. Inoltre, il bianco delle tende di seta logora spicca di lontano contro il verde. Il babu Hurree, quando si sedette sull'aia di Ziglaur, aveva già visto, venti miglia più avanti a volo d'aquila e quaranta di cammino, tutto ciò che gli premeva di vedere: due puntini bianchi che un giorno erano appena sotto la linea delle nevi eterne, e l'indomani erano scesi forse di sei pollici sul fianco della montagna. Una volta rinfrescate e messe all'opera, le sue grasse gambe nude riuscivano a percorrere una sorprendente estensione di terreno, ragion per cui, mentre Kim e il lama avevano cercato rifugio dall'imperversare della tempesta in una capanna di Ziglaur dal tetto sfondato, un fradicio, untuoso, ma sempre sorridente bengali, che mescolava l'inglese più scelto con le frasi più triviali, stava entrando nelle grazie di due stranieri stanchi morti e piuttosto reumatizzati. Li aveva raggiunti rimuginando mille complicati progetti, alle calcagna di un temporale che aveva schiantato un pino ai margini del loro bivacco. Appena arrivato, si era dato premura di persuadere una o due dozzine di terrorizzati *coolie* che proseguire il viaggio era di malaugurio. I *coolie*, di comune accordo, avevano buttato giù il loro carico e se l'erano squagliata. Erano sudditi di un rajah di montagna, il quale, com'è uso in quei paesi, cedeva i loro servigi per trarne guadagno; e, ad accrescere le loro miserie, i sahib stranieri li avevano minacciati con i fucili. La maggior parte di loro conosceva da lungo tempo fucili e sahib: erano battitori e *shikarri*[1] delle valli settentrionali, abili nel cacciare stambecchi e orsi; ma mai, in vita loro, erano stati trattati a quel modo. Sicché la foresta li accolse nel suo seno, e le bestemmie e i clamori non valsero a richiamarli al dovere. Il babu non ebbe bisogno di simulare un'infermità di mente, perché aveva escogitato un'altra maniera di assicurarsi una buona accoglienza. Si strizzò i vestiti bagnati, si infilò le scarpe di pelle lucida, aprì l'ombrello bianco-azzurro; e, con passetti leziosi e il cuore che gli batteva in gola, si presentò quale «agente di Sua Altezza Reale il rajah di Rampur, signori. In che cosa posso servirvi, prego?».

I due gentiluomini si mostrarono contenti dell'incontro. Uno era visibilmente francese, l'altro russo: ma parlavano un inglese che poteva reggere al confronto con quello del babu. Implorarono i suoi buoni uffici. I loro servi indigeni si erano ammalati a Leh. Ed essi si erano affrettati a proseguire il viaggio, ansiosi di portare le spoglie di caccia a Simla, prima che le pelli fossero rose dai tarli. Erano muniti di una lettera generica di presentazione (il babu, da buon orientale, fece salaam) a tutti i governi ufficialmente riconosciuti. No, non avevano incontrato *en route* nessun'altra comitiva di cacciatori. Viaggiavano soli. Erano forniti di viveri abbondanti. Desideravano soltanto arrivare alla meta il più presto possibile. Il babu scoprì allora un montanaro rannicchiato tra gli alberi e, dopo una conversazione di tre minuti e la distribuzione di qualche moneta d'argento (non è possibile fare economia in questioni di Stato; però il cuore di Hurree sanguinava per lo spreco), gli undici *coolie* e i tre servi ricomparvero. Il babu, se non altro, sarebbe stato un testimone in caso di prepotenze.

«Il mio regale padrone sarà molto addolorato, ma questa gente è grossolana e ignorante. Se le vostre signorie vorranno gentilmente passar sopra a questo increscioso incidente, io ne sarò molto lieto. Fra poco la pioggia cesserà e noi potremo riprendere il cammino. Voi siete stati a caccia, eh? Una magnifica impresa!»

E saltellava svelto da un *kilta* all'altro, fingendo di riassestare quei panieri conici. L'inglese, di solito, non è affabile con gli asiatici, ma non batterebbe mai sulla mano un serviziesvole babu che rovesciasse per disgrazia un *kilta* coperto con un pezzo di tela cerata rossa. E nemmeno, qualunque fosse l'intimità dei suoi rapporti con un babu, insisterebbe perché accettasse da bere, o l'inviterebbe a mangiare. I due stranieri fecero tutte queste cose e rivolsero a Hurree molte domande… specialmente intorno alle donne… ed egli diede risposte gaie e ingenue. I due compari gli offrirono un bicchiere di un liquido biancastro, simile al gin, e poi un altro e un altro ancora; sicché egli perse ben presto la sua gravità. Divenne grossolanamente ribelle; e parlò in termini di sconcia impudenza di un governo che gli aveva imposto un'istruzione da europeo, dimenticandosi di corrispondergli uno stipendio europeo. Raccontò storie di prepotenze e di angherie finché non ebbe le gote inondate di lacrime per le miserie del suo Paese. Poi si allontanò a passo incerto, cantando canzoni d'amore del Basso Bengala, e si abbatté sopra un umido tronco di albero. Mai un più infelice prodotto del dominio inglese in India si era gettato in circostanze più miserevoli alla mercé di stranieri.

«Sono tutti di questa specie» disse all'altro, in francese, uno dei due cacciatori. «Quando arriveremo nell'India vera e propria, vedrai! Mi piacerebbe far visita al suo rajah. Gli si potrebbe portare la buona novella. È possibile che abbia sentito parlare di noi e che desideri esprimerci la sua benevolenza.»

«Non abbiamo tempo. Dobbiamo entrare a Simla il più presto possibile» gli rispose il compagno. «Per parte mia, vorrei che le nostre relazioni fossero state spedite da Hilas, o magari da Leh.»

«La posta inglese è più rapida e più sicura. Ricordati che godiamo di ogni facilitazione… e… in nome di Dio! … questa gente si dà nelle nostre mani da sé. C'è al mondo stupidità più incredibile?»

«È orgoglio… orgoglio che merita e riceverà punizione.»

«Già! Nel gioco nostro, combattere un continentale è qualcosa! Ci si rischia la pelle; ma questa gente… bah! È troppo facile raggirarla!»

«Superbia… tutta superbia, amico mio.»

"Mi domando a che diavolo serve che Chandernagore sia così vicina a Calcutta" pensò Hurree, russando a bocca aperta sul muschio fradicio "se io non posso capire un'acca del loro francese. Parlano con una velocità così eccezionale! Sarebbe stato molto meglio tagliare la gola a tutti e due questi animali."

Quando si ripresentò, era tormentato dal mal di testa... pentito, e ridicolmente preoccupato di essere stato indiscreto tra i fumi dell'alcool. Egli era devoto al governo inglese... lo considerava fonte di ogni prosperità e di ogni onore, e il suo padrone a Rampur era del suo stesso parere. A queste dichiarazioni, i due stranieri risposero deridendolo e citandogli le sue parole di poco prima, di modo che, a poco a poco, con smorfie supplichevoli, sorrisetti untuosi e occhiate di infinita furbizia, il povero babu si trovò indifeso e costretto a dire... la verità. Quando più tardi la storia fu raccontata a Lurgan, egli si lagnò ad alta voce di non aver potuto essere al posto dei cocciuti e disattenti *coolie*, i quali, coprendosi il capo con stuoie di sparto dalle quali la pioggia grondava sui loro passi, badavano solamente al maltempo. Tutti i sahib di loro conoscenza – gente vestita alla buona, che ogni anno tornava allegramente nelle valli preferite – avevano servi, cuochi e ordinanze, molto spesso montanari. Questi sahib invece viaggiavano senz'alcun seguito. Dovevano per certo essere poveri e per giunta ignoranti; perché nessun sahib con la testa a posto avrebbe pensato di seguire i consigli di un bengali. Ma il bengali, sbucato fuori da chissà dove, aveva dato loro dei quattrini e sapeva alla meglio il dialetto dei *coolie*. Questi, abituati ai maltrattamenti della gente del loro colore, sospettavano qualche tranello, e stavano attenti per scappare alla prima occasione propizia.

Il babu condusse la comitiva giù per la china, dove l'aria lavata dalla pioggia diffondeva l'aroma delizioso della terra umida... Precedeva i *coolie* con sussiego; seguiva i forestieri con umiltà. I suoi pensieri erano molti e diversi. Il meno importante di essi avrebbe interessato oltre ogni dire i suoi compagni di gita. Ma era a ogni modo una guida simpatica, sempre sollecita a mettere in risalto le bellezze delle terre del suo regale signore, a popolarne i monti di tutte le bestie che i due cacciatori avevano intenzione di ammazzare: antilopi, stambecchi, mufloni, e anche orsi con il permesso del profeta Eliseo. Parlava di botanica e di etnologia con incensurabile inesattezza, e la sua provvista di leggende locali (non dimenticate che egli serviva il governo da quindici anni, come agente segreto) era inesauribile.

«Questo babu è proprio un bell'originale» disse il più alto dei due forestieri. «Qualcosa come l'incubo di un corriere viennese.»

«È l'immagine in carne e ossa dell'India di transizione… il mostruoso ibridismo dell'Oriente e dell'Occidente» replicò il russo. «Dovremmo avere a che fare noi, con gli orientali.»

«Ha perduto la propria nazionalità, senza acquistarne un'altra. Ma nutre un odio assoluto contro i suoi conquistatori. Senti un po': ieri sera mi ha confidato… »

Sotto l'ombrello a strisce, il babu Hurree tendeva l'orecchio e sforzava il cervello per seguire quel francese vorticoso, e teneva fissi tutti e due gli occhi su un *kilta* pieno di mappe e di documenti: un *kilta* di misura superlativa, con una doppia copertura di tela cerata rossa. Non aveva l'intenzione di rubare. Desiderava soltanto sapere che c'era da rubare, e, casomai, come svignarsela dopo aver rubato. Ringraziava inoltre tutti gli dei dell'Indostan ed Herbert Spencer, perché rimaneva ancora qualcosa di prezioso da rubare.

Il secondo giorno, la strada si innalzò ripida verso uno sprone erboso che sormontava la foresta; e proprio là, verso il tramonto, la comitiva si imbatté in un lama di età avanzata – i due forestieri lo chiamarono bonzo – il quale, sedendo a gambe incrociate davanti a una mappa misteriosa, tenuta distesa sul suolo da quattro sassi, l'andava spiegando a un giovanotto, certo un neofita, di singolare per quanto sudicia bellezza. Maestro e discepolo avevano avvistato da un pezzo l'ombrello a righe e Kim aveva suggerito di sostare per aspettarlo.

«Ah!» esclamò il babu Hurree, ricco di risorse come il Gatto degli Stivali. «Questo è un sant'uomo locale. Probabilmente suddito del mio regale signore.»

«Che sta facendo? È molto strano!»

«Sta interpretando un disegno sacro… tutto fatto a mano.»

I due stranieri stavano a capo scoperto, in un bagno di sole al tramonto che strisciava sull'erba dorata Gli ottusi *coolie*, contenti di quella sosta, buttarono giù il loro carico.

«Guarda!» disse il francese. «È come l'immagine di una religione al primo nascere… il primo maestro e il primo discepolo. È un buddhista?»

«Di qualche specie degenere» rispose l'altro. «Non ci sono veri buddhisti fra i monti. Ma guarda le pieghe della sua tunica. Guarda i suoi occhi… come sono insolenti! Perché la sua vista ci fa sentire che noi siamo un popolo tanto giovane?» E quello che parlava colpì con violenza un alto ciuffo d'erbacce. «Noi non abbiamo ancora lasciato traccia in nessun luogo. In nessun luogo! Questo, capisci, mi tormenta.» E guardò accigliato il placido volto del lama e la calma monumentale del suo atteggiamento.

«Abbi pazienza. Imprimeremo insieme le nostre tracce… noi e voi, popoli giovani. Intanto, disegna il suo ritratto.»

Il babu si avvicinò con gravità ai due religiosi: le spalle in aperto contrasto con le deferenti parole rivolte al lama e con le strizzatine d'occhio a Kim.

«Santo, questi sono sahib. Le mie medicine hanno guarito uno di loro dalla diarrea, e io vado a Simla per assisterlo nella convalescenza. Tutti e due desiderano vedere il tuo disegno… »

«Guarire i malati è sempre bene. Questa è la Ruota della Vita» disse il lama «la stessa che ti ho mostrato nella capanna a Ziglaur, mentre pioveva.»

«E vorrebbero sentirti commentarla.»

Il lama si illuminò in viso alla prospettiva di nuovi uditori. «Esporre l'Eccelsa Via è bene. Hanno qualche nozione della lingua hindi… come il Custode delle Immagini?»

«Forse la capiscono un po'.»

Allora, con la semplicità di un fanciullo tutto assorto in un nuovo gioco, il lama rovesciò indietro il capo e cominciò le invocazioni a gola spiegata che ogni dottore in teologia proferisce prima di commentare la dottrina. I due stranieri ascoltavano, appoggiati ai loro bastoni. Kim, accovacciato in atto di grande umiltà, studiava le loro facce arrossate dal tramonto e le loro lunghe ombre, che si avvicinavano e si separavano. Quei due portavano gambali non inglesi e strane cinture intrecciate che gli ricordavano, come in un sogno, le figure di un libro della biblioteca di San Saverio, intitolato: *Le avventure di un giovane naturalista nel Messico*. Sì, quei due somigliavano molto al prodigioso signor Sumichrast del racconto, e per nulla affatto alle persone "senza scrupoli" della fantasia del babu Hurree. I silenziosi *coolie* dalla faccia terrea si erano prostrati, in silenzio e con grande reverenza, a venti o trenta metri di distanza, e il babu, con i lembi della sua veste sottile svolazzanti come pennoncelli al soffio della brezza gelida, assisteva in disparte alla scena, con aria di beato possesso.

«Sono loro» bisbigliò Hurree a Kim, mentre si svolgeva il rito e i due europei seguivano con gli occhi il filo d'erba che balzava dall'inferno al paradiso e viceversa. «Tutti i loro libri sono nel grosso *kilta* con la copertura rossa… libri, relazioni e mappe… e io ho visto anche la lettera di un re, che deve essere stata scritta da Hilas o da Bunar. Custodiscono il *kilta* con grande cura. Non hanno spedito niente né da Hilas né da Leh. Questo è certo.»

«Chi è con loro?»

«Solo quegli straccioni di *coolie*… Niente domestici. Sono così circospetti che cucinano da sé.»

«Ma che devo fare io?»

«Aspettare e osservare. Soltanto, se succede qualcosa a me, saprai dove cercare i documenti.»

«Questa faccenda stava meglio nelle mani di Mahbub che non in quelle di un bengali» disse Kim in tono beffardo.

«Ci sono vari modi di arrivare a un'innamorata, oltre quello di buttare giù un muro.»

«Ecco qui l'inferno destinato all'Avarizia e alla Cupidigia. Lo fiancheggiano il Desiderio e la Sazietà.» Mentre il lama si accalorava, uno degli stranieri ne schizzava la figura alla luce che rapidamente moriva. «Basta» disse infine con voce brusca. «È un artista migliore di me. Domandagli se mi venderebbe il disegno.»

«Dice di no» rispose il babu. Il lama, naturalmente, era disposto a cedere il suo disegno a un viaggiatore incontrato per caso non più che un arcivescovo a impegnare i sacri arredi della sua cattedrale.

«Forse fra tre, quattro o dieci giorni, se mi accorgo che il sahib è un Cercatore che ha buon discernimento, potrò disegnare per lui un'altra Ruota. Ma questa è per l'iniziazione di un novizio. Digli così, *hakim*.»

«Lui la vuole adesso… contro pagamento.»

Il lama scosse lentamente il capo e cominciò a ripiegare la Ruota. Il russo, da parte sua, non vide che un vecchio poco pulito, curvo sopra un sudicio pezzo di carta. Levò di tasca una manciata di rupie e acciuffò quasi scherzando la mappa, che si strappò fra le dita contratte del lama. Un sommesso mormorio d'orrore si alzò dal gruppo dei *coolie*… alcuni dei quali erano nativi di Spiti e, secondo il loro modo di vedere, buoni buddhisti. All'insulto il lama balzò in piedi; la sua mano afferrò il pesante portapenne di ferro, che è l'unica arma del sacerdote, mentre il babu saltellava qua e là disperato.

«Ora vedi… vedi… perché avevo bisogno di testimoni. Sono gente assolutamente senza scrupoli. Oh, Signore! Voi non dovete percuotere il sant'uomo.»

«*Chela*! Costui ha contaminato la Parola Scritta!»

Era troppo tardi. Prima che Kim potesse tirare indietro il vecchio, questi fu schiaffeggiato in pieno viso dal russo. Un momento dopo, lo straniero rotolava giù per la china con Kim aggrappato alla gola. Quella percossa aveva risvegliato tutti gli ignoti diavoli che covavano nel sangue irlandese del ragazzo, e l'improvvisa caduta del suo nemico fece il resto. Il lama cadde in ginocchio, mezzo intontito; i *coolie*, raccolti i bagagli, scapparono su per la montagna con la velocità con cui la gente della pianura corre in piano. Avevano assistito a un innominabile sacrilegio, e conveniva loro allontanarsi prima che gli dei e i demoni della montagna ne facessero vendetta. Il francese, brandendo la rivoltella, corse verso il lama con la confusa idea di prenderlo in ostaggio. Una pioggia di sassi taglienti – i montanari sono buoni tiratori – lo mise in fuga, mentre un *coolie* di Ao-chung trascinava via il vecchio. E tutto accadde con la rapidità stessa con cui la montagna improvvisamente si oscurò.

«Hanno portato via i bagagli e tutti i fucili» strillava il francese, sparando alla cieca nel crepuscolo.

«Calma, signori! Calma! Non sparate. Vado alla riscossa» e Hurree, calandosi a fatica per il declivio, andò a buttarsi con tutta la persona addosso al soddisfatto e stupito Kim il quale stava sbattendo contro un masso la testa del suo malconcio avversario.

«Corri dietro ai *coolie*» gli bisbigliò all'orecchio Hurree. «Hanno i bagagli. I documenti sono nel *kilta* con la copertura rossa, ma rovistali tutti. Prendi i documenti, e specialmente la *murasla* [lettera del re]. Va'! L'altro è qui che viene!»

Kim si lanciò giù per la montagna. Una pallottola schizzò contro la roccia a pochi passi di distanza, e Kim si rannicchiò come una pernice.

«Se lei spara» urlò Hurree «quei bruti verranno giù a massacrarvi. Ho salvato il suo compagno, signore, quello che sta facendo è estremamente pericoloso.»

"Per Giove!" Kim pensava intensamente in inglese. "Siamo in un bell'impiccio, ma credo che si tratti di legittima difesa." Si frugò in seno cercando il regalo di Mahbub e, con qualche incertezza – non aveva ancora usato la piccola pistola, se non per qualche tiro di esercitazione nel deserto di Bikaner – premette il grilletto.

«Cosa le avevo detto, signore?» Il babu sembrava sul punto di scoppiare in lacrime. «Venga giù ad assistere il poveraccio. Siamo in un bell'imbroglio, le dico!»

Gli spari cessarono. Si sentì un rumore di piedi scalpiccianti e Kim sgusciò via nel buio, bestemmiando come un gatto… o come un europeo allevato in India.

«Sei ferito, *chela*?» gridò il lama dall'alto.

«No. E tu?» disse Kim, tuffandosi in una macchia di abeti.

«Sono illeso. Vieni su. Andiamo con questi uomini a Shamlegh sotto la Neve.»

«Ma non prima di aver fatto giustizia» esclamò una voce. «Ho qui i fucili dei sahib... tutti e quattro. Scendiamo!»

«Ha colpito il Santo... l'abbiamo visto! Le nostre bestie non figlieranno più, le nostre donne diventeranno sterili! Le valanghe ci cadranno addosso quando vorremo tornare a casa... come se non bastassero tutte le angherie che abbiamo sopportato!»

Il boschetto di abeti si riempì di *coolie* schiamazzanti... in preda al panico, e capaci di tutto nel loro terrore. L'uomo di Ao-chung batteva impaziente il calcio del fucile, pronto a buttarsi giù per la china.

«Aspetta un po', Santo; non possono essere lontani: aspetta finché torno.»

«Il torto è stato fatto a questa persona» disse il lama, portandosi una mano alla fronte.

«Appunto per questo» fu la risposta.

«Se questa persona dimentica, voi non avete alcun dovere di vendicarla. Inoltre, con l'obbedienza si acquista merito.»

«Aspetta e andremo a Shamlegh tutti insieme» insistette l'uomo.

Per un istante, quanto basta per infilare una cartuccia nel caricatore, il lama esitò. Poi balzò in piedi, e posò un dito sulla spalla dell'uomo.

«Hai sentito? Ti dico che non si deve uccidere... te lo dico io che ero abate di Suchzen. Ti piacerebbe, forse, rinascere talpa, o serpe sotto la grondaia... o verme nel ventre della bestia più immonda? È questo il tuo desiderio?»

L'uomo di Ao-chung cadde in ginocchio, poiché la voce del lama rimbombava come un gong tibetano per scacciare gli spiriti.

«Ahi, ahi!» gridarono gli uomini di Spiti. «Non ci maledire... non lo maledire. Ha mancato per troppo zelo, Santo! Butta giù il fucile, pazzo!»

«Aggiungere ira all'ira! Male al male! Non si deve uccidere. Coloro che hanno percosso il prete portano già il germe della loro pena. La Ruota è giusta e inesorabile, e non sgarra di un capello! Quei due rinasceranno più volte... nell'angoscia!» Il lama abbassò il capo e si appoggiò con tutto il suo peso sulla spalla di Kim.

«Sono stato sul punto di commettere una grande colpa, *chela*» bisbigliò nel silenzio profondo del bosco. «Ho avuto la tentazione di lasciar partire il colpo; e certo, nel Tibet, quegli stranieri sarebbero stati puniti con una morte lenta e straziante... mi hanno colpito in piena faccia... sulle carni.» Il vecchio scivolò a terra ansimando, e Kim poté udire il cuore affaticato battere colpi sordi e arrestarsi.

«L'hanno percosso a morte?» chiese l'uomo di Ao-chung, mentre gli altri restavano muti.

Kim si inginocchiò angosciato accanto al corpo del vecchio. «No» esclamò appassionatamente «è solo uno svenimento.» Poi si ricordò di essere un bianco, con tutta l'attrezzatura da campo dei bianchi. «Aprite i *kilta*! È probabile che i sahib abbiano delle medicine.»

«Oh! Allora io me ne intendo» disse l'uomo di Ao-chung scoppiando a ridere. «Non per niente sono stato cinque anni *shikarri* del sahib Yankling! La conosco la medicina dei sahib. L'ho anche assaggiata. Guardate!»

E trasse dal seno una bottiglia di whisky comune – di quello che a Leh vendono agli esploratori – e destramente ne versò alcune gocce tra i denti del lama.

«Feci così quando il sahib Yankling si buscò una storta, oltre Astor. Ah, ho già guardato nei loro canestri... ma a Shamlegh procederemo a un'equa divisione. Dagliene un altro po'. È una buona medicina. Senti? Il cuore va meglio, adesso. Mettigli giù la testa e strofinagliene un po' sul petto. Se avesse aspettato qui, tranquillamente, che regolassi i conti con il sahib, tutto questo non sarebbe successo. Ma può darsi che i sahib vengano a snidarci fin quassù, e allora non ci sarebbe niente di male a spararagli con i loro stessi fucili. Che ne dite?»

«Uno ha già avuto la sua paga, credo» disse Kim fra i denti. «L'ho preso a calci nell'inguine, mentre rotolavamo giù per la china. Vorrei averlo ammazzato!»

«Ci vuol poco a fare i coraggiosi quando non si vive a Rampur» disse uno la cui capanna sorgeva a poche miglia dal diroccato palazzo del rajah. «Se ci facciamo una cattiva reputazione fra i sahib, nessuno ci vorrà più come *shikarri*.»

«Oh, ma questi non sono sahib *angrezi*... non sono uomini gioviali come il sahib Fostum o il sahib Yankling. Sono stranieri... non sanno parlare *angrezi* come i veri sahib.»

A questo punto il lama tossì e si levò a sedere, cercando a tastoni il suo rosario.

«Non si deve uccidere» mormorò. «La Ruota è giusta. Da male nasce male... »

«No, Santo. Siamo tutti qui.» L'uomo di Ao-chung gli carezzò timidamente i piedi. «Nessuno sarà ucciso senza tuo ordine. Riposati un po'. Ci accamperemo qui intorno, e più tardi, quando sorgerà la luna, andremo a Shamlegh sotto la Neve.»

«Dopo essere stati colpiti» disse in tono sentenzioso un uomo di Spiti «è meglio dormire.»

«Mi sento un certo torpore alla nuca, è come una fitta. Lasciami posare il capo nel tuo grembo, *chela*. Sono vecchio, ma non ancora libero dalle passioni... Dobbiamo pensare alla Causa delle Cose.»

«Dategli una coperta. Non possiamo azzardarci ad accendere il fuoco, perché i sahib lo potrebbero vedere.»

«Meglio partire subito per Shamlegh. Nessuno ci seguirà fino a Shamlegh.»

Era l'uomo nervoso di Rampur.

«Sono stato *shikarri* del sahib Fostum e sono *shikarri* del sahib Yankling. Non fosse per questa maledetta *beegar* [*corvée*], ora sarei con il sahib Yankling. Mettete di guardia due uomini con i fucili, prima che i sahib commettano altre sciocchezze. Io non lascerò questo Santo.»

I *coolie* sedettero a una certa distanza dal lama e, dopo essere rimasti un po' di tempo in ascolto, si misero a fumare a turno una pipa ad acqua, il cui recipiente era formato da una vecchia scatola di lucido da scarpa "Day and Martin". Mentre la pipa passava di mano in mano, il bagliore del carbone acceso illuminava gli occhi piccoli e ammiccanti, gli zigomi sporgenti, i colli taurini che affondavano nelle pieghe scure del panno di lana gettato intorno alle spalle. Sembravano coboldi usciti da chissà quale magica miniera... gnomi dei monti adunati a conclave. E mentre parlavano, le voci dei ruscelli circostanti si attutivano, via via che il gelo notturno li soffocava e impietriva.

«Come ha resistito a tutti noi» disse, in tono di ammirazione, un uomo di Spiti. «Ricordo un vecchio stambecco, che il sahib Dupont colpì di striscio sulla spalla, sulla via per Ladakh, sette stagioni fa, saldo come lui. Il sahib Dupont era un buon *shikarri*.»

«Non come il sahib Yankling.» L'uomo di Ao-chung diede un sorso alla bottiglia di whisky e la passò agli altri. «Ora state a sentire... a meno che qualcuno non si creda più saggio.»

La sfida non fu raccolta.

«Andremo a Shamlegh appena si leverà la luna. Laggiù ci divideremo equamente i bagagli. Io mi accontento di questo fuciletto nuovo e di tutte le sue cartucce.»

«Gli orsi sono pericolosi soltanto dalle tue parti?» domandò un compare, succhiando la pipa.

«No, ma le pelli di capriolo muschiato valgono sei rupie al pezzo, ora, e le tue donne possono prendere i teli delle tende e una parte degli utensili da cucina. Provvederemo a tutto questo a Shamlegh, prima dell'alba. Poi ognuno di noi se ne andrà per i fatti propri, ricordandoci che dobbiamo far conto di non aver mai visto questi sahib, e soprattutto di non essere mai stati al loro servizio, perché potrebbero sostenere che abbiamo rubato i loro bagagli.»

«Questo va bene per te, ma che dirà il nostro rajah?»

«E chi deve dirglielo? Quei sahib che non sanno parlare la nostra lingua, o il babu che ci ha dato dei soldi per ragioni sue? Avete forse paura che il babu ci muoverà contro un esercito? E quali prove resteranno? Quello che non serve lo butteremo nel burrone di Shamlegh, dove nessuno ha mai messo piede.»

«Chi ci sta, quest'estate, a Shamlegh?» Il villaggio non era che un luogo di pascolo, con tre o quattro capanne.

«La donna di Shamlegh; e a lei, come sapete, i sahib non piacciono. Gli altri saranno contenti di qualche piccolo regalo, e qui ce n'è per tutti.» E l'uomo accarezzò con la mano i grossi fianchi del canestro più vicino.

«Ma... ma... »

«Ho detto che non sono veri sahib. Tutte le pelli e le teste che si portavano dietro, le avevano comprate al bazar di Leh. Conosco i marchi. Ve li ho fatti vedere, del resto.»

«È vero. Tutta roba comprata. Alcune erano perfino piene di tarme.»

L'argomento era ben trovato, e l'uomo di Ao-chung conosceva i suoi compagni.

«Se si dovesse arrivare al peggio, racconterò tutto al sahib Yankling, che è un tipo allegro, e ne riderà. Noi non facciamo torto a nessun sahib di sua conoscenza. E poi questi qui hanno colpito un prete. Ci hanno spaventato. Siamo scappati. Chi può sapere dove abbiamo buttato i bagagli? Credete forse che il sahib Yankling permetterà alla polizia di pianura di perlustrare le montagne, disturbando le sue cacce? E ce n'è di strada, da Simla a Chini, e ancora di più da Shamlegh al burrone di Shamlegh.»

«E sia; ma io trasporterò il grosso *kilta*, il canestro con la copertura rossa che i sahib richiudevano da sé ogni mattina.»

«Dunque, è provato» disse l'uomo di Shamlegh «che quei due sono sahib di poco conto. Chi ha mai sentito dire che il sahib Fostum, o il sahib Yankling, o anche il piccolo sahib Peel che salta giù dal letto per andare a caccia di bestie rare, chi ha mai sentito dire, ripeto, che questi sahib siano venuti in montagna senza un cuoco di pianura, un facchino e… ogni specie di gente ben pagata, violenta e prepotente, al loro seguito? Che male possono farci, quei due? Ma che c'è nel *kilta*?»

«Nient'altro che parole scritte… libri e fogli dove quei due scrivevano, e ordini strani simili a formule magiche.»

«Il burrone di Shamlegh inghiottirà tutto.»

«Bene! Ma che succederà se, così facendo, insulteremo gli dèi dei sahib? Non mi piace trattare così la Parola Scritta. E i loro idoli di ottone, proprio non li capisco. Non è un bottino per semplici montanari!»

«Il vecchio dorme ancora. Zitti! Chiediamo consiglio al suo *chela*.» L'uomo di Ao-chung si rinfrescò la voce e, gonfio dell'orgoglio del capo, bisbigliò. «Abbiamo qui un *kilta* di cui non conosciamo la natura.»

«La conosco io» disse Kim prudentemente. Il lama sospirò in un sonno calmo e regolare, mentre Kim rifletteva alle ultime parole di Hurree. In quel momento era disposto a rendere omaggio al babu, come giocatore del Gran Gioco. «È un *kilta* con una copertura rossa, pieno di cose prodigiose che non possono essere maneggiate dagli sciocchi.»

«L'avevo detto, l'avevo detto!» esclamò colui che portava quel carico. «Credi che ci farà scoprire?»

«No, se viene consegnato a me. Io gli toglierò tutta la sua magia. Altrimenti farà gran male.»

«I preti vogliono sempre la loro parte.» Il whisky stava corrompendo l'uomo di Ao-chung.

«Per me è indifferente» rispose Kim con la scaltrezza propria dei suoi connazionali. «Dividetevelo fra voi, e state a vedere quel che succede!»

«No davvero! Avevo detto così per scherzo. Ordina pure. Ce n'è abbastanza per tutti. Noi ce ne andremo da Shamlegh, per i fatti nostri, all'alba.»

I *coolie* consumarono un'altra ora a fare e rifare i loro ingenui piani, mentre Kim tremava di freddo e di orgoglio. Il ridicolo della situazione eccitava tutti i suoi istinti di irlandese e di orientale. Ecco ridotti all'impotenza gli emissari della terribile potenza del Nord, i quali, probabilmente, al loro Paese erano illustri quanto Mahbub o il colonnello Creighton. Uno di loro, lo sapeva bene, avrebbe zoppicato per un bel pezzo. Tutti e due avevano fatto grandi promesse, a certi re. E quella notte giacevano all'aperto chissà dove, senza piante topografiche, senza cibo, senza tende, senza fucili e senz'altra guida tranne il babu. E quel crollo del loro Gran Gioco (Kim si domandò a chi mai dovessero spedire la relazione), quel colpo di scena nella notte, erano fatti accaduti non già per l'abilità di Hurree o per uno stratagemma di Kim, ma in modo semplice, bello e inevitabile, come la cattura degli amici fachiri di Mahbub da parte del giovane e zelante poliziotto di Umballa.

"Sono laggiù... sprovvisti di tutto; e, per Giove, fa freddo! Io sono qui con tutta la loro roba. Oh, la rabbia che avranno! Mi dispiace per il babu Hurree."

Kim avrebbe potuto risparmiarsi la sua pietà, perché proprio in quel momento il babu, pur soffrendo intensamente nelle carni, esultava di nobile soddisfazione. Un miglio giù per il pendio, ai margini di una foresta di abeti, due uomini mezzi assiderati – uno dei quali era assalito ogni tanto da violenti attacchi di vomito – alternavano mutue recriminazioni ai più brucianti insulti all'indirizzo del babu, il quale sembrava impazzito dal terrore. I due chiedevano un piano d'azione. Il babu spiegava che potevano tutti e tre contentarsi di essere vivi; che i *coolie*, se non li stavano appostando, erano spariti senza lasciar traccia; che il rajah suo padrone era a novanta miglia di distanza, e se fosse venuto a sapere che avevano percosso un prete, lungi dal prestar loro denaro e una scorta per il viaggio a Simla, li avrebbe cacciati in prigione. Il babu si dilungò a parlare di quel misfatto e delle sue conseguenze, finché i due stranieri non lo pregarono di cambiare discorso. E allora disse che l'unica via di scampo era quella di fuggire silenziosamente di villaggio in villaggio, finché non fossero giunti in paesi civili; dopodiché, sciogliendosi per la centesima volta in lacrime, domandò alle sublimi stelle perché mai i sahib avessero "percosso un uomo santo".

Dieci passi nelle tenebre crepitanti avrebbero portato Hurree fuori tiro… al riparo di un tetto e alla tavola imbandita del primo villaggio, dove i medici dalla lingua forbita sono rari. Ma preferiva sopportare il freddo, i crampi allo stomaco e le maleparole in compagnia dei suoi stimatissimi padroni. Raggomitolato contro un tronco d'albero, ansava di finto dolore.

«E ci pensi» domandò infuriato l'uomo che non era stato ferito «quale spettacolo offriremo agli aborigeni vagando tra questi monti?»

Da qualche ora il babu Hurree non pensava ad altro, ma la domanda non era rivolta a lui.

«Non possiamo camminare! Io non sto quasi in piedi» gemette la vittima di Kim.

«Forse l'uomo santo sarà misericordioso nella sua bontà, signore, altrimenti… »

«Io mi riprometto lo speciale piacere di scaricare il mio revolver nel ventre di quel giovane bonzo, la prima volta che me lo ritrovo tra i piedi» fu la poco cristiana risposta.

«Revolver! Vendetta! Bonzi!» Hurree si raggomitolò su se stesso. La guerra stava per riaccendersi. «E ci pensi a tutto ciò che abbiamo perduto? Il bagaglio!» Il babu poteva udire colui che parlava battere convulsamente i piedi sull'erba. «Tutto quello che portavamo con noi! Tutto quello che eravamo riusciti a mettere insieme! I nostri guadagni! Otto mesi di lavoro. Capisci che vuol dire? "Decisamente, con gli orientali ci sappiamo fare solo noi." Già, te lo dico io che ci hai proprio saputo fare!»

Continuarono a battere su quel tasto in varie lingue, e Hurree sorrise. I *kilta* erano rimasti a Kim, e i *kilta* contenevano otto mesi di buona diplomazia. Il babu non aveva modo di comunicare con il ragazzo, ma poteva fidarsi di lui. Quanto al resto, sarebbe riuscito a far apparire quel viaggio sui monti così comico che i territori di Hilas e di Bunar e quattrocento miglia di strada alpestre ne avrebbero seguitato a raccontare la storia per una intera generazione. La gente che non sa farsi obbedire dai propri *coolie* è poco rispettata sui monti, e il montanaro ha un acuto senso del ridicolo.

"Se avessi condotto ogni cosa io stesso" pensò Hurree "non avrebbe potuto andar meglio di così; e, per Giove, ora che ci penso, diavolo! ho sistemato tutto io! Che prontezza di spirito ho avuto! Mi è bastato pensarci mentre correvo giù per il monte! L'oltraggio è stato accidentale, ma solo io potevo trarne profitto… ah sì!… benché si trattasse di una splendida opportunità. Figurarsi poi l'effetto morale di tutta la faccenda su questi ignoranti! Niente trattati… niente mappe… niente documenti scritti… e io interprete degli stranieri. Come riderò con il colonnello! Mi piacerebbe avere anche i documenti: ma non è possibile occupare simultaneamente due luoghi distinti dello spazio. È assiomatico!"

XIV

Il mio fratello (così dice Kabir)
Adora ottone e pietra come un infedele,
Ma nella voce del fratello mio
Sento la stessa angoscia del mio cuore.
Il suo Dio è quello che gli diedero i Fati…
La sua preghiera è quella di ogni altro uomo… e mia.

The Prayer

Al sorger della luna i *coolie* si rimisero prudentemente in cammino… Il lama, ristorato dal sonno e dall'alcool, poté, con il solo appoggio della spalla di Kim, tener loro dietro… in silenzio, con lunghi e rapidi passi. La comitiva procedette per un'ora sull'erba punteggiata di scisti, poi girò il fianco di una rupe immortale e si inerpicò su nuove terre, interamente chiuse alla vista dalla valle del Chini. Un immenso pascolo saliva a ventaglio sino alle nevi eterne. Alla sua base c'era mezzo acro di terreno piano, sul quale sorgevano alcune capanne di assi e di fango. Dietro – giacché, secondo l'uso dei montanari, erano appollaiate all'orlo della roccia – precipitava un burrone di duemila piedi: il burrone di Shamlegh, in fondo al quale l'uomo non ha ancora messo piede.

I *coolie* non si attentarono a dividere il bottino, finché non videro che il lama era andato a coricarsi nella stanza migliore del luogo, e che Kim gli frizionava i piedi, secondo il costume maomettano.

«Vi manderemo della roba da mangiare» disse l'uomo di Ao-chung «e il *kilta* dalla copertura rossa. All'alba non ci sarà più nessuno di noi a testimoniare, né per gli uni né per gli altri. Se nel *kilta* c'è qualcosa che non serve… guarda qui!»

E l'uomo accennò alla finestra, che si apriva su una cavità inondata dalla luce lunare riflessa dalle nevi, e scagliò fuori una bottiglia… vuota, naturalmente.

«È inutile cercare di sentire il tonfo. Questa è la finestra del mondo» disse l'uomo, e se ne andò. Il lama si affacciò, tenendo tutte e due le mani aggrappate al davanzale, e gli occhi gli sfavillarono come opali gialli. Dall'enorme cavità che si apriva sotto di lui, bianche cime si levavano ansiose verso la luce lunare. Il resto era simile alle tenebre degli spazi interstellari.

«Questi» disse lentamente «sono davvero i miei monti. Quassù dovrebbe vivere l'uomo, accovacciato sopra il mondo, lontano dai piaceri, assorto in profondi pensieri.»

«Già: avendo però un *chela* per preparagli il tè, per ripiegargli una coperta sotto il capo e per scacciare le vacche gravide!»

Una lampada fumosa ardeva in una nicchia, ma la luna piena ne vinceva il chiarore; e in quella luce confusa i movimenti di Kim, curvo prima sulla borsa dei viveri, poi sulle tazze del tè, parevano quelli di un lungo fantasma.

«Ah! Il mio sangue s'è calmato, ma la testa mi continua a rullare come un tamburo, e ho come una corda intorno al collo.»

«Niente di strano. È stata una botta molto forte. Possa colui che te l'ha data… »

«Se non avessi ceduto all'ira, non sarebbe accaduto alcun male.»

«Che male? Tu hai salvato i sahib da una morte che meritavano cento volte.»

«Non hai approfittato della lezione, *chela*.» Il lama andò a riposarsi su di una coperta ripiegata, mentre Kim continuava ad accudire alle sue faccende. «La percossa non è stata che ombra su ombra. Il male esteriore – le mie gambe sono invecchiate a un tratto, in questi ultimi giorni! – ha incontrato altri mali dentro di me: ira, furore e desiderio di vendetta. Queste passioni mi hanno fermentato nel sangue, mi hanno destato un tumulto nello stomaco, e mi hanno fatto ronzare gli orecchi.» A questo punto il vecchio bevve cerimoniosamente il tè fumante, portatogli da Kim in una tazza calda. «Se fossi rimasto impassibile, il colpo funesto avrebbe arrecato soltanto un male fisico… uno sfregio o una lividura… che sono illusioni. Ma la mia mente non si era astratta, perché ecco insinuarsi la tentazione di permettere l'omicidio agli uomini di Spiti. Nel combattere quel perverso desiderio la mia anima fu dilaniata e straziata da più di mille colpi. Né prima di aver recitato tutte le benedizioni» si riferiva alle Beatitudini buddhiste «ho potuto riacquistare la calma. Ma il male, gettato in me da quell'attimo di smarrimento, continua a fermentare. Giusta è la Ruota e non sgarra di un capello. Approfitta di questa lezione, *chela*.»

«È troppo elevata per me» borbottò Kim. «Io sono ancora tutto sconvolto. Per parte mia, godo di aver fatto male a quell'uomo.»

«L'ho sentito mentre dormivo sulle tue ginocchia, laggiù nel bosco. Mi turbava nei sogni… il male che dall'anima tua si insinuava nella mia. Ma d'altra parte… » lasciò ricadere il rosario «… ho acquistato merito salvando due vite… le vite di coloro che mi hanno offeso. Ora devo studiare la Causa delle Cose. La barca della mia anima vacilla.»

«Dormi, e cerca di riaverti. Questa è la cosa più saggia che tu possa fare.»

«Io devo meditare: è molto più necessario di quanto tu non creda.»

Il lama rimase a contemplare il muro per ore e ore, fino all'alba, mentre man mano impallidiva la luce della luna sulle vette, rivelando come una foresta di un tenero verde ciò che era già sembrato una cintura di tenebre sui fianchi dei monti remoti. Egli gemeva ogni tanto. Fuori della porta sbarrata, verso la quale le vacche deluse tornavano in cerca dell'antica stalla, Shamlegh e i *coolie* si davano al saccheggio e alla gozzoviglia. Erano guidati dall'uomo di Ao-chung, e una volta aperte le scatole di cibi in conserva dei sahib, e constatato che il loro contenuto era buono, non riuscirono più a fermarsi. Il letamaio di Shamlegh ebbe i rifiuti.

Quando Kim, dopo una notte di incubi, uscì a lavarsi i

denti nel freddo del mattino, una donna di carnagione bianca e dall'acconciatura adorna di turchesi lo trasse in disparte.

«Gli altri se ne sono andati. Hanno lasciato per te questo *kilta*, come avevano promesso. A me non piacciono i sahib, ma tu, in cambio del *kilta*, ci farai un sortilegio. Noi non vorremmo che il piccolo Shamlegh acquistasse una cattiva reputazione per via di questo... incidente. Io sono la donna di Shamlegh.»

E lo squadrò con uno sguardo ardito e luminoso, diverso dalle occhiate furtive che danno di solito le montanare.

«Farò il sortilegio. Ma dev'essere compiuto in segreto.»

Ella sollevò come un giocattolo il pesante *kilta* e lo scaraventò nella sua capanna.

«Esci e sbarra la porta! Bada che nessuno si avvicini prima che tutto sia finito.»

«Ma poi... potremo parlare?»

Kim rovesciò il *kilta* sul pavimento... una cascata di strumenti topografici, libri, diari, lettere, mappe e corrispondenza indigena dall'odore strano. Proprio nel fondo c'era una borsa ricamata, che custodiva uno di quei documenti sigillati, dorati e miniati che i re si mandano tra loro. Kim trattenne il fiato per la gioia ed esaminò la situazione da un punto di vista europeo.

"Dei libri non so che farmene. Per di più sono logaritmi... buoni per la topografia, credo." E li scartò. "Le lettere non le capisco, ma le capirà il colonnello Creighton. Bisognerà conservarle tutte. Così le mappe... loro le sanno disegnare meglio di me, si sa. E così tutte le lettere indigene... oh! e specialmente la *murasla*."

E fiutò la borsa ricamata. "Questa è roba che proviene da Hilas o da Bunar, e il babu Hurree ha detto la verità. Per Giove! È una bella retata! Mi piacerebbe che Hurree lo sapesse... Il resto può volare dalla finestra." Palleggiò una stupenda bussola prismatica e la lucida punta di un teodolite. Ma non è bene che un sahib rubi, e d'altra parte quegli oggetti avrebbero potuto costituire, in seguito, una prova compromettente. Kim passò in rivista ogni pezzo di manoscritto, tutte le carte topografiche e tutte le lettere indigene. Facevano un bel mucchietto. Mise da parte i tre libri chiusi con fermagli e con le costole rinforzate di metallo, insieme con cinque portafogli logori.

"Le lettere e la *murasla* le porterò in seno e dentro la cintura, e i libri manoscritti li metterò nella borsa delle provviste. Peserà molto. No. Non credo che ci sia altro. Se ci fosse stato dell'altro, i *coolie* l'avrebbero buttato giù dal *khud*[1]; perciò tutto è in regola. E ora andate anche voi a finire laggiù." Kim rimise dentro il *kilta* tutti gli oggetti che intendeva far sparire, e lo sollevò sul davanzale. Mille piedi più in basso c'era un grande, immobile e turgido banco di nebbia che il sole del mattino non aveva ancora sfiorato. E mille piedi più in basso ancora, c'era una pineta centenaria. Le verdi cime apparivano come aiuole di borracina, quando una raffica di vento assottigliava la nuvola.

"No! Non credo che qualcuno vi vorrà correre dietro!"

Il canestro, precipitando con moto vorticoso, vomitò il suo contenuto. Il teodolite andò a sbattere contro la sporgenza di una roccia ed esplose come una bomba; i libri, i calamai, le scatole di colori, le bussole e le righe parvero per qualche secondo uno sciame di api. Quindi sparirono, e Kim, sebbene aguzzasse i suoi giovani orecchi, sporgendosi dalla finestra, non poté udire nessun suono salire dall'abisso.

"Cinquecento... mille rupie non basterebbero a comprare tutta quella roba" pensò con rammarico. "È stato un vero spreco, ma io ho tutto il resto... tutto ciò che quei due hanno fatto... spero. E ora come diavolo potrò informare il babu Hurree, e che diavolo dovrò fare? E il mio vecchio sta male. Bisogna che avvolga le lettere nella tela cerata. Questo va fatto subito... altrimenti si inzuppano di sudore... E pensare che sono qui solo solo!"

Fece delle lettere un bel pacchetto, schiacciando bene agli angoli l'incerata rigida e appiccicosa: la vita randagia l'aveva reso metodico come un vecchio cacciatore. Poi, con cura anche maggiore, ripose i libri in fondo alla borsa delle provviste.

La donna bussò alla porta.

«Ma tu non hai fatto nessun sortilegio» disse guardando in giro.

«Non ce n'è bisogno.» Kim aveva completamente trascurato la necessità di far sentire qualche borbottio. La donna rise, con irriverenza, del suo imbarazzo.

«Non ce n'è bisogno... per te. A te basta strizzare l'occhio per stregare qualcuno. Ma pensa a quello che potrà succedere a noi, povera gente, quando sarai partito. Gli altri erano troppo ubriachi, ieri sera, per ascoltare una donna. E tu non sei ubriaco?»

«Io sono un prete» Kim aveva ripreso la padronanza di sé; e poiché la donna era tutt'altro che brutta, pensò bene di attenersi alla sua parte.

«Li ho avvertiti che i sahib si arrabbieranno, che faranno un'inchiesta, e poi un rapporto al rajah. C'è anche il babu con loro. Gli scrivani hanno la lingua lunga.»

«Ti affliggi solo per questo?» Il piano di battaglia era già bell'e pronto nella mente di Kim, che sorrise in modo incantevole.

«Oh, non solo per questo!» esclamò la donna, porgendo una mano, bruna e dura, tutta coperta di turchesi incastonati nell'argento.

«Posso sistemare tutto in un fiato» proseguì in fretta. «Il babu è quello stesso *hakim* (non ne hai sentito parlare?) che girava per le montagne dalla parte di Ziglaur. Io lo conosco.»

«Racconterà tutto per avere una mancia. I sahib non sanno distinguere un montanaro dall'altro, ma i babu hanno occhi per gli uomini... per le donne.»

«Portagli una parola da parte mia.»

«Per te farei qualunque cosa.»

Accettò il complimento con calma, come si addice agli uomini in paesi dove l'iniziativa dell'amore è delle donne; strappò un foglietto da un taccuino, e con un lapis copiativo scarabocchiò queste parole in grossolano *shikast*... la scrittura che i ragazzi adoperano per scrivere sui muri:

> Ho con me tutto quello che i due hanno scritto, i rilievi e molte lettere. Soprattutto la *murasla*. Dimmi cosa devo fare. Sono a Shamlegh sotto la Neve. Il vecchio sta male.

«Portagli questo. Gli chiuderà la bocca. Non può essere andato molto lontano.»

«No, certo. Sono ancora nella foresta, poco oltre lo sperone. I nostri figli sono andati a spiarli appena sorto il sole e poi ci hanno informato, strillando da lontano, di tutti i loro movimenti.»

Kim parve incredulo; ma dal confine del pascolo volteggiò un trillo stridulo, simile a quello di un nibbio. Un bambino che custodiva il bestiame trasmetteva così il grido convenzionale di uno dei suoi fratelli o di una delle sue sorelle, in vedetta sul ciglio estremo del pendio sovrastante la valle del Chini.

«Anche i miei mariti sono laggiù, a far legna.» La donna tirò fuori dal seno una manciata di noci, ne spaccò una con garbo e cominciò a mangiare. Kim ostentò la più assoluta ignoranza.

«Non conosci il significato delle noci... prete?» domandò con timidezza, e gli porse le due metà del guscio.

«Ben pensata» disse e vi infilò in mezzo il bigliettino. «Non hai un po' di cera per richiuderla?»

La donna sospirò profondamente e Kim si commosse.

«Il compenso viene dopo il servizio. Porta questo al babu e digli che glielo manda il Figlio dell'Incantesimo.»

«Oh, sicuro, sicuro! Un mago... che assomiglia a un sahib.»

«No, il Figlio dell'Incantesimo; e domandagli se c'è risposta.»

«Ma se mi tratta male? Io... io ho paura.»

Kim si mise a ridere. «Sarà stanco e affamato, ne sono certo. I monti fanno sbollire il sangue. Ehi» gli venne sulla punta della lingua l'appellativo "madre", ma ripiegò su "sorella" «tu sei una donna saggia e di spirito. A quest'ora tutti i villaggi sanno quello che è successo ai sahib, vero?»

«Sicuro. La notizia è arrivata a Ziglaur a mezzanotte e domani sarà a Kotgarh. I villaggi sono spaventati e offesi.»

«Non c'è ragione. Ordina ai villaggi di dar da mangiare ai sahib e di lasciarli in pace. Dobbiamo sloggiarli dalle nostre valli senza far chiasso. Rubare è una cosa… ammazzare è un'altra. Il babu capirà, e non ci saranno recriminazioni. Fai in fretta. Devo badare al mio maestro, appena si sarà svegliato.»

«Così sia. A servizio reso… hai detto così?… verrà il compenso. Io sono la donna di Shamlegh e discendo da un rajah. Non sono una vecchia qualunque per mettere al mondo figli. Shamlegh è tuo: pelli, zoccoli e corna, latte e burro. Prendi o lascia.»

Si volse risoluta verso la salita, con le collane d'argento che le tintinnavano sull'ampio seno, e mosse incontro al sole del mattino, che indorava il monte quindici piedi sopra la sua capanna. Questa volta, incerando i lembi dei suoi pacchetti, Kim pensò in vernacolo.

"Come può fare un uomo a seguire la Via o il Gran Gioco, se è eternamente insidiato dalle donne? Ad Akrola del Guado c'era quella ragazza; dietro la colombaia c'era la moglie dello sguattero… senza contare le altre… e ora capita questa! Quando ero bambino, pazienza! Ma ora sono uomo e loro non vogliono trattarmi da uomo. Già, le noci! Oh, oh! In pianura usano le mandorle!"

Uscì per la questua nel villaggio… non già tendendo la ciotola, come aveva fatto in pianura, ma ostentando la dignità di un principe. La popolazione estiva di Shamlegh è composta soltanto di tre famiglie… quattro donne e otto, nove uomini. Avendo partecipato la notte prima alla divisione del bottino, le capanne traboccavano di cibi in scatola e di bevande svariate, dall'ammoniato di chinino alla vodka bianca. Le belle tende continentali erano già state ridotte in pezzi e distribuite, e c'era in giro una grande quantità di casseruole di alluminio.

Ma i montanari di Shamlegh consideravano la presenza del lama uno scudo sicuro contro ogni conseguenza spiacevole della loro connivenza al saccheggio e offrirono a Kim, senza alcun segno di pentimento, il meglio della refurtiva… perfino un buon sorso di *chang*, la birra d'orzo che viene dalle parti di Ladakh. Poi uscirono a crogiolarsi al sole, e sedettero con le gambe penzoloni sull'abisso infinito, chiacchierando, ridendo e fumando. Giudicavano l'India e il suo governo unicamente in base all'esperienza di sahib di passaggio che si erano serviti di loro o dei loro amici come *shikarri*. E Kim udì raccontare storie di colpi tirati a vuoto su stambecchi, capricorni o mufloni da sahib morti e seppelliti da vent'anni… con particolari illuminati retrospettivamente, come ramoscelli in cima a un albero visti contro il bagliore dei lampi. Quei poveri diavoli gli parlarono dei loro piccoli malanni e, cosa assai più importante, delle malattie del loro minuscolo bestiame dal piede sicuro; di viaggi fino a Kotgarh, dove vivono strani missionari, e più oltre fino alla meravigliosa Simla, dove le strade sono pavimentate in argento e chiunque, incredibile ma vero, può prendere servizio dai sahib che girano su carri a due ruote e gettano il denaro con la pala. Infine, grave e assorto, camminando faticosamente, comparve il lama, e gli uomini gli fecero generosamente posto. L'aria fine lo stava rianimando, ed egli sedette sull'orlo del precipizio con i più anziani, unendosi al chiacchierio e scagliando i ciottoli nel vuoto quando la conversazione languiva. A una distanza di trenta miglia a volo d'aquila, sorgeva una catena di monti seghettata, diruta e chiazzata di piccole pennellate verdi: foreste lunghe ciascuna un giorno di ombroso cammino. Dietro il villaggio, la montagna di Shamlegh precludeva la vista a sud. Sembrava di stare in un nido di rondini sotto la grondaia del tetto del mondo.

Ogni tanto, il lama tendeva la mano e, dando spiegazioni con voce esile e sommessa, indicava la strada che conduce a Spiti e, più a nord, attraverso il Parungla.

«Più oltre, dove i monti si infittiscono, c'è il De-ch'en» voleva dire l'Han-lé «il gran monastero. L'ha costruito s'Tagstan-ras-ch'en, e di lui si racconta che... » e si mise a narrare una storia fantastica, di incantesimi e di miracoli, che tenne con il fiato sospeso tutta Shamlegh. Poi, volgendosi un po' verso occidente, cercò le verdi pendici di Kulu, e Kailung sotto i ghiacciai. «Io sono venuto di lì, tanto, tanto tempo fa. Sono venuto passando da Leh e sopra il Baralachi.»

«Sì, sì: conosciamo quei luoghi» dissero i montanari di Shamlegh, da gran camminatori.

«E ho dormito due notti con i preti di Kailung. Quei monti mi sono tanto cari! Ombre benedette più di qualsiasi altra ombra! Là i miei occhi si sono aperti al mondo; là sono stati aperti a comprendere il mondo; qui l'Illuminazione mi ha raggiunto; qui ho cinto i lombi per la mia Ricerca. Sono sceso dai monti... dagli alti monti battuti da venti impetuosi. Oh, giusta è la Ruota!» E benedisse, uno per uno, gli enormi ghiacciai, le rocce nude, le morene gibbose, gli scisti franati, gli aridi pianori, gli invisibili laghi salati, i boschi secolari e le fertili valli scroscianti d'acqua; e il suo gesto sembrava quello di un moribondo che benedica i suoi cari. Kim si stupì di tanta passione.

«Sì, sì... non c'è nulla che valga le nostre montagne» dissero gli uomini di Shamlegh. E si domandarono come si potesse vivere al caldo terribile della pianura, dove i buoi sono grossi come elefanti e incapaci di arare sui pendii delle colline; dove i villaggi, a quanto avevano inteso dire, si succedono senza interruzione per centinaia di miglia; dove la gente va a rubare in frotte, e dove la polizia prende per sé quello che risparmiano i ladri.

Passò così, tranquillamente, la mattinata. Verso mezzogiorno, la messaggera di Kim calò dal ripido pascolo, fresca di forze come quando era partita.

«Ho mandato un biglietto al medico» spiegò Kim, mentre la donna si inchinava al lama.

«Ha fatto lega con gli idolatri? Già, mi ricordo che ha curato uno di loro acquistando merito, sebbene il guarito usasse le sue forze a fin di male. Giusta è la Ruota! Cosa dice l'*hakim*?»

«Temevo che fossi ferito... e sapevo che lui se ne intende.» Kim prese il guscio di noce incerato e lesse la risposta che era stata scritta in inglese sul retro del suo biglietto:

> Ricevuta tua pregiata lettera. Per il momento non posso separarmi dalla compagnia, che devo condurre a Simla. Dopodiché, spero raggiungervi. Sconsigliabile seguire gentiluomini irritati. Conto fare strada per cui siete arrivati e raggiungervi. Altamente soddisfatto corrispondenza, dovuta mia preveggenza.

«Dice, Santo, che sfuggirà agli idolatri e tornerà da noi. Vogliamo aspettarlo un po' a Shamlegh?»

Il lama guardò a lungo le montagne, teneramente, e scosse il capo.

«Non è possibile, *chela*. Lo desidero fin nelle ossa, ma non è lecito. Ho visto la Causa delle Cose.»

«Perché non è lecito? Di giorno in giorno, le montagne non ti restituiscono le forze? Ricordati come eri debole e sfinito, laggiù nel Doon.»

«Ho ripreso forza per fare il male e per dimenticare la Ricerca. Sui monti sono stato litigioso e fanfarone.» Kim si morse le labbra per non sorridere. «Giusta e perfetta è la Ruota, e non sgarra di un capello. Quando ero uomo, molto tempo fa, andai in pellegrinaggio a Guru Ch'wan, fra i pioppi» e indicò in direzione di Bothan «dove si conserva il Cavallo Sacro.»

«Zitti! Zitti!» gridarono i montanari di Shamlegh, facendo cerchio. «Ora parla di Jam-lin-nin-k'or, il Cavallo che può fare il giro del mondo in un giorno.»

«Parlo soltanto al mio *chela*» disse il lama in tono di mite rimprovero, e quelli si dispersero come la brina sui tetti esposti a mezzogiorno, quando sorge il sole. «A quei tempi non cercavo la verità ma le argomentazioni della dottrina. Tutte illusioni! Bevvi la birra e mangiai il pane di Guru Ch'wan. Il giorno dopo, qualcuno disse: "Andiamo a combattere contro

Sangor Gutok, giù a fondovalle, per stabilire" (ancora una volta, osserva come la cupidigia è legata all'ira!) "quale abate debba avere il comando della valle e godere i frutti delle preghiere che si stampano a Sangor Gutok". Partii anch'io, e combattemmo un'intera giornata.»

«Ma in che modo, Santo?»

«Con i nostri lunghi portapenne, come ieri fui sul punto di mostrare... combattemmo sotto i pioppi, abati e monaci insieme, e uno mi tagliò la fronte fino all'osso. Guarda!» Tirò indietro il berretto e mostrò una cicatrice d'argento, tutta arricciata. «Giusta e perfetta è la Ruota! Ieri questa cicatrice mi prudeva, e a distanza di cinquant'anni mi ricordai l'antica rissa e la faccia del mio feritore: e indugiai un po' nell'illusione. Ne è venuto tutto ciò che hai visto... stupidità e rissa. Giusta è la Ruota! Lo schiaffo dell'idolatra cadde sulla cicatrice. Allora fui turbato nell'animo; l'anima mia si oscurò e la barca dell'anima mia traballò sui flutti dell'illusione. Giunto a Shamlegh, ho potuto meditare sulla Causa delle Cose, e rintracciare le lunghe e sottili radici del Male. Mi sono affannato a cercarle tutta la notte.»

«Ma tu, Santo, sei innocente da ogni colpa. Possa io morire, se non è vero!»

Kim era sinceramente afflitto per l'angoscia del vecchio, e la frase di Mahbub gli salì spontaneamente alle labbra.

«All'alba» proseguì il lama in tono ancora più solenne, e facendo ticchettare il rosario fra i suoi lenti discorsi «l'Illuminazione è giunta. Eccola: sono un vecchio, nato e cresciuto sui monti, ma che non dovrà più sedere fra i suoi monti. Per tre anni ho viaggiato da un capo all'altro dell'India ma... quale terra può attrarre più del Paese nativo? Il mio corpo stolto anelava alle montagne, alla neve delle montagne. Dissi, ed è vero, che la mia Ricerca non fallirà. Perciò, lasciata la casa della donna di Kulu, mi avviai verso i monti, intimamente persuaso di far bene. L'*hakim* non ne ha nessuna colpa. Seguendo il desiderio... predisse che sui monti mi sarei rinvigorito. Mi hanno ridato vigore, infatti, ma soltanto per fare del male e per dimenticare la Ricerca. Mi sono compiaciuto della vita e della gioia di vivere. Ho desiderato aspri pendii da superare e mi sono perduto a cercarli. Ho misurato la forza del mio corpo, che è male... con le alte montagne, e ti ho deriso, quando sotto Jamnotri avevi il fiato corto. Ho riso quando esitavi ad affrontare la neve dei valichi.»

«E che male c'è? Avevo paura... perché non sono un montanaro; ma ero lieto del tuo nuovo vigore.»

«Più di una volta, ricordo» e il lama, con aria dolente, appoggiò la gota sulla mano «ho cercato la tua lode e quella dell'*hakim* per la forza bruta delle mie gambe. Così il male si è aggiunto al male, finché la coppa non si è colmata. Giusta è la Ruota! Per tre anni, tutta l'India mi ha reso onore. Tutta la gente, dalla Fontana della Saggezza della Casa delle Meraviglie» e sorrise «a un bimbo che giocava intorno a un gran cannone... tutto il mondo mi ha agevolato la via. Perché?»

«Perché ti volevamo bene. Tu sei agitato dalla febbre per il colpo ricevuto. Io stesso mi sento ancora fiacco e turbato.»

«No! Io ero sulla Via... accordato come i *si-nen* [cembali] sugli scopi supremi della Legge. Ma ho perso quella traccia; rotta l'armonia, è seguita la punizione. Sui miei monti, ai confini del mio Paese, nel luogo stesso del mio desiderio impuro, ecco lo schiaffo... qui!» E si toccò la fronte. «Come un novizio che è picchiato per non aver saputo rimettere a posto le coppe, così sono stato picchiato io, che ero abate di Suchzen. Neppure una parola, capisci, ma solo uno schiaffo, *chela*.»

«Ma i sahib non ti conoscevano, Santo.»

«Eravamo ben combinati. L'Ignoranza e la Cupidigia hanno incontrato per la strada l'Ignoranza e la Cupidigia e dall'incontro è nata l'Ira. E per me, che altro non sono che uno *yak*[2] smarrito, il colpo è stato il segno che il mio posto non è qui. Chi sa leggere la Causa di un atto è a metà strada sul cammino della Libertà! "Ritorna all'antico sentiero" dice il Colpo. "I monti non sono per te. Tu non puoi scegliere la Libertà e al tempo stesso farti schiavo dei piaceri della vita".»

«Non avessimo mai incontrato quel russo tre volte maledetto!»

«Neanche nostro Signore in persona potrebbe far girare indietro la Ruota. E grazie al merito che mi sono acquistato, ho ricevuto un altro segno.» Il lama si frugò in seno e ne trasse fuori la Ruota della Vita. «Guarda! Me ne sono accorto dopo aver meditato. Quanto resta del mio disegno strappato dall'idolatra non è più grande di un'unghia.»

«Vedo.»

«Ebbene, altrettanto scarso è il tempo che a me resta da vivere in questo corpo. Ho servito la Ruota in tutti i miei giorni. Ora la Ruota serve me. Non fosse per il merito che ho acquistato guidandoti sulla Via, mi sarebbe toccato di vivere un'altra vita, prima di trovare il mio Fiume. È chiaro, *chela*?»

Kim osservò il disegno brutalmente sfigurato. Lo strappo correva diagonalmente da sinistra a destra, dall'Undicesima Casa, dove il Desiderio genera il Fanciullo (così come i tibetani lo rappresentano) attraverso il mondo umano e il mondo animale fino alla Quinta Casa, la vuota Casa dei Sensi. La logica del vecchio era inconfutabile.

«Il nostro Signore, prima di ottenere l'Illuminazione» proseguì il lama, ripiegando il disegno con reverenza «fu tentato. Anch'io sono stato tentato, ma ora è finita. La Freccia è caduta in pianura... non in montagna. Che cosa ci stiamo a fare, qui?»

«Possiamo almeno aspettare che venga l'*hakim*.»

«Io so quanto può durare la mia vita in questo corpo. Che può farmi, un *hakim*?»

«Ma tu sei malato e turbato. Non puoi camminare.»

«Come posso essere malato, se scorgo la Liberazione?» E il vecchio si alzò in piedi vacillando.

«Allora devo andare in cerca di cibo. Oh, che strada faticosa!» Kim sentiva di avere egli pure bisogno di riposo.

«Questo è lecito. Mangiamo e partiamo. La Freccia è caduta in pianura... ma io ho ceduto al Desiderio. Preparati, *chela*.»

Kim si volse alla donna adorna di turchesi, che aveva continuato distratta a lanciare sassi nel burrone. Ella gli sorrise con gentilezza.

«L'ho trovato, il babu... Sembrava un bufalo smarrito in un campo di grano; sbuffava e starnutiva dal freddo. Era tanto affamato, che ha dimenticato la sua dignità per dirmi delle paroline dolci. I sahib non hanno più nulla.» Ella mostrò il palmo vuoto della mano. «Uno ha molto male intorno allo stomaco. Opera tua?»

Kim annuì, con gli occhi che gli luccicavano.

«Prima ho parlato al bengali... poi alla gente di un villaggio vicino. I sahib saranno sfamati... senza pagar niente. Il bottino è già distribuito. Quel babu racconta ai sahib un sacco di storie. Perché non li lascia?»

«Perché ha un cuore grande.»

«Non c'è mai stato bengali che avesse un cuore più grande di una noce secca. Ma questo non importa... Torniamo piuttosto alle noci. A servizio reso la paga. Ti ho detto che il villaggio è tuo.»

«So quello che perdo» cominciò Kim. «Stavo proprio progettando piacevoli cose... » Ma in circostanze simili non occorre terminare i complimenti. Sospirò profondamente. «Il mio maestro, ispirato da una visione... »

«Che cosa possono vedere gli occhi di un vecchio, oltre la ciotola piena?»

«Ha deciso di partire da questo villaggio e di tornare in pianura.»

«Pregalo di restare.»

Kim scosse il capo. «Conosco il mio Santo, e la sua collera se lo si contrasta» rispose con calma solenne. «Le sue maledizioni scuotono le montagne.»

«Peccato che non gli abbiano impedito di farsi rompere la testa! Ho sentito dire che sei tu l'uomo dal cuore di tigre che ha picchiato il sahib. Lascia sognare il vecchio ancora un po'. Rimani!»

«Donna dei monti» disse Kim con una austerità che non

valse a indurire i lineamenti del suo giovane volto ovale «certi argomenti sono troppo sublimi, perché tu possa intenderli.»

«Che gli dei ci siano benigni! Quando mai uomini e donne sono stati altro che uomini e donne?»

«Un prete è un prete. Il mio maestro dice che partirà fra un'ora. Io sono il suo *chela* e devo andare con lui. Abbiamo bisogno di cibo per il viaggio. In tutti i villaggi egli è ospite onorato, ma... » e il viso di Kim si schiuse in un sorriso infantile «il cibo qui è buono. Dammene un po'.»

«E se non te ne dessi? Io sono la donna di questo villaggio.»

«Allora ti maledirò... Un po'... non troppo, ma quel che basta perché tu possa ricordartene.» E Kim non poté trattenersi dal sorridere.

«Tu mi hai già stregata con le tue ciglia abbassate e il tuo mento all'insù. Mi maledirai? Che vuoi che mi importi di semplici parole?» E strinse le mani sul petto. «Ma non voglio che tu te ne vada irato o pensando male di me... che raccolgo letame e fieno qui a Shamlegh, ma che sono pur sempre una donna di sostanza.»

«Non penso nulla» rispose Kim «salvo che mi dispiace andar via, perché sono molto stanco, e che il Santo e io abbiamo bisogno di viveri. Ecco il sacco.»

La donna l'afferrò con stizza. «Sono una sciocca» disse. «Com'è la tua ragazza in pianura? Bianca o nera? Io, una volta, ero bianca. Ridi? Una volta, tanto tempo fa, se ti riesce di crederci, un sahib mi guardò con simpatia. Una volta, tanto tempo fa, vestivo all'europea, laggiù nella Casa delle Missioni.» E accennò verso Kotgarh. «Una volta, tanto tempo fa, ero *ker-lis-ti-an*, cristiana, e parlavo inglese... come lo parlano i sahib. Sì, il mio sahib diceva che sarebbe tornato a sposarmi... sì, a sposarmi. Se ne andò... l'avevo assistito mentre era malato... e non ritornò più. Allora capii che gli dèi dei Kerlistian mentivano, e tornai dalla mia gente... Non ho più messo gli occhi su un sahib, da allora. (Non ridere alle mie spalle: mi è passata, cretino!) La tua faccia, il tuo passo e il tuo modo di parlare mi hanno fatto tornare in mente il mio sahib, sebbene tu non sia che un accattone vagabondo il quale ha bisogno della mia elemosina. Mi vuoi maledire! Tu non sai né maledire né benedire!» La donna si piantò le mani sui fianchi e scoppiò a ridere amaramente. «I tuoi dei sono menzogne, le tue opere menzogne, menzogne le tue parole. Non ci sono dei sotto i cieli. Io lo so... ma per un momento ho creduto che il mio sahib lo fosse ed era lui il mio dio. Sì, un tempo suonavo il piano nella Casa delle Missioni di Kotgarh. Ora faccio l'elemosina ai preti infedeli.» Chiuse con una parola d'inglese, e legò il sacco colmo fino all'orlo.

«Ti aspetto, *chela*» disse il lama, appoggiandosi allo stipite della porta.

La donna squadrò l'alta figura. «Lui camminare? Non riuscirà a coprire mezzo miglio. Dove pretendono di arrivare quelle vecchie ossa?»

A queste parole, Kim, già angustiato per l'abbattimento del lama, e pensando al peso del sacco sulle spalle, perse la pazienza.

«Che importa a te, donna di malaugurio, se può camminare o meno?»

«A me niente... ma importa a te, prete dalla faccia di sahib. Te lo porterai sulle spalle?»

«Vado verso la pianura. Nessuno deve ostacolare il mio ritorno. Ho lottato con la mia anima fino a esserne esausto. Lo stupido corpo è stanco, e la pianura è lontana.»

«Guarda!» disse semplicemente la donna, facendosi da parte perché Kim potesse rendersi conto della situazione. «Maledicimi. Forse gli darà forza. Fa' uno scongiuro. Invoca il tuo potente Dio. Sei un prete, no?» E gli volse le spalle per andarsene.

Il lama si era abbandonato pesantemente a terra, senza staccarsi dallo stipite. Non si può percuotere un vecchio, e pretendere che si riprenda in una notte, come fanno i ragazzi. La debolezza lo piegava, ma i suoi occhi, fissi su Kim, erano vivi e imploranti.

«Non è niente» disse Kim. «È l'aria che ti ha indebolito. Partiremo subito. È il mal di montagna. Anch'io sento un certo malessere allo stomaco... » e si inginocchiò a confortare il vecchio con le prime, semplici parole che gli vennero alle labbra. Poco dopo la donna tornò, più impettita che mai.

«I tuoi dei servono a poco, eh? Prova i miei. Io sono la donna di Shamlegh.» Lanciò un grido rauco, e due suoi mariti vennero fuori da una stalla, insieme ad altri tre uomini con una *dooli*, la rozza lettiga indigena che si usa in montagna per trasportare i malati e per le visite di cerimonia. «Queste bestie» ed ella non si degnò neppure di guardarli «sono tue, finché ti occorrono.»

«Ma noi non vogliamo passare dalle parti di Simla. Non vogliamo avvicinarci ai sahib!» esclamò il primo marito.

«Non scapperanno come hanno fatto gli altri, né ruberanno i bagagli. Due li conosco per deboli. Mettetevi alle stanghe di dietro, Sonoo e Taree.» Quelli si affrettarono a obbedire. «Ora abbassate la *dooli* e aiutate quel sant'uomo a salirci dentro. Sorveglierò il villaggio e le vostre virtuose mogli, finché non tornerete.»

«Quando ritorneremo?»

«Domandatelo ai preti. Non mi seccate. Il sacco dei viveri mettetelo ai piedi. Farà da contrappeso.»

«O Santo, i tuoi monti sono più gentili della nostra pianura!» esclamò Kim, sollevato, mentre il lama si avvicinava barcollando alla lettiga. «E proprio un letto da re... un posto d'onore e di riposo. E lo dobbiamo a... »

«A una donna di malaugurio. Mi importa delle tue benedizioni quanto delle tue maledizioni. Questo è affar mio, non tuo. Tirate su e via! Tieni, hai denaro per il viaggio?»

Fece segno a Kim di seguirla nella sua capanna e si curvò sopra una logora cassetta di fabbricazione inglese, che tirò fuori da sotto il suo giaciglio.

«Non ho bisogno di niente» disse Kim irritato, invece di mostrarsi riconoscente. «Sono già fin troppo carico di favori.»

Ella lo guardò con uno strano sorriso e gli posò una mano

sulla spalla. «Ringraziami, almeno. Ho una faccia che non sa di nulla e sono una montanara, ma, come dite voi, ho acquistato merito. Ti devo insegnare come fanno i sahib per ringraziare?» e il suo sguardo duro si addolcì.

«Io non sono che un prete vagabondo» disse Kim con un balenio negli occhi. «A te non importa né delle mie benedizioni né delle mie maledizioni.»

«No. Ma aspetta un momento, un momento solo... puoi raggiungere la *dooli* in due salti... devo mostrarti cosa faresti, se tu fossi un sahib?»

«E se lo indovinassi?» disse Kim, e cingendole la vita con un braccio la baciò sulla guancia, aggiungendo in inglese: «Grazie mille, mia cara».

Il bacio è praticamente sconosciuto, fra asiatici, ed è forse questa la ragione per cui ella arretrò con gli occhi sbarrati e la faccia impietrita.

«La prossima volta» continuò Kim «non giudicare così alla leggera i tuoi preti infedeli. E ora addio!» Le tese la mano all'inglese. La donna, meccanicamente, la strinse. «Addio, cara.»

«Addio, e... » a una a una, le tornavano alla memoria le parole inglesi che conosceva. «Tornerai ancora? Addio... e che il Signore ti benedica!»

Mezz'ora dopo, mentre la lettiga cigolante sobbalzava sul sentiero di montagna che conduce da Shamlegh verso sud-est, Kim vide sulla porta della capanna una minuscola figura nera che sventolava un cencio bianco.

«Ha acquistato merito più di qualunque altra persona» disse il lama «perché mettere un uomo sulla via della Liberazione è quasi come averla trovata.»

«*Uhm*» commentò pensoso Kim, riflettendo sul passato. «Può darsi che abbia acquistato merito anch'io... quanto meno, non mi ha trattato da bambino.» Si toccò il petto dove, sotto la veste, aveva nascosto il plico dei documenti e delle carte topografiche, accomodò ai piedi del lama il prezioso sacco dei viveri, posò la mano sull'orlo della lettiga, e proseguì la discesa al lento passo dei mugugnanti mariti.

«Anche costoro acquistano merito» disse il lama, dopo tre miglia.

«E per di più saranno pagati in argento» rispose Kim. L'argento glielo aveva dato la donna di Shamlegh; ed era più che giusto, secondo lui, che quelli se lo riguadagnassero.

XV

A un imperatore non farei largo,
Terrei la mia strada davanti a un re.
Non mi inchinerei alla Triplice Corona...
Ma questo caso è molto differente!
Non voglio oppormi ai poteri dell'Aria..
Lasciatelo passare, sentinelle!
Calate il ponte!... È il signore di tutti,
Il sognatore dal sogno che si avvera.

The Siege of the Fairies

A duecento miglia di distanza da Chini, verso il Nord, sull'azzurro scisto di Ladakh, l'allegro sahib Yankling ispeziona rabbiosamente con il cannocchiale le creste dei monti, in cerca di qualche traccia del suo battitore favorito... un tale di Ao-chung. Ma quel rinnegato, provvisto di un Männlicher nuovo e di duecento cartucce, è altrove, a caccia di daini muschiati da vendere al mercato, e il sahib Yankling, la prossima stagione, si sentirà dire che è stato ammalatissimo.

Su per le valli del Bushahr sgambetta un bengali, un tempo grasso e piacente, ora magro e sciupato dalle intemperie, e le aquile lungimiranti dell'Himalaya, davanti al suo ombrello nuovo, striato di bianco e di azzurro, mutano rotta. Ha appena ricevuto i ringraziamenti di due distinti stranieri da lui pilotati, non senza abilità, fino alla galleria di Mashobra, che porta alla gloriosa e allegra capitale dell'India. La colpa non è sua se, sviato da umide nebbie, ha fatto oltrepassar loro la stazione telegrafica e la colonia europea di Kotgarh. La colpa non è sua, ma degli dei (di cui discorreva in modo così avvincente), se li ha condotti entro i confini di Nahan, dove il rajah li ha scambiati per disertori dell'esercito britannico. Il babu Hurree ha spiegato così bene la grandezza e la gloria dei suoi compagni in patria, che il reuccio assonnato ha finito per sorridere. Il babu ha spiegato la stessa cosa, ad alta voce, con grande varietà di particolari, a chiunque lo chiedesse. Ha mendicato viveri e provveduto all'alloggio; si è dimostrato abile medico di una ferita all'inguine – uno di quei colpi che può buscare chiunque rotoli al buio per un pendio roccioso – e si è reso indispensabile in ogni circostanza. La ragione della sua cordialità gli fa molto onore. Al pari di milioni di suoi confratelli in schiavitù, ha imparato a considerare la Russia come la Grande Liberatrice del Nord. Uomo pauroso, ha temuto di non poter salvare i suoi illustri padroni dall'ira di contadini eccitati. Potrebbe capitare anche a lui di mettere le mani addosso a un religioso, ma... È profondamente grato e sinceramente felice di aver fatto, nel suo piccolo, tutto il possibile per condurre a buon fine il viaggio dei suoi padroni, a parte il bagaglio perduto... Ha dimenticato le percosse; anzi, ha negato che si sia mai venuti alle mani durante quell'indecorosa notte sotto i pini. Non ha chiesto né pensione né onorario, ma ha espresso il desiderio di avere un benservito, se questo non era chieder troppo. Poteva essergli utile in seguito, nel caso che altri gentiluomini, loro amici, fossero capitati sui valichi. Ha anche pregato i suoi padroni di ricordarlo nella loro gloria futura, perché "modestamente riteneva di aver reso qualche servigio allo Stato", lui, Mohendro Lal Dutt, MA[1] di Calcutta.

E i due stranieri gli hanno rilasciato un certificato attestante la sua cortesia, la sua sollecitudine e la sua infallibile abilità come guida. Egli l'ha messo nel taschino della sua cintura, singhiozzando di commozione al ricordo dei pericoli corsi insieme. Li ha condotti, in pieno mezzogiorno, attraverso l'affollato passeggio di Simla, fino all'Alliance Bank of Simla, dove desideravano farsi riconoscere. Poi è svanito, come una nube mattutina sul Jakko.

Guardatelo adesso, troppo scarno per sudare, troppo di furia per vantare le droghe della sua cassettina cerchiata di ottone, mentre sale il pendio di Shamlegh, uomo giusto arrivato alla perfezione. Osservatelo adesso, messo da parte ogni "babbuismo", fumare in pieno meriggio sdraiato su una branda, mentre una donna, con una acconciatura tempestata di turchesi sul capo, accenna verso sud-ovest, oltre i pascoli aperti. Le lettighe, ella dice, non viaggiano rapide come un uomo solo, ma i suoi uomini dovrebbero ormai essere in pianura. L'insistenza di Lispeth non è valsa a far restare il sant'uomo

Il babu geme amaramente, si cinge i lombi enormi, e riparte. Non gli piace viaggiare dopo il crepuscolo; ma le sue marce diurne – peccato che non ci sia nessuno a registrarle! – farebbero stupire quelli che scherniscono la sua stirpe. Alcuni contadini cortesi, che ricordano il venditore venuto da Dacca due mesi prima, gli danno ricovero contro i maligni spiriti del bosco. Egli sogna gli dei del Bengala, i libri di testo dell'Università di Calcutta e la Royal Society di Londra in Inghilterra. All'alba del giorno seguente, il dondolante ombrello bianco e azzurro riprende la strada.

Al limitare del Doon, molto oltre Mussoorie, di fronte alla pianura distesa sotto un pulviscolo d'oro, sosta una lettiga nella quale – tutti sulle montagne lo sanno – giace un lama infermo che cerca un Fiume destinato a guarirlo. I montanari dei villaggi hanno quasi fatto a pugni per contendersi l'onore di trasportarla, non tanto perché il lama è prodigo di benedizioni, quanto perché il suo discepolo paga in denaro contante... un buon terzo dei prezzi dei sahib. La *dooli* ha percorso dodici miglia il giorno, come dimostrano le logore e untuose estremità delle sue stanghe, e su strade che pochi sahib frequentano: sul Passo di Nilang, durante una bufera che insinuava il nevischio in ogni piega della veste del lama; fra i neri corni di Raieng, dove il sibilo degli stambecchi fendeva le nubi; sollevata a spalla, e a denti stretti, lungo le vertiginose curve della Strada Tagliata sotto Bhagirati; dondolante e cigolante nella discesa nella Valle delle Acque; incalzata lungo i nebbiosi ripiani di quella valle chiusa; e poi salendo su su, per sbucare di nuovo all'aperto, incontro alle raffiche ruggenti di Kedarnath; posata a terra durante il meriggio, nell'ombra cupa di accoglienti querceti; trasportata di villaggio in villaggio nel chiarore delle albe gelide, quando si perdona anche ai devoti se bestemmiano contro l'impazienza dei santi; oppure al lume delle torce, quando la gente meno paurosa pensa ai fantasmi... la *dooli* ha finalmente raggiunto la meta. I piccoli montanari sudano nell'afa del basso Siwaliks, e attorniano i due preti per ricevere la loro benedizione e il salario.

«Avete acquistato merito» dice il lama. «Un merito maggiore di quanto supponete. E ora tornate ai vostri monti» sospira.

«Sicuro. Torneremo ai monti al più presto.» I portatori si stropicciano le spalle, sorbiscono un po' d'acqua, la risputano e si riassettano i sandali di sparto. Kim, che ha la faccia emaciata e stanca, paga, tirando fuori dalla sua cintura piccole monete d'argento, toglie dalla lettiga dei viveri, si ficca in seno un pacchetto di tela cerata – contenente scritture sacre – e aiuta il lama a rimettersi in piedi. La pace è tornata negli occhi del vecchio, ed egli non si prostra più e non s'umilia alla vista dei monti, come ha fatto durante la terribile notte in cui la *dooli* ha dovuto sostare per lo straripamento di un fiume.

I portatori risollevano la lettiga e scompaiono ben presto fra gli arbusti nani.

Il lama tende una mano verso i bastioni dell'Himalaya. «Non sopra di voi, o benedette fra tutte le montagne, cadde la Freccia del nostro Signore. Né mai più respirerò la vostra aria!»

«Tu sei cento volte più vigoroso, in quest'aria così buona» dice Kim, la cui anima stanca è attratta dalla pianura ben coltivata e fertile. «Qui, o giù di qui, cadde la Freccia. Cammineremo piano piano, forse un *kos* il giorno, perché la Ricerca non fallirà. E questo sacco pesa tanto.»

«Sì, la nostra Ricerca non fallirà. Io sono sfuggito a una grande tentazione.»

Oramai facevano tutt'al più due miglia al giorno, e le spalle di Kim reggevano ogni sorta di pesi: il peso d'un vecchio, il peso d'una greve borsa di provviste contenente anche libri con fermagli di metallo, il peso dei documenti che egli portava sul cuore e dell'armamentario dei minuti affari quotidiani. Durante il mattino, il ragazzo mendicava e stendeva le coperte per la meditazione del lama; nelle ore calde del mezzogiorno, ne sosteneva il capo stanco sul suo grembo, scacciando le mosche finché il polso gli doleva; la sera mendicava di nuovo e poi strofinava i piedi del vecchio, il quale lo rimunerava con la promessa della Liberazione... oggi, domani, o al più tardi dopodomani.

«Non ci fu mai un *chela* simile. Mi domando a volte se Ananda abbia assistito più fedelmente nostro Signore. E tu sei un sahib? Quand'ero un uomo... tanto tempo fa... dimenticavo che non eri indiano. Ora ti guardo spesso, e ogni volta ricordo che sei un sahib. È strano.»

«Tu mi hai detto che non esistono né bianchi né neri. Perché mi tormenti con questi discorsi, Santo? Lasciami strofinare l'altro piede. Questi discorsi mi infastidiscono. Io non sono un sahib. Io sono il tuo *chela*, e la testa mi pesa sulle spalle.»

«Un po' di pazienza. Raggiungeremo insieme la Liberazione. Allora tu e io, sull'altra sponda del Fiume, guarderemo le nostre passate esistenze come sui monti guardavamo il nostro quotidiano percorso. Forse, una volta, ero anch'io un sahib.»

«Un sahib come te non c'è mai stato, te lo giuro.»

«Sono certo che il Custode delle Immagini nella Casa delle Meraviglie è stato, in qualche vita anteriore, un abate molto sapiente. Ma neppure i suoi occhiali mi fanno vedere chiaro. Calano delle ombre, quando vorrei guardare fisso. Non importa... noi conosciamo i tiri della nostra miseria, stupida carcassa... ombra che si tramuta in un'altra ombra. Io sono legato dall'illusione del Tempo e dello Spazio. Quanta strada abbiamo fatto, oggi, nella carne?»

«Forse mezzo *kos*.» Tre quarti di miglio, ed era stata una marcia faticosa.

«Mezzo *kos*. Ah! Il mio spirito ne ha fatti diecimila migliaia. Come siamo tutti coperti, fasciati e avviluppati in cose prive di senso... » E il vecchio si guardò le mani venate d'azzurro che non potevano quasi più reggere il rosario. «*Chela*, non desideri mai di lasciarmi?»

Kim pensò al suo pacchetto di tela cerata e ai libri nella borsa delle provviste. Se qualcuno debitamente autorizzato avesse voluto incaricarsi di recapitarli, il Gran Gioco si poteva giocare da sé, per quel che gliene importava. Era stanco, la testa gli ardeva, e lo tormentava una tosse che gli saliva dallo stomaco.

«No» disse quasi con durezza. «Non sono un cane o un serpente che morde dopo aver imparato ad amare.»

«Tu sei troppo tenero, per me.»

«Non è vero neppure questo. Ho fatto qualcosa senza consultarti. Per mezzo di quella donna che stamani ci ha dato il latte di capra, ho mandato un'ambasciata alla signora di Kulu, per farle sapere che tu eri un po' debole e avevi bisogno di una lettiga. Mi batterei la testa, per non averci pensato appena siamo arrivati nel Doon. Resteremo qui finché non verrà la lettiga.»

«Io sono contento. Quella donna ha un cuore d'oro... come dici tu, però è chiacchierona... un po' chiacchierona.»

«Non ti darà fastidio. Ho pensato anche a questo. Santo, mi sento il cuore oppresso, pensando a quanto ti ho trascurato.» Uno spasimo nervoso gli chiuse la gola. «Ti ho portato troppo lontano: non ho sempre cercato cibi buoni per te; non ho tenuto conto del caldo; ho parlato con la gente che incontravo lasciandoti solo... ho... ho... Ma ti voglio bene... ed è troppo tardi... Sono stato un bambino... Oh, perché non sono stato un uomo?... » Sopraffatto dallo sforzo, dalla fatica e dalla tensione, Kim si accasciò singhiozzando ai piedi del lama.

«Che ti viene in mente!» disse il lama con dolcezza. «Tu non ti sei allontanato di un capello dalla Via dell'Obbedienza. Trascurarmi? Bambino, io sono vissuto della tua forza come un vecchio albero vive della calcina di un muro nuovo. Giorno per giorno, dopo che siamo scesi da Shamlegh, io ti ho derubato della tua forza. Per questo motivo, e non già per colpa tua, ti sei indebolito. Chi ora parla è il Corpo... lo stolto, insulso Corpo. Non l'Anima, certo. Fatti cuore! Impara almeno a conoscere i demoni contro i quali combatti. Sono nati dalla terra... generati dall'illusione. Andremo dalla donna di Kulu. Ella acquisterà merito nell'ospitarci, e soprattutto assistendo me. Tu sarai libero finché la tua forza non torni. Io avevo dimenticato il Corpo stolto. Se c'è una colpa, è mia. Ma noi siamo troppo vicini alle Soglie della Liberazione per tener conto delle colpe. Io potrei lodarti, ma a qual fine? Fra poco... a momenti... saremo di là da ogni bisogno.»

Il vecchio continuò a confortare teneramente Kim, spiegandogli con sagge sentenze e con citazioni come il nostro Corpo – bestia assai mal conosciuta e di natura illusoria – insista a passare per Anima, e in tal modo oscuri la Via e moltiplichi all'infinito inutili mali.

«Su! Su! Parliamo della donna di Kulu. Credi che chiederà un altro sortilegio per il suo nipotino? Quand'ero giovane, tanto tempo fa, ero tormentato da questi e altri vapori, e andai da un abate... un uomo molto santo e un indagatore del vero, sebbene allora non ne conoscessi tutto il merito. Sta su e ascolta, figlio dell'anima mia! Quand'ebbi finito la mia storia, egli mi disse: "Impara questo, *chela*. Nel mondo ci sono molte menzogne e non pochi bugiardi, ma non c'è bugiardo peggiore del nostro corpo, se si eccettuano le sensazioni del nostro corpo". Sentendo questo, mi rincuorai, ed egli, per sua gran degnazione, tollerò che io prendessi il tè in sua presenza. Tollera tu, ora, che io prenda il tè, perché ho sete.»

Ridendo fra le lacrime, Kim baciò i piedi del lama e si mise a preparare il tè.

«Tu ti appoggi a me con il tuo corpo, Santo, ma io mi appoggio a te per qualcos'altro. Lo sai?»

«Può darsi che io abbia indovinato» rispose il lama con un lampo negli occhi. «Bisogna cambiare sistema.»

E quando, fra cigolii e brontolii, arrivò lentamente e con una grande aria di importanza il palanchino favorito della sahiba, che aveva percorso cento miglia sotto la scorta del solito, vecchio servitore oorya dai capelli brizzolati, e quando palanchino e viandanti ripararono nell'ordine scompigliato del lungo e serpeggiante caseggiato bianco dietro Saharunpore, il lama prese i provvedimenti che stimò necessari.

La sahiba, affacciata a una finestra alta, dopo i complimenti d'obbligo, disse allegramente: «A che giova che una vecchia dia buoni consigli a un vecchio? Ti avevo detto… ti avevo detto, Santo, di tener d'occhio il tuo *chela*. Che hai fatto invece? Non rispondere! Lo vedo da me. Hai lasciato che si perdesse dietro alle donne. Guarda che occhi… infossati e cavi! E guarda quel solco traditore dal naso in giù! L'hanno passato al setaccio! E per giunta è prete!».

Kim, troppo sfinito per sorridere, scosse il capo in segno di diniego.

«Non scherzare» disse il lama. «Non è più il tempo. Siamo qui per seri motivi. Sui monti io sono stato colpito da una malattia dello spirito e lui da una malattia del corpo. Da allora, sono vissuto della sua forza… consumandola.»

«Bambini tutt'e due… giovane e vecchio» sbuffò la donna, ma si guardò da nuovi scherzi. «Possa questa ospitalità ristorarvi. Aspetta un po' e io verrò a ciarlare con te delle nostre care montagne.»

A sera – il genero era tornato in famiglia ed ella non doveva fare più il giro d'ispezione intorno al podere – la sahiba poté farsi mettere al corrente di tutto l'accaduto, ascoltando le spiegazioni fornite dal lama con voce sommessa. I due vecchi crollavano entrambi il capo con serietà. Kim si era ritirato barcollando in una stanza dove c'era una branda ed era caduto in un torpore profondo. Il lama gli aveva proibito di stendergli le coperte e di procurargli il cibo.

«Lo so… lo so. Chi potrebbe saperlo meglio di me?» gracchiava la sahiba. «Noi che caliamo verso la gradinata delle pire ci afferriamo alle mani di coloro che risalgono dal Fiume della Vita con le brocche ricolme… sì, con le brocche piene fino all'orlo. Sono stata ingiusta con quel ragazzo. Dunque lui ti ha prestato la sua forza? È proprio vero che i vecchi divorano i giovani di giorno in giorno. Ma ora dobbiamo pensare a rimetterlo in salute.»

«Tu hai acquistato merito già tante volte… »

«In che vuoi che consista il mio merito? Sono un vecchio sacco d'ossa, buona solo a far salse per gente che non domanda chi le ha cucinate. Ebbene, se questo potesse contar qualcosa per il mio nipotino… »

«Quello che aveva il mal di pancia?»

«Pensare che il Santo se ne ricorda! Bisogna che lo racconti a sua madre. È un onore grandissimo, questo! "Quello che aveva il mal di pancia…" ha detto subito il Santo. Sua madre ne sarà orgogliosa.»

«Il mio *chela*, per me, è ciò che è un figlio per coloro che non sono illuminati.»

«Di' piuttosto nipote. Le madri non hanno la saggezza della nostra età. Se sentono piangere un bambino, credono che il cielo stia per cadere. Invece noi nonne, abbastanza lontane sia dalle doglie del parto che dal piacere di offrire il seno, possiamo capire se uno strillo è indizio di cattiveria pura e semplice, o di colica. E già che tu mi riparli di coliche, penso che, forse, quando il Santo fu qui la volta scorsa, io l'ho troppo importunato, sollecitando da lui degli scongiuri.»

«Sorella» disse il lama, usando l'appellativo che i monaci buddhisti possono usare talvolta con monache «se gli scongiuri ti danno conforto… »

«Giovano più di diecimila dottori.»

«Se ti danno conforto, ripeto, io ch'ero abate di Suchzen, ne farò quanti ne vuoi. Non ho mai visto la tua faccia.»

«Neppure le bertucce che ci rubano le nespole penserebbero di fare un acquisto nel vederla!»

«Ma come disse colui che dorme di là» e il lama accennò con il capo alla porta chiusa della camera degli ospiti, in fondo al primo cortile «tu hai un cuore d'oro. E lui, in spirito, è un vero "nipote" per me.»

«Benone! E io sono la vacca del Santo.» Questo modo di dire era induismo bello e buono, ma il lama non ci badò. «Io sono vecchia. Ho portato figli nel mio ventre. E una volta... oh, potevo piacere agli uomini! Ora li so curare.» E il lama udì i suoi braccialetti tinnire, come se si rimboccasse le maniche per mettersi al lavoro. «Mi occuperò io di questo ragazzo, lo medicherò, lo nutrirò e lo rimetterò a nuovo. Eh! Eh! Noi vecchi siamo ancora buoni a qualcosa.»

Fu così che quando Kim, dolorante in tutto il corpo, aprì gli occhi e fece per andare in cucina a prendere del cibo per il suo maestro, si trovò davanti una vecchia velata, la quale, ostruendo la porta con l'aiuto del vecchio servitore canuto, gli enumerò con precisione le cose che non doveva fare per nessun motivo.

«Tu devi avere...? Tu non puoi aver niente. Cosa? Una cassetta con serratura per chiuderci dentro libri santi? Oh, questa è un'altra faccenda. Il cielo mi guardi dall'intromettermi fra un prete e le sue preghiere! Te la farò avere e tu terrai la chiave.»

Gli misero il cofano sotto la branda, e Kim ci chiuse dentro, con un sospiro di sollievo, la pistola di Mahbub, il plico dei documenti in tela cerata, i libri con il fermaglio e i diari. Per chissà quale assurdo motivo, quegli oggetti pesavano mille volte di più sulla sua povera mente di quanto non avessero pesato sulle sue spalle. Di notte se li sentiva contro la nuca, che ne doleva.

«La tua è una malattia non comune, fra i ragazzi d'oggi, poiché i giovani hanno smesso di accudire ai loro vecchi. Il rimedio che ci vuole per te è sonno e qualche droga» disse la sahiba; e Kim fu contento di abbandonarsi a uno stordimento che l'impauriva e per metà lo placava.

In un misterioso equivalente asiatico della distilleria europea, ella preparò beveroni che avevano un odore pestilenziale e un sapore anche peggiore. Restò al capezzale di Kim finché non furono andati giù, e li esaminò dopo che furono tornati su. Proibì il passaggio nel primo cortile e rinforzò il divieto con una sentinella armata. È vero che costui aveva più di sessant'anni e che la sua spada inguainata si riduceva all'elsa, ma egli rappresentava l'autorità della sahiba, e i carri da soma, i servi pettegoli, i vitelli, i cani, le galline e simili giravano al largo quando lo vedevano. La sahiba fece di più: quando il corpo del paziente fu ripulito, chiamò fra il gruppo dei parenti poveri che ingombrava la zona posteriore della fattoria (da quelle parti simili parenti si chiamano cani domestici) la vedova di un cugino, esperta in ciò che gli europei (che non se ne intendono affatto) chiamano massaggi. E le due vecchie, dopo aver disteso Kim in direzione est-ovest, affinché le misteriose correnti terrestri che fanno vibrare la creta del corpo umano fossero non di impedimento ma di aiuto, smontarono e rimontarono, durante tutto un lungo pomeriggio, osso per osso, muscolo per muscolo, tendine per tendine e, finalmente, nervo per nervo. Impastato come una polpa insensibile, quasi ipnotizzato dal movimento degli incomodi *chudder*... smossi e rassettati di continuo... che velavano gli occhi delle sue infermiere volontarie, Kim affondò per diecimila miglia in un torpore che durò un giorno e mezzo: un sonno che lo macerò, come la pioggia macera la terra dopo una lunga siccità.

Poi la sahiba pensò a nutrirlo, e la casa fu messa tutta a soqquadro dalle sue grida. Ella ordinò di ammazzare dei polli; mandò a raccogliere verdure, facendo sudare il lento e ottuso giardiniere, vecchio quasi quanto lei; prese spezie, latte, cipolle, con pesciolini di torrente... e poi limoni per farne sorbetti, quaglie ingrassate e fegatini di pollo allo spiedo, con fettine di zenzero.

«Conosco abbastanza il mondo» diceva, affaccendata a riempire i vassoi «e so che ci sono solo due specie di donne: quelle che snervano gli uomini e quelle che li rinforzano. Una volta ero della prima specie, ora sono della seconda. Via, via... non fare il pretino con me. Dicevo per scherzo. Se non va bene adesso, andrà bene quando riprenderai la strada... Cugina... » proseguì rivolgendosi alla parente povera, instancabile nel levare al cielo la carità della sua protettrice «la... pelle gli comincia a rifiorire come la groppa di un cavallo ben strigliato. Il nostro lavoro è come pulire dei gioielli da buttare a una ballerina... eh?»

Kim si levò a sedere sul lettino e sorrise. La sua tremenda stanchezza gli era cascata di dosso come una scarpa vecchia. La lingua gli prudeva dalla voglia di parlare liberamente, mentre appena una settimana prima la minima parola gliela invischiava come cenere. Il dolore alla nuca (doveva averlo preso dal lama) era sparito insieme con le fitte acute della febbre tropicale e con il cattivo sapore della bocca. Le due vecchie, le quali, adesso, badavano un po' più... ma non troppo... a tenere a posto i loro veli, schiamazzavano allegre come le galline entrate a razzolare dalla porta aperta.

«Dov'è il mio Santo?» domandò Kim.

«Sentitelo un po'! Il tuo Santo sta bene» ribatté stizzita la sahiba «ma non per merito suo. Se sapessi che c'è uno scongiuro per fargli mettere giudizio, venderei i miei gioielli per comprarlo. Rifiutare le buone pietanze cucinate da me... andare in giro per i campi per due notti a pancia vuota... e per completare l'impresa finire in un ruscello... ti pare santità, questa? E poi, dopo avermi quasi spezzato quella parte di cuore che mi restava, dopo le ansie che mi hai dato tu, mi viene a dire che ha acquistato merito. Oh, come si somigliano tutti gli uomini! No... non ha detto proprio così... ha detto che si era liberato da tutti i suoi peccati. Questo avrei potuto dirglielo io, prima che si bagnasse da capo a piedi. Ora sta bene (questo fatto è successo una settimana fa) ma vada a farsi benedire una santità simile! Un bambino di tre anni si comporterebbe meglio. Non ti affannare per il tuo Santo. Non ti leva gli occhi di dosso, quando non ha ruscelli da guardare.»

«Non ricordo di averlo visto. Ricordo che i giorni e le notti sono passati come cancelli bianchi e neri che si chiudevano. Non ero malato; ero soltanto stanco.»

«Un letargo che di solito viene qualche ventina di anni più tardi. Ma ora tutto è finito.»

«*Maharanee*» cominciò Kim, ma incoraggiato dallo sguardo di lei sostituì a quell'appellativo uno di semplice amore

«… madre, io ti devo la vita. Come ti potrò ringraziare? Diecimila benedizioni sulla tua casa e … »

«Sia maledetta la casa!» (È impossibile riferire esattamente le parole della vecchia signora.) «Ringrazia Dio come prete, ma ringrazia me come figlio, se ti preme. Santo cielo! Credi che io ti abbia rimesso a nuovo, tirandoti su, manipolandoti e svitandoti le dieci dita dei piedi, per sentirmi scaraventare sul capo libri santi? Una mamma deve pure averti partorito in qualche posto, perché tu le spezzassi il cuore. Come la trattavi… figliolo?»

«Io non ho avuto una mamma vera» disse Kim. «È morta, mi hanno detto, quand'ero piccino.»

«Ah! Allora nessuno potrà dire che io le ho rubato qualche diritto… quando riprenderai la strada e questa casa non sarà per te se non una delle mille che avrai usato per ricovero e poi dimenticato dopo una sbadata benedizione. Non importa, non ho bisogno di benedizioni, ma… ma… » Ella guardò la parente povera battendo i piedi: «Porta via quei vassoi. Che ci stanno a fare, qui dentro, cibi stantii, donna di malaugurio?».

«Anch'io… anch'io ho partorito un figliolo, ai miei tempi, ma è morto» piagnucolò dietro il *chudder* l'altra curva figura di donna. «Tu lo sai che è morto! Aspettavo soltanto l'ordine di portare via il vassoio.»

«Sono io la donna di malaugurio» esclamò pentita la sahiba. «Noi non scendiamo verso i *chattri* [gli ombrelloni sotto i quali i preti prendono l'ultima paga lungo le scalinate crematorie], ci aggrappiamo ai portatori di *chatti* [brocche da acqua]… » Ella voleva parlare dei giovani pieni dell'orgoglio della vita; ma il suo gioco di parole era grossolano… «Quando non si può ballare alla festa si deve guardare dalla finestra, e la parte di nonna assorbe tutto il tempo di una donna. Il tuo padrone, adesso, mi dà quanti scongiuri desidero per il ragazzo maggiore di mia figlia, per la ragione che ora è completamente libero da ogni peccato. L'*hakim* è in ribasso, in questi giorni. Va attorno avvelenando i miei servitori, in mancanza di meglio.»

«Quale *hakim*, madre?»

«Quello di Dacca, quello della pillola che mi sbranò in tre pezzi. Capitò qui una settimana fa come un cammello disperso, giurando che tu e lui siete stati insieme come fratelli carnali per la strada di Kulu, e fingendo di essere in grande ansietà per la tua salute. Era molto magro e affamato, perciò ho dato ordine che lo rimpinzassero ben bene... lui e la sua ansietà!»

«Vorrei vederlo, se è qui.»

«Mangia cinque volte il giorno e, per salvarsi dall'apoplessia, incide i foruncoli dei miei contadini. Ha tanta ansietà per la tua salute, che non si stacca mai dall'uscio di cucina e si stuzzica l'appetito con gli avanzi... Si è sistemato qui in pianta stabile. Non riusciremo a liberarcene.»

«Mandamelo qui, madre... » e l'occhio di Kim riacquistò per un attimo la sua vivacità «... proverò io.»

«Te lo manderò; ma sarebbe una cattiva azione metterlo alla porta. In fin dei conti, ha avuto il buonsenso di ripescare il Santo dal ruscello; e così (sebbene il Santo non l'abbia detto) ha acquistato del merito.»

«È un *hakim* molto saggio. Mandamelo, madre.»

«Un prete che loda un altro prete? Che miracolo! Se è amico tuo (però avete litigato, l'ultima volta che vi siete incontrati), lo trascinerò qui con la cavezza... e dopo gli darò un pranzo di casta, figlio mio... Alzati a vedere un po' il mondo! Questo stare a letto genera settanta diavoli... figlio mio! Figlio mio!»

Ella uscì trotterellando per scatenare un tifone in cucina, e quasi sulla sua ombra entrò il babu, con la veste drappeggiata sulle spalle come un imperatore romano, con guance degne di Tito, a capo scoperto, calzato di scarpe nuove di pelle, in un turbine di saluti e festosità grassa e sudaticcia.

«Per Giove, signor O'Hara, sono proprio felice di rivederti! Ti userò la cortesia di chiudere la porta. È un peccato che tu sia malato. Sei molto malato?»

«I documenti... i documenti del *kilta*. Le carte topografiche e la *murasla*!» Kim porse la chiave con impazienza; poiché il bisogno più urgente della sua anima era di liberarsi del bottino.

«Hai proprio ragione. Questo è un sistema corretto per chi lavora nel dipartimento. Hai preso tutto?»

«Tutto quello che c'era di scritto. Il resto l'ho buttato giù per la montagna.» Kim udì lo scricchiolio della chiave nella serratura, lo strappo vischioso della tela cerata e un rapido fruscio di carte. Durante i giorni oziosi della malattia, si era tormentato in modo irragionevole, pensando che quelle carte giacevano sotto di lui... carico incomunicabile ad alcuno. Perciò gli formicolò il sangue nelle vene, quando Hurree, saltellando con grazia elefantina, gli strinse la mano.

«Bene! Benissimo, signor O'Hara! Tu hai... ah! ah!... svaligiato tutto il magazzino degli imbrogli... bottega e retrobottega! Me l'avevano detto, i due gentiluomini, che erano andati in malora otto mesi delle loro fatiche. Per Giove, quante botte mi hanno dato!... Guarda, ecco la lettera di Hilas!» Il babu intonò due o tre righe di persiano aulico, che è la lingua della diplomazia autorizzata e non autorizzata. «Il signor sahib rajah ha proprio messo il piede in trappola. Dovrà spiegare ufficialmente come diavolo gli è venuto in mente di scrivere lettere amorose allo zar. E le mappe sono disegnate con molto garbo... e qui ci sono tre o quattro primi ministri di queste parti, implicati nella corrispondenza. Per Bacco! Il governo inglese dovrà cambiare l'ordine di successione di Hilas e Bunar, e nominare nuovi eredi al trono. "Tradimento vilissimo"... tu non capisci, eh?»

«È tutto nelle tue mani?» domandò Kim. Non gli importava d'altro.

«Puoi ben scommettere che c'è tutto!» Il babu si caricò addosso l'intero bottino, come sanno fare soltanto gli orientali. «E tutto procederà regolarmente verso gli uffici. La vecchia signora crede che io abbia piantato le tende da queste parti; invece filerò subito via con questa roba senza indugio. Il signor Lurgan sarà orgoglioso. Ufficialmente tu sei un mio subordinato, ma io includerò il tuo nome nel mio rapporto verbale. Peccato che non siano permessi i rapporti scritti. Noi bengali eccelliamo nelle scienze esatte.» Lanciò la chiave a Kim e gli mostrò la cassetta vuota.

«Bene. Proprio bene. Io ero molto stanco. Anche il mio Santo era malato. È vero che è caduto in... »

«Oh, già. Sono un buon amico, te l'assicuro. Aveva uno strano modo di comportarsi, quando sono venuto a cercarti, e in un primo momento ho pensato che i documenti li avesse lui. Lo seguii nelle sue meditazioni, e discutemmo insieme anche di questioni etnologiche. Capisci, ora io sono una persona insignificante, qui, al confronto di tutti i suoi scongiuri. Per Giove, O'Hara, lo sai che egli è afflitto da accessi? Sì, te lo dico io. Catalessi, se non epilessia. L'ho trovato in uno stato simile sotto un albero, *in articulo mortis*, e lui è balzato in piedi per andarsi a buttare in un ruscello dove, se non era per me, poteva benissimo affogare. L'ho tirato in salvo.»

«Perché non c'ero?» esclamò Kim. «Poteva morire.»

«Sì, poteva morire, ma ora si è asciugato, e pretende di aver subito una trasformazione.» Il babu si batté la fronte con l'aria di chi la sa lunga. «Ho preso nota delle sue dichiarazioni per la Royal Society... Devi spicciarti a guarire e tornare a Simla, e io ti racconterò tutta la mia storia in casa di Lurgan. È stato uno spasso! Quei due avevano il fondo dei pantaloni tutto a brandelli, e il vecchio rajah Nahan li ha presi per soldati europei disertori.»

«Ah, i russi? Per quanto tempo sono stati con te?»

«Uno era francese. Oh, giorni e giorni! Ora, i montanari credono che i russi siano tutti accattoni. Per Giove! Non avevano più niente che non avessi procurato io. E raccontavo al popolino... oh, certi fatterelli e certi aneddoti! Te li racconterò dal vecchio Lurgan, quando ci verrai. Sarà una notte di... di spassi! È una piuma sul cappello di tutti e due! Già, e poi mi hanno dato anche un benservito. Una beffa! Avresti dovuto vederli, all'Alliance Bank, quando si facevano riconoscere! E tu, grazie a Dio Onnipotente, ti sei impadronito delle loro carte con grande abilità. Non ridere troppo, ora; riderai quando starai bene. Ora me ne andrò dritto dritto alla stazione e me ne partirò. Tu avrai credito pieno, per il nostro Gioco. Quando vieni? Siamo molto fieri di te, sebbene ci abbia fatto prendere una gran paura. Specialmente a Mahbub.»

«Già, Mahbub. Dov'è?»

«Vende cavalli nei dintorni, naturalmente.»

«Qui! Perché? Parla adagio. Ho ancora un certo peso alla testa.»

Il babu si guardò timidamente giù per il naso. «Ebbene, vedi, io sono un uomo fifone, e le responsabilità non mi garbano. Tu eri ammalato, capisci, e io non sapevo dove diavolo fossero i documenti, e neppure quanti fossero. Sicché, arrivando qui, spedii un dispaccio privato a Mahbub (era a Meerut per le corse) per dirgli come stavano le cose. Viene con i suoi uomini, confabula con il lama, e poi mi dà del matto, e mi tratta molto villanamente… »

«Ma perché… perché?»

«Me lo domando anch'io. Mi sono limitato a suggerire che, se qualcuno avesse rubato i documenti, avrei gradito qualche uomo robusto e coraggioso per rubarglieli a mia volta. Hanno un'importanza vitale, capisci? E Mahbub Ali non sapeva dov'eri.»

«Mahbub Ali doveva, secondo te, svaligiare la casa della sahiba? Tu sei matto, babu» disse Kim con indignazione.

«Avevo bisogno di questi documenti. Poniamo il caso che lei li avesse rubati. Del resto, non si trattava che di un suggerimento pratico. Non ti piace, eh?»

Un proverbio indigeno – irriferibile – espresse tutta la nera disapprovazione di Kim.

«Ebbene… » Hurree si strinse nelle spalle «sui gusti non si discute. Anche Mahbub si è adirato. Ha venduto cavalli da queste parti, e dice che la vecchia signora è una vera vecchia signora, incapace di azioni simili. Ma queste cose non mi riguardano. Ho avuto i documenti e sono rimasto contento dell'appoggio morale di Mahbub. Ti ripeto che sono un fifone; ma, per un verso o per l'altro, più sono fifone e più mi trovo nei guai. Perciò sono stato contento d'averti con me a Chini, e sono contento di avere adesso Mahbub qui vicino. La vecchia signora, a volte, è molto scortese con me e con le mie pillole.»

«Allah sia misericordioso» disse allegramente Kim, sollevandosi sul gomito. «Che bestia portentosa è un babu! E un uomo simile si è avventurato da solo... se è vero quel che si dice... con due stranieri derubati e furibondi!»

«Oh, è stata una cosa da nulla, dopo che ebbero finito di picchiarmi di santa ragione; ma se avessi perduto i miei documenti, sarebbe stata una faccenda seria. Anche Mahbub è stato sul punto di picchiarmi, poi è andato a confabulare con il lama e non se ne poteva spiccicare. D'ora in avanti mi occuperò soltanto di ricerche etnologiche. E ora addio, signor O'Hara. Se faccio presto, potrò prendere il treno delle sedici e venticinque per Umballa. Sarà un bel ridere, in casa del signor Lurgan, quando racconteremo tutta questa storia. Riferirò ufficialmente che stai meglio. Addio, mio caro, e la prossima volta che ti succederà di sentirti commosso, non usare termini maomettani in vesti tibetane.»

Hurree – che era babu fino alla cima dei capelli – strinse due volte la mano di Kim... e aprì la porta. Appena la luce del sole cadde sulla sua faccia trionfante, riprese l'umile aspetto del ciarlatano di Dacca.

"Li ha derubati" pensò Kim, dimenticando la parte avuta nel Gioco "li ha truffati; ha mentito con loro come un bengalese. E dopo gli hanno dato un *chit* [un benservito]. Li ha canzonati rischiando la pelle... io non sarei certo andato a raggiungerli dopo quei colpi di pistola... e poi dice che è un fifone... Ed è un fifone. Sì, bisogna che io ritorni nel mondo."

A tutta prima le gambe gli si piegarono come cattivi cannelli da pipa, e l'aria densa di sole che inondava il cortile l'abbagliò. Si accovacciò ai piedi del muro bianco, rimuginando sugli incidenti del lungo viaggio con la *dooli*, preoccupandosi per la salute del lama, e anche (ora che lo stimolo della conversazione era cessato) passando il tempo a commiserarsi, giacché, come tutti i malati, aveva una grande scorta di pietà di se stesso... Il suo cervello sfibrato rifuggiva dal mondo esteriore, come un cavallo selvatico, che, pur essendo domo, recalcitra allo sprone. Gli bastava, gli bastava che le spoglie del *kilta* fossero lontane... non più in sua mano, non più in suo possesso. Tentò di pensare al lama... d'indovinare perché il lama fosse capitombolato in un ruscello... ma il filo dei suoi pensieri si disperse nell'ampiezza del mondo intravisto dai cancelli del cortile. Egli guardò gli alberi e i campi vasti, con le capanne seminascoste fra le messi... guardò tutto con occhi strani, incapaci di discernere le proporzioni, le dimensioni e l'uso degli oggetti... restò a guardare, immobile, per una mezz'ora. Durante tutto quel tempo egli sentiva (sebbene non avrebbe potuto formulare in parole la propria impressione) che l'anima sua era distaccata dall'ambiente... simile a una ruota dentata sconnessa dal macchinario, simile all'ozioso ingranaggio di un qualunque torchio da zucchero di Beheea buttato in un angolo. Le brezze lo ventilavano, i pappagalli strillavano intorno a lui, e i rumori della casa alle sue spalle – alterchi ordini e proteste – gli percuotevano orecchie insensibili.

"Io sono Kim. Io sono Kim. E che cosa è Kim?" L'anima sua ripeteva queste domande senza tregua.

Non aveva voglia di piangere... non aveva mai avuto in vita sua così poca voglia di piangere... ma, a un tratto, lacrime facili e sciocche gli scesero giù per il naso, ed egli sentì le ruote dell'essere suo ingranarsi nuovamente, con uno scatto quasi percettibile, al mondo esterno. Le cose che un istante prima erano passate inavvertite sui globi dei suoi occhi assumevano adesso proporzioni e significato. Le strade erano fatte per camminarci sopra, le case per viverci dentro, il bestiame per essere pascolato, i campi per essere arati, gli uomini e le donne per parlarci insieme. La gente era reale e sincera... saldamente piantata sui piedi... perfettamente comprensibile... della sua stessa creta, né più né meno. Egli si scrollò come un cane che sente una pulce nell'orecchio, e si avviò fuori dal cancello. La sahiba, alla quale qualcuno che stava in vedetta riferì questo movimento del pretino, disse: «Lasciatelo andare. Io ho eseguito il mio compito. La Madre Terra deve fare il resto. Quando il Santo ritornerà dalla sua meditazione, ditegli dov'è andato il suo discepolo».

Sopra un poggio, a mezzo miglio di distanza dalla casa della sahiba, c'era un carro vuoto e senza buoi piazzato contro un giovane banano, come una specie di belvedere dall'alto del quale lo sguardo poteva spaziare sui campi arati di fresco. Le palpebre di Kim, irrorate dall'aria mite, si appesantirono mentre egli si avvicinava. Il suolo era di buon terriccio pulito... senza tracce di quell'erba novella che, viva, è già a mezza strada verso la morte, ma terriccio promettente, colmo di germi di ogni vita. Egli lo sentì fra le dita dei piedi, lo carezzò con il palmo della mano, e poi, sospirando di piacere e snodando giuntura per giuntura, vi si sdraiò lungo disteso all'ombra del carro di legno. E la Madre Terra si mostrò benigna come la sahiba. L'impregnò del suo alito, rendendogli le energie che egli aveva perduto giacendo così a lungo su un lettino, segregato dalle sue emanazioni benefiche. Egli abbandonò la testa sul suo seno, e offrì le mani aperte al suo potere. L'albero dalle molte radici che gli faceva ombra, e perfino il legno del carro... già morto e manomesso dall'uomo... sapevano ciò che egli, senza saperlo, cercava. Per ore e ore giacque, in una inconsapevolezza più profonda del sonno.

Verso sera, quando il polverone sollevato dal bestiame di ritorno annebbiò tutto l'orizzonte, arrivarono a piedi nudi e con passo guardingo il lama e Mahbub Ali, che avevano saputo dalla gente di casa dove era andato.

«Allah! Che pazzia addormentarsi così in aperta campagna» borbottò il mercante di cavalli. «Potevano spararli addosso un centinaio di volte... È vero, però, che non siamo alla frontiera.»

«E» disse il lama riprendendo un discorso già ripetuto molte volte «non ci fu mai un *chela* simile. Mite, benigno, saggio, per niente permaloso, sempre allegro per la strada, pieno di premure, istruito, sincero e cortese. Grande sarà la sua ricompensa!»

«Conosco il ragazzo… come ho detto.»

«Ed è sempre stato così?»

«In parte… ma io non ho ancora scoperto una magia da Cappello Rosso che possa renderlo distrattamente sincero. Certo è stato educato bene.»

«La sahiba ha un cuore d'oro» disse il lama con serietà. «Lo tratta come un figlio!»

«*Uhm*! Metà dell'India sembra disposta a fare altrettanto. Io desideravo solo assicurarmi che il ragazzo se la fosse cavata senza danno e sapere se fosse libero. Come tu sai, lui e io eravamo vecchi amici quando cominciaste a pellegrinare insieme.»

«Questo è un vincolo fra noi.» Il lama si sedette. «Siamo, ormai, al termine del pellegrinaggio.»

«Non è merito tuo se il pellegrinaggio non è stato interrotto una volta per sempre, una settimana fa. Ho sentito, sai, quello che ti diceva la sahiba quando ti abbiamo trasportato sul lettino.» Mahbub rise e si tirò la barba tinta di fresco.

«Stavo meditando altre cose, in quel momento. E l'*hakim* di Dacca interruppe le mie meditazioni.»

«Altrimenti» e questo Mahbub lo disse in pashtu, in omaggio alla decenza «… avresti terminato le tue meditazioni nella parte più calda dell'inferno… perché tu sei un infedele e un idolatra, nonostante la tua infantile ingenuità. Ma ora che c'è da fare, Cappello Rosso?»

«Stanotte… » le parole uscirono lente, vibrando di esultanza «… questa stessa notte egli sarà libero come me da ogni macchia di peccato… sicuro di conseguire, al pari di me, nell'ora del distacco dal corpo, la Liberazione dalla Ruota delle Cose. Ho un indizio preciso» e mise la mano sopra il lacero disegno che portava in seno «so quanto poco mi resta da vivere; ma prima di lasciare il mio *chela* l'avrò salvaguardato per il resto dei suoi anni. Ricorda che sono arrivato alla Conoscenza, come ti ho detto, appena tre notti fa!»

“Dev’essere vero… come disse il prete di Tirah, quando rapii la moglie di suo cugino… che io sono un *sufi* [libero pensatore]” disse Mahbub fra sé “perché altrimenti non potrei star qui a sorbirmi queste inconcepibili bestemmie… Me la ricordo la sua storia. Lui, dunque, con il suo sistema se ne va al *Jannatu l’Adn* [Giardino dell’Eden].” Poi, rivolto al lama: «Ma come lo vuoi liberare? L’ammazzerai o l’annegherai in quel fiume miracoloso dal quale ti ha tirato fuori l’*hakim*?».

«Io non sono stato tirato fuori da nessun fiume» disse candido il lama. «Tu hai dimenticato quanto accadde. Io trovai il Fiume della rivelazione.»

«Ah, già! È vero» balbettò Mahbub, che non sapeva se in lui fosse maggiore l’indignazione o la voglia di scoppiare in una risata. «Avevo dimenticato il preciso corso degli avvenimenti. Tu hai trovato il fiume per rivelazione.»

«E dire che io possa togliergli la vita è… non una colpa, ma una follia. Il mio *chela* mi ha aiutato a trovare il Fiume. È giusto, perciò, che anch’egli sia reso mondo dal peccato… al pari di me.»

«Sì, ha bisogno di lavarsi. Ma dopo, vecchio… dopo?»

«Che importa il dopo, sotto tutti i cieli? Sarà sicuro del Nibban… illuminato… al pari di me.»

«Ben detto. Avevo paura che dovesse montare il Cavallo di Maometto e volare via.»

«No… deve andare nel mondo a insegnare.»

«Ah! Ora capisco! Questo è il passo giusto per il puledro. Sicuro che deve andare per il mondo a insegnare. Lo Stato ha un bisogno piuttosto urgente di impegnarlo come scrivano, per esempio.»

«È stato preparato a questo scopo. Io ho potuto acquistare merito facendo elemosine per il suo bene. Una buona azione non muore. Egli ha aiutato me nella Ricerca. Io ho aiutato lui nella sua. Giusta è la Ruota, o mercante di cavalli del Nord. Che egli sia un maestro o uno scriba… che importa? Alla fine, otterrà la Liberazione. E il resto è illusione.»

«Che importa quello che farà?! Ma se io devo averlo con

me oltre Balkh, fra sei mesi! Sono venuto qui con dieci cavalli zoppi e tre uomini di schiena dura... in grazia di quel pollo di un babu... per tirare via, a tutti i costi, un ragazzo malato dalla casa di una vecchia citrulla. Sembra invece che mi tocchi stare a vedere in che modo un vecchio Cappello Rosso solleva un giovane sahib dentro chissà che paradiso da idolatri. E io stesso devo partecipare al Gioco! Ma questo matto vuol bene al ragazzo; e io pure devo essere matto abbastanza.»

«Che preghiera dici?» domandò il lama, udendo il rozzo pashtu fluire dalla barba rossa.

«Niente, niente; ma ora, sapendo che il ragazzo, sicuro del paradiso, può entrare a servizio del governo, mi sento più tranquillo. Devo tornare dai miei cavalli. Si fa buio. Non lo svegliare. Non ho affatto voglia di sentirti chiamare maestro da lui.»

«Ma è il mio discepolo! Cosa vuoi che sia?»

«Sì, sì, me l'ha detto!» Mahbub soffocò un senso di disappunto e si alzò ridendo. «Non appartengo neanche per ombra alla tua religione, Cappello Rosso... sempre che questa inezia ti interessi.»

«Non fa niente» disse il lama.

«Me l'immaginavo. Allora non ti offenderai tu, senza peccato, lavato di fresco, e per giunta annegato per tre quarti, se io ti chiamo buon uomo... proprio buon uomo. Ormai abbiamo chiacchierato insieme per quattro o cinque sere, e anche se sono un accoppiatore di cavalli, posso tuttavia, come dice il proverbio, riconoscere la santità di là dalle gambe di un cavallo. Sì, capisco anche perché il nostro Amico di Tutto il Mondo abbia messo la sua mano sulla tua, fin dal primo momento. Trattalo bene, e tollera che ritorni nel mondo a insegnare dopo che tu gli avrai... bagnato le gambe; se questa è una cura adatta per i puledri.»

«Perché non segui anche tu la Via, accompagnando il ragazzo?»

Mahbub spalancò gli occhi, stupito per la magnifica insolenza della richiesta, alla quale, oltre frontiera, avrebbe risposto con qualcosa di più che uno schiaffo. Ma presto il suo spirito mondano scorse il lato umoristico della situazione.

«Piano... piano... un piede per volta, come faceva il cavallo zoppo per superare gli ostacoli a Umballa. Io posso venire in paradiso più tardi... ne ho l'intenzione... una gran voglia... e lo debbo al tuo candore. Non hai mai mentito?»

«Che bisogno c'è?»

«Oh, Allah, sentitelo! "Che bisogno c'è", in questo mondo! Non ti è successo nemmeno di far male a qualcuno?»

«Una volta... con un portapenne... prima di acquistare saggezza.»

«Davvero? Ho maggiore stima di te, adesso. I tuoi insegnamenti sono buoni. Tu hai distolto dal sentiero della lotta un uomo che conosco.» Mahbub scoppiò in una gigantesca risata. «Quell'uomo era venuto qui per commettere un *dacoity* [furto con scasso e violenza]. Sì, proprio per saccheggiare, uccidere e portar via quello che voleva.»

«Una grande follia!»

«Oh, anche una vergogna nera. Così ha pensato anche lui, dopo aver visto te... e qualche altro, maschio e femmina. Perciò abbandonò il suo proposito; e ora si prepara a riempire di botte un grosso e grasso babu.»

«Non capisco.»

«Dal capire ti guardi Allah! Certa gente è forte nell'intendere, Cappello Rosso. Ma la tua forza è ancora più forte. Conservala... credo che ci riuscirai. Se il ragazzo non si mostra buon servitore, tiragli le orecchie!»

Il pathan si assestò la sua larga cintura di Buchara e si allontanò pavoneggiandosi nel crepuscolo, e il lama discese dalle sue nuvole, fino al punto di osservargli la vasta schiena.

«Quella persona manca di cortesia ed è ingannata dall'ombra delle apparenze. Ma ho parlato bene del mio *chela*, il quale sta per ottenere la sua ricompensa. Preghiamo!... Svegliati, o fortunato fra tutti i nati di donna. Svegliati! È trovato!»

Kim risalì dai suoi abissi profondi, e il lama, facendo

schioccare le dita per allontanare gli spiriti maligni, aspettò che finisse di sbadigliare beatamente.

«Ho dormito cent'anni. Dove...? Oh, Santo, sei qui da un pezzo? Ero uscito per cercarti, ma... » e rise ancora fra il sonno «... mi sono addormentato per la via. Sto bene, adesso. Hai mangiato? Torniamo a casa. Sono tanti giorni che non provvedo a te. E la sahiba ti ha dato da mangiare bene? E la tua debolezza... il tuo ventre, e il collo, e il ronzio nelle orecchie?»

«È passato... è passato tutto. Non lo sai?»

«So soltanto che non ti vedo da un secolo. Che dovrei sapere?»

«Strano che la Conoscenza non sia giunta fino a te, mentre tutti i miei pensieri erano a te rivolti.»

«Non posso vedere la tua faccia, ma la tua voce è come un gong. Forse la sahiba ti ha fatto ringiovanire con le sue pietanze?»

Kim scrutava a gambe incrociate la pianura, che si profilava scura come ambra nera contro la luce color limone. Proprio così sta seduto il Bodhisat di pietra, che guarda dall'alto il cancelletto del museo di Lahore.

Il lama tacque. Il molle, fumoso silenzio delle sere indiane che avvolgeva maestro e discepolo, era interrotto soltanto dal ticchettio del rosario e dal fievole *clop clop* dei passi lontani di Mahbub.

«Ascoltami! Ho notizie da darti!»

«Ma prima andiamo... »

La lunga mano gialla si protese, ordinando il silenzio. Kim ritrasse docilmente i piedi sotto l'orlo della veste.

«Ascoltami! Ho notizie! La Ricerca è finita. Adesso viene la ricompensa... Così. Quando eravamo sui monti vissi della tua forza, tanto che il giovane ramo si curvò e fu sul punto di spezzarsi. Quando scendemmo dai monti, ero turbato per te e per altri motivi che chiudevo nel cuore. La barca dell'anima mia mancava di timone; io non riuscivo a discernere la Causa delle Cose. Perciò ti affidai alla virtuosa donna di Kulu. Non toccai più cibo. Non bevvi più acqua. Eppure non riuscivo a vedere la Via. Insistettero perché prendessi cibo e gridarono davanti alla mia porta chiusa. Allora mi trasferii in una cavità sotto un albero. Non toccai cibo. Non bevvi acqua... Rimasi in meditazione due giorni e due notti, astraendomi dal mondo esterno; inspirando ed espirando nella maniera prescritta... Durante la seconda notte... grande fu la mia ricompensa... la saggia anima si disciolse dallo stolto mio corpo e spaziò libera. Non ero mai arrivato a tanto, anche se avevo toccato le soglie. Rifletti, perché è un miracolo!»

«Un miracolo davvero! Due giorni e due notti senza mangiare! Dov'era la sahiba?» disse Kim sottovoce.

«Sì, l'anima mia spaziò libera, e volteggiando come un'aquila vide, in verità, che non c'era alcun lama Teshoo né alcun'altra anima. Come la goccia ritorna all'oceano, così l'anima mia tornò alla Grande Anima, la quale trascende tutte le cose. A questo punto, esaltato in contemplazione, io vidi tutta l'India, da Ceylon in mezzo al mare ai monti sublimi e alle mie rocce dipinte di Suchzen; vidi ogni campo e villaggio dove noi avevamo sostato. Vidi in un attimo solo e in un solo luogo; poiché tutto era dentro l'anima mia. Mi resi conto allora che l'anima mia aveva trasceso l'illusione del Tempo, dello Spazio e delle Cose. Capii così di essere liberato. Ti vidi disteso sul tuo lettino, e ti vidi rotolare giù per la china avvinghiato all'idolatra... in un attimo solo, in un solo luogo, nell'anima mia, la quale, come ti ho già detto, si era ricongiunta alla Grande Anima. Vidi anche lo stolto corpo del lama Teshoo giacere al suolo, e l'*hakim* di Dacca inginocchiarglisi accanto, urlandogli negli orecchi. Poi l'anima mia restò sola, e io non vidi più nulla, perché ero confuso con tutte le cose, avendo raggiunto la Grande Anima. E meditai per mille migliaia di anni, impassibile, consapevole della Causa di tutte le Cose. Poi una voce esclamò: "Che accadrà al tuo discepolo, se muori?". E io fui tutto sconvolto di pietà per te; e dissi: "Ritornerò al mio *chela*, affinché non smarrisca la Via". In quel punto l'anima mia, che è l'anima del lama Teshoo, si ritrasse dalla

Grande Anima con sforzo, e spasimo, e rimpianto, e angoscia inenarrabili. Come l'uomo dal pesce, come l'acqua dalla nube, come la nube dall'aria densa, così spuntò, così balzò fuori, così si ritirò, così esalò l'anima del lama Teshoo dalla Grande Anima. Poi una voce esclamò: "Il Fiume! Attento al Fiume!" e io gettai uno sguardo sul mondo, il quale era come io l'avevo già veduto – uno nel tempo, uno nello spazio – e vidi chiaramente il Fiume della Freccia ai miei piedi. In quell'ora l'anima mia era appesantita da un male di cui non ero ancora purificato, ed esso gravava sulle mie braccia e mi si avvinghiava attorno ai lombi; ma io me ne svincolai, e mi slanciai come un'aquila in volo verso il luogo dove il Fiume correva. Per te scansai mondi e mondi. E vidi il Fiume ai miei piedi… il Fiume della Freccia… e come vi discesi, le sue acque si richiusero sul mio corpo; ed ecco, io ero di nuovo nel corpo del lama Teshoo, ma purificato di ogni colpa, e l'*hakim* di Dacca sollevò il mio capo dalle acque del Fiume. Il Fiume è qui! È dietro questo boschetto di manghi… proprio qui!»

«Allah kerim! Che fortuna che il babu fosse da queste parti. Ti sei bagnato molto?»

«Che importa? Ricordo che l'*hakim* era in ansia per il corpo del lama Teshoo. Egli lo trasse con le sue mani fuori da quelle acque sacre, e poi sopraggiunse il mercante di cavalli del Nord con un lettino e altri uomini, e il corpo fu deposto sul lettino e trasportato in casa della sahiba.»

«Che disse la sahiba?»

«Io meditavo dentro quel corpo, e non udii. Dunque la Ricerca è finita. Per il merito da me acquistato… il Fiume della Freccia è qui. È scaturito ai nostri piedi, come avevo predetto. L'ho trovato. Figlio dell'anima mia, io ho divelto l'anima mia dalle Soglie della Liberazione per far sì che tu sia affrancato da ogni colpa… al pari di me libero e puro. Giusta è la Ruota! La nostra Liberazione è sicura. Vieni!»

Così dicendo il vecchio incrociò le mani sul grembo e sorrise, come può sorridere soltanto chi abbia conquistato la Salvezza per sé e per l'oggetto del proprio amore.

Note

Capitolo I

[1] Burro di latte di bufala.
[2] Nome arabo e persiano di pipa provvista di un serbatoio d'acqua.
[3] Carovana di mercanti mussulmani.

Capitolo II

[1] Fettine di noce d'areca, avvolte in foglie fresche di betel; vengono masticate dagli indiani.
[2] Misura indiana equivalente a un miglio e mezzo.

Capitolo III

[1] Possedimento terriero assegnato in India dal governo inglese, quale ricompensa di servigi di carattere militare.
[2] Ufficiali superiori nelle truppe indigene.

Capitolo IV

[1] Stornelli indiani, che secondo la credenza popolare vanno sempre in branchi di sette.
[2] Conchiglietta usata, in Africa e in India, come moneta spicciola di minimo valore.
[3] Denominazione persiana di appartamento riservato alle donne.

Capitolo VI

[1] Sigari manila.

Capitolo VII

[1] Vettura indiana da nolo, a quattro posti, due ruote e un cavallo.
[2] Ventilatore consistente in un telaio mobile coperto di tela e appeso al soffitto della stanza.
[3] Ferrovia.

Capitolo VIII

[1] Preparato narcotico, composto di foglie e capsule di canapa d'India, che viene fumato o masticato come stupefacente.

2 Carrozza a due cavalli, coperta da tettoia, usata soprattutto nelle regioni settentrionali e montuose dell'India.
3 Carrozzino a due ruote e a un solo posto, tirato da due uomini.

Capitolo IX

1 Daga senza guardia.
2 Pugnale a lama larga e piatta.
3 Unità di peso minore del carato, adottata in India per la valutazione dei gioielli.
4 Avvocati o procuratori indigeni dell'India.
5 Carro a due ruote, tirato da un solo cavallo o da buoi e coperto di tettoia.

Capitolo X

1 Nave mercantile a vela latina.
2 Pranzo di mussulmani in partenza per il pellegrinaggio alla Mecca.
3 Un centinaio di migliaia.
4 *Fellow of the Royal Society*, membro della RS.

Capitolo XI

1 Striscia di terra fra due fiumi.

Capitolo XII

1 Sigla di *District Superintendent of Police*, commissario distrettuale di polizia.
2 Merlo.
3 Medico.
4 Tonico estratto in Oriente dai tuberi delle orchidee.
5 *Bachelor of Arts*, diploma inferiore rilasciato dalle università britanniche.
6 Lettiga usata nelle regioni montuose dell'India.

Capitolo XIII

1 Cacciatori.

Capitolo XIV

1 Precipizio, voragine.
2 Bue tibetano.

Capitolo XV

1 *Master of Arts*, titolo accademico inglese.

Qualcosa di me stesso*
di Rudyard Kipling

Quando i Burne-Jones ritornarono nella loro «Casa del Nord», tutto andava per il meglio. Il mondo di mio zio naturalmente non era il mio, ma il suo cuore e il suo cervello erano grandi a sufficienza da contenere qualsiasi universo, e non aveva dubbi sull'importanza di fare ciascuno il proprio lavoro, ciascuno alla propria maniera. La sua risata dorata, e il suo diletto per le piccole cose, e la continua lite scherzosa che si sviluppava fra noi, era ristoro dopo ore di lavoro. E quando noi cugini, Phil, suo figlio, Stanley Baldwin e io, andavamo alla spiaggia per tornare con le descrizioni dei grassi bagnanti, lui li avrebbe disegnati, con il ventre pieno di bottino da non potersi descrivere, mentre sguazzavano sulla cresta dell'onda. Quelli furono giorni estremamente belli, e il lavoro divenne facile e pieno di soddisfazioni.

Allora, al Bliss Cottage, mi venne la vaga idea di un ragazzo irlandese, nato in India e mischiatosi con la vita indigena. Mi spinsi tanto lontano da renderlo il figlio di un soldato semplice del Battaglione Irlandese e lo battezzai Kim del Rishti, un'abbreviazione di «irlandesi». Fatto questo, mi sentii come Mr Micawber, che fu tanto bravo da pagare quella cambiale sul futuro, e mi occupai di altre cose per qualche anno.

In quello stesso periodo i miei familiari avevano lasciato l'India, e si erano stabiliti in una piccola casa di pietra vicino Tisbury, a Wilts. Era dotata di un piccolo stabile ben fatto, dai muri di sasso, con un capanno o due, tutto perfettamente predisposto per

* Lo scritto qui riportato è tratto da: Rudyard Kipling, *Something of Myself. For my friends known and unknown*, Bernard Tauchnitz, Leipzig 1938, pp. 129-136 (trad. it. di Emanuele Braga).

i lavori in creta e in gesso, poco desiderati entro le mura domestiche. Più tardi mio padre montò un ripostiglio di latta che ricoprì di paglia, e lì dispose le sue cartelle di dipinti, grandi foto e libri di architettura, sculture, attrezzi per modellare, disegni, agenti seccanti, vernici, e le altre centinaia di «cose da non toccare» che qualsiasi uomo col cervello a posto abituato a lavorare con le proprie mani, naturalmente colleziona. (Queste cose sono elencate per il fatto che entrano nella storia.)

Non troppo lontano, si stende Fonthill, la grande casa di Arthur Morrison, milionario e collezionista di ogni genere di meraviglie, mentre la moglie si accontenta di mere pietre preziose e semipreziose. E mio padre faceva a meno di tutti questi tesori, e di molti altri contenuti in alcune case come Clouds, dove vivevano gli Wyndhams, a poche miglia di distanza. Penso che sia lui che mia madre furono felici negli anni trascorsi in Inghilterra, poiché sapevano esattamente cosa evitare; e quando salii a far loro visita sapevo che non avrei avuto bisogno di sentenziare: «Indietro, torna indietro, o Tempo nel tuo volo».

In un cupo autunno ventoso *Kim* mi ritornò alla mente con insistenza, e io lo portai con me per fumarci su da mio padre. Sotto l'unione del nostro tabacco esso cresceva come il genio rilasciato dalla lampada, e tanto indagavamo le sue potenzialità tanto emergevano nuovi dettagli. Non so in quali proporzioni un iceberg sta sotto la superficie dell'acqua, ma *Kim* come apparve alla fine risultò circa dieci volte quello che prevedeva la prima ricca descrizione.

Quanto allo stile, non c'era che una possibilità per l'autore, il quale disse che ciò che era buono a sufficienza per Cervantes lo era anche per lui. E la Madre gli rimproverò: «Non rimanere nei tuoi stivali di lana nascondendoti dietro Cervantes davanti a *me*! Tu *sai* di non poter scrivere un trama per salvarti l'anima».

Così me ne ritornai a casa più temprato e *Kim* si prese cura di se stesso. Il solo problema era di tenerlo entro dei limiti. Sia io che lui, conoscevamo ogni passo, sguardo e odore della strada imprevedibile che percorreva, tanto quanto tutte le persone che incontrava. Una volta sola, mi ricordo, ho dovuto scomodare l'Ufficio Indiano, dove c'è, negli scantinati, un gran accumulo di libri e documenti, riguardo un certo lavoro sulla magia indiana, che io ho sempre francamente rimpianto di non aver potuto rubare. Si agitarono su questo punto per colpa delle ricevute.

Presso «The Elms», a Rottingdean, il soffio occidentale corse giorno e notte, finché le finestre svolazzanti fecero sussultare i loro cardini sgangherati. (Questa fu la ragione per cui il Comitato votò per non aver mai più una casa di loro proprietà con finestre scorrevoli. Cfr. Charles Reade sull'argomento.)

Ma io ero abbastanza indifferente a tutto ciò. Avevo la mia luce del sole proveniente da oriente, e se ne avessi voluta di più l'avrei potuta trovare al «The Gabels», a Tisbury. Alla fine mi ripresentai con *Kim* terminato. «Fu *lui* a fermarsi, o tu?» mi chiese mio padre. E quando gli dissi che fu *lui*, mi rispose: «Allora non deve essere tanto male».

Non avrebbe fatto nessun affidamento su alcuna delle sue suggestioni, memorie o riconferme, se non sul singolare tocco della umile guida della luce solare della sera che rende luminoso ogni dettaglio del ritratto della Grande Via Carovaniera. L'Himalaya che, come dicono i bambini, ho del *tutto* concepito con la fantasia. Così anche il ritratto del Museo di Lahore, di cui ero stato un volta curatore-deputato per sei settimane – esperienza non retribuita ma molto importante. E c'era un mezzo capitolo sul lama seduto per terra nelle ombre verdi e blu ai piedi di un ghiacciaio, mentre raccontava a Kim storie sugli jataki, che era veramente bello, ma, come il mio vecchio professore di materie umanistiche avrebbe detto, «ozioso», e lo eliminai quasi con le lacrime agli occhi.

L'apice del divertimento, tuttavia, venne quando (nel 1902) uscì un'edizione illustrata del mio lavoro, e mio padre si prese cura di *Kim*. Ebbe l'idea di fare delle lastre in basso rilievo per poi fotografarle. Al che fu necessario ingaggiare il fotografo locale, il quale, fino ad allora, era specializzato in soldati semplici del Fronte dai capelli appiccicaticci e dalle attillate uniformi di pelle, e ci toccò accompagnarlo per l'arduo sentiero del saper mostrare un briciolo di vita attraverso la fotografia di cose inanimate. L'uomo all'inizio rimase un poco sconcertato, ma egli aveva un maestro di maestri, cosicché arrivò a capire. Gli inattesi mucchi di letame nel mezzo del cortile dello stabile davano abbastanza nell'occhio, anche se una fedele ragazza di servizio lottò con essi a colpi di scopa e paletta, e mia Madre, confusa, permise sul nascere la scenetta del buttarli con le nostre mani trasandate sui divani e sulle sedie. Naturalmente quando arrivò alle sue bozze finali era sicuro che «tutto doveva esser rifatto da capo», il che fu quasi la stessa sensazione che provai io di fronte alla stampa, ma, se sarà possibile, entrambi ce lo potremo permettere solo in un altro mondo, e lo faremo al punto da far divertire gli Arcangeli.

Mi ricordo un'immagine di lui nel ripostiglio di latta, alla ricerca di una grossa foto di architettura indiana destinata a un dettaglio del tutto futile nell'angolo di qualche lastra. Alzò lo sguardo non appena io entrai e, lisciandosi la barba, continuando nei suoi pensieri, citò: «Se trattieni nient'altro che la semplice bellezza, possiedi il meglio che Dio abbia mai creato». La accettai come la più grande delle tante benedizioni che mi era stata data la grazia di ricevere fino ad allora, invece di portarla troppo tardi alla mia attenzione piena di rimorsi.

Suppongo che la ragione di ciò sia che forse sono un poco insofferente sull'Alto Cannibalismo così come oggi viene praticato.

E tanto più per *Kim*, che è rimasto in auge per trentacinque anni. C'era un buon trattamento della bellezza in esso, e non poca saggezza; la migliore in entrambi i casi, grazie a mio padre.

Un grande, anche se spaventoso, onore mi venne dato quando avevo trentatré anni (1897) e fui eletto all'Ateneo sotto il Secondo Rango, che stabilisce di ammettere persone illustri senza alcuna votazione. Mi ritrovai con Burne-Jones per il da farsi. «Non pranzo là spesso,» disse «mi spaventa un po', ma lo affronteremo insieme».

E con un appuntamento notturno andammo a mangiare. Il più che riesco a ricordare è che noi eravamo le uniche persone in quella grossa sala da pranzo, perché in quei giorni l'Ateneo, per chi ancora non lo conosceva, era un po' come una cattedrale nel mezzo di una funzione religiosa. A ogni modo ho cenato lì, e ho appeso il mio cappello al piolo n. 33. (Fino al quale avevo continuato a spostarlo.) Ben presto realizzai che se uno volesse conoscere qualcosa dalla falsificazione di un'ancora o da quella di antichi reperti, troverebbe il più esperto al mondo in materia proprio a pranzo. Feci in modo di essere messo in un tavolo sotto una finestra luminosa, già occupato da un vecchio generale che aveva cominciato la carriera come marinaio in Crimea, prima di entrare nelle guardie. Nei suoi ultimi anni era diventato un temerario comandante di yacht, così come di altre importanti cose, e si occupò letteralmente di me, quando feci alcuni errori tecnici in un racconto dei miei che lo aveva interessato. Mi affezionai molto a lui, e ad altri quattro o cinque che frequentavano quel tavolo.

Un pomeriggio, ricordo, Parsons, del *Turbinia*, mi chiese se mi sarebbe piaciuto osservare un diamante bruciato. La dimostrazione prese luogo in una stanza piena zeppa di fili e cellule elettriche (mi sono scordato quale fosse il loro voltaggio totale) e inizialmente tutto andò bene. La punta del diamante gorgogliò come un cavolfiore *au gratin*. Poi venne un lampo e uno schianto, e ci ritrovammo a terra nell'oscurità. Ma, come disse Parsons, quella non era colpa del diamante.

Un'altra colonna della cara, sporca e vecchia sala da biliardo giù da basso era Hercules Ross, del Museo britannico delle antichità orientali. Esteriormente era molto bello, ma la sua anima professionale era nera, solo per il fatto di essere curatore, e mio padre era stato curatore. (*Nota*. È del tutto giusto che gli inglesi diffidano e trascurano tutte le Arti e il più delle Scienze, poiché fondano la loro grandezza proprio su questa indifferenza, ma l'aggressività delle loro valutazioni a volte è troppo marcata.)

In questo periodo non mangio molto spesso all'Ateneo, dove mi stupisce il fatto che il grosso dei membri sia scandalosamente giovane, se eletti sotto il Secondo Rango o votati da giovani seguaci. Non permetto che persone di quarant'anni mi chiamino «Sir».

Al fine del mio conforto spirituale, la mia condotta mi rese gravemente dipendente dai club. Tre dei quali, inglesi – l'Athenaeum, Carlton e BeefSteak –, incontravano i miei desideri, ma Beefsteak mi diede di più. Lì la nostra combriccola era imprevedibile, e ognuno poteva dire sul momento ciò che gli pareva, senza essere preso troppo alla lettera. Talvolta qualcuno l'avrebbe dipinta come un casa abitata da cinque credo differenti, dal cortigiano al piratesco drammatico. Altre volte, invece, tre delle quali dello stesso genere, a rischio di incrociarsi più tardi in città, sarei andato alla deriva lungo interminabili discorsi riguardo tutto il mondo, che spesso si sovrapponevano differenti fra loro e con quelli dei tavoli accanto. Una volta, avendo paura di dover pranzare da solo, accettai la compagnia di un socio che mai avevo visto prima, e mai avevo incontrato, pieno di interesse per gli uccelli. Col tempo ci separammo per il fatto che ciò che io non sapevo sui santuari degli uccelli, era di scarso valore conoscerlo. Ancor meglio fu la volta in cui all'improvviso qualcuno o qualcosa ci gettò tutti in ciò che definirei una «farsa» generale, dal momento che la lingua di ognuno di noi si mise a guardare la propria testa. Non c'è razza più dotata dell'inglese per il dono del parlare concreto, ricco e allusivo, divertendosi a interrompere per poi subito riaprire. Gli americani sono troppo aneddotici; i francesi troppo oratori per questo artigianale gioco di luci, e nessuna altra razza come la nostra svela se stessa con così poco ritegno per l'allegria. Quando abitai in Villiers Street, venni a conoscenza del rimasuglio di un prestigioso club di pesca, che si riuniva nel retro di un parlatorio per fumatori. Erano per lo più dei piccoli commercianti, appassionati di lasche, pesciolini d'acqua dolce e roba simile, ma anche loro avevano quel dono, come suppongo i loro antenati possedevano al tempo di Addison.

L'ultimo dottor Johnson una volta osservò che «noi non possiamo ricevere lettere nella tomba». Io sono del tutto sicuro, sebbene Boswell non lo ammetterebbe mai, che da laggiù si lamentò della mancanza dei club.

Postfazione*

di Harold Bloom

I

Vent'anni dopo l'uscita del suo saggio del 1943 su Kipling (ristampato in *The Liberal Imagination* nel 1951), Lionel Trilling disse che se avesse potuto riscrivere quel testo, l'avrebbe fatto in modo «meno censorio, e improntato a più affettuosa ammirazione». Trilling, critico sempre rappresentativo della propria epoca, in tal modo rifletteva un mutamento nella valutazione di Kipling ancora in atto. Personalmente, suppongo che questa tendenza seguiterà a coesistere con la sua controparte dialettica, ovvero il rifiuto di Kipling, finché durerà la nostra tradizione letteraria. Kipling è uno scrittore autenticamente *popolare*, in ogni senso del termine. Storie come *L'uomo che volle farsi re*, racconti per bambini nel *Libro della giungla* e in *Storie proprio così*, il romanzo *Kim*, che è chiaramente il capolavoro di Kipling, certi racconti della parte più tardiva della carriera e decine di ballate... tutto ciò sopravvive sia come alta letteratura sia come fonte di perpetuo divertimento. È come se Kipling si fosse proposto di rifiutare la funzione del Sublime in letteratura, il che significa che dobbiamo rinunciare a piaceri più facili per altri più difficili.

Nel suo discorso pubblicato su «Literature» nel 1906, Kipling tracciò un quadro cupo del destino dei narratori:

> Secondo un'antica leggenda, quando un uomo per primo compì un'azione eccezionale, sentì il bisogno di spiegare alla tribù la propria impresa. Appena ebbe aperto bocca,

* Originariamente apparso come Introduzione a Rudyard Kipling, *Kim*, a cura di H. Bloom, Chelsea House Publishers, New Haven - Philadelphia 1987 (trad. it. di Cesare Salmaggi).

tuttavia, gli venne meno la capacità di esprimersi, non trovò le parole necessarie, e perciò tornò a sedersi, in silenzio. Proprio allora, dice la leggenda, si alzò un uomo senza padrone, uno che non aveva preso parte all'impresa del narratore mancato, un tale che non possedeva speciali virtù, ma che era affetto – così afferma il racconto – dalla "magia" della parola necessaria. Egli vide, narrò, descrisse l'impresa notevole che era stata compiuta in un modo tale – assicurò – che le parole «presero vita e corsero su e giù nei cuori di tutti gli ascoltatori». Dopodiché i membri della tribù, comprendendo che le parole del narratore erano certamente vive, e temendo che l'uomo che possedeva le parole potesse raccontare cose false sul loro conto ai rispettivi figli, lo afferrarono e lo uccisero. Ma in seguito constatarono che il carattere magico apparteneva alle parole, non a colui che le aveva pronunciate.

Sette anni dopo, nella terrificante scena primordiale del quarto capitolo di *Totem e tabù*, Freud dipinse una situazione curiosamente parallela a quella appena narrata, in cui un padre violento viene assassinato e divorato dai figli, i quali così pongono fine all'"orda" patriarcale. Kipling, nella scena della narrazione primaria, presenta «un uomo senza padrone» la cui unica forza e autorità consiste nella «parola necessaria». Ma anche quest'uomo è assassinato dalla tribù, o orda primordiale, nel timore che possa trasmettere falsità circa la tribù ai figli della stessa. Per Freud, solo più tardi i figli del padre primordiale giungono all'esperienza del rimorso, e così «il morto divenne ancora più forte di quanto fosse stato da vivo». Per Kipling, solo più tardi la tribù si rende conto che «il carattere magico apparteneva alle parole, non a colui che le aveva pronunciate».

Il vero soggetto della scena primordiale in Freud era il trasferimento, il passaggio tra generazioni di un potere eccessivo. Il vero soggetto della scena della narrazione primaria in Kipling non è tanto il racconto della tribù o la magia insita nelle parole, quanto la libertà del narratore, la vocazione dell'uomo senza padrone che presto lo conduce alla morte, ma che può condurlo a una morte in vita. Ciò che Kipling rifiuta è il suo terrore, che significa in verità che la magia risiede tanto nell'uomo senza padrone quanto nelle parole.

Kipling, col suo incallito imperialismo e le sue indulgenze nei confronti dell'antintellettualismo, a prima vista sembrerebbe essere fuori posto se messo in compagnia di Walter Pater, Oscar Wilde e William Butler Yeats. Pur tuttavia, egli scrive con l'atteggiamento retorico di un esteta, e in senso metafisico si avvicina molto a Pater. La conclusione del *Rinascimento* di Pater corrisponde esattamente al credo dei protagonisti delle opere di Kipling:

> Non cogliere in alcun istante qualche atteggiamento passionale in coloro che ci circondano, né nello splendore delle loro capacità qualche tragica divisione delle loro forze morali, significa, in questa breve giornata di sole e di gelo, lo stesso che andare a dormire prima di sera. Con questo senso dello splendore della nostra esperienza e della sua tremenda brevità, raccogliendoci interamente in uno sforzo disperato di vedere e toccare, difficilmente avremo tempo per elaborare teorie sulle cose che vediamo e tocchiamo. Ciò che dobbiamo fare sta nel coltivare una costante curiosità per le nuove opinioni e nel favorire l'acquisizione di nuove impressioni.

Frank Kermode giudicò Kipling uno scrittore «che con costante fermezza preferì l'azione e le macchine all'arte per l'arte», ma questo significa leggere erroneamente ciò che Pater intendeva dire nel finale del *Rinascimento* con quella che ben presto diventò una nota formula:

> Ci è dato un certo intervallo, e poi il nostro stesso luogo non ci conosce più. Alcuni passano quest'intervallo nell'indifferenza disinteressata, altri nella fiamma di varie passioni, i più saggi, almeno tra i "figli di questo mondo", nell'arte e nella musica. Poiché l'unica fortuna che possiamo avere consiste nell'espandere, nell'intervallo concessoci, il numero delle volte in cui percepiamo questo più vivo senso dell'esistenza, le estasi e le afflizioni dell'amore, le varie forme di attività entusiastiche, disinteressate o no, che capitano naturalmente a molti di noi. Siate solo certi che si tratti di cose appassionanti, cose che vi danno il frutto di una consapevolezza più rapida e molteplice. In questa consapevolezza il primo posto spetta alla passione poetica, al desiderio di bellezza, all'amore dell'arte per l'arte, poiché l'arte giunge a voi dichiarando

apertamente che non vi darà null'altro che la più alta qualità ai vostri attimi proprio mentre trascorrono, e solo per gustare quei momenti.

Come Pater, come Nietzsche, Kipling era convinto che abbiamo e amiamo la fantasia perché la realtà pura e semplice, così riduttiva, ci distruggerebbe. "L'amore dell'arte per l'arte" significa semplicemente che preferiamo credere in un racconto d'invenzione, pur sapendo che non appartiene alla realtà, per adottare la versione data da Wallace Stevens al credo di Pater. E l'opera d'invenzione, secondo Kipling, è il parto di forze demoniache che ci portiamo dentro, frutto di «una qualche tragica separazione delle forze lungo il loro corso». Tali forze non sono più significative delle storie e delle ballate che producono. Ciò che infine condivide Kipling con Pater è la profonda convinzione che siamo perennemente presi in un vortice di sensazioni, un egocentrico concorso di impressioni che si accumulano l'una sull'altra, con grande vividezza ma scarse conseguenze.

II

L'autentico precursore ed eroe letterario di Kipling fu Mark Twain, le cui opere *Le avventure di Huckleberry Finn* e *Le avventure di Tom Sawyer* si riflettono inevitabilmente in *Kim*, di certo la più bella realizzazione di Kipling. *Un'intervista con Mark Twain* registra le impressioni di Kipling circa le due ore di geniale udienza che gli furono concesse, e che iniziano con Twain che dice: «Bene, lei pensa di dovermi qualcosa, ed è venuto a dirmelo. Questo è quel che io chiamo saldare elegantemente i propri debiti».

Kim, pur essendo un'opera dal valore eterno, non estingue il debito, in parte perché il protagonista, come ha fatto notare David Bromwich, è al contempo Huck Finn e Tom Sawyer, il che significa confondere nella sostanza due personalità opposte. Poiché *Kim* si fonda su *Huckleberry Finn* e non sul *Don Chisciotte,* la mescolanza di Huck e Tom nel temperamento di Kim porta a un calo di tensione che deforma il racconto. Non possiamo trovare Sancho Panza in Kim, benché nel lama vi sia un tocco di

Don Chisciotte e del negro Jim. Nel suo essere libero ma al tempo stesso solo, Kim è Huck; nel suo essere al servizio dei poteri mondiali, è Tom. Colpisce il fatto che nella sua *Intervista con Mark Twain* Kipling esprima interesse solo per Tom Sawyer, chiedendo a Twain «se mai sentiremo parlare di Tom Sawyer come di un uomo». Sospetto che vi fosse implicito un certo timore di influenza sulla sua opera, in quanto *Kim* è figlio di *Huckleberry Finn* e non dell'altro romanzo che gli è inferiore.

Kim è uno dei grandi esempi di racconto d'avventure a carattere popolare che è al tempo stesso opera letteraria d'alto livello. *Huckleberry Finn* è un libro anche troppo stupefacente, troppo vicino a essere il poema epico della coscienza americana, insieme con *Foglie d'erba* e *Moby Dick*, perché sia considerato solo ciò che vorrebbe essere, ossia una bella storia. *Kim* fluttua da Rider Haggard al suo nadir, a Robert Louis Stevenson al suo zenit: il romanzo per ragazzi incrocia il romanzo vero e proprio.

Sono molti gli splendori che si colgono in *Kim,* ma la cosa più splendida è certo costituita dal rapporto fra Kim e il suo padrone, l'amabile lama tibetano mezzo matto, che si dimostra il vero padre di Kim, e del quale Kim diventa il migliore dei figli. È un trionfo della rappresentazione esatta dei profondi affetti umani, senza sentimentalismi di alcun genere, quel che ci porta alle lacrime quando arriviamo alla fine del libro:

> «Ascoltami. Ho notizie! La Ricerca è finita. Adesso viene la ricompensa… Così. Quando eravamo sui monti vissi della tua forza, tanto che il giovane ramo si curvò e fu sul punto di spezzarsi. Quando scendemmo dai monti, ero turbato per te e per altri motivi che chiudevo nel cuore. La barca dell'anima mia mancava di timone; io non riuscivo a discernere la Causa delle Cose. Perciò ti affidai alla virtuosa donna di Kulu. Non toccai più cibo. Non bevvi più acqua. Eppure non riuscivo a vedere la Via. Insistettero perché prendessi cibo e gridarono davanti alla mia porta chiusa. Allora mi trasferii in una cavità sotto un albero. Non toccai cibo. Non bevvi acqua... Rimasi in meditazione due giorni e due notti, astraendomi dal mondo esterno; inspirando ed espirando nella maniera prescritta... Durante la seconda notte... grande fu la mia ricompensa... la saggia anima si disciolse dallo stolto mio corpo e

spaziò libera. Non ero mai arrivato a tanto, anche se avevo toccato le soglie. Rifletti, perché è un miracolo!»

«Un miracolo davvero! Due giorni e due notti senza mangiare! Dov'era la sahiba?» disse Kim sottovoce.

«Sì, l'anima mia spaziò libera, e volteggiando come un'aquila vide, in verità, che non c'era alcun lama Teshoo né alcun'altra anima. Come la goccia ritorna all'oceano, così l'anima mia tornò alla Grande Anima, la quale trascende tutte le cose. A questo punto, esaltato in contemplazione, io vidi tutta l'India, da Ceylon in mezzo al mare ai monti sublimi e alle mie rocce dipinte di Suchzen; vidi ogni campo e villaggio dove noi avevamo sostanto. Vidi in un attimo solo e in un solo luogo; poiché tutto era dentro l'anima mia. Mi resi conto allora che l'anima mia aveva trasceso l'illusione del Tempo, dello Spazio e delle Cose. Capii così di essere liberato. Ti vidi disteso sul tuo lettino, e ti vidi rotolare giù per la china avvinghiato all'idolatra... in un attimo solo, in un solo luogo, nell'anima mia, la quale, come ti ho già detto, si era ricongiunta alla Grande Anima. Vidi anche lo stolto corpo del lama Teshoo giacere al suolo, e l'*hakim* di Dacca inginocchiarglisi accanto, urlandogli negli orecchi. Poi l'anima mia restò sola, ed io non vidi più nulla, perché ero confuso con tutte le cose, avendo raggiunto la Grande Anima. E meditai per mille migliaia di anni, impassibile, consapevole della Causa di tutte le Cose. Poi una voce esclamò: "Che accadrà al tuo discepolo, se muori?". Ed io fui tutto sconvolto di pietà per te; e dissi: "Ritornerò al mio *chela*, affinché non smarrisca la Via". In quel punto l'anima mia, che è l'anima del lama Teshoo, si ritrasse dalla Grande Anima con sforzo, e spasimo, e rimpianto, ed angoscia inenarrabili. Come l'uomo dal pesce, come l'acqua dalla nube, come la nube dall'aria densa, così spuntò, così balzò fuori, così si ritirò, così esalò l'anima del lama Teshoo dalla Grande Anima. Poi una voce esclamò: "Il Fiume! Attento al Fiume!", ed io gettai uno sguardo sul mondo, il quale era come io l'avevo già veduto – uno nel tempo, uno nello spazio – e vidi chiaramente il Fiume della Freccia ai miei piedi. In quell'ora l'anima mia era appesantita da un male di cui non ero ancora purificato, ed esso gravava sulle mie braccia e mi si avvinghiava attorno ai lombi; ma io me ne svincolai, e mi slanciai come un'aquila a volo verso il luogo dove il Fiume correva. Per te scansai mondi e mondi. E vidi il Fiume ai miei piedi... il Fiume della Freccia... e come vi discesi, le sue acque si richiusero sul mio corpo; ed ecco io ero di nuovo nel corpo del lama Teshoo, ma purificato di ogni colpa, e l'*hakim* di Dacca sollevò il mio capo dalle acque del Fiume. Il Fiume è qui! È dietro questo boschetto di manghi... proprio qui!

«Allah Karim! Che fortuna che il babu fosse da queste parti. Ti sei bagnato molto?»

«Che importa? Ricordo che l'*hakim* era in ansia per il corpo del lama Teshoo. Egli lo trasse con le sue mani fuori da quelle acque sacre, e poi sopraggiunse il mercante di cavalli del nord con un lettino ed altri uomini, ed il corpo fu deposto sul lettino e trasportato in casa della sahiba.»

«Che disse la sahiba?»

«Io meditavo dentro quel corpo, e non udii. Dunque la Ricerca è finita. Per il merito da me acquistato... il Fiume della Freccia è qui. È scaturito ai nostri piedi, come avevo predetto. L'ho trovato. Figlio dell'anima mia, io ho divelto l'anima mia dalle Soglie della Liberazione per far sì che tu sia affrancato da ogni colpa... al pari di me libero e puro. Giusta è la Ruota! La nostra Liberazione è sicura. Vieni!»

Così dicendo il vecchio incrociò le mani sul grembo e sorrise, come può sorridere soltanto chi abbia conquistato la Salvezza per sé e per l'oggetto del proprio amore.

Questa lunga citazione dà vita, attraverso gioiose prese di coscienza, a una enunciazione dell'amore paterno straordinariamente calma e controllata. La visione del lama, pur presentandosi come la libertà dell'animo saggio dallo stupido corpo, è chiaramente non dualistica, ma discende dall'onesta dichiarazione dello stesso lama: «Ero turbato per te». Raggiunta la libertà dall'illusione, e quindi si suppone libero da qualsiasi preoccupazione per altre anime, perché, come la sua, in realtà non esistono, il lama è prossimo alla libertà definitiva: «perché ero confuso con tutte le cose». La voce che lo richiama alla vita è quella dell'amore paterno per Kim, e il premio per il suo ritorno all'esistenza, con la negazione del trasporto mistico, è la sua reale visione del Fiume, meta della sua ricerca. Si apre ai suoi piedi, ed è meglio della libertà, poiché non è soltanto solitudine, ma costituisce la Salvezza per l'amato figlio che ha adottato, nonché per lui stesso.

Questo è certo il momento più umano e denso di speranza di Kipling, positivo e normativo. *Kim* è, come il suo magistrale precursore *Huckleberry Finn,* un libro che ci riconduce ai valori centrali, evitando quelle ombre d'abisso che altrove aleggiano inquietanti sulla prosa di Kipling. E tuttavia anche qui il Kipling più cupo e più vero indugia nella subitanea visione del nulla di cui Kim fa esperienza, solo poche pagine prima del ricongiungimento definitivo con il lama.

> A tutta prima le gambe gli si piegarono come cattivi cannelli da pipa, e l'aria densa di sole che inondava il cortile l'abbagliò. Si accovacciò ai piedi del muro bianco, rimuginando sugli incidenti del lungo viaggio con la *dooli*, preoccupandosi per la salute del lama, ed anche (ora che lo stimolo della conversazione era cessato) passando il tempo a commiserarsi, giacché come tutti i malati, aveva una grande scorta di pietà di se stesso... Il suo cervello sfibrato rifuggiva dal mondo esteriore, come un cavallo selvatico, che, pur essendo domo, recalcitra allo sprone. Gli bastava, gli bastava che le spoglie del *kilta* fossero lontane... non più in sua mano, non più in suo possesso. Tentò di pensare al lama... d'indovinare perché il lama fosse capitombolato in un ruscello... ma il filo dei suoi pensieri si disperse nell'ampiezza del mondo intravisto dai cancelli del cortile. Egli guardò gli alberi e i campi vasti, con le capanne seminascoste fra le messi... guardò tutto con occhi strani, incapaci di discernere le proporzioni, le dimensioni e l'uso degli oggetti... restò a guardare, immobile, per una mezz'ora. Durante tutto quel tempo egli sentiva (sebbene non avrebbe potuto formulare in parole la propria impressione) che l'anima sua era distaccata dall'ambiente... simile ad una ruota dentata sconnessa dal macchinario, simile all'ozioso ingranaggio di un qualunque torchio da zucchero di Beheea buttato in un canto. Le brezze lo ventilavano, i pappagalli strillavano intorno a lui, e i rumori della casa alle sue spalle... alterchi ordini e proteste... gli percuotevano orecchie insensibili.

«Io sono Kim. Io sono Kim. E che cosa è Kim?» L'anima sua ripeteva queste domande senza tregua.

Nonostante le immagini indiane e la caratteristica ossessione di Kipling per i macchinari, il marchio dell'impressionismo estetico di Walter Pater, con le sue sensazioni che ci invitano all'abisso, è chiaramente impresso in questo brano. L'identità fugge con il flusso delle impressioni, e «l'aria densa di sole» ci riporta al cosmo della conclusione del *Rinascimento*. L'arte di Kipling, in *Kim*, è in fondo "arte per l'arte", nel triste significato che oltre non c'è altro. La stravagante invenzione del grande amore fra un ragazzo irlandese nato in India – per metà un Huck Finn affascinato dalla libertà e per metà un Tom Sawyer che gioca con l'autorità – e un donchisciottesco vecchio lama tibetano, costituisce la più bella creazione di Kipling, qualcosa che ci commuove infinitamente.

Per quanto stravagante possa essere un'invenzione (e lo deve essere!), Kipling rifiutava di professare la fede di coloro che vivono e muoiono per l'arte e di arte, e tuttavia, alla fine, non aveva altra fede.

Indice